U0931485

玫瑰的性别

【英】韦斯利·史戴西（Wesley Stace）著
马渔 译

MISFORTUNE

重庆出版集团 重庆出版社

导读

玫瑰有性别，但依旧芬芳

洪淑苓

莎士比亚的名作《罗密欧与朱丽叶》里有一幕经典的对白，当朱丽叶叹息：“罗密欧，罗密欧，你为什么要叫作罗密欧呢？”罗密欧回答：“玫瑰即使不叫玫瑰，闻起来仍然一样的甜美。”

罗密欧与朱丽叶的两个家族是世仇，因此姓氏成为他们二人之间最大的阻碍。但是，玫瑰即使不叫玫瑰，仍然是花中之后，甜美芳香——我们所爱的人，并不会因为他姓张，姓李，就改变了我们对他的爱。

挑战禁忌：姓氏、家族、血缘、性别……

然而，何其不幸，也何其伟大，所有浪漫动人的爱情故事都是在向传统的价值观挑战。特别是这本《玫瑰的性别》，书名就暗示着它要挑战的不只是姓氏、家族、血缘的禁忌，也包括最尖锐的性别禁忌。

这本书汇集了古堡传奇、贵族秘史、性别扮演与追寻自我等元素，每一项都深深吸引读者的目光。我一口气读完四百多页，脑子里尽是十八、十九世纪行吟歌手的曲词，一个身世如谜的弃婴，如何被卷进洛欧家族玫瑰与石南交缠的图腾，进而发现家族的阴暗历史，和他（她）自己真正的性别……在指尖翻阅书页的同时，我仿佛也跟着书中的主角“玫瑰·洛欧伯爵”走过一段青春的旅程，重新去思考、感受，什么是女性特质，什么是男性特质，还有，什么叫作真正的“爱”。

一个从垃圾堆捡回来的弃婴，从小被当作女孩来教养。但终究纸包不住火，养父病逝，他（她）的身世之谜被揭穿了，家产被夺，几乎到了家破人亡的地步。这时候的他（她），内心里性别的冲突也特别厉害，到底要当男人还是女人？当他（她）想回复男儿身，却发现脱下裙装的他，充满焦虑和无力感；当他（她）想继续扮演女人，雄性激素却不断干扰他的情欲，他渴慕的是女性的冰肌玉骨。

就这样，形成了主角人物“变男？变女？”的内心纠葛，加上为家族复仇的重担，以及对自己身世的追查，再坚强的人也会被击倒！果不其然，故事中的主角人物离家出走，四处流浪，历经海上漂流，最后在土耳其获救。

当他（她）从昏迷中醒来，并不是从此天下太平，万事如意，等在他（她）面前的，依旧是家族的荣辱与自己的身世、性别之谜，但他（她）已经下定决心迎接挑战。

性别扮演：身体／服装／自我的试探与纠葛

女性主义小说家伍尔芙女士曾著有《欧兰朵》一书，书中描写主角人物由男变女，完成双性合一的理想。《玫瑰的性别》里也不断借由神话故事来隐喻这样的理想。书中屡次提起奥维德的《变形记》，这个神话说的是水中仙女萨尔玛西斯追求赫马佛洛狄忒斯，最后两人在泉水中融为一体，因此后来传说男人只要喝过萨尔玛西斯泉的泉水或用来洗澡，就会变成双性合一的人。而书中的主角“玫瑰·洛欧伯爵”最后也历经了这样的洗礼，终能平静而坚定地面对命运的挑战。

“性别”的探索确实是本书一大重点，尤其是对“身体”的探索，颇能显现作者的用心。随着“玫瑰·洛欧伯爵”的成长，对“性”的好奇、比较以及启蒙，在书中都有深入独到的描写。在他（她）察觉男女两性生理上的差异时，弗洛伊德的阳具钦羡、匮乏理论，一一受到重新检验：小便的方式、细腰与力肌、月经与精液的比较，都写得相当具有真实感，道出了“玫瑰·洛欧伯爵”身为男孩却作女孩装扮的矛盾心理，他（她）既羡慕女伴莎拉的细腰，又渴望和男伴史蒂芬在泥滩里打滚。

更有意思的是，书中对于易装的议题也尽情挥洒。服装可说是性别的符号，穿上某种服装，你就不得不成为某一种性别；但本书却试图引导读者重新思索服装与性别文化的关系。

譬如裤装，在性别界线模糊的婴幼儿时期，也许不是那么明显，但进入学龄以及青春期以后，男人着裤，女人着裙，似乎已成了铁律。因此当“玫瑰·洛欧伯爵”的男伴史蒂芬穿上马裤，那骄傲的神情，立刻激起“玫瑰·洛欧伯爵”的“性别意识”：“这证实了一件已知的事实——我们是女孩，史蒂芬是男孩。”因为此时他（她）穿的仍是裙装。

就是因为服装严格规范了性别，或者应该倒过来说，性别规范了服装，因此当“玫瑰·洛欧伯爵”选择当男人时，他就必须换下荷叶边、百褶裙，然后穿上高领浆烫过的衬衫和合身的西装礼服——没想到这样的装扮使他变得脑袋空空，无法思考，他只有躲回房间里，换上长袜长裙，才能舒适自在。这实在是矛盾极了！原本逐渐发现自己的男性性征，渴望恢复正常性别的“玫瑰·洛欧”，此刻却在“错误”的服装里才能找到“自我”。

经过几番思量与探索，加上母亲在旁鼓舞，“玫瑰·洛欧”作了这样的选择：

> 我也许是男人，但“自我”是女人，我的声音、喝茶仪态、坐姿，无一男性化，我也无法以男人之姿处理这些东西。……要变成一个男人不仅仅是服装问题，我穿上男人服装扮成男人也不是个男人。……母亲说那不重要，问题是在社会性别而非生理性别。我生来是男性，但可以选择性别角色，我有那个角色的全部行头与武器以及处理问题的智慧。……现在我可以重新回到中性角色，自己决定性别。

而为了呈现中性角色，容易泄露性别的名字也必须更改，但最后他仍然没有选用横跨两性的名字，而选用了“玫瑰·洛欧伯爵”，他认为：

> 人们很快就知道。为什么不是男性玫瑰？毕竟，玫瑰本身没有性别上的区分。假如我们以强烈风格与充分理由将我介绍给全世界，外界也会如此接受的。

在这里，我们看到“自我”的风格取代了性别的区分，不管你是男是女，如果没有“自我”，你的一切不过是外在价值的复制，永远都必须臣服于社会集体的价值标准下。“玫瑰·洛欧伯爵”要做的，就是突破这些固有的、刻板的价值观，而率性地表现他（她）真实的感受。

洛欧的真谛：LOVE ALL

本书多达近五百页，内容分为五个章节：无名、再生、变形、梦土与溯源；头尾两章把故事的始末连接起来，形成一个圆形的叙事结构，宛若演出一场英雄历险归来的悲喜剧。在作者精心设计的多重视角下，我们像走迷宫一样，一路摸索下去，才找到出口。譬如民间歌谣与玛丽·戴的诗篇这两种叙事，在书中仿佛只是作为故事的衬底音乐，并行而无交集。但经过一番抽丝剥茧，两条线索却逐渐交缠在一起，编织出“玫瑰·洛欧伯爵”的身世图像。其他例如广泛运用的神话典故，细腻生动的感官描写，时而充满激情时而沉郁枯寂的笔调，无不显示了作者繁复的写作技巧，也是本书引人入胜的原因。

最后，我还是忍不住要提一下书中的玛丽·戴和她的诗篇。在本书中，因为“玫瑰·洛欧伯爵”的母亲安诺妮玛·伍德酷爱玛丽·戴的作品，因此经常引用玛丽的诗句，而这些诗句不仅和当时的情境相合，也透露双性合一的理想：

当两个变成一个
当里面在外面，外面在里面
因此，男性不是男性，女性也不是女性
之后，你才能看见我

这种观念深得安诺妮玛·伍德的认同，因此“玫瑰·洛欧伯爵”可说是在两位女士（一个是养母，一个是？）的启发与教养下，终于找到适合自己的性别模式。

当历经劫难的“玫瑰·洛欧伯爵”回到他（她）所属的洛欧山庄时，遇到童年的女伴莎拉，他（她）告诉莎拉：

我离开之前的我永远消失了。我以全新的面孔归来，不过依然是玫瑰。现在的我比较快乐，像现在这样。

“全新的面孔”、“依然是玫瑰”二语即说明了他（她）此刻的自由自在，他（她）的性别认同终于不再分裂，而是完美的双性合一。

“玫瑰·洛欧伯爵”的家族“洛欧”，原文为LOVE ALL，意谓爱所有的人。我们不妨问问，这世间是否真的可能有突破性别、阶层、族群、血缘的爱？但愿答案是肯定的。

本文作者现为台大中文系暨台文所教授，台大妇女研究室《妇研纵横》季刊主编。

目　录

我希望我的诗栩栩如生

读了它，你会变成半个女人

——弗朗西斯·博蒙特，改编自奥维德之《萨尔玛西斯与赫马佛洛狄忒斯》（一六〇二年）

Lord Montague Rakeleigh
(1730-1781)
m
Jane of Ostend
Madeleine Rakeleigh
(1760-1812)
m
Lord Q. Digby
Lord William Rakeleigh
(b. 1765)
m
Margaret Stanley
(1760-1815)
Eleanor Rakeleigh
(Lady Loveall)
(1793-1820)
Dolores Loveall
(1795-1800)
Julius Rakeleigh
(b. 1780)
m
Lady Alice Pelham
Augustus Rakeleigh
(b. 1782)
m
Lady Caroline Otto
The Young Lord
(Geoffrey) Loveall
(b. 1787)
m
Anonyma Wood
(b. 1782)
Victoria Rakeleigh
(b. 1819)
Robert Rakeleigh
(b. 1821)
Guy Rakeleigh
(b. 1815)

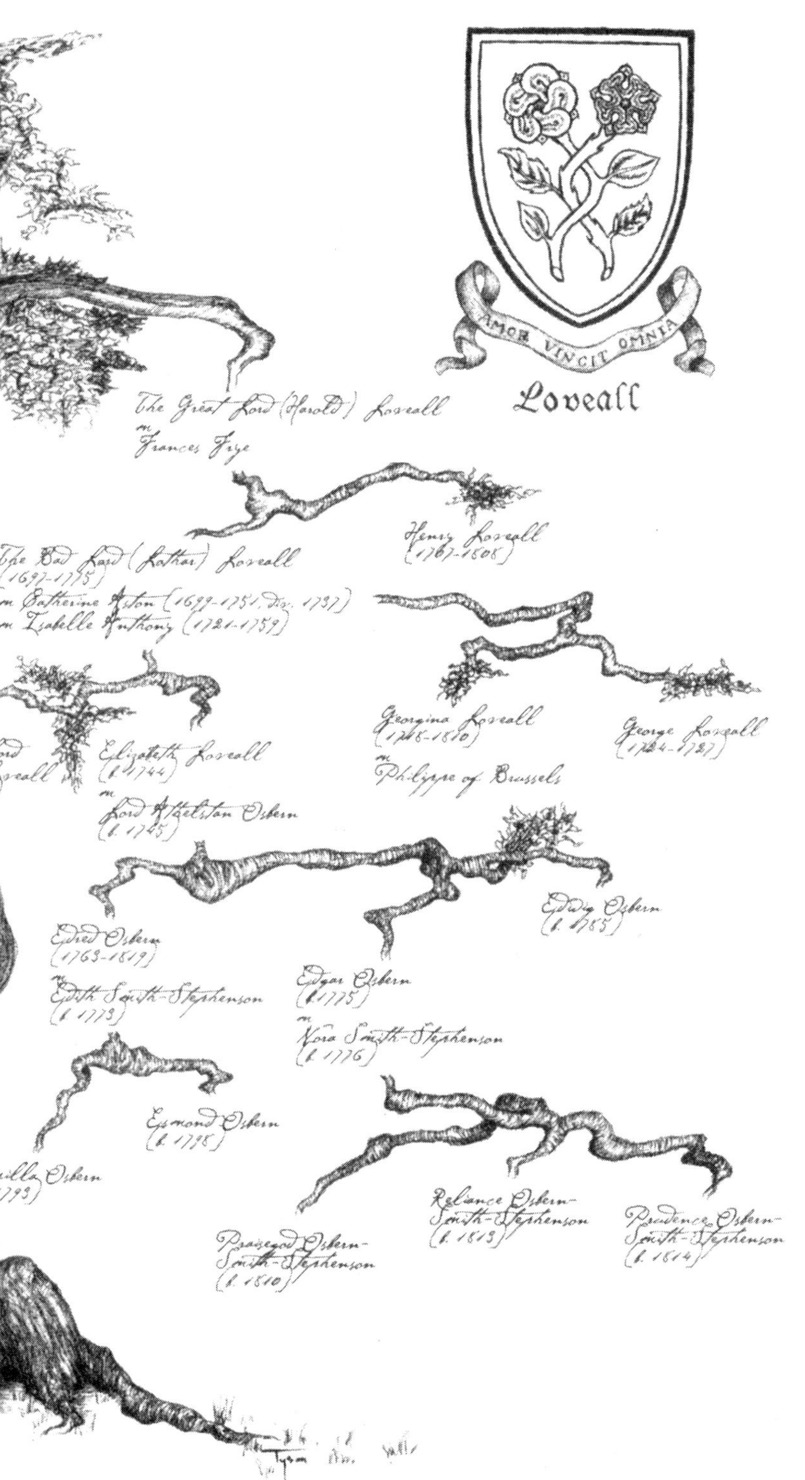
AMOR VINCIT OMNIA
Loveall
The Great Lord (Harold) Loveall
m
Frances Frye
Henry Loveall
(1767-1808)
The Bad Lord (Lothar) Loveall
(1697-1775)
m Catherine Aston (1699-1751, div. 1737)
m Isabelle Anthony (1721-1759)
Georgina Loveall
(1728-1810)
m
Philippe of Brussels
George Loveall
(1724-1727)
Elizabeth Loveall
(b. 1744)
m
Lord Athelstan Osbern
(b. 1745)
Edwin Osbern
(b. 1785)
Edred Osbern
(1763-1819)
m
Edith Smith-Stephenson
(b. 1773)
Edgar Osbern
(b. 1775)
m
Nora Smith-Stephenson
(b. 1776)
Esmond Osbern
(b. 1795)
Reliance Osbern-Smith-Stephenson
(b. 1813)
Prudence Osbern-Smith-Stephenson
(b. 1814)
Praisegod Osbern-Smith-Stephenson
(b. 1810)

I

无名

Anonymous

1

法罗到了目的地。他是个不到十五岁的肮脏年轻小伙子，站在小巷里一栋歪斜的房子门前，气喘吁吁地，不知道自己要干吗。退潮时他在搜寻钉子，发现了一只女靴，现在一只脚上穿着那只过大的女靴，另一只脚用绳子绑着一顶破烂的德贝礼帽。绳子紧紧勒进脚背，他自己并没太察觉。一块破布搭在他头上，看不出是何形状也不知是何用途。他从头到脚的衣服至少包括三种布料，由旧衣上剪下来的布块拼凑而成。

法罗及时赶到了目的地，不禁松一口气，他停止唱歌，世界突然失去了清晰轮廓。他得到的指示是：听到暗号、闪电般跑到大妈那儿、给予警告……但那门锁着。那门从来不上锁的。他甚至不知道自己要干吗，他们并未告知。他的注意力向来不太集中，现在更是困惑且不知所措，连首曲子也记不得，仿佛从未听过任何歌曲，也没有一首歌可以帮助他集中心思，所有的歌曲都忘光了。他低头凝视着泥泞中闪闪发亮的两便士银币，并没看出那是有价之物。

在他看不见的上方，有个女人把一件白衣服挂在阳台栏杆上。从栏杆上垂下一块招牌，悬在锁着的门上："只要一触，刮除放血"，隔壁门楣上有"新妓院：男人寻欢"的招牌在旁边摇摇晃晃。一只胖乎乎的女人手从妓院窗户伸出来，把尿壶里的东西往街道上一洒。

洗衣女工不知道下面有人，一边工作一边唱歌。歌声为法罗注入新活力。她唱了许多歌曲，其中一首是法罗喜爱的老歌，里面诉说着建筑商蓝伯金的意见被拒之后，折磨摩雷家族的故事。安妮的纯净音色与歌词和下面的街景形成鲜明对比：

> “这房子的继承人在哪里？”蓝伯金问。
> “在他的摇篮里睡着。”假护士告诉他。
> 他用大头针扎得婴儿遍体鳞伤，
> 护士捧着盆子迎接滴下来的血。

她唱了又唱，像唱摇篮曲似的，缓冲了故事的恐怖性。法罗也跟着哼了起来，后来想起自己要干什么，遂使出全力敲大门。她往下望，歌声越来越弱。

“你想偷看我的裙子吗？法罗。”她对着下面吼，“幸好我没穿！”

法罗脑子想着别的，没有回答她的话，只大声说：“大妈在哪儿？大妈！”疯狂的敲门声没有间断。

“住手！法罗，门快被你敲下来了！”

“梅纳德大妈在哪里？”他的眼泪快迸出来了，几乎说不出只字片语，“大妈！”

“大妈正忙着别的事情呢。”安妮在阳台上压着嗓子说，瞄一瞄四周，看看有没有人听见，“她不能见任何人，连你也不能见，法罗。”突然她的脸色暗了下来，犹如一片乌云掠过太阳，“你来得太早了，现在要干吗？”

“他们来了！他们来了！”法罗的狂乱表情说明了一切。安妮立即丢下手中的衣服。衣服飘向街道，张开，忽左忽右，垂落地上。安妮走入屋里，法罗听到她下楼的声音。

“大妈！”安妮大叫，“他们来了！他们来了！”屋内传出一声尖叫，门忽地打开，法罗跌在安妮身上，“乖，”她捏捏他的脸颊，问，“还有多久？”

“现在！”他大叫。

“几个人？”

“两个警察和一个男人。水手说，他们有事。”

“别走。”安妮的语气宛如命令一条只懂五句话的狗，之后她奔离大门跑入后室。法罗跟在后面，却被扑过来的大门迎面撞个正着，干脆头靠门框歇口气。门前有许多盘子，其中一盘盛着红牛奶似的东西，一只猫迟疑地嗅一嗅。旁边两个水桶似乎是在接天花板漏下来的雨水。苍蝇嗡嗡嗡四处飞，空气似胶水般黏腻，充满汗水的潮湿味。

“告诉大妈！”法罗自言自语地垂坐在地，期待大门随时打开（或被推落下来）。他想，我已经尽本分了，现在只觉得全身被榨干，盘子里与水桶里盛的是我的血，空气中载的是我的汗水，鞋子上的脏东西是我的屎。脑子里空荡荡，所有歌曲都不见了。他拼了老命地跑，这是他欠大妈的一条命，而忠诚是最好的回报。大妈是他的“妈妈”，也是所有人的“妈妈”，但他没有其他的妈妈。在大妈的屋子里，他的地位极低，却是重要成员，担任通风报信任务的这段期间，没有遇上任何麻烦，因为所有可能的麻烦都被轻易转移掉了。今天是第一个大难关，水手的警告来得太慢。法罗知道大妈是干什么的：她替那些女孩放血，只凭着轻轻一触。他知道某些放血是违法的行为，也知道没有人可以在旁边观看。即使是他也不敢进入后室一步。

房门打开，伸出一只枯瘦的手，仿佛是从小孩的玩具存钱罐伸出来的。里面传出吓人的声音，和牧师口中的地狱不相上下：亡魂被折磨得发出哀号，在火海里咒骂不停。法罗看一看，尚未来得及反应，瘦骨嶙峋的手便抓起盘子，往地上一洒，血浇在那只猫身上。猫喵喵叫了几声，窜奔而逃。接着，水桶消失不见。法罗不清楚怎么回事，也不知道是否需要拿起破布抹净地上的血。哀号戛然停止。法罗站在门口，停止呼吸，停止思考，也停止歌唱。

“他们一定在那儿了，一定是。”旁边的小门打开，他自言自语。这回，他被拖了进去。屋内挤满了人，他看见大妈，瞧一瞧左右，不禁咽一下口水。血！一股恶心感涌上喉咙又吞了进去。屋里摆着一张天篷床，篷面满是火烧印子。一名女孩穿着肮脏的白睡衣躺在桌子中央，大腿与肚子上有大片暗色污迹。天花板垂下一块逾越节饼，外层裹的蜜糖招惹了一堆苍蝇。所有人绕着他跑来跑去，他尽量站在原处不动，眼睛盯着地上。安妮突然停在他面前，塞给他一个黑油布与破布缠起的包裹。

“法罗，拿着，藏在你的外套里。注意，这东西有毒，不要乱看。先走三小时的路后再把它丢进垃圾桶里或河里。如果有人问这是什么东西，就说不关他的事，然后跑开。但是，不要打开也不要乱碰，因为这东西有毒。”

法罗没有提出任何疑问，一心只想着离开这儿。他知道如何完成她交代的任务，也知道这包东西该丢到哪里去。万一有人问，他会说这是他的午餐，其实不会有人问的。他忍不住笑了出来，但不敢抬头看，只一味盯着包裹，把它塞入衣服里面，接着又笑了出来，因为他看起来好像怀孕的安妮。他有点神经兮兮，每件事情似乎都变得很好笑。

大妈看着满身污迹的女孩，冷冷地说：“她死了。”安妮转身看大妈，又想起法罗，便转身找他，“去！现在！”安妮抓住他的领口，他从未见过她如此凶悍。“不！另一个门，那里！”安妮指着另一个他不知道的门，就在满身血迹的女孩那边。他走向那道门，不敢东张西望，也试着不要听女孩身体发出来的声音，好像松脱水管的滴水声。他打开门（“去，晚上以前不要让我们看到你！”身后传出这句吼声），屋外阳光耀眼。他仰望天空，吐口气，下嘴唇咬得发疼，接着深深吸一口气，仿佛在黏液中溺了十分钟之久。这时，他听到大门“砰”地关上以及一声高呼：“借法律之名与乔治国王之名！”

法罗关上身后的门，及时出来歇口气，卸下他小角色的身份。他随时可以消失不见。他以为对这房子了如指掌，没想到今天才发现这扇门，为此，他欣喜若狂，但不想再进出这扇门。他们为了他着想，不让他靠近后室，现在总算见识到了。他最后一次回头望，看到一道红色液体从门底下流出来，流到排水管。难怪他不知道这门，这不重要，这是我的午餐，非常感谢。他到了那儿，完成别人交代的事。这是他的午餐，晚一点回到大妈那儿也会有晚餐。

他期待晚餐，今晚肯定有好东西吃。

法罗走路时总爱唱歌。他唱着自己编的一长串生命之歌，对于是不是唱得很大声或有没有在唱歌，完全无知无觉。每天清晨他在脑海的歌声中醒来，夜晚哼着歌曲入眠。他唱，因为想唱，因为害怕寂静，不走路时便唱不出歌曲。那时，他通常目瞪口呆，面无表情，舌头晃出嘴巴外，仿佛一只疲累的狗在找水喝。

有时，他脑海中突然涌上一首新歌，旧歌便被抛到九霄云外，也许永远遗忘。他一边走路一边写歌，常常哼出一团混乱的韵脚与词语，有时改成有意义的歌词，有时保持它的无意义。不管是以眼前所见的事物入歌，或是以眼前无缘得见的心爱老歌拼拼凑凑，他都能创作出美好的旋律。

他对外界的思索越少，写得越好，因为越想了解外在的世界便越无法了解。他清楚这个工作，创作新歌与润饰老歌让他保持宁静，隔绝外在世界，不让世俗想法与忧虑进入他的脑子，即便现在也是如此。

法罗沿着大妈屋后的小街往下走。他踮起脚尖，眺望层层屋顶，看一眼他喜爱的那座钟，就在大理石门的圣库司伯特教堂上方。钟面上站着一尊小小石雕像，长着一对翅膀，法罗想，那也许是天使吧。这个胖小子和时间毫无关联，傲然地抖着双翅，一副想逃却抽不了身的样子。他的脚立在一句格言上：*Sic Transit Gloria Mundi*。安妮曾经告诉过他这是什么意思，但她的翻译和一位牧师在冗长布道上的说法截然不同。法罗不知道该相信哪一个。

钟面上的指针也同样令人猜疑。法罗只知道在掉头回去之前，必须让较长的指针发生点变化。不过，这不是他看时钟的原因，而是他知道但不明白的许多事情之一。

他敬爱与信赖的人告诉他的事情，他认为是可靠的（若不可靠，必定是消息来源的问题）。不懂的时候也经常说懂，并且可以信心十足地重述一遍。不，他看钟的原因是：在城市里行走一小时可以看到六个教堂钟，那表示他要看到十八个教堂钟才能掉头回去，这是他自个儿领悟出来的道理。他很少为事情沮丧，也从不迟到拖延，这表示他的生命多半消耗在等候别人上，但他乐于沉静，经常独自倚着墙脚创作歌曲或改写记得的老歌。除了自己的名字外，他识字不多，因此等候时除了唱歌外，能做的事也不多。水手曾经教他如何从太阳与影子的关系看出时间，但这方法今天不管用。太阳与影子不知游到哪儿去了，今天，四处灰蒙蒙的。

他们住的这一区像迷宫，法罗学会善用此环境。作为一个持火炬的引路者，他知道哪条路通到哪里。离开大妈那儿后还不知道要去哪儿，但知道要避开一些会被认出来或可能被盘问的地方。他避开大马路及咖啡馆，那是他通常必经之处，老有一群唱诗班成员整个下午杵在那儿，等候机会做点什么。所以，他避开大道，在复活门潜入小都柏林的巷弄中潜行。后街今天似乎特别沉闷，他走在泥泞中，一直注视着自己的双脚，经过梣木广场时，一棵树干上涂了“Christ Is Good”。有人跟他解释过这句话的意思：一只袖口放在了“God”中，他开始唱：

基督是上帝
但自从出了那边的坟邸
他的身体在哪里
基督是上帝
让我们喝一杯香甜热酒
人人都获得解救

他不太喜欢那句“让我们喝一杯香甜热酒”，但依然润饰着这六句歌词。最后，唯一保留的歌词便是那一句。这花费了三个教堂钟的时间。他离开大妈那儿已经两个小时了，这期间没吃没喝。安妮的急迫语调仍在脑海中催促着他。弃置包裹是重要任务，还要走六个教堂钟。

他把小包裹紧紧贴在衬衫下，再用外套遮住。沿途没有遇到熟人，只有一位认识的卖歌人叫住他。那人叫贝尔曼。

“法罗！法罗！”贝尔曼喊。

法罗不知道要停下来或假装没听到继续向前走，但还在思量时便直直瞪着贝尔曼，此时，除了硬着头皮走近贝尔曼，其余皆愚蠢可笑。贝尔曼在法罗死了父亲之后才认识他，至今已好几年。法罗的父亲在科芬园一家赌场里担任发牌手，因提供线索给警察而遭暗杀。自此以后，这位孤儿便开始为大妈工作，之后，人人不是叫他“大妈的男孩”，便拜其父亲工作之赐叫他“法罗”[1]。贝尔曼想不起法罗的父亲在音乐上对法罗有任何影响。

法罗摸一摸外套内的小包裹。那是他的午餐。

“你里面是什么东西？”贝尔曼招手要他过来。

1　法罗与纸牌的英文faro同音。——译者注

“我的午餐。”

“应该说是晚午餐吧？”贝尔曼说着，两脚跳来跳去以暖和身子。他身边有一根高于他的棍子，上头挂着一长串纸张。为了避免拖在地上，他像捧着女士礼服裙摆般捧着纸尾。每一首歌有一码长，但三首歌并在一起卖。他经常吼：“三码歌！三码一便士！”

“呀，我的晚餐。”法罗说完，转头就走。

“法罗，别走！你有什么东西可以给我？”贝尔曼视自己为歌手，但警察视其为卖歌的讨厌鬼。“最近有什么歌吗？我要去印刷商那儿，或许可以像上次那样推荐一首新歌给他。”

“我听到一首关于玛丽·安诺那个女怪物的歌。”法罗心里想的并非那首歌，而是上回唱歌给贝尔曼听时获得了两便士。

那是碰巧。有一晚，贝尔曼和法罗一起喝酒，法罗开始唱起歌来。他唱着一首鬼故事，歌词非常押韵，似乎歌曲一出口便已写就。贝尔曼已经习惯法罗乱哼乱唱，起初他以为那是流行故事之类的，可以抄袭，遂以速记抄写下来。后来他把这首歌拿给很多人看，竟然没人知道，而且……整首歌诗意盎然。贝尔曼遂保留法罗的曲调，更改某些歌词让曲子更完整，然后贩售这首歌曲，赚得一笔可观的收益。之后他再从口袋里掏出一点小钱反馈给法罗。现在他手上贩售的正是这首歌曲，纸张成本一便士十二张。仅仅记下这首歌，便足以让贝尔曼买下三四个月用量的纸张。

法罗喜欢贝尔曼，因为贝尔曼喜欢歌谣。法罗喜爱各种歌曲，尤其民谣。他酷爱哀歌，《即将消逝》这首歌反映了他的罪恶也细述了最幽微的罪恶感，魔鬼般的乐器更充分表达了罪恶。法罗曾和贝尔曼在绞首台下设置摊位贩卖《马贼崔比的哀歌》。当时，崔比还吊在他们上面的绞首台上。几秒钟死寂之后，螺栓拔除，第一份词曲也售出。

“不要给我玛丽·安诺，她的故事我们一清二楚！你走过来时嘴里哼着什么？”贝尔曼问，“我看到了，是你的创作曲吗？”

“不记得了，我在唱我正在干吗吧？”法罗利落地踢一下脚。

“你在干吗？”

“我在唱歌。”

“哦，去吧，我今天没有时间跟你多说，不过如果想起像上回那样的歌曲，别忘了立刻来找我，我会去找出版商，他们会像这样把歌曲印在一张纸上。”天色渐渐黑暗，贝尔曼准备收摊。他一首歌也没卖出去。

“附图片？”法罗逐渐有了兴趣。

“就像这张。”贝尔曼笑着拿给他看一张男人用长绳子勒死一名瘦弱女子的版画。“一张好图片可以陈述一个故事。去吧，法罗，给我们另外一首歌曲，你有这个本事的，这可不是小伎俩。”

“我现在必须走了。”

“你干吗一直往下走？”贝尔曼卷起那叠歌谱，塞入外套最里面，然后把竿子顶端嵌入他靠着的棍子内。

“到第七座钟，下一座钟。”法罗说完离开，留下贝尔曼一人搔着头虱。

过了第十二座钟，法罗已经远离他的地盘，所有景物都显得陌生，和歌谱上的曲调一样，他看不懂。这两座钟相隔甚远，现在他处在一个无须避开人群的地方，反而会很乐意看见需要避开的人。天色越来越黑，他抱紧塞在裤子前面的包裹，哼着歌让自己振奋。

他经过一家叫“世界末日”的小旅馆。他知道那是“世界末日”，因为招牌上有个星球从中心喷出火焰，地面彻底燃烧，表层向太空爆炸。

我随意向前走，想要找找看有没有
让我最自在的小酒馆

在远离镇上的“世界末日”，我花了快一英镑

喝到烂醉如泥

左边是一座废弃的教堂塔楼，上面的时钟完全没有指针。右方有一大片沼泽，蔓延至老旧的坟场。所有房屋与酒馆渐渐缩成石头大小，镇郊的自然景观吞噬了回城的路。法罗知道时间比他想象中晚，也知道自己走得过远了，迷失在心中的歌声里。月亮在他周围洒下阴影。他看到右边耸着一座山。四周似乎没有其他的路了，除了上山鸟瞰，别无选择。

这儿是他的行程终点，也是道路终点。城里的废物与无法燃烧的物体通通堆到这儿，所有的屎与尿也排到这儿。法罗知道恶臭跟随在生命、汗水、躯体、房屋与屋内物之后。那是物体的终结，也是欲望的终止。这令他想起了大妈的后室，那也是他会掉头离开的地方。现在是完成任务的时间，也是回家的时候。

废物极其可观。辛辣刺鼻的垃圾泛出甜腐味侵入他的喉底，教他不断分泌口水。法罗往上爬，很难区分周围各式各样的盛物袋。那些密密麻麻的袋子塞满他四周与脚下，摔跤时就变成了他的天花板。他听到脚底嘎吱嘎吱响（蛋壳、玻璃、骨头与旧陶瓷），也听到海鸥粗鲁地呱呱叫。他扑了一跤，鼻子压在秽物堆上，好像地球仰天躺着，朝他渗出血丝以排清病症。他放弃了，也仰躺着凝视初夜的星空。闪亮的星星离他非常遥远，教他无法看清烟囱以上的城市景致。

他摸一摸衬衫内的包裹，掏出来垫在头底下当作枕头，望着广袤夜色。银月也凝视着他。无人知道他在这儿。他看到天空有腰带、双子星座与大大小小的犁具，于是抛开恶臭，唱起歌来吟咏星星与月亮。那是他的催眠曲，也是夜晚城市与垃圾亡魂的催眠曲。

哦，星星在夜空中
望着地上的我

法罗从和水手说完话后，至今才有机会躺下来让身体充分休息。他昏昏欲睡，依稀觉得星星俯下来亲他的脸颊，湿湿黏黏地，不断朝他脸上呼着热气。他惊醒过来，发现是一只大狗舔着他的脸庞。那狗，夜晚在残羹中觅食，以为找到了食物，后来才发现是找到了……玩伴。法罗摆脱摔跤的阴影，把狗拉过来，和它又翻又摔地纠缠一起。狗兴奋地打了个喷嚏，喷了一串鼻涕在他脸上。

狗尾巴上用绳子残酷地绑了一根骨头。法罗解开结，把骨头放入狗嘴里。但狗马上又把骨头扔在法罗胸前。狗张开前爪蹲在法罗面前，求他再丢一次。法罗躺着懒懒地把骨头丢出去，狗冲入黑暗中。四周无声无息，法罗只听到扒找的声音。突然，狗从右边蹿出来，嘴里咬着骨头，似乎抛骨头游戏是世上最新鲜的玩意儿。

法罗和狗都玩得筋疲力尽，最后摔在垃圾堆上。法罗最后一次从狗嘴里取出骨头时，禁不住往下滑。狗狂吠，法罗笑着抓住它，手臂不小心被玻璃碎片刮伤。两个都摔到垃圾堆底，全身脏兮兮。狗骄傲地抖一抖身体，又舔起怕痒的法罗。法罗边笑边唱着狗儿之歌。

有一只狗，我要让你知道
它有个家在垃圾堆头
只要法罗丢出这块骨头
它就像皇后一样快活

法罗看到远处灯火辉煌，知道已经过了回大妈那儿的时间。头底下的包裹不知哪儿去了，和狗一阵嬉戏后，他们走离了原来的地点，但法罗一点也不忧虑。那是毒物，一件要被丢弃的毒品，如今是垃圾世界里的一件废物。

狗儿望着法罗离去。法罗觉得狗儿想要跟着他离开垃圾堆，但似乎有所顾忌。法罗跟狗儿说再见。狗儿轻轻低嚎。“我要带你一起走。”法罗想象自己这么说，而狗儿回答：“我不能去，我住这儿，我有事要做。”两个都没提到毒品小包裹。

法罗无法忘怀新朋友，顾不了肚子咕咕叫，转头回去，归程似乎比较短。他想说服狗儿跟他一起走，甚至异想天开想说服大妈收留狗儿。至少他要完成那首守在垃圾堆上过生活的狗儿之歌。出乎意料的是，法罗看到狗儿自行找到出路，遛下垃圾堆行至路边。它发现了包裹，正用垂涎的长舌头舔着。法罗高兴地望着，猛然间，一个可怕的念头涌上来。

“毒品。”

他心跳加速，景物变得模糊。他知道必须叫狗儿停下来。就在他要大叫着跑过去时，一辆马车驶过来，他赶紧蹲下躲藏，因为吓得失神而忘了留意马车已经驶到跟前。看到马车如此华丽，他十分惊奇。狗儿丝毫不受影响，津津有味地舔着包裹，听到马车的声音后，又防卫地咬起包裹。马车小心翼翼地沿着颠簸道路行驶，到了垃圾堆前忽然停了下来。法罗尽量压低头。

马车的一侧在月光下闪闪发亮。驾驶座上有两个人，其中之一和乘客商量后下车。法罗对那驾车人十分好奇，望着他拍拍马，下车，走近狗儿。那是他们的狗？他们来带它回家？不……那人伸出手，把一个可能是食物的包裹和狗儿的包裹交换。法罗看得不是很清楚，脚底一直往下沉，他伸长脖子，站稳脚步，看到那人拿起包裹，打开。法罗看到他掴掌，不禁吓一跳。有哭声传出来。哭声？是狗吗？不，狗叫是咆哮声。这一切，让法罗仿佛被雷击中。

婴儿？一个有毒的婴儿？太不幸了。他应该现身？或逃跑？他对大妈一直至忠至诚，此刻脑子一片空白。他闭上眼睛集中心思，开始唱：

他们把那婴儿交给一部马车

但愿不会有人说我爱瞎扯

这首歌对他没什么帮助。有一阵吼声传出来，听不懂吼些什么。法罗知道自己不能被发现，转身悄悄滑到对面去，冒着被发现的风险也要离开。这一切与他无关。

他离去时，听到鞭子发出两声短促的啪嗒声，马儿冷冷的呼哧声，之后马车启动。法罗随便唱起一些轻柔歌曲，心思依然绕着刚刚的景象打转。婴儿？几乎不重要了，包裹不见了，赶快远离垃圾堆最重要。但，大妈会怎么说？他知道得太多了，不过又知道些什么呢？他根本不想知道啊！歌曲可以帮助他。最好不要跟她讲这事。法罗悄悄哼起歌，不久，心跳渐渐舒缓，脚步不觉迟缓，又迷失在歌曲中。

他沿着大马路走，路上行人稀稀疏疏，没人注意他。街灯下，竖立着一些像猫一样只在夜晚出游的男人们吐痰、打喷嚏的剪影；女人则像绕着煤气灯飞舞的飞蛾，他们只对彼此感兴趣。四周只有夜晚的单调颤抖声。法罗思念起他的新朋友。

快到家时，他觉得有人跟踪他，也许只是幻觉而已。但他接连转了几个奇怪的弯，发现自己回到了那个熟悉的迷宫庇护所。在这儿，他可以摆脱任何人。忽然，一名男子从角落冒出来，法罗差点撞上他。男子一身整齐的绅士打扮，披着深棕色斗篷。这样的穿着与仪态，夜晚独自流连街头似乎太隆重了。法罗闪到一边让他先过，碰巧，男子也这么做。于是，法罗又移动身子，男子却抢在他之前，两人处于一种莫名的僵持状态。法罗站着不动，牙齿打战，只能静候让男子先行。男子瞪着他，法罗一手抓着身上拼拼凑凑的衣服，大声呵斥。男子突然伸出手，放在他的肩膀上。法罗想，他要扣留他或给他钱？他觉得是前者，立即转身，从破外套中扭身而出，拔腿就跑。匆匆忙忙中，外套落在男子手上。他没有转身，拼命地朝自己的地盘跑。没人喜欢多管闲事。大妈跟他说过许多次："没人会拔刀相助的。"

2

在相对比较安全的马车里，洛欧伯爵拉开帘子，望向窗外的荒野。对于周遭景致他没什么好奇心，但马车颠簸令人作呕，留意一下途中的景物或许可以舒缓症状。这虽然可以减轻恶心感，却加剧了另一种感觉，窗外的荒野提醒他，现在已离家甚远。尽管坐在富丽堂皇的四轮马车内，但遥远的距离使得周遭的荒凉更具威胁感。

乔佛理·洛欧虽然三十三岁了，看起来却像一名玩捉迷藏时从洗衣篮口窥望的小孩。他拿着紫丝巾靠近鼻口，掩住优雅的小胡须。使用小丝巾是他长久的习惯，多少改善了这趟稀有之行的不快。此外，丝绸在唇间的柔软，嗅盐的短暂提神，窗下壁龛用皮绳系着的白酒，也多少发挥了改善的功能。他的手一直靠在窗框上，轻轻一扯就可以唤起上面那男人的注意。

这辆马车非常适合在星期天下午绕着平坦公园行走，吱吱嘎嘎碾过文明边缘的无人地带。马车正返回主人的乡间住所，洛欧满心期待回到洛欧山庄的温暖怀抱中。

“伯爵是隐形的人。”管家傅德规定下属：谁都不准多看洛欧伯爵一眼。在洛欧山庄内，伯爵可以要求此类尊重，但出了山庄，傅德无法指挥乡人以合宜礼仪款待主人。任何人都可以随意、大胆地注视主人

（看他的奇装异服与另类风格）。对洛欧而言，这种稀有的一日行过于沉重，距离、黑暗、马车颠仆与断续移动、无名生物的不祥啼哭，无不扑涌而来吓坏他。但若不当日来回，就得选择离家过夜。这更糟糕，很糟糕。他不在，朵儿丽怎么办？

绝望的泥沼开始扩散，控制不了也抑止不了。谁知道会停在哪儿？什么时候才能见到房屋？那些人和仆人哪儿去了？

这不是乔佛理第一次进城处理母亲的文件。死亡的阴影在过去这三年越逼越近，洛欧夫人卧病期间仅存的欢乐，似乎是让她的继承人陷于冗长的事务当中。这些事务虽然沉闷无味，却代表了她对儿子的爱。在她眼里，儿子尚不适合外面的世界，她想在离开人世前慢慢训练他。

法庭长细细审阅那些质疑的文件，两个小时中他不断地搔着络腮胡子。一束光线将法院分成两半，书中扬起的尘埃像小虫子般绕着他飘舞。洛欧坐在角落里，嘴里咬着橘色丝质手套的一根手指头，神情始终惊愕不已，与法庭长的沟通完全通过管家傅德进行。其实，没什么好质疑的，洛欧的家产代代相传，这位贵族寡妇会把财产遗留给谁是毋庸置疑的事，而且没有对手提出权利要求。问题只有在他死后无子嗣、治理权自动消失时才开始。啊，但愿仁慈的上帝保佑他长命百岁。

马车突然向右倾斜，洛欧咳得好像一只无法吐出毛球的挫败的猫。他面前有张小旅行桌，侍从摆了点食物在上面，随着马车上下摇晃。洛欧捏起一片奶酪，闻一闻，用两颗门牙咬了一小口。恶心再度袭来。他又卷起窗帘，看见一间肮脏的小酒馆。他知道那家小酒馆，但无法想象里面是什么样子。更远的地方有座垃圾山，吓了他一跳。月光照在垃圾堆与碎玻璃片上，反射出闪亮光芒。洛欧看到垃圾山脚下有只流浪狗生龙活虎地又抓又扒，嘴里咬着一包东西。是月光造成的假象？或它嘴里……洛欧难得的好奇心被激起，想靠近一点看。

“傅德！”他拉拉窗框，又用银手杖敲敲天花板。门帘立即被一根拉绳卷起。

“是的，先生？”傅德对这突如其来的召唤有点意外，但几秒钟之内便站在主人身边。他从窗口望着洛欧，下巴滴着汗水，像蜡烛滴着蜡油一般。

“停下来。”洛欧轻声细语，听起来像接连的叹息，“那只狗……它的嘴里？”傅德听了立即有所反应，仿佛这是每天都会发生的事。马车停下来，他跳下车，走向那狗。狗咆哮，傅德小心地通过垃圾山，有备而来。他从口袋里拿出一根羊排，小心地与狗口中的包裹交换。那根迷迭香羊排是他在寒冷归途中给自己的款待。整个交换过程迅速、漂亮。狗咬着羊排离去，傅德手上拿着包裹。

脏包裹缓缓蠕动，傅德小心解开包裹，远处传来一阵沙沙声，他抬头看，除了满脸疑惑的马车夫外，没有看到任何人。当他把心思拉回手上漫不经心进行的工作时，才发现内容物已经露出，裹在一片脏兮兮的破布里。傅德惊讶得无法言语，愣了片刻才转头大吼：

“水，菲利普！拿水来……还有毯子！”他右手捧着那团暖暖脏脏的血、液体与唾液，一滴脏污落在他暗黄色的背心上，开始扩散，左手该做些什么？这小东西还有呼吸吗？他拍一拍，婴儿哭了起来。

洛欧打开马车门，这是他第一回为自己开车门。

“青春伯爵”不知不觉过了欢欣的三小时，来到山顶俯瞰洛欧山庄。看到家，他习惯性地松口气，第一眼的感觉非同凡响。他的房产像野餐般铺陈眼前，溪流浴在饱满月光下，闪着银光。

白天并非山庄的外观最美的时候。从远处眺望，洛欧山庄像是一只压扁的大昆虫。中央楼是昆虫身体，以结构刚硬的红砖建造而成。灰色的碎石庭院是头部，位于大门与嘴巴造型的圆柱走廊之间。马厩与礼拜堂分踞碎石庭院的左右两边，仿佛两颗晶亮的昆虫眼睛。山庄的前界是门卫室，门卫室至圆柱走廊之间有条种满榆树的大车道，车道两边各有一个从昆虫啄痕中萌芽而出的探测器。昆虫身体后面有一条堂皇大道，是它的长螯，那曾经是致命的长螯。花园里弯弯曲曲的小径由毁了花园的脚践踏出来，是昆虫新长出来的疾行腿。

在半昏半暗的情况下，山庄看起来像一只狗蜷卧在枕头上，安静，沉睡。

他望着婴儿。那是一团小红球，如今包在傅德的脏背心内取暖（也隔离马车内的脏乱），躺在最舒适的椅垫上，断断续续地哭着。洛欧塞给婴儿戴了丝质手套的手指头，婴儿依然号哭，并且哭得变本加厉。洛欧脱下手套，试探性地在婴儿脸上摇来晃去，婴儿不理会。洛欧不知道该怎么办，遂把地板上的灰尘掸干净，跪下来，望着婴儿发愣。他小心翼翼地安抚婴儿，仿佛婴儿的无牙嘴巴会开口咬人似的。他每靠近一点，婴儿的哭声便弱一些。当他的脸几乎偎在婴儿小脸上时，哭声几乎止歇。洛欧脸上的精致蜜粉飘落在婴儿的小脸上。洛欧看到了，为了不想弄脏手帕，便用舌头舔净婴儿脸上的粉，婴儿立即停止哭泣，做了个表情。乔佛理认为那是微笑，又好玩地舔了一下。婴儿咯咯咯笑了起来。

“顽皮的小天使！”洛欧好像在说朵儿丽似的，抱起包裹中的婴儿，脸贴脸。婴儿的脸暗了下来，洛欧用舌尖碰婴儿的鼻尖，小脸蛋又绽放出灿烂阳光。洛欧脸偎着包裹，想得失神。就连山庄每一扇窗户上的阳光都能给他安全感，让他想起母亲时不致颤抖。

洛欧山庄，两个世纪前便已闻名（早于“运动场山庄”这个正式名称），已经预先治丧三年。洛欧夫人直接从丈夫的丧期（一年黑服，两年灰服，另两年浅灰服）进入女儿与少有往来姐姐的丧期，办完这些人的丧事后，才办自己的。在准备女族长的丧事期间，她下令山庄内全部罩上黑色，不准有噪音，所有从山庄发出去的信件都用镶黑边的信封，以黑蜡封缄。洛欧山庄每月从荷兰进口黑纱与黑葛，成为黑沉沉的世界。整座屋子阴阴森森，沙沙嘶响。

所以，洛欧夫人卧病在床已十二个季节之久，一直游走死亡边缘，但她对死神的挑战却令医生和牧师吃惊。麦斯威尔与蓝道两只黑色猎犬是她每日与死神苦战的象征，一直守在她的床侧，像地狱犬[1]般缩在一起，等候噩耗来临。

“我不会死的。”乔佛理的母亲不断告诉他（与其说是保证，毋宁说是威胁），“除非我确定了继承人。”

在预先治丧这几年，远房亲戚的拜访次数多于平日，不禁令人大费猜疑。一年一次是可以预期的，两次便不是单纯的巧合，三次显然引人遐想。假如乔佛理死后无子嗣，所有的遗产将留给伊丽莎白姑妈家——欧斯本家族。乔佛理的母亲花了数年力气避免这种局面发生，因为她恨亡夫的所有家人，尤其是这位女士。

洛欧夫人病况稍有起色时，若体力允许，总会安排一些年轻有教养的小姐与儿子约会。乔佛理以沉默对抗母亲的期望，用礼貌的轻视态度或全然忽视对方的存在表达自己兴趣缺乏，迫使贪婪的未来岳父为了女儿着想不得不重新考量。对此，洛欧夫人只接受其中一次。那次，那位讨厌的贪婪“远房亲戚”（她对那些人的通称）推荐自己的孙女——面色苍黄的卡蜜拉。乔佛理借口要去“带洋娃娃”，把她孤零零丢在娱乐厅里两个半小时。有人猜疑他对女人不感兴趣，或是个双性恋。其实，洛欧伯爵的隐情单纯而复杂：他的时间不给任何人，只给妹妹。

乔佛理是山庄唯一对服丧有豁免权的人。服丧期使他对色彩与艳丽服饰产生一种需求。严格说来，他的体质比垂死的母亲更虚弱，但绝对能活得更久。这些年，他见的人越来越少，除了仆人以外（大约有两百五十名仆人，包括洗衣店工人，但洗衣店在哪里他并不知道），仅有

1　希腊神话中守卫冥府的猛犬，有三个头与蛇尾巴。——译者注

的盟友是傅德与安诺妮玛·伍德。傅德是他的管家与忠实伙伴。安诺妮玛是他妹妹的家庭教师，最近参与了八角图书室的装修工作。他尊敬他们，但与两人都没有体己话可说。

他大部分时间待在图书室里，安诺妮玛也在场，那种不打扰彼此的沉静感令他自在。此外，他还待在朵儿室里，那是洛欧山庄在顶楼的育儿室，据说里面闹鬼。在那儿，他和自己的鬼魂交流，忘了心中的悲哀。在真实生活里，他是鬼魂，母亲是灵媒，派遣他纠缠她的律师。

母亲对他全然掌控，他对母亲无疑也全然服从。为什么会这样？除了出于孝顺的本能外，理由很简单：他对妹妹的挚爱。

朵儿丽生于一七九五年。那时，乔佛理是典型的七岁男孩，活泼爱吵闹。他们的父亲乔治·洛欧伯爵在朵儿丽出生那天惊喜得高呼："神的恩典！"（好像他事先完全不知情似的。）说完立即向后一倒，窒息而亡。于是，乔佛理变成了"青春洛欧伯爵"。

乔佛理的母亲不喜欢照顾小孩，尤其是自己的小孩，无论如何都不肯碰他们一下，两名子女皆早产，或许因为她希望他们不要在她肚子里待太久的缘故，她总是认为这些发育不全的小家伙反正终会长大成人。她觉得儿童期是人生中可厌的阶段，在那之后才有交谈的可能（事实上，洛欧夫人比较需要一名哑巴欣赏她的独白，对于会说话的伴并不太需要）。

年幼的朵儿丽·洛欧小姐失去双亲的教化，反而成为她哥哥存活的理由。她是他偏爱的玩具与玩伴；他是她的剑、盾与小丑。他慷慨地把清醒的每一秒钟奉献给她，倾囊相授所有知识。这种情况叫他母亲如鱼得水，她最不喜欢碍手碍脚的小孩了。于是，他们的母亲忙着高尚洛欧伯爵的丧事与处理房产时，青春伯爵和妹妹坠入爱河。

到了十一岁，洛欧想不出有谁可以分享生命，除了享受妹妹在其照顾下的成长喜悦外，脑子里没有其他。他不过是个男孩，却知道什么东西最适合妹妹，也准备一辈子伴随她长大。他见过仆人的小孩快乐地从墙角溜走，却因为父母的势利眼不能与他们玩成一片。现在，除了和妹妹玩耍，他没有其他乐趣，几年前他还拼命想加入到仆人的小孩当中去玩呢。

他是她的山庄导游，喜欢带着她在房子里的秘密地道、天窗与藏匿洞玩耍。他们在长廊上追逐，在亮晶晶的地板上欢笑、踢球、玩捉迷藏，再也找不出一处比洛欧山庄更适合捉迷藏的房子了。他们玩腻室内游戏后，便开始勘察山庄的地形，虽然没有详细地图或用来在迷宫作记号的棉线球便有走失之虞。山庄最老与最高的一棵树（据说有位国王曾经躲在那儿）被称为"老橡皮肠"，他们最爱攀爬它，直至能力所及的最高枝头，徜徉在那儿，仰望天上云朵。之后，回到东楼的朵儿丽游戏室玩她的娃娃屋。那是汉斯·海门为了新建的仕女区而制作的洛欧山庄模型。

朵儿丽五岁时，乔佛理的保护发生了致命的错误。她抓着他，想要转移他对变幻云朵的注意力。他不知道那一瞬间发生了什么事，只记得往下望时看到她失去知觉的身体。刚刚她不是还好端端地坐在他身边的枝头吗？从上面鸟瞰，她仿佛穿着白衣张开四肢躺在大地之床。幸好他无法再近一点看。他定定地望着她，眼球凝止，头部僵硬不动，一心等候她从死亡中蜕变，像女教师的拉丁书《变形记》里的人物一样。起先，他希望她变成一只鸟，像代德利翁[1]一样，朵儿丽经常把代德利翁叫成蒲公英（Dandelion）。后来他知道太迟了，改变应该早就发生，她应该在坠落时长出新翅膀拍打空气飞走，让短促的尖叫变成新的鸦啼，而不是砰然落地。他想她可能和德律奥佩[2]一样变成一棵树，长在"老

1 Daedalion，希腊神话人物。——译者注

2 Dryope，希腊神话中变为白杨树的山林女神。——译者注

橡皮肠”的旁边，或者变成一块岩石、几级石阶或一朵花。他的眼神始终没有移开，凝视着，等候着。但蜕变时刻已过，全然没有动静，她死了。这是他们被发现时的情景。

之后，乔佛理的生命全花在康复上，永远无法了解自己其实无须受谴责。他几乎失去外出的冲动。朵儿丽的死以及她想抓住他的意图，把他关在屋子里，进而关入自己的心房。他坚持她的所有东西保持原状，包括那间现在闹鬼的朵儿室。

如今，他虽然三十三岁了，依然保持在朵儿室和妹妹说话的习惯，他称之为“朵儿力量”。他需要妹妹的扶助时，就坐在朵儿室门口，轻轻打开房门往里面瞧，每一回总是担心她不会再在里面了，但是每一回她都会出现。他明白，假如她还活着，他们的亲密会渐渐消退；她死了，对他几乎也是致命的一击，但两人的亲密永远停留在她死之前的亲密。他的情感全给了妹妹，因此，对于母亲的死活不太在意，只在意她是否满意他的服侍。有一天母亲会过世，届时他可以抹去黑漆，扯去所有悬挂物，让房子恢复呼吸。他对朵儿丽的永久哀伤是他个人的事，假如有人想加入，他认为是侵犯。那是他的私密爱恋。他看到了这场虚伪可笑的无声演出，几乎让洛欧山庄喘不过气。他的哀伤是完整与绝对的，无须公然展现，越少人知道越好。他要让房子恢复往日的鲜艳光华。这是他对妹妹的最后颂赞，现在，他有了方法。

马车转最后一道弯驶过门卫室，乔佛理望向车外。那是一栋十七世纪的花岗石建筑物，三层楼，建在大铁门附近，铁门上镶着洛欧家族的徽章：缠绕的玫瑰花与石南。两座炮塔立在雉堞矮墙上（居民可以从那儿对假想敌喷射柏油）。

洛欧山庄的庄园呈现在青春伯爵面前。他看到月光下三根烟囱冒着缕缕轻烟。周围草地种满枞树、橡树与柏树，他深深吸一口气，仿佛首次吸到所有树木的精华。他不喜欢苍鹭的恐怖哭声，但今天例外，虽然四周黑漆漆的，但听起来仿佛是快乐的礼赞。

大宅子本身和车道一样长，是一栋融合许多时期、历经几代子孙用柔和红砖扩建的雄伟建筑。英国内战与许多革命来了又去，修道院废了又建，山庄依然屹立不摇，光华益增。洛欧家族与建筑师相信哥特式风格是最高贵的建筑，尊为哥特派。新古典主义的祸乱不许沾上大宅的边。乔佛理喜欢其深沉的中古木造风格与每一座门上的华美绳结。他爱长廊的悬挑式拱形橡木屋顶，看起来像船的内舱，也爱每根栏杆上都雕刻着玫瑰与石南的乌黑楼梯。

洛欧想起一位洛欧祖先以及源自其名的一首歌曲，他轻轻唱给婴儿听。这位祖先为了旅行将婚期延期七年。六年过后回乡时，听到教堂钟响，“悼念为粗鲁乡绅而亡的南希·贝尔”。他望着躺在棺木中的她，因悲伤过度而亡，最后葬在她身旁。她的心脏长出一棵红玫瑰，而他的心脏长出一株石南：

它们长、长、长到教堂尖塔
长到无法再攀高为止
之后缠绕成一个情人结
给相爱的情人欣赏

所有家族成员皆不怀疑这是他们的祖先，尤其洛欧家徽又描绘了如此的格言。那是一个没有纹章学根据的奇异徽章，尽管家族规章对玫瑰的解释是“红色的，有刺、有种子”，但青春伯爵对家徽有一种深深依恋。他以缠绕的花朵作为签名，他马车上的每一扇门都描绘着缠绕的花朵。其他人可以保持他们炫耀的盾、水袋与相应的不对称。他则喜欢这个简单的图徽与其下的箴言：爱征服一切。洛欧的生命正是如此。

马车驶在两排榆树中间的大车道上，洛欧抱起婴儿，指给她看左方山坡上的典雅陵墓。一位典雅祖先，记不得是哪一位了，想在庄园再现古代七大奇迹，最终明白这个计划和第一个奇迹——摩索拉斯陵墓[1]一样遥不可及。幸好他是从这个陵墓开始建的，因为洛欧家族非常需要在某处为祖先的遗体找个归宿。这个仿照摩索拉斯陵墓而建的洛欧陵墓气派雄伟，十二根圆柱与八层金字塔皆以波特兰石雕刻而成，顶端雕像是哈罗德·洛欧伯爵在展露一条高雅的腿。青春伯爵非常喜欢这座建筑，也许是因为他的深情与建筑物的内涵有某种联结，也许是因为其所仿照的陵墓是阿尔特米斯为了纪念挚爱亡夫摩索拉斯而建，而摩索拉斯同时也是阿尔特米斯的哥哥。

陵石闪着淡绿光泽，冰凉内部葬着“邪恶”、“高尚”、“伟大”、“完美”几位洛欧伯爵，就在“是死者不是输者”那句谚语的下方。有一天，乔佛理也会葬在那儿，和死人、尘土、朵儿丽在一起。他曾经想过以蜂蜜保存朵儿丽的遗体，像亚历山大大帝那样，但最后放弃了，因为她清纯无瑕，永远不会腐烂，没必要用硝石或甲醛，这些东西配不上她。她的大理石棺木涂了三层封漆，可以避免水分侵入；内衬的铅与锌可以阻挡空气对她的腐蚀。她死后和生前一样，都从他这儿得到同样的爱护。之前没有变形，现在也不准有。

车道两边的草地上，马儿与鹿吃着牧草，像一幅图画。洛欧把婴儿放在对座的柔软椅垫上，用手杖敲敲马车顶，要求傅德叫车夫停下来，他不知道车夫叫什么名字。洛欧要傅德召唤仙客莱，傅德吹了声口哨。一匹大白马朝马车奔过来，洛欧伸出手迎接他的宠儿。虽然没有马术师，但洛欧对于骑在其他生物身上很有信心，特别是女人与仙客莱身上。仙客莱长得像独角兽，尤其它欣然接受头上粘着一支假角，看起来

1 the Mausoleum of Halicarnassus，位于土耳其西南方，是世界七大奇迹之一。——译者注

更像独角兽。

仙客莱靠近马车，乔佛理探出身来，从它颈上拿下一条银链子。他在三匹爱马颈上挂了一模一样的银链子，链子上都有一颗银心，镌着小小的“朵儿丽”在上头。母亲对这怪装饰嗤之以鼻：“这是非常不自然的剥夺行为。”乔佛理认为她是担心银链会被偷走。（家族铭牌二十四小时有人监看，就连夜晚也雇一名男孩锁在铭牌室里看守，还在里面安了床睡觉。）但是，当地人没什么邪念，因为洛欧非常受爱戴。他很少出现在教区的活动场合，但每年五月王后们与随从出席小镇的麦田游戏时，他都会泰然自若地现身。他期待每一年把手放在教区病人身上为来年消灾祈福的仪式，或许是因为至今为止每年都应验了。

仙客莱淡淡甩一甩长鬃，又奔回草地，头上的假角轻轻摇晃。洛欧把银链与镌刻的银心挂在婴儿脖子上，将婴儿抱到窗外一英寸处，让婴儿很少睁开的眼睛也能望见大宅子的全貌。他向山庄郑重介绍婴儿，也向婴儿郑重介绍洛欧山庄。这时四座礼炮响起，向乔佛理的安全通过致敬，这既是欢迎也是警告。通常这是宣告伯爵回到山庄，但有一回例外，那次，他和一位地位比他崇高的贵族（一位皇室或大主教）同行，耗用了更多的弹药。第一座礼炮响起时，婴儿吓得大哭，洛欧赶紧包裹婴儿的身体，关上马车窗户。

洛欧不知是谁发射这四响礼炮，也不知礼炮鸣自何处，为什么需要如此，仪式持续多久。母亲一过世，他要立刻取消这种致敬仪式，以六支小喇叭吹奏他创作的美丽温柔旋律取代。他要让六名男喇叭手一边吹号角一边行进。为什么放着小喇叭手白白不用？

他弯下身来，用鼻子温柔地抚慰婴儿的小鼻头。

依莲娜·洛欧夫人坐在床上，等候儿子进门。她的强硬助手安丝黛丝·克劳奇护士将她的残废身体安置妥当（经过一番折腾与咒骂）。洛欧夫人需控制每一根脊骨才能摆出良好坐姿。克劳奇把钻石放在女主人的颈凹处，但钻石尴尬地掉了下来，仿佛被肌肤拒绝似的。她伤脑筋地绕着洛欧夫人，想要将这些不情愿的宝石摆出一个完美的对称。洛欧夫人一身黑色蕾丝装扮，身边歇着一只狗，胖胖的狗脸从一团杂毛中探出，仿佛一只粗短的男士手臂从袖口伸出来。

紫色天鹅绒床罩沉重地垂下来，周边滚着纤细的蓝色与黄色薄绸，上面绣着家徽。这张大床原是一张耀人的四柱床，但床主人不能忍受有东西遮住视线，即使一点点也不行，因此两根床尾柱便被拆了下来。大床见证她孕育两名子女，一名活着，一名死了。她躺在大床上，上头悬着一顶黑缎华盖，广藿香的浓腻气味围着她，充斥房间的每一角落。青春伯爵拐过弯角时，广藿香的气味令他一再想打退堂鼓。

这次的夜晚探视是特例。儿子进卧室（这是她唯一住过的房间）探视必须经由正式邀请。一般情况下，探视者（儿子、管家、贵族访客）提出请求后两小时才正式发出邀请帖，若情况特殊，也许一个小时。这回，青春伯爵要求立即拜见。洛欧夫人为了儿子即将到访振作起精神，给女仆一张冗长的流程表。她仅存的生理机能是声带运动，为了避免萎缩，忍着病痛之苦也要保持声带运作。她的精神向来相当活跃，声音稍微差了一点点，睡觉时说的话比有些人醒着时说的话还要多。

今天，她特别焦虑不安。儿子管理她在伦敦的家族产业，她期待能看到讨厌的产业有一个令人耳目一新的报告。但报告还没出来，青春伯爵却破例请求晋见，这只让她更加难以安心，一条战线遭到反抗，另一条战线又被伏击。现在究竟是什么时候？为什么儿子需要如此紧急探视她？发型师还来不及为她梳头呢！洛欧夫人突然希望额头上的白粉与发油引起她的过敏症。

她刻意留下一些不同以往的匆忙痕迹，譬如：象牙桌上斜放着一把梳子，平常关着的窗框束起窗帘，以及地砖上残留了一些狗毛。黑白相间的地砖让房间看起来像棋盘。一瓶喝了一半的杏仁糖浆放在床头柜上，塞子仍在银托盘中转来转去，正渐渐停歇下来。

洛欧夫人看到儿子兴致勃勃进房来，不禁扬起眉毛。现在似乎有点像出其不意的袭击。她要让他等候。

洛欧夫人渐渐习惯儿子的无精打采，不再为此生闷气。她容许他在山庄里穿着彩色衣服，因为那是他少有的热情之一。她吩咐仆人每天报告他的日常生活，数年来，报告变得非常乏味，缩短成“数小时只待在朵儿室与安诺妮玛的图书室里”。

“哀伤，你不懂吗？”她对他说，“只是一场表演。苦难后流几滴自然的眼泪是可以接受的，即使仅有泪水也行。但先生，痛苦拖了这么久，真的很糟糕。”她非常满意这一小段话，表达之前先要克劳奇记录下来。最让她难以忍受的是，他纵容自己浸在私密的隐痛中。痛苦表现出来，似乎是可以接受的，不管有没有自觉；但隐藏痛苦不让人知，哦，绝不！他是不是真的那么痛苦？这真难倒了她。

他为什么这样？她哪里做错了？

独自一人时，她经常怀疑洛欧家的血液是否遭受了污染。那是她的最大恐惧，尽管这年头贵族的后代一代比一代愚蠢，这也许没什么好羞耻的，但她仍不敢面对此种情况。显然，站在她面前这位纨绔子弟装扮的乔佛理承袭了比较少的洛欧血统，是位不太洛欧的洛欧，她想将他改变成理想中的样子。她年轻时，遇见她丈夫之前，曾经被她公公所吸引。她公公罗萨·洛欧的无情魅力掠过两代，可能已经失传了。

罗萨，号称“邪恶伯爵”，死于血栓。他天生精力旺盛，黑胡子常沾了太多亲吻的粉而变成白色，这些亲吻全来自与他交谈的每一名女人（不管自愿或不自愿，对他而言都一样），包括他的媳妇！当然，他死时没有痛苦，或者，如《邮童报》的含蓄说法，“睡着了”。美丽的金妮·霍斯金被发现压在伯爵身体下的奥地利大钢琴上。继任的新洛欧伯爵对金妮的安排非常周到，因为她没有尖叫以唤起别人对她及其主人的注意，尽管她十分痛苦难堪，却冷静地弹了身边的几个琴键，有人听见就停止了。如此，新伯爵才发现了她。她很幸运，洛欧家也很幸运……只有下一任伯爵注意到了琴声。

邪恶伯爵罗萨先生直到咽下最后一口气仍不辜负其盛名。洛欧夫人至今依然称他为“邪恶伯爵”（他终其一生如此要求）。记忆提升了他的地位，如果可能的话。现在，他似乎比以前更邪恶。他会如何藐视乔佛理啊！

洛欧夫人在洛欧保卫战中视罗萨为灵感。罗萨的爱妻凯瑟琳·艾斯顿被证实无生育能力时，他与她离婚。再婚不到一年，取代她的伊莎贝尔·安东尼——梳着老鼠头，宽臀，爱露齿微笑，人人称之为“儿童新娘”，这个称号得自她的智力而非年龄——便生了一个男婴，长大后成为“高尚洛欧伯爵”，也就是洛欧夫人的先夫。他的诞生让洛欧家族认为是一个奇迹。只有凯瑟琳·艾斯顿有资格照顾这名男婴，虽然她既非男婴的母亲也非当任的洛欧夫人，但她一直是罗萨的爱侣。伊莎贝尔不知如何打发时间，只有再生一个小孩才有人陪她玩。这份努力使她生出了充满憎恨的伊丽莎白·欧斯本，也就是洛欧小姐，同时也是洛欧夫人的小姑与劲敌。

这位令人赞赏的罗萨先生为所欲为，直到家运昌隆为止。他拥有优越资源供其支配，个性又积极主动、残酷无情，为了满足自己不惜彻底改造世界。而洛欧夫人所拥有的是伤残骨架、软弱儿子、瘦弱女仆与一颗被其家族折磨的痛苦心灵。有时候她想一切是不是都是枉然。哦，不！她不会轻易投降的，除非地位巩固无虞。

假如她在乔佛理身上看得到坏伯爵的一点点影子，她可能乐于退居幕后，但没有，一点影子也没见着。她的儿子既不善良也不邪恶，就她所见，他没什么作为，随着生命浮沉，像赞贝卡力伯爵的热气球一样，随风飘荡。他听天由命、多愁善感、随遇而安（全部袭自他父亲，但他父亲虽然善良却不软弱），只做“除了遵命，别无选择”的事，整日死气沉沉，要死不活，还曾经提议每个房间放一个头颅以纪念逝者，他母亲说，还不如摆一个活骷髅算了。

看到冷淡的乔佛理站在床尾，一副自我陶醉满腹心事的样子，洛欧夫人难以忍受。假如拖长时间可以折磨他的话，她决定让他等久一点。当他靠近说话时，她用坚决的语气阻止他。

“乔佛理！”她拖长语调咬牙把他的名字叫成“乔佛——理”，仿佛那是两个名字。她儿子想起了自己的身份。虽然是特别的床边会议，礼仪也不能少。

“希望您今晚感觉舒服一点，夫人。”他拘谨地说出这句话，越说越紧张。

“感觉舒服？我一点感觉也没有，先生。我完全麻痹了，克劳奇！安丝黛丝！这儿！”洛欧夫人转动眼珠子，女仆急忙到她身边来。洛欧夫人一身无用的肉，而克劳奇的肌肤像鼓一样包着嶙峋骨架，一身薄皮似乎不堪主人需求。为了让单薄的上唇遮住上排牙齿，她极力咬紧牙关，不过努力了半天，上嘴唇依然高高在上，因此她的鼻孔经常撑开，成为脸上两个对称的红弹孔，比眼睛还大。

“你看这个可怜虫，皮包骨。她充当我的感觉，移动我。克劳奇！我的手。”女仆抬起主人的右手臂，皮肤粗糙得好像裹在湿纱布里。

“看我的手，先生，看！”

洛欧伯爵走来走去，眼神凝注在那只枯槁的手上面。这不是新规矩，他顺从地静候着。

“安丝黛丝！放下来！”女仆遵旨。那只手臂与其上的手坠在床上，深深地陷进铺了软垫的床单。床铺发出喘气声，松开，准备再度迎接手臂。对洛欧夫人而言，这是一件成就。“先生，这……就是我的感觉！”她的手臂搁在那儿，又抽搐了一下。“这是我的手臂，先生，我的手臂，但再也不听我的话，不听我使唤了。”

“夫人，母亲大人，我想告……诉您……”他一开始语调十分坚定，发现母亲还未说完时，又紧张得支支吾吾。她只是停顿一下，想多了解残废的手臂，而他打断了她的话。

“停！”她猛然叫停，制止他继续说。终结的语气让世界又开始绕着中轴旋转，洛欧觉得有一点点摇晃。

“我说：它再也不听我的话，不听我使唤了。我正在观察。”她轻快地转移话题，“我雇用你和法庭长商议紧急的产业事宜，现在你回来了，第一件事情，我想，应该是来跟我报告结果吧？”

“是的，妈妈。”洛欧简单回答，不愿再多说。

“还有呢？”

“一切都很好，夫人，一切一直都很好。”洛欧不耐烦地答。他母亲从未见过他用这种语气说话，头部的神经末梢不禁隐隐作痛起来。她隐约感受到他的礼貌反抗，但不动声色。克劳奇护士观察主人的反应时，看到了她的眼神。洛欧察觉出她的心思，“母亲，没什么紧急事情需要解决的。您的财产依您的指示划分，我的讯息是，一切事情会全面与公正处理。”

她噘起嘴来，突出怪异的下唇，整个人好像滴水兽[1]般望着动也不动的儿子。洛欧仿佛生了根似的。

“有冲突吗？先生。”没有冲突。“很好，这个消息很重要，先生。”

洛欧的人生似乎都花在等候上，这回他觉得没有理由再多等候了。他深呼吸，回头看了一眼，拿出绅士风度优雅地鞠躬，说：“夫

1　中世纪哥特式建筑屋顶上的半人半兽状滴水嘴，引导屋顶上的水流。——译者注

人，我要郑重向您介绍下一任的洛欧女士。”

门口走进两腿长短不一的傅德，推着一部超级豪华的婴儿车。婴儿车的黄金车架像阳光，照射得房间更明亮。这部美丽机械的平稳悬吊曾让“伟大洛欧伯爵”甜蜜入眠，后世的每一位洛欧伯爵都睡过。它能够温柔地左右摇晃，仿佛是世界上最平稳的吊床；行走时又几乎悄然无声，只有润滑转轮的柔和哧哧声谱出的完美和声，几代的家庭女教师都赞赏有加。傅德停下婴儿车，向夫人鞠躬。静默的气氛有点紧绷，等待有人打破。

洛欧低头看一看婴儿，仍然红彤彤的，不是健康的粉红。他把视线移回母亲身上。母亲并不想见到下一任洛欧女士，眼神几乎很少投注在婴儿车上。她全身无力，移动一下头部想稍微改善视线，但仅能左右移动不到一寸。当她使劲看时，头猛然抽搐了一下，眼神透露出不安。她听到有人发出咯咯咯的声音，却看不到一点点东西。麦斯威尔与蓝道对这部引起主人惊慌的机械怪兽发出威胁的咆哮。洛欧夫人受够了这种游戏，儿子考验她的耐性太久了。他帮不上她的忙，也帮不了家族的忙，现在她彻底觉悟了。

“先生，你不能娶一名婴儿！”她大吼，“我努力安排你认识这么多小姐，全都是适婚年龄，没有一位小于十二岁。先生，除非女人到了相当年纪，否则你看不清她未来是不是适合为洛欧家增添子嗣。”说完，猛然想起，“克劳奇，清房间，通通清走。”

“夫人，你误会了，我不是要娶任何人。”这回，他的信心没有失去，完全无惧于打断她的话，只是一味地说，越说越高昂，喉咙不禁一阵瘙痒。“这不是未来的洛欧夫人，不是我的妻子，而是未来继承我们姓氏的洛欧女士，是我的女儿。”

傅德站在婴儿车后，猛烈地清了一下喉咙，没人注意。现在不是说话的好时机。乔佛理轻轻咳嗽以纾解不舒服的喉咙，渴望地望着玻璃水瓶。

“怎么做？先生。”洛欧夫人以最辛辣的语调问。仆人全停下手上的活儿，保持肃静，竖耳恭听。“你对这婴儿的来龙去脉了解多少？在图书室发现的？为你的朵儿室带来生命？我不敢相信你生了一个婴儿！我不认为这个欢乐的小杂种是我的子孙，她是你和哪一个漂亮的女仆私通的结果？这些女仆是我故意安排在屋子里的女妖精，你却无能到没看出这一点！”

“我发现这名婴儿，母亲，我救了她的命。我在城外一只流浪狗的嘴里发现她，当时她包在一块破布里。母亲，我需要一些东西填补我的生命，现在我找到了这名小孩。我要把她抚养长大，成为下一任洛欧女士，属于我的，属于我们的。夫人，请您见见您的孙女，她是我们家的救主。傅德，婴儿！”

傅德心里泛起疑虑，睁着大眼睛，愣住了。洛欧没有注意这么多，抱起婴儿给母亲看。

“未来的洛欧女士。”他把婴儿高举在半空中，走近母亲。洛欧夫人自从被安置在这张床上后，精神每况愈下。这是数年来第一回被迫临时处在不是她制造的处境里。

“克劳奇，婴儿，抱婴儿过来。”她粗鲁地断断续续说，“你发现了这名婴儿？”事实需要调查清楚。她脸转红，心跳加速，脖子上出现一条丑陋的静脉。

“是的。”洛欧说着挥开克劳奇的贪婪爪子，“安丝黛丝，小心一点！”

“傅德，你在这儿吗？”洛欧夫人想要一切井然有序。

“嗯，夫人，我在这儿。”傅德答，“但我应该说……”

“安静！”她边想边说，克劳奇正慢慢把婴儿抱近她。“这婴儿被丢在那儿等死，而你把她捡起来，现在是我们的，没有人会要回她。傅德，这婴儿被丢在那儿等死，是吧？”

“几乎是这样，夫人。但是……”

“胎记？任何可以识别的胎记，我们必须看一看。有人知道吗？有人看到吗？你确定吗？”

“没有人看到，夫人，我确定。”傅德答，“但是有一个问题……”傅德谨守礼仪，不敢大声说话，音量刚好让夫人听到，但洛欧夫人压过他的话。

“感谢老天保佑！叫汉密尔顿的儿子过来，马上。她是我们的了，乔佛理，你会为她安排一桩好姻缘吧，那时我已经不在了，儿子，你做得很好。”

“夫人，她只为爱而结婚，否则就不结婚。”洛欧回答。那番赞许与他无关。他看母亲准备触摸婴儿以污染纯洁的小生命，不觉感到恶心。

所有眼睛都注视着婴儿呈现给她奶奶的过程。洛欧夫人望着身边的婴儿。新生命，瘀青累累，不快乐。克劳奇护士举起夫人的手，扳起她的一根瘫痪手指摸一摸婴儿的红脸蛋。乔佛理畏缩了一下，令他吃惊的是，婴儿没有立刻尖叫。

“胎记。”他母亲说。克劳奇掀起婴儿的衣服看里面有什么胎记。傅德更猛烈地清一下喉咙。

洛欧夫人仔细地瞧，鉴赏地瞧，之后惊喜地望着乔佛理。然后，惊喜转认可，认可转赞赏，赞赏转钟爱。

“你真是一个聪明的年轻人，儿子。”

“夫人？”洛欧不知如何应答，这种新安抚方式让他畏怯。

“你有什么计划？要保密多久？”

“母亲，我带婴儿直接给你看，只要她穿上衣服就行了。”

“为什么要演哑剧？为什么你要坚持？”她半微笑半质询。洛欧惊慌失措，这一点都不幽默，也没有答案。傅德咳了一下，想要唤起他们的注意。现在是打岔的时候了。

“夫人，我想青春伯爵还不知道。”他带着最大的敬意说，并且对着主人轻轻鞠了个躬。

洛欧夫人笑得毫不掩饰，动作与表情夸张得十分荒谬。乔佛理没见过她的嘴巴张这么大，奇丑无比。

“乔佛理？”他母亲带着高傲的态度说，“你刚刚吓我一跳，现在是你吓一跳的时候了，也是你要见某人的时刻。乔佛理，我可以介绍你认识未来的洛欧伯爵吗？你发现的这名婴儿是男孩。”

洛欧望着傅德。傅德不敢正视他的眼睛。洛欧尖叫，瞪着他的母亲，气喘吁吁，仿佛一只被门夹住尾巴的猫开始吼叫。床上的两只狗围着露齿微笑的蛇蝎女人，也发出庆祝的嘶吼。

“是个女孩！”洛欧争辩，“她是我的朵儿丽！”

“不，乔佛理，这样更好，你做得很好。”他母亲意犹未尽地说，“随便你怎么叫，但看看这个，看，证据，和你一样！”

克劳奇看到她的暗示，抓起婴儿的脚倒举，美丽的受洗服落下来遮住婴儿的头。那儿，挂着一个如假包换的粉红小嫩枝。

洛欧掉头，绝望地尖叫逃出房间，号哭：“朵儿丽！朵儿丽！”

“是个男孩，乔佛理。”他母亲在他背后大声说，“男孩！”

女仆把婴儿抱正，放在床上。洛欧夫人听着儿子落荒而逃的狂乱，发出歇斯底里的笑声，在他背后大叫：“他是未来的洛欧伯爵！如果你知道了就不会带他回来。你做的事情没有一件是对的，没有！没有！”

回音穿过房间，渗透墙壁，像一颗乱蹦乱跳的球穿过走廊与大厅。乔佛理是否听到，她不可能知道。她的心怦怦跳，跳得不能再快。那一刻，洛欧夫人知道她的祈祷都得到回应了。

3

假如读者可以像启开洋娃娃的房子般打开洛欧山庄的大门，会发现一个超级宁静的画面。没有人匆匆忙忙走来走去。山庄的运作——结构与组织，非常成功。

主卧室是所有活动的中心。山庄成员的相对重要性可以从他们和洛欧夫人遗体的距离看出来。克劳奇（床边）此刻是山庄最重要的女人，正忙着摆放洛欧夫人的钻石与指示发型师，希望时间永远停驻在此刻。离她几英尺远的地方，首仆傅德与财务大臣汉密尔顿随时待命。他们一改常态，容许坏脾气、瞧不起人的管家格里高利太太立即跪下来，在胸前画十字，画得相当频繁，仿佛在指挥一个小交响乐团。她在山庄的拥护者走了，因此，她比任何人都更有理由哀伤。克劳奇幸灾乐祸地望着她。

主卧室外，一屋子人皆在等候死亡证实。门外的谈论传至大厅成为传言，先在东西厢房喃喃自语再变成窃窃耳语，传至后面的洗碗间沦为仆人们闲聊与瞎扯的话题。他们除了问马铃薯煮得如何与抱怨洗碗工躲哪儿去了之外，也不忘聊聊这话题。主卧侍从（此刻站在夫人的卧室外）的地位比山庄提琴手高七十二人。主厨正在厨房门口擦拭刀子上的肉屑，地位比糕饼助理高十二人。猎犬师对小猎犬一无所知，此刻正在后门外牵着猎犬绕圈找熟悉角落排解夜晚的大便。他可以踢猎犬，也必须拾起犬便，两者的关系由此获得了平衡。每个人听到消息后，都为自己和未来担忧，立即以最不忙乱的忙乱执行工作，表现自己的不可或缺。

山庄里还有管理灯光与蜡烛的人，有一小时报时一次的午夜报时人，有负责熨平报纸供二次阅读的熨报工，有一辈子从屋子这端送热水到那端的热水工，也有专门烧热水给热水工运送的女工。甚至，高尚伯爵带回了一对印度父子，让洛欧家在英国也可以享受最好的咖喱大餐，他的几位不知名猎友送乔佛理一只老虎作为礼物，这两名印度人也需负责照顾老虎。（老虎住在屋后的笼子里，伙食比它的喂食者好。）

洛欧不认识这些人，对他们经常视而不见。他认为这些人，就算不是所有人，大部分都有用处。他不掌管财务，洛欧家有汉密尔顿专司财务重任，支出与消耗不是他的关注点，他很高兴这些人都有工资可领。这些仆人也都知道他们是消耗品。

这半小时整个洛欧山庄只有两个人不听吩咐待命。

一个是乔佛理。他在楼上，独自蜷缩在蓝色游光下。朵儿室里，月光穿过海门娃娃屋的小窗。大门敞开的娃娃屋像躺在手术床上呈现五脏六腑的人体。乔佛理凝视着娃娃屋，等候妹妹现身，然后提议活动，犹如她活着时的许多时光。

另一个是安静坐在办公桌前的图书室管理员安诺妮玛·伍德。她三十几岁，黑发，正专心读着《女梦游者的占卜与预言》，唯有要在大纸上记下重点时才会转移注意力。她长满雀斑，头发紧紧梳向后面，眼睛乌黑，浓眉，画着黑眼线。她听到尖叫声了，但如同稍早时听到恩人回来的礼炮声一样，没有一点声音可以侵入她的思维，因为太过于专注。

乔佛理与安诺妮玛是洛欧山庄里不可动摇的神。牧师位于他们之下，是受信赖的资深侍从，地位也相当巩固。教堂里的其他人等候着召唤唱圣歌与祝祷。

在仆人的用餐时间，粗心者可能觉得一切都没有改变，山庄和昔日一样，但所有侍从都了解死神的侵入必定会带来一些不可避免的变化。低声私语形成一种不安的气氛。

山庄里只有两个人可以发号施令影响仆人的未来。一个是洛欧夫人，死了。另一人是乔佛理。仆人们觉得青春伯爵本质上是个好人，但缺乏坚定的性格，他们最大的恐惧是他会受邪恶势力影响，而不尊重山庄的正常运作。那些邪恶势力是为自己的利益着想，而非为洛欧山庄设想。

太后驾崩，国王万岁。

假如仆人们能在改朝换代中幸存下来，事实也许没有他们想象中那么糟糕。乔佛理不会像他母亲那样咆哮着发号施令。基本上，主人甚少驾临，顶多只是惊鸿一瞥而已。很少有仆人能够直接谒见洛欧夫人，但都见过她儿子像一缕薄雾般在走廊上飘来飘去。仆人们分别被告知：不要理他，他是隐形人。对于他的古怪念头，他们感到好笑。随从的等级排列不是依据权力而是依据年龄。如果年长者是新伯爵的侍从傅德的敌人，怎么办？洛欧夫人不会长生不死，那些利用职务掩饰恶行的人会后悔，譬如格里高利太太。

山庄换了新主人，只有少数几位成员可以放心他们的地位。傅德是不可动摇的。他是伯爵传达使命的唯一渠道。安诺妮玛掌管图书室，是朵儿丽生前的家庭教师，也是乔佛理与妹妹的世间桥梁。这两位不仅对山庄很重要，对新伯爵的生存也重要无比。另外，还有汉密尔顿一家人，世代都是洛欧家的忠仆与要员，地位非常重要。汉密尔顿和所有祖先一样，因为所知太多而获得保障。另外一个可能的幸存者是安丝黛丝·克劳奇，自认为会取代即将卸职的管家格里高利太太。四人小组之下的所有人都岌岌可危。

小村居民与外头的世界由青春伯爵统治，但洛欧山庄内部，大家都知道将受四人小组的支配。这四人是傅德、安诺妮玛、汉密尔顿与安丝黛丝。没多久，话从餐桌上传开了，源头来自二管家托马斯（他知道自己在山庄的日子屈指可数，因此无所忌惮地畅所欲言），说他们现在归“哈哈帮”[1]掌管。谁希望成为笑柄？

当山庄所有人都因洛欧夫人过世的消息而揪着心时，乔佛理的全副心思却耗在海门屋内部等候朵儿丽出现。严格说起来，海门屋不是娃娃屋，而是一个有家具腿的胡桃木柜，里头装饰着精致的龟甲镶嵌与白镴雕刻，从玻璃门外可以欣赏到内部的华美。它不是为小孩而是为没有小孩的大人而存在。

乔佛理打开柜门，盯着壁画室墙上的爱尔兰刺绣，原件已经不在洛欧山庄了。其他东西均是特制的仿品，小至挂在门后、镌着洛欧家族格言的釉烧瓷砖。万一真正的洛欧山庄因年久失修而坍荒，只要海门屋存在，就可以轻易恢复山庄的设计精神与内部陈设。即使只有四分之一寸大小的厨房熨斗也采用真黄铜精制。中央大厅后面有一个布置整齐的花园，喷泉喷着真水。乔佛理更换了所有不完美的东西。挂在山庄里的所有画作，如果画家还活着，海门便把朵儿室墙上的模型画交由他们绘制；如果画家死了，乔佛理便亲自绘制那些仿作。

乔佛理喜爱洛欧山庄的建筑，虽然庞大，却有着非常舒适的设计。底层为了噪音、垃圾与商业而设，最有用途的房间都设于此，有早餐室、小餐厅、晚餐室、午间娱乐室与“八卦聊天”室，这些房间都围绕着宽大的男爵厅。洛欧山庄可能是英国风最大与最不适合居住的豪宅，传说夜晚在长廊无法点燃一根蜡烛。

一楼有几间重要的正式厅堂，地板新铺上了羊毛织花地毯与织着

1 the Ha Ha，取自四人小组的成员们各自英文名的首字母。——译者注

洛欧家徽的爱尔兰多尼哥手工织毯。窗帘全采用司披托丝作衬。这些厅堂专为举办盛会与夸耀财富用，不可避免地比较现代。会客厅特别不舒适，只摆设必要家具，显然想要尽量缩短会客时间。楼下是生活，有厨房与熙来攘往的仆人。楼上是记忆，是乔佛理消磨生命的地方，他的时间全耗在图书室与四楼的朵儿室。那儿离久病不起的母亲可能有万里之远，是他感觉最安全的地方。

洛欧沉浸在梦中，希望缩成合适尺寸钻入娃娃屋，从里面关上门。妹妹死后，他下令制作了一个小海门屋，放在顶楼的朵儿室里，变成屋里有屋，屋里的屋里又有屋。娃娃屋是朵儿丽生前最心爱的玩具，他把它布置成她来世可以玩耍的样子，那也是她经常出现的地方。现在，他找不到她了，但这不教他忧烦，因为她死后和生前一样任性。他爱现在的她，和爱过去的她一样。他可以用另一种方式在别处找到她。

他在一大箱娃娃里漫无目的地寻找，里面记录了洛欧家族史。洛欧家一直是娃娃爱好者，乔佛理过滤了象牙、木头、陶土与饰着珠子的鹿皮娃娃。有些娃娃是客人送洛欧家以示尊崇的礼品，若非旅行纪念品便是探险炫耀品。有些娃娃是出国旅游的亲戚送来的逢迎礼物。剩下的娃娃是朵儿丽的提早定情物，送礼者或其父母希望借此改变久远的亲近关系，由此缔结一桩好姻缘。还有一些娃娃是祖母伊莎贝尔遗留下来的收藏品。她的娃娃非常漂亮，仿佛蜡制的婴儿，脸上和主人一样面无表情，曾经华丽的服饰现在变成破布。

乔佛理正在寻找某个娃娃。在小心翼翼的翻找中，某些记忆诱使他停下来流连。之后他找到了要找的东西，一个骨制的古董娃娃，名叫马克，前任主人把名字刻在娃娃的左腿后。乔佛理抓住马克的腿，拉出来。马克有个扁平头与永远皱着的眉，两边眉弯非常对称。他的大眼睛是两颗倾斜的泪珠，脸上的神情诉说着看到了可怕的东西。洛欧觉得这个娃娃肯定是男孩，是个娃娃武士，但胸前有两个几乎垂直突起的乳房，朵儿丽说这个娃娃不是“马克”，而是“玛丽”。

朵儿丽和哥哥一起把玩所有娃娃，分派她们角色，让她们说着没人听得懂的语言，即使是这两位配音员也不完全了解所有的话，但娃娃们互相了解。洛欧对朵儿丽耐心无限，他胡言乱语逗朵儿丽开心，也任着朵儿丽随意戏弄他。他是她的娃娃之一。她梳他的头发，解他的鞋带，摘他的帽子，他毫无不悦之色，一切照单全收。两人之间存在一种无言的默契——他为她的快乐而活。不论是玩“小猪吱吱叫”或“躲猫猫”（她喜爱的游戏），朵儿丽任选角色。如果她不想扮演寻找者，便扮演躲藏者。万一游戏需要两人以上时，便抽调娃娃一起玩。没有其他人和他们一起玩，他们也不想找其他人一起玩。

两人坐在这房里数小时，共同读着《敲开胡桃核》。那是最惹人讨厌的亲戚艾瑞·欧斯本带来山庄的东西，也令他得到唯一的美誉。《敲开胡桃核》有两百个“象形文字、谜语、双关语、脑筋急转弯与鬼点子”，连带一本叫《胡桃钳——锁匙与谜库》的答案本。洛欧藏起答案本，朵儿丽找出来后又把它藏在别处。当她捧着《敲开胡桃核》坐在那儿时，俨然一位认真的小淑女，随时在纸上记下她的无声思索。有一回，她花了一个多小时玩一张填字游戏，之后去睡觉。洛欧看了她的答案，惊讶不已。那一页填字游戏全填满了，答案都是一些艰深晦涩的词汇。

朵儿丽读《敲开胡桃核》时，深深着迷于书上的一些图案。那些图案的字母排列奇异，成为一个完全不同的词语，此时乔佛理很难转移她的注意力。书中最奇妙的谜团是一幅扭曲的可怕版画：一团墨水从眼睛向外洇开。下方的“谜语注释”说：从某个角度透视，这张画不仅“全视角完美”，并且不可思议地从书上突出成为立体状。他们非常沮丧，因为看不出那团墨水是什么东西，除了觉得那是一大片荒唐的黑渍外。也许那是一个小镇，或一个人像，或一个外形扭曲的字汇。唉，看不出谜底是很痛苦的。他们以各种方式注视那一页，水平视角、镜子反射、各种奇怪角度、扭曲、弯折，但仍无法解开它的神秘面纱。当然，答案在《胡桃钳》里，但朵儿丽不说出藏处。洛欧怀疑她忘了藏在哪里，因为她和他一样也极想知道答案，却执着于试尽各种方式。那张图案挑战他们，至今仍是书上的一团黑渍。

今天，乔佛理捧着《敲开胡桃核》，依然没有看出所以然。也许不久就能找出答案，《胡桃钳》肯定在山庄的某个角落。或许，寻找图案的解答让他觉得和妹妹更亲近。她很快就会出现在曾经照着他俩的同样月光下。洛欧仰卧在那儿，所有阴影变形扭曲，颤抖的树影洒落他身上，一阵寒意从楼下飘上来。在这一层楼，在这个房间，在娃娃屋里，他最能感受她的存在。

海门屋顶楼依稀有人走动，这时，他听到朵儿丽轻声对他说："建一个新房子，乔，安诺妮玛会帮助你。"

安诺妮玛会帮助他。

安诺妮玛·伍德在朵儿丽四岁时来到洛欧山庄。当时，洛欧夫人的服装已不知不觉从黑色换成浅灰色，但仍忙着处理夫丧期的琐事。她决定要为女儿找一名女家庭教师。

一开始，乔佛理反对这个想法。朵儿丽需要的东西，哪一样是他无法给的？但傅德（比青春伯爵年长二十五岁，从他四岁起就是他的同伴与管家，有关外界的事务，青春伯爵完全听从于傅德）说，有许多朵儿丽需要懂的事情是他或青春伯爵或任何男人无法教的，这些虽然是男人不懂的事，却是朵儿丽生存在世上的必懂事务。生存！因此，乔佛理接受了洛欧山庄添加一名女教师的明智想法。当他听说（一位叫"茉莉小姐"的仆人告诉他，但他私底下早就知道了）这名女教师也教各种刺绣，而他可以和妹妹一起上这些课时，所有的疑虑都不翼而飞。

他偷听到母亲（每回偷听总有原因）说：女教师要完全担任朵儿丽的“全人教育”。入选者必须身心健康，脾气温和，性格开朗，外貌怡人，举止文雅，有优越的教育背景，重要语言听说读写流畅并且具备德语能力，音乐才华俱全。她还得经由两个家庭介绍，这两个家庭必须是洛欧家听说过的家庭而且不能是外国人。此外，她要穿着黑色衣服，年薪二十基尼[1]。洛欧虽然只有十一岁，却相当了解母亲。他把女教师的责任一五一十地告诉妹妹，让她为最好与最坏作准备。

朵儿丽相当震惊。女教师的条件考倒了她与乔佛理。怎么会有人懂得这么多东西，而且样样擅长又得健康，重要语言也能说得这么好？世上有这种完美的人吗？所以，他们在等候女教师到来时，就先虚构了一名女教师。起初，这名虚构女教师只存在他们心目中，后来把她造成机器人，零件取自玩具箱。机器人女教师十全十美，不会疲倦，通晓全世界语言，包括未发明的未来语言，除了一点点松弛的弹簧外，她的外形漂亮非凡，唯一缺点是不能走动，但在他们的心目中，她是完美的化身，真的女教师不可能达到这种理想。虽然朵儿丽渐渐接纳女教师的到来，乔佛理仍为激起其期待伤脑筋。他无法忍受一名法语比朵儿丽差的丑女人脱去大衣露出哀悼的黑服时，朵儿丽脸上的失望神情。

一七九九年的十二月三十一日，洛欧山庄出现了一位比机器人女教师更好的教师，她更真实、更美丽、更卓越。她是安诺妮玛·伍德。

安诺妮玛为什么来到洛欧山庄，她的新东家完全知情。她的前任学生是可敬的梅肯夫人的女儿，名叫默默，被父亲诱拐至意大利。梅肯夫人起初要挽留安诺妮玛，因为安诺妮玛有一对会说话的眼睛（不是为了她自己，而是为了丈夫）。安诺妮玛生性害羞，但眼神毫无保留，她很讶异眼神总是泄露她的心思，虽然她从没想过要以这两门火炮作为神秘

1 旧时英国金币，相当于二十一先令。——译者注

武器，但每逢必要时，神秘武器总派上用场。她为梅肯夫人感到悲哀，她实在没有必要为了激起丈夫的性欲而提供刺激品。事实上，她丈夫的性欲既不枯萎也不沉寂，而是太过旺盛。安诺妮玛的黑亮眼睛引不起男主人的注意，他宁可把心思花在权力享乐上。他即将展开一段意大利长途旅行，同行的有爱尔乐伯爵的儿子寇基以及他新诱拐的女儿默默。

梅肯家是个饱受丑闻之苦的富豪世家。社会宽容地宣称，耻辱应该指向那些富豪家人，而不应指向员工。因此，安诺妮玛带着一封无不良记录的推荐函来到洛欧山庄。推荐函来自一个可信赖的家庭，符合洛欧山庄的要求。洛欧夫人最初只反对她太过年轻，上天保佑她不会有所依恋。另外，还反对她的名字。安诺妮玛的名字听起来太过欧洲大陆，不够本国味，有点外国气息。但，追查她盘里的饼屑（比追查她的口音容易）后，有了判断。安诺妮玛说她的已逝父母对她的名字意见不同，最后采纳“安诺妮玛”庆祝两人的妥协，意指“未命名”，而非“没有名字”[1]。安诺妮玛说她的前主人只简称她“安”。至此，洛欧夫人的疑虑才告消除。

安·伍德，是一个很适合女家庭教师的名字，单调、英国味、简短。除了头发的长度有待商榷外，所有条件解释完毕，安诺妮玛被交给一位没有人缘、沉默寡言的管家。管家带着她，指一指每个房间，指一指看到的东西，嘴巴从头到尾未曾开启。这位新来的女教师被带至顶楼位于边角的干净小房间，被丢在那儿，没有任何说明。

床罩是沉闷的紫天鹅绒，她从未见过这样一种地方出现如此唐突的华丽。她把三个皮箱放在床上，打开皮箱后便烦恼没有书架。第一个箱子，她随随便便打开，拿出上衣、长裙、短裙，摆入衣橱里。另外两个箱子，她比较细心。第二个箱子，她拿出书，一本又一本的书，轻轻放在书桌上，有些是八九册的四开丛书，有些是比那些友善语系更具启

---

1 原文为Anonyma，意为无名的。——编者注

示的大对开本，其他的书有无法辨识的图表，书背与封面印着无法理解的字体，可能是外语。她用力吹一吹每本书的封面，用布拭去每一粒尘埃，把书举至水平视线检查封面，仿佛琴师审阅新提琴的琴颈。之后，她特地把一本旧诗集放至旁边，那是她父亲最好的一本书，没有一本书可以压在这本书上面。箱子空空时，书桌上已摆得满满。她从第三个箱子搬出更多的书，这是为新学生带来的旅游书籍，立刻比其他书更具压倒性。她也照料这些书，毕竟都是书，但是热忱不同。她宁可摔断脊椎，也不愿粗暴对待书。这些书整整齐齐地堆在地板上。

她叹了口气，坐在窗边一张大修士椅上。右下方是一片整齐的综合草地，中央是玫瑰园，左右两边的草地均匀对称。正下方有座喷泉不断向空中喷着水，泉水成曲线洒向满满一水池的大百合。花坛下蜿蜒着一条小河，河上有座红土桥。她望向红土桥外的北大道。大道两旁种植了许多榆树，从大宅子一直向前延伸出去，炫耀着洛欧帝国的规模。她凝视着北方，那是她出生的地方。在大道的尽头，她看到一座荒废的古塔，浮在遥远地平线的薄雾中。

那晚，安诺妮玛第一次度过了一个孤独的新年前夜。她不知道哪儿有食物，也没人邀请她，但她一点儿也不觉得孤单，一整夜靠在长椅上背诵最喜爱的一本书上的几段文章，也就是那本她特地放在一旁的书，《托勒密给佛萝拉的信》，作者是玛丽·戴。此刻，在别处，孩子们已经听说了她到来的传言。

一八〇〇年的新年，吉祥的早晨，安诺妮玛仍无人引导。她漫步至通往朵儿室的大楼梯，一步一步往上爬。墙上的画像节节向后退，她细阅了洛欧家族的历史与荣华。她想，爬到顶层可能一路回到了亚当与夏娃的年代。然而，最后两幅画像是比较现代的儿童画像：一名长得像女孩的男孩与一名长得像男孩的女孩。男孩手上握着一个苹果，要献给观众，身后的遥远山坡上有栋焚毁的屋子。旁边是女孩画像，带着假小子似的顽劣眼神照顾着膝上的小伤口。这是一个叫尤金的人画的，他以流行的讽喻手法画这两幅画像，画像的左下角有他的优雅签名。

安诺妮玛望一望顶楼，看到画像上的男孩坐在中央椅子上，穿的正是画像中的浅蓝服装。他真的在山庄里如此穿着吗？一对眼神从他后面投射过来。安诺妮玛站在楼梯口点头致意，向这两位比她年轻的小老板介绍自己。男孩俨然小女孩的父亲，眯起眼睛轻声叽叽咕咕。那是给她的暗示。女孩从椅子后面爬出，站起来，一袭粉红长袍，金发垂在肩上。她走向安诺妮玛，屈膝鞠躬。

"你好吗？女士。（法语）"女孩的态度有点勉强，没有计划中的和善。男孩在她身后跟着她做出每一字的口形，点点头，对结果相当满意。她，是他的妹妹，也是他的学生。

"很好，非常感谢。（法语）"安诺妮玛也屈膝回答，"先生好吗？（法语）"

她抬头望向青春伯爵。青春伯爵的眼神离开妹妹，迎接她的眼神。她看到了一位漂亮非凡的男孩。男孩不习惯任何一种语言问候，也不习惯陌生人问候，似乎，他觉得自己是隐形人，是舞台木偶线的操控者。但他坐在那儿，一目了然的位置。刚刚他的精神全花在教导朵儿丽说最高尚的迎宾语上，现在正努力让自己不失误。安诺妮玛不知男孩为何沉默不语，在礼仪国度外徘徊。男孩思索了半天，终于开口："我们非常高兴认识你，女士。（法语）"说完起身稍微鞠躬，改以英语说，"我们听说你的名字是安·伍德。"

她又望着自己的脚，强烈地意识到自己朴实的靴子，同时也注意到放在地上的书。阳光穿透浅蓝色的镶嵌玻璃，照射着那些书。她犹豫着应不应该回答，最后她说："我的全名是安诺妮玛。"

朵儿丽笑了，哥哥看着她，说："那么我们应该叫你安诺妮玛，是不是？朵儿丽。”女孩站在那儿，仿佛穿着宽松服装的职业小拳击手，想着哥哥的话中含意。

“安洛妮玛。”朵儿丽喃喃自语。

“安诺妮玛。”安诺妮玛说，“但如果你喜欢安……”

“我喜欢安诺妮玛。”朵儿丽说。

“那么，我们就叫你安诺妮玛。”洛欧说。

安诺妮玛望着他，觉得她会待在这儿一段时间。

“先生，我要称呼您什么？”她望着他。他不回答。

“我是朵儿丽。”女孩抢先回答，“这是乔。”她是世上唯一这样叫他的人，也是他唯一容许如此称呼他的人，即使他母亲也习惯称他“先生”。洛欧发出老鼠的吱吱叫声。那是笑声。

“的确，朵儿丽是叫我‘乔’，但你目前应该称呼我‘先生’。”他的善意十足，仿佛妹妹或新来的女教师称呼他什么都无所谓。安诺妮玛看出只要朵儿丽喜欢她，洛欧就会喜欢她。一只苍蝇绕着房间嗡嗡飞响，栖息在角落里一座大得荒谬与华丽得可笑的娃娃屋上。安诺妮玛仔细看着那座娃娃屋，终于看出那是洛欧山庄，甚至看到了自己的房间，里面有一个奇怪、不相称的小金人，右腿举起，好像跳着奇异的芭蕾舞。

朵儿丽插话：“你来之前，我们正在一本书上画画。”她转身去拿那本书给安诺妮玛，心想它应该会让女教师印象深刻。朵儿丽献上那本书。

那是一本古老的图文拉丁动物寓言集，许多年前的沉默伯爵取得后一直放在八角图书室里，不受打扰。有一次，乔佛理罕见地突袭了洛欧山庄的那个冷僻角落，认为这本书如果一篇一篇地读，妹妹可能有兴趣，所以才把它拿出图书室。朵儿丽翻到一张圣洁的驯兽师骑在喷火龙上的图画，那只怪兽正在吃一只迷迷糊糊的青蛙，从脚吃起。下一页是鹦鹉，鹦鹉周围有一些铅笔线条，可能是朵儿丽在换衣服迎接安诺妮玛的光临时画上去的。安诺妮玛望着书上的炭笔线条，泪水涌上眼眶，忍不住从女孩手上抢走那本书，合上，惊呼："不！"

她像抱着婴儿似的抱紧那本书，免得它再受到朵儿丽的伤害，似乎亲身感受到了敲弯书背的每一榔头重击。书面有一层薄薄镀金，印着对称花饰，彩色书边上有一幅男人像，也许是作者。她花了好几秒钟审慎评估，和过去被教导的评断与鉴赏一模一样。

"女士！"洛欧愤怒地大吼，走近她。她紧抓着那本女弟子热情呈献的书。朵儿丽因自己的儿童尊严与骄傲忍着泪水。安诺妮玛觉得女教师的位置正悄悄溜走，但她抑制不了自己。洛欧期待她谦卑道歉，但只看到违抗的眼神。那种感觉，他也曾经在母亲身上经历过，只有母亲。

"先生，你难道还小得不懂这本书不能拿来写吗？"她的言语慎重，语气坚定，"这本书里面已经写了够多的东西了。"

"伍德小姐……"他才开口便被打断。对方先开了口。

"很抱歉我强行抢走这本书，朵儿丽，对你我特别抱歉。但不能在这本书上写东西，这是一本古书，应该安全地放在图书室里，我无法忍受看到它被糟蹋。"她的态度坚定，立场不变。朵儿丽睁大眼睛望着她，丝毫不觉得受到责备。她哥哥思索着立场，谨慎说出他的看法。

"伍德小姐，我觉得没理由如此严苛，那只不过是一本书。"

"先生，有理由，有许多理由。你的家族特权把这本应该安全锁起来的书遗留给你，没有人告诉过你要如何保管这本书，并不代表常识没有告诉你这不是一件玩具。"她仍然紧抱着书不放，保护着它。

"我不应当在书上画画？"朵儿丽卸下心防，真诚地问。

安诺妮玛望着她，笑得几乎看不清朵儿丽的脸孔。"不，你不应当。我相信你应该有一本可以让你画画的书。"

"但为什么不能呢？那鹦鹉很漂亮啊。"朵儿丽说。洛欧望着她们两人，看到朵儿丽的不快乐已经消逝，遂让她们继续交谈，但带着猜疑观看后续发展，准备万一需要的话随时保护妹妹。安诺妮玛小心翼翼地把书放在地板上，请朵儿丽坐在她身旁。

“看。”她说，“我指给你看。”她翻至圣人与鹦鹉那一页，“你知道这是什么动物吗？”

“鹦鹉与龙。”

“对，那是鹦鹉与龙，但看看我指的地方。”她指着那一页的空白处。

“那是鹦鹉，那是龙，但那是书页。”朵儿丽再答一遍。

“这是一只小牛。”安诺妮玛想起她父亲曾抱着一本没这么贵重的书同样如此告诉她时，不禁笑了出来。洛欧不准妹妹受到羞辱与欺骗，清一清喉咙准备打岔。朵儿丽跟着安诺妮玛也笑了出来。

“一只小牛？为什么？”朵儿丽一心想知晓手上的疑问，不理会哥哥的关注。似乎越来越有趣了，“敲开胡桃核”。

“这两张画是鹦鹉与龙，是的，但我问的是手指头指的地方，不是吗？”

“那是纸。”朵儿丽自信满满地说。哥哥点头赞同。

“如果这是现代印制的书籍，是的，那一页是纸。但这本书非常古老，在纸张发明之前就存在了。你知道纸张发明之前，人类写在什么东西上面吗？”

朵儿丽摇摇头。安诺妮玛继续说。

“有一种植物叫纸草，长在非洲水边，就像高芦苇长在你家花园的河边一样。纸草的茎搅碎后，干燥，用来写字。这是埃及制作书籍的方法，那些书是大灯芯草做的。”

“灯芯草？”朵儿丽迷失在安诺妮玛描述的神秘世界里，那是她和哥哥从来没听过也没想象过的谜。或许，这位女教师什么都懂。

“很久很久以前，耶稣诞生之前，有一位叫尤门尼斯的国王，他有一座非常棒的纸草卷轴藏书室。”

“是花园里的芦苇做的吗？”

“是的，但另一位国王叫托勒密，拥有制作书籍的所有纸草，甚至有一间更好的藏书室。他担心尤门尼斯的收藏可能多于他，因此不卖给对方任何纸草。尤门尼斯必须发明一种新书籍，于是，他将动物的皮处理后用来写字。他的王国名称是Pergamum，因之成为另一种纸张的名称：parchment，羊皮纸。”

“这就是羊皮纸吗？”朵儿丽听得忘我。

“是的，摸摸看……轻轻地……这是一种最特别的动物皮纸，叫羔皮纸，是用小乳牛的皮做的。这些皮要经过清洗，除毛，刮皮，拉紧，拉得非常平滑至可以写字的地步。”安诺妮玛为朵儿丽示范每一个动作，“然后，洒上白粉，用浮石摩擦，让两面都可以写字。”

“这是一只小牛？”朵儿丽想继续听安诺妮玛往下说，因为有些牵强的说法需要搞清楚。

“是的，有点像你的鞋子，但比较薄。每一本古腾堡版的大《圣经》都用了一百七十张小牛皮。”

“总共印制了多少本《圣经》，伍德小姐？”洛欧插嘴问。

“我父亲告诉我三十本，先生。”安诺妮玛抬头看着他，惊讶他也有兴趣。

“三十本《圣经》要用许多许多只小牛。”

“也许古腾堡人吃很多小牛肉，先生。”安诺妮玛说。

“什么是小牛肉？”朵儿丽问。安诺妮玛急忙把她的注意力拉回书页上。

“这本书应该是修道院里的一个人写的，然后传给另一人画所有的插画。看看这些颜色……”

朵儿丽专心听着。安诺妮玛告诉她，修道士煮树皮与铁屑制成黑墨汁，有时候他们也从厨房里的各种锅底刮下黑烟灰，加水制成黑墨水。（也许他们想试试看这样行不行得通。）马术师的衣领与皮带上的黄色来自染房里的芥菜。你可以在这只鸟胸前的鲜艳色彩里看到昆虫的皮屑，昆虫皮碾碎后可以制成红色颜料。

“在这一本书里面，光是色彩部分就有动物、植物与矿物。这一页上有全世界的生命，有古老的世界。”

这一刻，朵儿丽从未见过如此美丽的东西。“我们不能在这本书上写字，乔。”她坐在地板上摇头皱眉说。哥哥已经在她听得入神时离开了。在这即兴的第一堂课里，洛欧下楼至长廊，不是悄悄地，但也不兴师动众。他约好要和母亲会面。在一楼的大餐厅里，他看到了母亲，走上前去以标准的高雅礼仪拜见。

母亲尊贵地望着他：“我猜想我们必须将她遣送回去，是吗？先生。”

“恰恰相反，夫人，她必须留下，朵儿丽喜欢她。”

“很好，你可以走了，你的家庭教师在等你。”

就这么决定了。安诺妮玛·伍德留下来。朵儿丽的课程继续。

乔佛理躺在地板上，闭上眼睛，想起多年前他们在这房里筑了一座纸牌屋，以测试这座屋子没有草图的传奇。他先叠好支架，朵儿丽沿着支架顶端把一张一张纸牌平放在上面。第一层为第二层筑了扎实的基底，即使有一座桥塌在下面的纸牌上，也没有灾难的迹象。他们认为这是有史以来最坚固的纸牌屋，遂一层一层往上叠，不敢出声，唯恐一丝丝噪音都会令纸牌颤抖。另外，他们还调用了母亲的皮克牌与安诺妮玛的一副旧占卜纸牌。纸牌屋越筑越高，他们的兴致越来越高昂，也越来越好玩，最后不禁笑了出来。起初是零星的笑声，然后笑个不停，笑得张狂。最后，他们知道犯下了最大的错误，赶紧转头掩住嘴巴，用顽皮的眼神互望一眼，才又开始另一回的笑声。

一阵微风吹过来，顶层纸牌摇摇欲坠。乔佛理起身，察看窗户是否紧闭。回来时，脚下的地毯滑溜，他的膝盖重重撞上地板，整个人跌倒在地。纸牌屋似乎轻轻震了一下，但仍原地立好。他们惊奇地望着纸牌屋，这回没有笑出来，因为他们知道没有什么东西可以击垮纸牌屋。四副纸牌建造起来的纸牌屋，壮观宏伟，比洛欧山庄坚固。他们放了一块大理石在顶端，万一纸牌屋垮了，即使半夜躺在床上也可以听见大理石掉下来的声音，否则就得杵在这儿观看纸牌屋能撑多久。此刻，仿佛在索尔斯堡平原上搭帐篷观看巨石群，以防万一。

隔天清晨他们一起上楼，压根儿忘了早餐。他们轻轻打开门，发现纸牌城堡仍屹立不摇。没有一张纸牌移动，丑角牌没动，骑士牌也没动。他们缓缓走近，沿着地上爬行，不敢说话。

朵儿丽站起来以最严肃的声音说："纸牌城堡永远不会倒。"

她带着骄傲走近城堡，取出底层最远的一张牌，抽牌的狠劲和猎人剁下狐狸尾巴一样野蛮利落。

大理石纹丝不动，和她一般顽强，或许是不敢挑战她。

她以同样的蛮劲抽出左边的底牌。城堡依然坚固。接着她开始抽出其他角落的纸牌，抽出一张便思索下一张要抽哪里，然后进攻。五分钟后，城堡的外观像双关谜语一样匪夷所思，中间部分比上下两端宽。

"真好玩。"朵儿丽玩得意犹未尽，"我们去爬树，爬很高很高，爬到可以从窗户看。"

后来，他发现纸牌屋也塌在了地上，也许是被她的尖叫声震倒的。

自从朵儿丽坠亡后，安诺妮玛成为青春伯爵与妹妹在世间的唯一联系，因而也成为他和生命的唯一联系，但安诺妮玛认为自己不适合接任他的家庭教师。在这方面，欧莫罗德博士不断对洛欧夫人灌迷汤，她认为他可以胜任。是的，她对了，因为他几乎什么事也没做。

洛欧和安诺妮玛在一起比和欧莫罗德在一起快乐。他宁可选择已存在的也不愿选择未存在的，这事也不例外，但他喜欢安诺妮玛。由于有共同的悲伤，他发现自己只喜欢和安诺妮玛在一起，也独自称呼她全名。洛欧山庄不再需要安诺妮玛，她总不能指导他回忆吧！但乔佛理为了自己与妹妹的缘故，不愿放她走。他必须找个理由留下安诺妮玛。

因此，洛欧向母亲表达了一个愿望，母亲着着实实吓了一跳。傅德在一旁帮助他说明。他想在八角塔楼兴建一座巨大的图书室，由安诺妮玛担任图书室管理员。前几年，有一位管理员在那儿工作，但图书室未被使用，只收藏了一些破烂或冷僻书籍，现在几乎全部弃置不用。最近唯一胆敢在里面走动的人是安诺妮玛，也听过她埋怨图书室的衰颓，尤其是想到里面的无价之宝时，她的埋怨更深（洛欧夫人也曾竖起耳朵听过这个）。

洛欧夫人松了一口气。自从坠亡事件后，她的儿子了无生趣，现在竟然想要做点事情。洛欧夫人同意这桩小事，但附带一个条件：图书室的名称叫八角图书室，而非朵儿丽图书室；而且主要收藏书类不能关于姐妹、死亡与树木。青春伯爵刚满十三岁，不能立即想出更好的主意，只想到安诺妮玛的偏好主题，便说图书室会收藏一些有关藏书方面的书籍，因此，只有一个人合乎资格担任照料藏书的工作。安诺妮玛是爱书人，生性沉静，条理分明，至今仍深受赞许，受聘为图书室管理员，应该毫无争议。

洛欧夫人立刻同意。不管在不在乎书籍，她听说某些名宅图书室渐渐成为社交中心。从她年轻至今，许多事情都改变了。就她所知，她家的图书室号称藏了七本书：两本《圣经》与五本《计算便览》，以及四本操作手册。她家唯一考虑购买的文学书籍是训文，但一本也没有。一整室的书籍吸引不了她，不过她相信这对山庄的未来与继承人是一个很好的投资。对此事，她最后直截了当地说：

“我不喜欢阅读，先生，我总觉得我在做一些不值得的事情。”

“这看你怎么看待书籍，女士。”她儿子露出罕见的微笑。

“好吧，就开始你的图书室计划，以及你的图书室管理员。”

目的达成。安诺妮玛因而保留了她在山庄的位子。她几乎毫不考虑就答应了那职位。

那是她的梦想，四周环绕着层层书籍。在这儿，她的购书预算几乎无限制，只要有益于洛欧山庄的收藏，任她购买。但为了自己的快乐，她有一个特别动机，基于诚实，得先询问洛欧伯爵，尤其是他对她如此信赖与友善。碰面时，她问：“先生，虽然图书室的设置是为了藏书，但我可以保留一点空间给自己的兴趣吗？”她望着地上，渴望他真诚回答“可以”。

“安诺妮玛，所有书籍的决定权都在你手上，没有人会质疑你的决定。”青春伯爵说完，走向朵儿室。她不必说服他，决定权在她手上。

她在他身后大声说：“先生，图书室有几本作家玛丽·戴的书，是洛欧山庄独有的书，我希望有机会……”

“安诺妮玛，决定权在你手上。”洛欧说着离开第一排栏杆。他只有几步路的距离，但平静的声音已经飘向远方。

决定权在她手上。图书室是她的。所有决定取决于她。回到房间，安诺妮玛喜极而泣。泪水，为父亲而流，为自己的快乐而流，也为朵儿丽而流。

洛欧山庄并非一直有图书室的存在，收藏始于侍卫兵开始掠夺与毁坏修道院及洗劫大学时期。沉默伯爵为了他的书免遭毒手掠夺，把书藏在八角楼里。这些书重见天日时，沉默伯爵欣慰于他的“书籍保卫者”新角色扮演成功，决定购买更多书籍增加收藏。但他不是一个懂得折中的人，贪得无厌的念头使得“购买更多书籍”扩充为“购买所有书籍”。早在他明白这个之前，任务已经不可能达成，因为他严重低估了究竟有多少书籍。当游艇与货车运达更多的书，房间马上不敷使用，书籍泛滥成灾。

沉默伯爵过世后，完美图书室的理想成为继承人的尴尬。有些书被拿来生火，其余大部分皆被处理掉。尽管如此，还是保留了一些珍品（例如，一五四一年版《圣经》。老汉密尔顿的账簿里记载这本书交换了一只得奖猎犬）。少数几本书逃离了破落的八角楼，保存在山庄其他房间的玻璃橱窗里，用来增加访客的印象，但从未发挥如此功能。那个名为八角楼的黑洞，现在储藏着旧图书室残余下来的一些深奥藏书，排列杂乱无序，没人在意也没人触碰，除了安诺妮玛之外。现在，她的正式头衔是洛欧山庄八角图书馆馆长。上任的首要工作是拯救书籍。

马上，她诊断出图书室太过黑暗，难怪书籍遭受如此灾殃。纵使打开所有灯，图书室看起来依然毫无光线。她的第一道指示是，所有书籍都搬出去放在山庄里干燥的地方（仆人们感到厌烦，因为必须学习如何从那些发出气味的皮面上掸去冒出来的小东西），然后凿一个椭圆形窗户通风，部分天花板更换成玻璃天花板，让书籍在书架上可被轻易瞧见。洛欧立即同意安诺妮玛的更新计划。改建（与依据的财物费用）提升了计划的重要性。当她描述全国数一数二的牛津大学图书馆里的书架做成什么样子时，他赞赏地听着。在她的图书室里，书籍不能如平常所见那样堆积成山，书脊要垂直向外，不能以链条锁在中央柜里。虽然某些教堂图书馆仍然使用这种中古世纪的酷刑管理书籍，但洛欧山庄的书籍应该自由自在，经常移动，虽然除了主人外，没人敢把书籍拿出图书馆。她想起《圣经》，已经压箱底许久了，应该摆在中央。“《圣经》，只是一本书。”她父亲说，“却是一本很好的书。”

她甚至建议伯爵亲自为图书室设计藏书票。乔佛理懒懒地画了一棵树，树枝上垂下泪水。那是他的情感纠葛，因此立即被他母亲否决。他母亲要求藏书票以紫铜雕刻家徽与箴言。

当室内进行改造工程时，安诺妮玛在图书室外开始编纂目录。等候牛津书架运达时，她忙着把书籍依照适当的逻辑顺序归位。在她的照料下，任何想要寻找这些书（以及它们的新兄弟姐妹）的人都可轻易找着。这些书会保持完美状态，图书室里的各种书虫、缨尾目与啮虫目之类的小虫都将销声匿迹。书桌要扩增三倍，考虑增设辞典桌，变形的檀木椅改为小阶梯。安诺妮玛的预算没有限制，首购之物是新版字典，两大册，对开，目录编号J.i，计花费四英镑十五先令。那是封面价格。

许多家庭流行把图书室作为非正式的画室，安诺妮玛强调这间图书室绝不能如此。她认为最好不要有一丝丝这种念头，青春伯爵鼎力支持，但也考虑到洛欧夫人的空间权益。他提议楼下的南画室有临海的大窗户，也有美丽的水上城堡视野，可以改成大画室。安诺妮玛说，那儿的书架上可以摆置一些仿制书，如此一来，原书便可得到安全的保护。

安诺妮玛对八角图书室有一个宏观的视野。她和洛欧谈论一些著名的大图书馆，转移了洛欧的哀伤。她讲述胡夫王与卡夫拉王在赫里奥波里斯建造的第一座图书馆，以及奥斯曼第阿斯的伟大收藏。这些故事都是她父亲多年以前告诉她的。乔佛理闭上眼睛想，朵儿丽听到这些故事会有多么高兴！安诺妮玛还跟他谈了一些伟大的私人藏书：柏拉图、中古世纪的秃头查理国王、迪克·威廷顿的修道会图书馆、奥古斯丁在坎特伯雷的图书馆、约翰·贝尔在伦敦藏有八千册图书的著名图书馆、哈利在威姆波尔为国家而买的图书馆。在这份名单中，将增加乔佛理·洛欧的图书馆，他的图书馆是“图书馆中的图书馆”。她告诉他托勒密建造的亚历山大图书馆有七十万册藏书，最初的五位馆长是古图书馆最伟大的人物，入口上方写着简单的文句：灵魂之药。

八角图书室开幕时，洛欧展示了一片惊人的砖石工程，让安诺妮玛感动落泪。这是他偷偷进行的。现在依然可以看见这个工程。新图书室的门口上方写着托勒密的五位图书馆馆长的名字，以及新增的一位，总共六位：

泽诺多托斯

卡利马科斯

埃拉托斯特尼

阿波罗尼奥斯

阿里斯多芬尼斯

安诺妮玛

现在，离开始收藏已经过了二十年，洛欧夫人寿终正寝。安诺妮玛坐在她的王国里，她的图书室里，凝视着某些标注，和一本匿名的《女梦游者的占卜与预言》交换思想。乔佛理在朵儿室里，闭上眼睛，冥想妹妹给他的忠告："造一座新房子。"青春伯爵与安诺妮玛对洛欧夫人的逝世毫无所知，对已发生在他们周围的变化也无所知觉。

乔佛理听到上楼的脚步声。傅德咳嗽，敲门，未等他应允便擅自进来，快速地鞠个躬，对主人说："洛欧伯爵，先生，很遗憾地告诉您，洛欧夫人去世了。"

乔佛理急忙抬头仰望，问："洛欧女士在哪儿？"

"在她的床上，先生。"傅德表达了职责内所允许的哀伤。

"不，新的洛欧女士。"洛欧强调地说。

"先生？"

"我的小女娃。"

我。

Ⅱ

再生

I Am Reborn

1

我。你知道我是谁。

我记得我们放逐后第一次回到洛欧山庄的情景，现在已经过了好些年。山庄并没有荒废许久，但感觉阴森森的，处处蒙着一层油腻的尘埃，仿佛覆了一张裹尸布在上面。我顺着栏杆抚摸，如果移开手指头，恐怕会粘上黏腻的灰尘，像肌肤沾着牛奶一样。

我说话，轻轻地，但声音依然突兀得引起回音。“喂——”回音睡意蒙眬地回应我。在这之前，回音不受侵扰，因疏于活动而日趋颓废。我轻轻哼着曲子，引诱回音发出欢愉的颤抖。娱乐室里，一座中国陶瓷从咖啡桌上跌落下来，除了惊喜外，没有其他的理由。似乎，那座陶瓷一直在等候轻微的抖动送它上路。它跌得粉身碎骨，声音像壁球场里的球噼噼啪啪从这面墙击向那面墙。尘埃，明天再说吧。我仔细审视证据。

大宅看起来像关闭的博物馆等候新主人，没有展览品，只有一些赝品放在那儿，等待着重新开张。接待员已经撤走，尚未补上，主人现在终于到任。

尘埃落得这么快，过去似乎离得很遥远。厨师全上哪儿去了？所有的厨师幽灵呢？把人们赶出大宅，等于赶走了大宅。衰败趁着无人活动时拓展版图。我从未见过如此的空荡，虽然大宅的空窗期并不长，但我要把它再度填满。

厨房有只友善的老鼠，为了克服惯常的懒散，绕着一条烙着家徽的面包啮咬。它惊讶地望着我，开始啃噬箴言的最后一字，接着啃那条面包……整条面包，包括名字和正面。本地磨坊师与面包师为了唤醒我对小村的第一印象，特制了这个面包。每个人都有礼地问，这面包应不应该吃啊？这个可食用的砖块面包让人印象深刻，当时一直放在楼下厨房里……展示。现在，大部分面包摆在潮湿的盐盒里与空泡菜桶中，真是厨房奇观！老鼠对我的出现感到不安，拖着一大块字母“I”，落荒而逃。

我看到空蛋篮，想象上面有几颗煮熟的蛋，每颗蛋上面都用铅笔写着罗马数字的日期。我听见铿锵有力的吐痰声与烤肉叉、肉钩、刀子发出的噪音，现在那些工具无声无息地挂在那儿，好像上吊者一样。我想象闻到了莎拉做的甜点发出了酵母、雪利酒、红醋栗与葛缕子的香味。我回家了。

你知道我是谁，但也许不知道我的名字，我是玫瑰·欧（Rose Old）。我不受欢迎地降临人世，被抛弃，证据被销毁。想想看，我血淋淋来到人世，前往垃圾坟堆，之后被一名漫不经心的男孩与一只流浪狗救了起来，活过一个小时都已经是奇迹了，更不用说活到现在。或者说，谁会想到我能活着说这故事？命运之神在我生命初期拍拍我的头，但并不全然出现与款待我，我们的关系非常复杂。

你还知道什么？哦，你知道我活着，要不然你以为我在阴间说这故事吗？我是老[1]，但没有那么老，我不会在故事中死去（除非故事说完了，我才能接受死亡。毕竟，我的故事还未说完。未来，我和你一样

1　又译为“我是欧”。在原文中，“老”与“欧”同为old。——译者注

陌生）。

玫瑰·欧，活着。

很抱歉我没在第一篇表明身份，选择了不用自己的声音叙述故事。“为什么？”也许你会问，“你现在完全用第一人称啊？”答案很简单：过去没有“我”。即使过去有“我”，一个从人的手中交至犬爪中的小婴儿，哪儿来的能力说或看。我不觉得“我的声音”有足够说服力，因此我选择了传统的叙述者角色，一个全知的观点，或者，让我称“他”为上帝吧。

没有人知道上帝如何知道所有一切。毕竟，上帝极有可能是男人（他愉快地假设你也是男的）。他说他知道，我们都信赖他。他说话有学问，历史站在他那方。他说：“法罗到了目的地。”法罗不知花了多少时间才到达目的地。是“我”写这篇招供的第一行文字。当我以“他的声音”（低沉有回音的声音）阅读时，连我都相信了。印刷物也很具有说服力，它不止一回救过我的命。

我和上帝的风格迥然不同。我只处理真实，也就是，我所看到的真实。即使我用自己的声音写了前述的部分，也会把它隐藏起来等待真实，然后虚构其他，例如一些独白、叙述整个场景或许多的争吵。滥用“或许”这个摇摆字眼会减低说服力，更不用提“稍微”的畏畏缩缩了，那是个让人稍微讨厌的字眼。我和明确的叙述背道而驰，也许惹你讨厌。我用迂回的说法，例如：“大约是这时候，怎样怎样……”也许惹你担忧。或者我一副诗书满腹的样子，结果被揭穿是谎言。大家对真相的态度轻率，有时是必须的，但没有人喜欢或相信如此开场白的历史：“闪亮的七月早晨，恺撒大帝穿着宽袍，漫步走过阳光普照的广场，嘴里哼着歌，心里盘算侵袭英国。”这不适合。我希望降低说故事的干扰，希望你相信手上所阅读的东西。我需要上帝，因此我让“他”代我之口。

当然，我也用自己的声音叙述。即使是上帝，不论多么中立，必定会表达一点个人意见。我的情况是，奥维德的《变形记》在我脑海盘旋不去，母亲在许多夜晚念给我听，后来我也念给别人听。我的叙述里也有一些矛盾已经或即将被细心的读者识破。真实像小刺刺一样，终究会冒出来。

从现在起，我活着。我依据事实写作。

我出生。我有记忆。证据包围着我。自从“安诺妮玛”之后，已经过了好几年，这段时间给了我们透视的视野——事情改变了。我的世界改变，外头世界改变，小说也改变。大部分的拼字标准化。标点符号也改善，虽然被时尚世界的恶化拉平了。男人的地位不再巩固如山，这个你可能知道，也可能不太确定。

不管怎么样，上帝死了。现在我写的东西，是为了自己。有些没有亲眼目睹的事件，我知道是真的，有报纸、日记与藏书丰富的图书馆佐证。前述的故事，从我父母那儿无从知晓，靠自己访查真相。其余的，我虚构。可想而知，我必须再度造访上帝，请他回复我的祷告。那是我的特权，但我已宣告他死亡，所以，最好不要再麻烦他老人家。

其余的部分，我认为，应该视为自传。

我的出生，我的缘起，由上帝叙述。现在是我的二度缘起，我的再生，由我叙述。

和其他贵族一样，我有官方生日与真实生日。一个野小孩认识了她父亲，并被从垃圾堆中挖出来，被全国首富（他们说也是统治的君主）拯救。

当然，这是一个奇怪的缘起。我的缘起是无，比无更虚无，几小时之后，我拥有一切，继承了洛欧家族的遗产，这就是为什么他们叫我“幸运小姐”。

正式说法

我祖母逝世后（我只见过她一回，短暂的会面，如上帝所说的那样），我父亲要求我母亲嫁给他。我母亲说好。

自从我父亲到达法定年龄后，恋情之说在大宅外耳语了许多年，但很少被证实，近来几乎被遗忘。仆人们知道青春伯爵是不折不扣的独身主义者，不会有那种依恋，他们对洛欧家的忠诚至死不渝，不惜弯腰否认诋毁。村人闲话洛欧山庄时，不再满足于那些单纯的细节，他们说为什么有着一对深黑眼睛的女教师需要花如此长的时间编纂旧书目录？这种工作应该一周内或更短的时间便可以完成，是什么原因让她逗留山庄不去？打开那扇门，让故事自己说话。

虽然他们两人之间没有丝毫亲密迹象，但秘密恋情之说系出有因。他们生活在同一屋檐下许多年，其间，乔佛理虽然执迷于桎梏，却长成迷人的男子。然而，他不想离开大宅子一步，倘若不是为了安诺妮玛，是为了什么呢？据说，他们相互为伴流连于图书室。除了他母亲外，安诺妮玛是他说过话的唯一女性。两人受制于久病在床的老寡妇，却成为下一任的支配者：我父亲基于血统，我母亲基于我父亲的抉择，凑成了一对佳偶。洛欧山庄不是为他们而建的吗？这些都是推论，却足以定论。最后，谣言有其自然趋势。什么也没发生。数年来什么事也没发生。或许“茉莉小姐”露面时，对女人总是兴趣缺乏。

洛欧夫人过世，紧接着，我父亲与图书馆馆长订婚。这两件事情一起发生，证实了那些一直存在的流言。其中有些已经自行止息。据说，小村的墓园里传出“我们早就知道了！”的呜咽声。这一对佳偶不仅秘密发展恋情，就连在洛欧夫人的敏锐鼻子前也没泄露一丝气息。秘密恋情的揭发没有引起一丝丝惊讶。令人惊讶的是，竟然没有人能够提前证实。

唯一似是而非的说法是，在过去十五年里，他们为了顺从当时的权势，不以言语传情达意，甚至不自觉爱苗的滋长。在他母亲的阴影之下，他们的爱情无法开花结果，但现在他母亲成为幽灵，太阳照在了他们上头。洛欧家族的爱情典型是，玫瑰花与石南四处蔓延。他们有些微不同，不必等到死后才缠绕在一起。

接着，我母亲怀孕了，婴儿即将降临人世。这一消息证明那个感人的说法是不可能的。洛欧夫人的逝世对这对恋人而言是个好时机，我父亲的血脉随着每一步新进展而蓬勃生长。

我母亲搬入图书室，在医生与产婆的照料下，几个月后生下了我。大家知道这个婚姻与爱情的结晶没有得到我祖母生前的认可，她儿子和一名仆人，一名怀孕的仆人。他们可能会将洛欧夫人的脸朝下埋葬，省得她气得转身抓狂。

没有人敢想象倘若洛欧夫人没死，后果会如何。当事情有好结果时，我们理所当然认为这是唯一可能的结果，或欺骗自己说我们值得这样，而忽略了这可能也是一场灾祸。（上帝喜欢最后一种想法，用它作为回到主题前的题外话焦点。我试过几回这种做法，但不适合我的风格。不过，当我用轻松的全知观点，对人类与其观念给予一点谦卑的看法时，我确实感到上帝在我体内移动。往后，你会很高兴看到讲道的欲望在我体内疲软无力。）

祖母逝世，我父母幸福快乐的阻碍消除，可以过着男人与妻子的生活。他们对于流言视而不见或只字不提（却大方承认我是“早产儿”）。几个月之内，洛欧山庄又有了一个新家庭。

这是关于我父母的婚姻以及我的出生的故事。人们被引导相信也引导自己相信。当你想要散布一个谎言，可以释放一堆消息，在字里行间暗示，然后依赖人们喜欢看到好结局的心理需求。这是一个教人满意的事实。

现在，没有作假与保守秘密的必要。我不再保守秘密。我喜欢光明，不喜欢黑暗。

多少人会读这本书？这是推测。我唯一能肯定的：你现在正阅读这本书，所以，你知我知。

非正式说法

我父亲了解，假如他想让婴儿成为继承人，她需要一对父母。（“她”？或“我”？两者都有一点吧。那么是“她我”？嗯，代名词是个问题。我们暂时把“他”摆一边去。我父亲当然不知道这个问题。）亲戚们当然不会忍受一个小弃婴突然插队到他们前面的等候名单中，法律完全站在他们那边。因此，我必须是某人的……也就是说，我必须是我父亲和某人的儿女。为此，我父亲需要一个妻子，他的婴儿需要一位母亲。

朵儿丽是第一个提议者，安诺妮玛就是那个女人。我父亲喜欢安诺妮玛，甚至赞赏她，对她在图书馆方面的博学多闻与果决管理非常尊崇。此外，她有个独一无二的完美条件：她喜欢朵儿丽，朵儿丽喜欢她。安诺妮玛是他唯一可以自在相处的成年女子，这对伪装非常重要。他和她没有亲戚关系。世界上再也找不出任何女人完全合乎这些要求。但父亲不知道如何处理这种状况，因此再度请教朵儿丽。朵儿丽给了个他早该想到的答案：问傅德。

傅德抱着我回到朵儿室时，只同意一种方案——我应该被合法收养，安诺妮玛是考虑中的适当人选。傅德的提议非常简单，请我父亲请求她嫁给他，直截了当地。

我父亲是一名无权力欲的温和男人，傅德的推理比他的想法复杂。计划能否成功，端赖于我母亲的年纪与日渐渺茫的希望。她不再是适婚年纪，当时三十七岁的未婚女人被视为老处女，她的选择极其有限。她喜爱图书馆，也愿意把余生挚爱抛掷在那里面，这桩婚姻可以保证她达成梦想。这个吃惊的方案让她的身份地位水涨船高，没人会怀疑这桩婚姻的荒谬，尤其是那些知道我父亲有幻想天性的人。傅德假设：安诺妮玛若有丝毫勉强，只需三言两语提到她的图书馆就能排除。但他没有说出他的假设，成功是必然。

接下来一个小时，我父亲领着我的婴儿眼睛参观海门屋，傅德构思了最实际的计划。山庄所有人必须相信我是婚生子女。那些知道其他的人与知道安诺妮玛没有怀孕的人（令人惊讶的是，很少人注意到这个，多年来他们被训练成对所有的事情视而不见），通通收买他们三缄其口，要不就升为山庄的重要仆人，要不就遣至洛欧家在遥远小岛上的宅子里退休养老。像洛欧山庄这么大的宅邸，有许多仆人未识彼此，或许一半的仆人可以留任。其余的人，多半了解不许提问题也不许稍加谈论。这是个好策略，山庄只有一人能够执行这个策略：山姆·汉密尔顿，洛欧家的现任财务大臣。

汉密尔顿和他所有祖先一样，写字细心准确，代号与密码全然在握，记忆力惊人。他把所有事情译成密码记在账簿上，运用这些武器保卫洛欧家。他家世代忠诚无懈可击，也必须如此，因为那些账簿里藏着洛欧家的秘密。那些密码艰深难解，没有一位汉密尔顿可以看懂全部的密码，只有他与其可敬的先辈有办法了解洛欧山庄的财务报表与主事者的财务安排。

山姆的父亲雅各几个月前过世，留下山姆独自负责洛欧山庄的财务。雅各的死是意外，最后却变成一种祝福。因为在他掌管的后期，在处理这种拜占庭式的秘密事务时，他变得有点难以预测，他儿子休想沾上边，而对洛欧事务的全面了解又是唯一成功之钥。尽管雅各已经传述了许多，但仍有一些要领跟着他一起死亡，仿佛他为最后估算作了准备。不论雅各变得多么固执，紧抓着职权不放，洛欧夫人对他的依赖也不减损。山姆·汉密尔顿一直非常敬畏父亲，宁可记住他的英明时期，也不愿想起最后几年的专制颓败。他见过父亲全盛时期处理危机的方式，快速、秘密行动、全力以赴，对于眼前的事务，他完全仿效父亲的精神与态度办理。他接受召唤。

在朵儿室，山姆变成一位小国王，坐在高木头宝座中，脚沾不到地毯，显得矮小。他的王冠是一颗早秃的头，两旁与后面露出两寸长的棕色直发。他是位整洁的矮小男人，妻子安琪丽卡也是爱整洁的女人，最近又生了一个男宝宝来陪伴他们的女儿。现在，当我想起这对父母时，不禁感到不可思议，这对单纯乏味的夫妇竟能生出两个如此漂亮的小孩！或许，漂亮都跳过一代。足智多谋与聪明机灵并没为他的子女带来好运，因为他们父亲乏味温和的框框中潜藏着一些犯罪天赋。

汉密尔顿面无表情地听着傅德的计划，有时一边点头呼应一边以密码记下，那些密码系依据家族规章传给他的。这种破坏行动正是他家的存在理由。汉密尔顿所听到的洛欧故事中，这绝不是最奇怪的一个，他小心翼翼地视之为军事演习。这是他的家庭教导，也是对他父亲那位伟大人物的致敬。

沉思了一会儿后，他说没什么困难，和傅德又谈了一个小时，我父亲在一旁作陪。父亲假装专心听却紧张得失了神，想到即将逼近的求婚，汗水不停地流。在他的惊慌中，欺骗计划有了头绪。而他的惊慌通常自行消失在对我的忧虑中（往后的余生皆是如此）。他忘了注意听讲，等到有人提醒，所有计划已经商定。

图书馆长怀孕以及她和我父亲即将结婚的消息开始传出。图书馆长（被赋予怀孕的期许）要躲藏在山庄里，人们将视之为遮羞。隐藏我的时间要尽量缩短，三个月足够了。像大部分婴儿出生前一样，我和母亲很亲密；但和大部分婴儿不同的是，我紧偎她身边而非在她肚子里面。我们两个都不能被人看见。接着，我们会以新角色盛大浮出水面：一个容光焕发的母亲，新洛欧夫人，与有点过大的宝宝。“分娩”时，只有家庭员工获准进入，里面没有一个聪明人。傅德与汉密尔顿掌控所有场面。在他们心中，危机结束了。但是我父亲的忧虑才刚开始。

“傅德……为什么她要嫁给我？婴儿不是她的。”我父亲问。

“恕我冒犯，先生，婴儿也不是你的。”傅德低着头说。他们尚未谈到这个问题，更不用说谈到我的性别了。此时，汉密尔顿第一回兴起跟我父亲说话的念头，他走向这位洛欧，想起他的曾祖父曾经走向“伟大洛欧伯爵”。自尊在他内心隐隐作痛。

“先生。”他清一清喉咙说，“除非你尽快向伍德小姐提议，否则计划注定失败。”

父亲站起来，坐下，又站起来，仿佛坐在大头钉上似的。汉密尔顿如谚语所云，像一只黑狗红着脸，不太敢看他的主人。

“你还有什么愿望吗？先生。”傅德问。这是他多年的服侍中唯一对我父亲开过的玩笑。父亲离开房间，意识到他现在要做的事，是对这个家庭所做过最有贡献的事情。傅德抱着我，和汉密尔顿紧随我父亲身后。这一列队伍虽短，看起来却像送葬行列。在往图书室的途中，父亲注意到一些过去从未有时间看的东西：某一层阶梯上烙着一道花朵状的抓痕、某座栏杆与墙壁之间藏着一张已故亲戚的画像。仆人们停在楼梯底，鞠躬，抬眼看看是否能获得派遣的暗示。或许父亲和自己打了一个赌：假如转身能从这个角度看到画像上的眼神，那么，一切均按计划实现。于是他转身，看到了，压力不觉纾解一些。或者他无法看到，因为那个角度的视野被栏杆遮住。那是我常干的事，这种迷信承袭于他。后来我才了解，这种赌注输了，有时也是一种解脱，因为你可以把运气丢出窗外，大胆跨出去，只以天生的资质迎接命运。

他们到了安诺妮玛的图书馆。我父亲独自先进去。

他单腿跪在图书馆馆长面前。安诺妮玛一直忙着编纂与清洁，此刻，仍然沉浸于《女梦游者》，正苦思一个编注问题。他进来时，她不太在意，直到他跪在面前，才猛然惊醒。看他的举止僵硬，异于平常，她想，或许他因贸然闯入而觉得罪恶吧，但他的眼神又不是那么回事，似乎是一种道歉、乞求原谅与祈求沉默的眼神。她想，肯定是有关图书馆的坏消息，这是唯一的可能。她想哭。

“伍德小姐……安诺妮玛……你愿意嫁给我吗？”

他说什么？嫁给他？胡说些什么？为什么要戏弄她？或许她漏掉了他的暗示？是的，在她读得很专心的时候他可能说了些话。结婚？她试着读他的神情。洛欧带着颓败的眼神望着她。他从来不曾如此滑稽或认真。

安诺妮玛开口迸出一声“哈”。

这似乎是一种假装拒绝的笑声。她不答话，也答不出话，因为被自己的震惊吓得哑然失声。书堆一片寂静。她的脑子却一点也不宁静，响起了震耳欲聋的叫声。她望着他，眼前的事实令她吃惊，他看起来真的要娶她！为什么要娶她？瞬即，她了解到他求婚的动机：他需要一个继承人，以及他的孤单。但洛欧夫人呢？她的思考往前跑。也许是他母亲的主意？不，不，安诺妮玛在洛欧夫人眼里微不足道。她非常了解自己不可能在其他地方获得如此优越的待遇。出了洛欧山庄，没人会赐予她头衔或图书馆，没人会给她这些她需要的东西。而这儿，有一个人，单腿跪着，一个她熟识的人，一个她看着逐日长大的人，一个和她受同样悲剧折磨的人。她完全忘了手上捧着一本书，强把精神拉出书本外，指关节因用力过久而发白。

她松开手，书本掉了下来。洛欧接住书，不让书本落在地上。魔咒破除。

“是的，主人，”她说，“我愿意。”

她期待他站起来，拉着她的手，亲吻，或微笑。但自他第一天为她引见可怜的朵儿丽开始，至今从没满足过她的期待。他以一种犹豫的礼貌询问她愿不愿意当他小孩的母亲。她正要回答，傅德抱着我出现在门口。我裹在一片干净的白布里，露出草莓似的小脸蛋（这是她写在日记上的话）。汉密尔顿紧跟着出现。

“这就是主人说的小孩，女士。”傅德呈上我，希望获得她的认可。“我想这桩幸福的婚姻会实现，是不是？女士。”他一边说，一边把手指头伸入我的嘴里阻止我咯咯作声，我母亲对这记忆特别深刻。她觉得非常滑稽，几名道貌岸然的男人带着一名婴儿。洛欧像乞求第二块蛋糕的男孩，紧张地望着我母亲。母亲望向傅德，点点头。

“我应该向你父亲报告我的计划吗？”我父亲问。

“他去世了，先生。”她回答。

“啊。”他不记得自己是否知道她父亲死了，“或者你的法律监护人？”

“你就是监护人，先生。”傅德说。

“呀。”我父亲吸一口气，向后退却了几步。

“洛欧夫人对这件事的看法是什么？”她想起了老夫人，突然而至的幸福不禁笼上一层阴影。她努力把阴影驱逐于脑外，想起洛欧夫人是可以毁灭一切的人，她的影像步步逼近。

“她去世了，女士。死了。”傅德终于说。

求婚，婴儿，洛欧夫人逝世，哦！

她的脸庞阵阵发热，跌坐在一旁的椅子上。汉密尔顿立即上前，就近抓个东西为她扇风，是玛丽·戴的手稿：《死亡之屋》。安诺妮玛忍住晕眩，镇定地告诉他把书轻轻放回桌上。汉密尔顿改用他的记事簿为她扇凉，但太厚了，扇不起一点气流。

“我很好，还可以过得去，洛欧夫人是……”安诺妮玛急着想知道更多讯息。

“你没听到，女士，就在这三小时之间。”汉密尔顿负责回答。傅德抱着我，走至一旁。父亲咬着上唇，望向窗外的大道。过去他从未如此注意窗外的景致，似乎想久久盯着那个方向，凝滞不动。

“我想知道这个……”我母亲还未说完，傅德打断她。

“当然，敬爱的女士。”安诺妮玛从未享有过如此礼貌的待遇，以往是她如此礼貌对待别人。傅德抱着婴儿鞠躬。安诺妮玛担心傅德在其他事务上聪明能干，却用尽了所有照顾婴儿的本事，因此答礼时从他手中抱过我来。她低头凝视着我，微笑，还不知道我从哪儿来或对她有什么意义，但立刻明白不论我将来长大如何，我是她最亲近的人，是她的小孩。我父亲挤出一丝微笑，不安地拿丝质手帕拍一拍眉头。

“小姐……亲爱的。”他的言语非常不自然，“这是玫瑰·洛欧，洛欧山庄的继承人。”

“伯爵。”傅德没了婴儿的束缚，回到他的岗位，机灵地打岔说，“您今天尽了相当大的努力，我建议您静一静，和夫人晚餐时再多谈。”

“好主意。”洛欧为傅德的沉着骄傲，也很高兴事件的结果，心里巴不得赶紧离开这儿。离去时，其他人听到他哼着《南茜钟》的旋律。

安诺妮玛觉得梦想跟着他离去了，傅德与汉密尔顿会为主人的狂乱解释（也许用钱解决吧），然后安排打包她的行李，清晨前送至仆人的出入口。结果竟是，他们望着主人消失身影后，转身在新洛欧夫人面前致上最深的鞠躬礼，双手几乎着地。

“夫人。”傅德说，“如果需要我们任何帮忙，我们现在是您的仆人了。”

“恭喜夫人。”汉密尔顿仿佛对着鞋子说。

安诺妮玛望望图书馆、怀里的婴儿与面前的两个男人。在这么短的时间内，一切突然变得陌生。“我想，先生……我应该称呼你傅德吗？”而他弯腰鞠躬。“我想你应该告诉我这位玫瑰小姑娘是从哪儿来的。”

傅德向她保证我不是偷来的，是主人的善心表现，因为我还活着、还有呼吸。他告诉她：婴儿如何遭残忍丢弃，他们如何发现婴儿，洛欧伯爵决定让婴儿成为他的继承人，洛欧夫人的过度激动与逝世，以及最后洛欧伯爵认识到婴儿需要一名母亲的现实。关于这一点，傅德强调是伯爵阁下的意思，因为他对她极其赞赏、深具情感，因此，婴儿母亲与山庄女主人除了伍德小姐不作第二人想。然后他说，把她们两人，婴儿与母亲，搬至图书馆一段时间，方便捏造怀孕一事，是他与汉密尔顿的主意。

整个说明持续了二十分钟。母亲半怀疑半欣喜地听着。她也许不计较条件地同意这桩婚姻，但从未想过有这些内幕。她罕见地问傅德问题，傅德正视她的眼神回答。她知道所听到的一切都是事实。傅德说完后，她问是否省略了什么事没说，因为省略的事实虽然用意良善，却可能对所有人造成致命的伤害。她知道这全部计划没什么差错，但她想知道所有的真相。她要比那些嘲笑这桩婚姻的人知道得更翔实。

“有一件事情，夫人，一件小事。”傅德走近我们说，“洛欧夫人过世之前发现……”他结结巴巴地说，解开我的襁褓，给我母亲看那个部位。母亲低头看了一下，转身面对傅德。

“伯爵阁下知道，是吧？”

静默。

“伯爵阁下知道吗？”

“那个，”汉密尔顿插嘴说，“是一个非常困扰的问题。”

“洛欧伯爵不知道？”

“他意识到了这个，但故意不把它放在心上，也许不了解或也许不相信。我们还没有谈到婴儿这方面的事情，夫人。毫无疑问，他相信这婴儿是女孩，也要别人如此相信。”

“我们应该怎么做？”安诺妮玛茫然若失地问。

“我们不要提到这个，夫人。”傅德望向汉密尔顿。汉密尔顿点一下头，表示赞同。“还不到时候。我恐怕后果会很严重。他母亲的过世，限定继承的新责任，对你的求婚……伯爵的精神已经负荷过重。当然，他即将成为您的丈夫，我们尊重您，但我……”他暗示正在账簿上做笔记的汉密尔顿。“……我们慎重建议您保守这个秘密。”

“多久？”我母亲难以置信地望着我。

“暂时吧。”

“离男孩穿马裤的时候还有好久，夫人。”汉密尔顿补充道，“把它藏在裙子里一阵子不会造成什么伤害，也不会有什么不正常。我们的新生男孩史蒂芬也要穿裙子。”

“这是我们想到的最佳办法，除非时机到了。”傅德继续说，“过不了多久，伯爵阁下应该就能比较镇定地接受这个消息了。时间是最好的良药，夫人。”

我母亲同意这是目前最好的方案，为了伯爵阁下及其内心的宁静，为了她和心爱的图书室，也为了山庄与曾经对她好的洛欧家族。汉密尔顿与傅德的注意力转回账簿上，母亲将怀中的我贴近她的乳房，露出私密的微笑，一副更加满足的样子。这微笑不为任何人，只为我们两个，因为，尽管不会向任何人透露，她相信这是对我这个怀里的婴儿最理想的方案。

我母亲有她自己的秘密。既然保守秘密的时刻已过，既然上帝没有告诉你，那我来告诉你。尽管上帝知道一切，但他没有告诉你的必要。我母亲绽放这朵私密的微笑有一个原因，一个独特的原因，和她当初想在洛欧山庄担任女家教的原因一样，为了诗人，她的诗人，玛丽·戴。

玛丽·戴。今日有很多人知道这个名字，但当时很少人知道。仅有的一些关于她的事实，我母亲的父亲都牢记在心。杰瑞米·伍德曾经是一位装订商，兼营印刷业，专门印制商业名片与各式各样的单面大幅印刷品，我母亲在十指沾满墨水中长大。在一次转战出版业失利后，杰瑞米的事业一败涂地，印刷机也没了，他变成一位文物收藏者。之后，我母亲的指甲缝里塞的是灰尘，而不是墨水。

他终身的热情是玛丽·戴的出版品。当他的爱妻处在漫长的生死挣扎中，家庭笼罩着一片哀戚，杰瑞米将这些作品介绍给十一岁的女儿，希望转移她的注意。他热心教导她创造书籍的基本印刷技术，里面充满复杂图表，处处带给她惊喜与新奇。戴和她的印刷商似乎对墨水、书页与文字的喜好一般多。安诺妮玛的父亲尊重他们的设计，文字是其次，但吸引他女儿注意的，却是文字。

事实上，这无法转移她的忧伤，初次接触那些诗篇，让我母亲更贴近自己。玛丽·戴教她正视死亡：

> 虽然身体消失……唉！……
> 身体寂灭了，灵魂可能还在。
> 在她躺的地方看她，
> 知道她眼里的余烬
> 会再度燃烧，永远不灭。

我母亲在她父亲过世后，对情感有点失望。她从来不曾讲到这件事，却让她决定当一名家庭教师。虽然这在她心里烙下创伤，但倘若没有她所谓的“戴之光”，事情可能转向更黑暗的结果。第二次，诗人又帮助了她，仿佛直接告诉她，更伟大的爱超越“多愁善感灵魂的悸动”。那种爱，似乎可从玛丽·戴的诗篇获得。

好像，玛丽·戴想要切入人类起源与命运的核心。我母亲读的时候，坠入一种深沉冥思，但对于文字的节奏与含义仍十分清醒。玛丽·戴的作品激起了门徒（或一位比较乡土气息的文学评论家所称的“戴徒”）的热情。她的作品难以获得，更激起了仰慕者心中的强烈占有欲。这些仰慕者互不认识，却都享受自己与诗人的特殊个人关系，我母亲就是其一。她继承了她父亲的热情，把它变为自己的热情。她父亲在她十六岁时撒手人寰，遗下我母亲独自面对世界。在他过世前，他们最亲密的时刻是分享彼此的研究与阅读。

她希望有一天将诗人的作品编辑成册，完成她父亲的孤寂与开创性研究。这份意图藏在心中，促使她来到洛欧山庄应征女家庭教师。这儿，有机会让她挖掘更多的玛丽·戴作品。作家和她说话时，仿佛世界无他人存在。

她父亲过世前不久，一位名声向来不佳的同事，以欧比恩·米尔斯为化名，说他最近去洛欧山庄鉴定一批织锦收藏品，不小心走进一间破烂失修令人惋惜的图书室里。他看到玛丽·戴的一些诗集丢在废弃的木条箱里，里面还有……他认为那是玛丽·戴未完成的亲笔手稿。由于过早被打扰，他无法如愿地仔细审视那些东西，但确定那些东西若非诗人的作品集与短笺，就是她所拥有的书籍。有一张散页，不幸地，和其他散页脱离，莫名其妙地飘入欧比恩的松垮大衣里。因为知道杰瑞米的兴趣，遂为他保留了那一页。欧比恩耸耸肩把那张纸向上一抛，仿若丢一片碎肉给狗吃似的。伍德父女带着敬畏心情读那页纸稿，深深吸入它的精华，仿佛纸上射出光芒般沐浴其中。那是一封信，正反两面，是玛丽·戴的印刷商写给她的信函，姓名地址只有简简单单的M，大概是说他要在《光的智慧》的文本上作某些变更，才能把她所要求的设计包括进去。玛丽·戴也在上面写了回复，这可能是誊写在整洁信纸上之前的手稿吧？这是“戴徒”第一次见到她的手稿。

欧比恩对女诗人（或者“女性诗人”，杰瑞米比较喜欢这个称呼）没兴趣。此外，在古物圈里，人情也是一种有价商品。欧比恩告诉他们说，洛欧家对玛丽·戴似乎也没什么兴趣，但是织毯的估价超乎他们的预计。

我母亲当时就下定决心，只要有办法，一定要一探这个珍品的宝库。她父亲一过世，决心变成萦绕不去的欲念。当她听到洛欧山庄有这个机会，马上竭尽所能说服当时心烦意乱的梅肯夫人为她写一封强有力的推荐函。一切非常幸运。

她到达洛欧山庄那一晚，坐在窗口凝视着北大道，心里想着，图书室在哪个角落？里面有什么东西等着她？手稿？边注？诗集？没有特定目标，但很想摸摸那些东西，读一读玛丽·戴读过的每一本书籍，沾一点智慧之光。也许木条箱已经不在那儿了，但假如它在……为了瞧一瞧，她有什么不能做？

一星期之后，她在洛欧山庄展开探险，探索那位不讲道义的欧比恩所言是否属实？图书馆里是否还保有这些书籍？天呀，书都在，混在一堆东倒西歪的纸张与皮革中，很容易就能找到。那些书自运来后就塞在门后，至今仍未开封，她必须挤出一点点门缝。“就当作被玛丽·戴关在图书馆外。”她想。

一进门，一阵强烈霉味与纸张腐味冲鼻而来，她的眼泪立即夺眶而出，为了书，也为了自己。她打开木条箱里最上面的四个小箱子，看到笔记本与一本华美的《比斯替苏菲亚书》[1]。她知道有这么一本书，因为玛丽·戴曾经引用过书里面的话，或许正是这一本。在那下面，放着一本易碎的《成为过客》，是玛丽·戴最简单的诗集，第一首《圣者

1 Pistis Sophia，《圣经》的福音书之一，有关信仰与智慧。——译者注

之会·无影之光》是母亲记得滚瓜烂熟的其中一首十四行诗。她屏气凝神，强抑翻箱倒柜的搜索欲望，不断告诉自己，慢慢来，有的是时间。她吐出一口气，鼓起两边脸颊，仰望天花板告诉自己不是在做梦。母亲知道，和这些书长相左右的时刻尚未到来，只好安慰自己说每次偷些书回自己房间阅读。要干这件不引人注意的事并不困难，因为她知道根本没人在乎，从来没人提起过图书室。

她想把玛丽·戴的书籍依序整理一遍，但羞怯的性格与随后的朵儿丽死亡事件教她不敢贸然提出要求。突然，母亲出乎意料地听到洛欧提议她担任图书馆馆长一职。当时，她提起了玛丽·戴。他把所有事情交由她管理，图书室是她的，玛丽·戴也是她的。

她可以继续完成她父亲的遗志，周围是她父亲生前无缘见到的原始资料。现在和以后，她都能够驳斥某位评论家单调乏味的诋毁。那位评论家说，玛丽·戴是一名男诗人的笔名，只有盲目圣母崇拜才会把这件事实藏之于世。虽然这个指控极其可鄙，但一份翔实的传记研究应该着手进行。她对她父亲、诗人与全世界都有这个义务。

她喜欢这份新职务，开始规划让图书室步入正常运作，采用系统方式进行。另外，有关她个人的图书室部分，看管的热情更深邃、更私密。在这儿，她拥有玛丽·戴的完整作品与戴的诺斯替教经文书，小心翼翼地编纂着。她购买了一本特土良[1]的《异教面面观》，从巴黎妥善锁好携来这儿。她从玛丽·戴的私人笔记上学习到，唯一的诺斯替教作品全集几乎囊括了所有的反诺斯替教论述，而那些反诺斯替教论述里包含了他们所攻击的那一篇文章的片段。所有对抗异端的善辩者——查斯丁、希坡律陀、爱任纽，都从里面引述了许多话。因此，这些人也全在她的图书馆里。这是诗学正义。

母亲为了玛丽·戴来到洛欧山庄，也找到了玛丽·戴。现在，她可

1 Tertullian，古代基督教神学家与雄辩家。——译者注

以把从玛丽那儿学到的东西全发挥在对我的养育上，以回报山庄。洛欧先给她图书室，继而献上他的婚姻，现在……奉上她怀里的婴儿。母亲是一名实事求是的女人，却同意把我当成女孩抚育，栽入别人眼中的荒谬骗局。为什么呢？还是一样，为了玛丽·戴。

母亲相信每一个人兼有男性与女性特质，并且相信真正的诗意心灵应该利用两者的力量。她抄写了玛丽·戴的私人笔记，没多久即印出来作为她的私人版本。在玛丽·戴的私人笔记中，她读到："上帝创造男人与女人。亚当是唯一分娩的男性，制造了男人与女人。除非我们否定任何区别，否则感受不到纯粹的永恒诗歌活在我们心中。"在《死亡之屋》里，她读到：

当两个变成一个
当里面在外面，外面在里面
因此，男性不是男性，女性也不是女性
之后，你才能看见我。

戴认为，两性分割代表想象两性合一的原始完美与丰硕的败坏。用基督教的语言说，是罪恶导致分割。某些教堂神父说，基督在复活中既非男亦非女。玛丽·戴由此联想了来世与死亡后，那是黄金岁月，是男女平等的地方。她称之为"费米尼西亚（Feminisia）[1]"。

母亲用比较生活化的语言思考：没有人是完全男性或完全女性。太过男人的男人，和太过女人的女人一样无能。或许这就是她被我父亲吸引的原因。我父亲的服饰有时吓死人地女性化，这是许多年前的事了，当时两性角色比较紧密结合，尤其是服装方面。如今，一切界定清晰，区别较明显。那时，男人留着一头飘逸卷发，大腿优美，手腕优

1 作者自造词，词根意为女人的，女权的。——编者注

雅，是男性化的象征，看看陵墓上伟大伯爵佛莱德的画像，便是最佳明证。他看起来好像在炫耀吊袜带的样子。

母亲比较不在乎纯粹的永恒诗歌气息，而在意每天的呼吸气息。她是“戴徒”，呀，是的，但她是一名有洞悉力的戴徒。但不管怎么样，她赞同两性合一对人类潜能有相当的帮助，而且是可行的。

对我，小玫瑰——有时她叫我玫瑰玛丽[1]—— 一个确确实实抱在她手上与怀里的东西，她可以实验她的理论。婴儿的内在既非男性亦非女性，完全依赖于社会教导它扮演哪一种角色（这还不足以令人相信吗？假如不，终有一天会的）。因此，男孩和女孩是塑造出来的，不是生出来的。我将被塑造出来。毫无疑问地，我会是一名最可爱与最独特的小孩，甚至是一名更成功的大人。也许我会是世界上最完美的人，是天堂或人间所有假设的象征性挑战。我母亲给了我她所能给的最伟大礼物。

让我穿着女装长大，不是她的主意，是呈现在她面前的既成事实。我是男性吗？是的。我被当成女孩教养长大吗？是的。她以为这种局面可能只持续一两年，之后，我父亲一旦克服了目前的焦虑，一切都会稳定下来。当然，这都要取得我父亲的同意。她认为这只是缓兵之计，终有一天我父亲能够接受儿子的事实。她不知道我父亲永远不会接受这个事实，永远也不愿讨论这个事实。当她抱我在怀里时，玛丽·戴与《死亡之屋》的思想突然涌上她的脑海。无性别的上帝创造的性灵出生时是没有性别的。我除了是她的心灵白板之外，还是什么？

所以，她抱我贴近乳房时，绽放了微笑。

这是一桩怪异的求婚与怪异的婚姻，父亲与母亲却过得非常快乐。他们从不争吵，也从不做爱，就我所知，他们分房而睡，但一起抚养我长大。

1 Rosemary，又译为“迷迭香”，也是书中人物玫瑰与玛丽的合名。——译者注我的正式版与非正式版有同样的结尾：我的父母亲结婚了，没有盛大仪式；我出世了。

宣告

为求逼真，汉密尔顿在全国最好的报纸上，不写日期，措辞严谨刊登下文："青春洛欧伯爵乔佛理先生与他的妻子，安诺妮玛·洛欧女士，欣喜迎接玫瑰诞生。"

庆典

为了庆祝新继承人诞生，"洛欧万岁！"的旗帜在当地高挂数周。村民非常高兴，不仅为洛欧家也为自己松了口气。因为，山庄（依然）高高在上，所以山庄主人也高高在上，这一片视野所及的土地都归他统辖。他们也许希望一个比我父亲活跃的地主，但可不希望有一个爱看管的地主，因为不论哪一个洛欧伯爵都不会是体贴人物。洛欧的未来也是站在或瘫在酒吧里的每一名酒客的未来。整个村庄完全依赖洛欧的福祉。

我正式出生那晚，地主举起小白镴酒杯朝着大宅，向参与盛会的人敬酒："没人能叫这小孩私生子，她是我们大家的赐福，洛欧万岁！"所有人欢欣鼓舞，对着洛欧山庄举杯。洛欧吩咐：整个周末当地啤酒免费招待。没人反对。

我出生了，必须公开示众。这是一年当中村人向洛欧家致敬的时刻，我父亲必须伸出他的手（戴着手套）给村民。有些人为了能碰到全国首富的身体而兴奋不已，这是绝无仅有的机会。今年有一个迷人的红利：展示新生儿。村民带了蛋糕、谷类填充的娃娃与其他小饰物作为礼物。我们沐浴在花瓣、香草与糖果里，绕场一周。傅德抱着我至阳台上，父亲与母亲在一旁紧张地观看，傅德把我举至最高点，下方爆出如雷的欢呼。我让他们想起了免费的啤酒。他们以手遮眼挡住烈日，似乎，我是他们的未来，也是正后方伟大山庄的未来。

哦，那是一场盛大庆典。整个下午，村人爱怎么逛就怎么逛，吃吃喝喝完全免费招待，在各式各样的娱乐前流连，在大帐篷底下进进出出。大帐篷是我父亲为了年长者免于曝晒之苦与自己不想见到醉鬼而设立的。蔓藤与夏日花朵盘成一道围墙，陵墓在围墙外若隐若现，与狂欢场面高雅隔离。任何人如果认为我父亲已经完全忘了朵儿丽，都情有可原。

汉密尔顿的诗人朋友在一楼窗口朗诵诗歌，全场呼应。他带了一位牛津大学的民谣专家指导村人如何唱那些他们非常熟悉的民谣。为了使村人尽兴，奶酒放在冰块上从市区制奶场一路送过来。拔河选手握紧绳索使劲儿往后拉，有些体形弱小的人死命握着绳索，一副要飞出去的样子。有些人稳如泰山，一动不动，仿佛地下扎了根的大树。各种竞赛——麻袋赛跑、两人三足、手推车竞跑，为了胜负战得不可开交。此时另一角落，不论是村童还是贵族子弟，都一视同仁，排队等候骑独角兽。许多蛋从汤匙滚下，落在炙热地上立即成为煎蛋。有些人热昏了头而倒卧在地，有些人喝得醉茫茫也倒卧在地，没多久半边脸被毒辣太阳煎得过热而疼醒。

所有食物供应无缺。大麦汤与黑啤酒源源不绝。酸黄瓜盘没人碰，大装饰面包也没人碰，但是“托比与博学猪”的出现引起惊叹连连，那只猪的报酬是酸黄瓜。

我母亲为村童展示书籍装订技巧。他们望着她好几小时，不是着迷于书籍本身或书脊缝纫的神秘趣味，而是因为她，因为他们不曾与贵族妇女如此接近过。母亲说，他们像小狗似的闻着她。马术长矛表演在

“无意外事件”中落幕。村童的舞蹈和主日学献唱（同样这批孩童）一样，“老少皆欢”。“四百多人狂欢，没有逮捕事件”。夜晚，太阳完全西沉后，红陶桥上施放烟火。多彩的火光与大池塘争相辉映，所有人不断“哦、哦、啊、啊”。最后一团烟火落下，一枚流星飞蹿天际，全场静默。最后，所有人满怀欢欣，想象着洛欧山庄的闪亮新星离去。

大宅全面开放，表示里面起了大变化。那个特别日子，大宅对所有来自“运动场村”的人，不论是农夫还是农妇，孩童还是动物，一律全面开放。那是我父亲最重要的一天。

我面前的日报以“英格兰玫瑰”为标题，报道我的出生是洛欧山庄重振雄威的开始。

山庄里住了洛欧一家人：伯爵与伯爵夫人，以及他们的漂亮女儿玫瑰——将来配一门好婚姻继承洛欧香火。没人期待我父亲会有后裔，他的婚姻门不当户不对，但终究结婚了。或许，他不是通过渴望的方式成为一个孩子的父亲，但他终究成了一个孩子的父亲。他的潇洒放荡，让人联想起他那位教人非常怀念的祖父。

洛欧山庄为了更好也开始改变。让微笑转为肃穆的黑色窗帘不见了，所有的吊丧物不见了，我父亲愤恨的那两只讨厌的狗也消失了，现在，关入某个角落的狗窝里。（他曾经浮现一个念头，杀了那两只狗和它们的主人一起埋掉算了，但年长的咖喱厨师望着其中一只小野兽的冷漠表情，那个温柔眼神教父亲感动，因而赦免了它们，不过规定不要让他听到它们的鬼吼鬼叫。之后，它们的鬼吼鬼叫真的不再传入伯爵的耳里。）

取代永久哀伤与咆哮声音的，是明亮色彩、阳光、我母亲，以及我。我的全名是玫瑰·欧·洛欧。最重要的是，新洛欧与新洛欧山庄诞生了。

这些似乎是上辈子的事。自那之后，我环游世界各地。我吻了一位希腊水手的眼睑。我偷零钱，撕车票，在战争中失去亲爱。我终于被说服不要使用“暗送秋波”取代所欲表达的“抛出爱慕的眼神”。我觉得少了这个语汇，语言的情况更恶化（因此，这个语汇会复兴的）。安诺妮玛图书馆里的每一本书我都读过了。

以往，人们很少上洛欧山庄；如今，越来越多人上洛欧山庄。现在，我和家人、朋友，以及渐渐消退的记忆一起生活。毕竟，褪去一切，我仍是我。过去，我阅读；现在，我被阅读。过去，我写作；现在，我口述。句号。

2

我对周围的改变无忧无虑且不知不觉。我咯咯笑。我呜呜哭。我呕吐。一段时间之后，我吐出了一两个字：妈妈。母亲在一本红色日记里写着，那是我婴儿时期不断重复的记录。我在父母的陪伴下长大了一点。父亲尽其所能地保持一切完美。他一直守着我们，常常走在我们前头，观看我的进展，提防可能存在的危险，确定我每一次跌跤都垫着舒适的枕头。汉密尔顿给婴儿车零件上满了润滑油，父亲在傅德的帮助下，确定那婴儿车可以带我去任何地方。我的快乐有人照料，母亲负责我的教育。我们住在我的房间——朵儿室，以及图书室里。

我的第一个记忆是，我坐在图书室的玫瑰地毯上，四周围着白色小栅栏。母亲读书时，我坐在她的脚丫上。她哼着轻柔的歌曲，黑色硬平底鞋在地板上轻轻打着拍子，我现在脚上正模仿着她的拍子。我可以听到纸张的温柔沙沙声，也可以闻到堆在地板上仿佛巴别塔压顶的累累书册。

从婴儿时期开始，玫瑰便围绕着我，玫瑰的气味在我有记忆之前便已存在。有一种玫瑰甚至以我为名，这很适当，我的名字就是玫瑰，花中的莎孚女王。我睡觉时，婴儿床上洒满了玫瑰花瓣。我记得父亲有一次对我说话时哭了。我记得相当清楚，因为他的泪水从担忧、钟爱、怀疑的眼睛中滚落下来，滴在我身上。我不知道那时我多大。

一切只有快乐。这就是生命，我还不熟悉。

我迸出的第一句话在洛欧山庄全面宣扬。窗户上挂出许多小毯子，不是为了拍打，而是为了掉下来后，分送至山庄边的所有小屋。有些仆人因长久沉浸于哀悼的沉默和肃穆中，无法适应这种新政策，成了春季扫除中的第一批牺牲品。

洛欧山庄需要一种新气氛适应新时代的来临，亦即需要一种更精简、更有效率的欧洲模式。汉密尔顿有时在自己房里私拟这份蓝图，单纯只是消遣而已，一切仅止于纸上谈兵而且严格保密，因为他父亲雅各反对任何新变化，而他一丝一毫不敢违抗父亲。现在，他把大纲向傅德与我父亲介绍一遍。

洛欧山庄有整整一半的给薪职务不太明确。所有部门像自动操作一样，各就其位，各司其职，整体而言运作良好，但目的是什么呢？这是过去时代的遗迹，是特权的虚假象征，是浪费。不过，省钱不是目的，因此那些失业的人会获得一笔优厚的退休金，许多人可以继续住在山庄的小屋而无须缴付任何租金。他们无须劳动便能享受昔日的生活水平，这消息一发布，缓和了他们是冗员的坏消息。大宅废弃一些家具，他们的小屋客厅因摆了几件不协调的豪华家具而显得窄小。他们以宽厚条件去职，必然欠了洛欧山庄一笔债。我们家不树敌。

全国各地，许多家庭正束紧腰带精打细算度日，但我父亲的动机完全不同。他不愿让闷死他的传统负担压在我身上，也不准博物馆般的陈腐空气窒息我，他要我尽享人间欢乐，没有障碍。因此，在父亲的鼓励之下，汉密尔顿的现代化行动积极展开。

所有的运水工马上遭解雇（有退休金）。半数的男仆因仪态非凡而被拍卖至遥远的乡下宅院。那些留下来的男仆后来被称为“六寸人”。

“哈哈帮”并非闹着玩的，他们对厨房员工毫无怜悯，解雇了副主厨，减少调味师。下一个星期天，大旗子升起，高度比上次升起时低三分之二。让整个世界知道青春伯爵在不在家好不好？完全不知是不是比较好？即使这种旗语装置要保留，洛欧山庄需要一个整辈子都在升旗降旗的人吗？汉密尔顿计算过，这个工作结合另外十六个工作，只需要一个职务即可，而且这个人还有时间在黄昏时点燃一楼的所有蜡烛。

父亲虽然下令行动开始，却对某些改变有点茫然。在某些不期然的事物上，他突然涌上强烈哀伤。父亲踌躇是否该解散全国交响乐团，并让乐团指挥回到原来任职的布拉格宫廷。汉密尔顿决定只保留比较轻便的“和声乐”，那是一种由四对乐器组成的管弦乐队。父亲认为这样做不好，但，精简后的新乐团在野餐时为他伴奏，在他紧盯着我蹒跚学步时奏出歌剧改编的乐曲，此时，他的疑虑全消失了。

他知道他必须积极促成美景实现，应该有一座为我的生活而设计的屋子，而不是为了纪念朵儿丽。所有纪念朵儿丽的物品在没有仪式的情况下自然移除，只剩下娃娃屋与少许特定画像留在原处，因为那对我的教养有帮助。我父亲认为自己是过去，而我是今日与明日。他对我的保护滴水不漏，隔绝所有对我有伤害或有可能伤害或甚至可能毫无伤害的伤害。我被完全保护着，整个山庄的安排全为了我的舒适与安全。这个目标带给他不为人所知的活力。

我只是一个安安稳稳躺在母亲怀里的婴儿，他已为我拟了所有计划。他把我的教育计划摆在我母亲面前，征求同意。在这样一个年纪，我母亲只要着力于音乐启发，一年后他再教导我礼节与举止。语言与文学，当然，全托付在我母亲身上，待我十六岁时，母亲陪我到欧洲走一趟教育之旅[1]。不，不，他不去，他的体质无法承受这些。我的世界不

1　The Grand Tour，旧时英国贵族子女遍游欧洲大陆的教育旅行，又称壮游。——编者注

应该和他一样只局限于洛欧山庄，但也没有涉足天堂以外的必要。门外的草地永远比门内的草地青翠，他们把更大世界带给我时，我要靠自己的力量去理解。有一天，他觉得我准备妥当了，就可以跨出去迎接这个大世界。

我母亲分担了他对这个小家庭的热情，也注意到这不仅为老宅，也为青春伯爵带来新生命。两者似乎越来越年轻。洛欧山庄，以及里面的一切，渐渐好转。

但仍有些人不喜欢这些改变，也不想继续工作。汉密尔顿知道是哪些人，傅德乐于告诉他们大门在哪里。没有人可以破坏这种新气氛，没有人。

在我们的计划中，安丝黛丝·克劳奇护士是最显著的害虫，也是当时的少数邪恶力量。宅子里的大多数人尊敬她，但都不喜欢她。安丝黛丝从不喜欢在剧院里讨生活，也不想终其一生成为一名过气老女演员的化妆师，因此，那个折磨她的人去世时，她非常高兴。她望着女主人垂死的脸孔变成鲜红色，最后看起来像满脸皱纹的婴儿，脑海曾经闪过施予援手的念头，但最后放弃了，因为没有敬意，因为不高兴。

然而，“伟大夫人”把一些最坏的习性遗赠给了她——要人听她的话、服从她的命令。当她可以掌握那位老妇人随意支配的所有权力时（由于必须如此），她开始乐于此道，最后上了瘾。老妇人死了之后，这种渴望愈加剧烈，无止无休。

按安丝黛丝的算计，现在是她往上爬的时候了。她拥有独一无二的资格。就像我的《变形记》中艾菲斯故事里的护士一样，她知道我的性别秘密。此外，她还知道我是我父母的非亲生子女。她会像其他人那样看住嘴巴守住秘密吗？能吗？洛欧家难道不应该养活她？她认为，这些事件证实她有任选职务的资格。但是，只有一种工作是她真心喜欢的：女管家。

那位不受欢迎的格里高利太太在洛欧夫人去世后数日遭解雇。担任管家一直是安丝黛丝的梦。她认为那个职务非她莫属，因此，正式申请时，讲了一大堆冗长无聊的废话。

傅德恐惧不安，与汉密尔顿决定留住安丝黛丝才是明智之举，我父母一致同意。薪资优厚，职务随她喜爱。安丝黛丝是一个贪婪的女人，此举毫无疑问可以安抚住她。不过，他们也觉得保持自身地位的紧密结合极为重要，早就决定由汉密尔顿的妻子安琪丽卡担任女管家一职。此外，他们担心安丝黛丝是旧势力人物，会破坏他们想要营造的新气氛。因此，她的申请绝不能成功。这已经通知了她。

安丝黛丝梦想落空，毫无心理准备。汉密尔顿向她致歉，对于她的不适当指控，他客气地解释说没有选择余地，因为早在洛欧夫人去世之前，我父亲就已经要求安琪丽卡担任女管家。他向安丝黛丝保证，薪水会让她满意，她的损失会得到补偿。泄密的威胁在空气中流连不去，汉密尔顿坚定认为金钱可以平息落选人的愤恨。慢慢地，她开始有些转变，最后变成一位沉默的神秘人物，死守着她的新荒野，对于调至洛欧家的其他诱人地方，她无动于衷。她宁愿待在洛欧山庄。

安丝黛丝可以坐在仆人席首位，成为一个船头雕饰，成为一个监视着我们的狮身人面女怪兽，等候她的良机。楼下的人预测她会成为“哈哈帮”的其中之一，但机会没有落到她头上。原来属于她的“A”现在代表的是安琪丽卡。傅德，安诺妮玛，汉密尔顿，安琪丽卡，每个人都感谢万分。如今，安丝黛丝在洛欧山庄的职位有名无实。

至今，不管哪一个权谋团体统治山庄，仆人仍然称之为“哈哈帮”。有人觉得那很粗野无礼，但我喜欢。头一个字母组合语有点俏皮，却表达了不尊敬之意。

不仅是安丝黛丝。那时，不断有人侵入。汉密尔顿、傅德与我父亲有一个指导原则：提防那家人。

亲戚。三组亲戚。

（我希望这本书包括一张族谱。我试着画了一张，但没想到这么困难，左边的空间老是不够用。我知道汉密尔顿画了一张。也许它放在了这本书开头。我怀疑我是否能够知道。）

我看到他们全盯着婴儿床，遮住我所有的阳光，为了抢个有利位置，攀到我身上来，闷死我。我除了脸孔与蜜粉外，看不见任何东西。事实上，他们所收到的邀请不是同一时间。假如欧斯本家与瑞克雷家的两个支系真想违逆洛欧山庄之意，他们做得到。但洛欧山庄的屋檐下，不允许他们携手合作。

这些远亲永远不会远离我与洛欧山庄。但我们有一点小特权，那就是洛欧山庄想要在最有利的情况下介绍我时，他们才有机会见到我。这家人参加了洛欧夫人的丧礼，当时我母亲宣称有孕在身，而我在妈妈肚子里，因此没人见过我们。在纪念仪式时，傅德与汉密尔顿负责处理他们对禁令的愤慨，我父亲从人群中溜出来，仿佛头上的面纱让他成了隐形人似的。

这几家人只能从报纸上观摩我的出生庆典。几个月之后，他们获邀进入洛欧山庄，看到山庄内的景象和昔日迥然不同。山庄改变了，它的未来更加成为他们的八卦焦点。

乔佛理的婚姻虽然门不当户不对，却完全合法。这个婚姻的子嗣，一个活生生的小东西，经由草率婚礼摆脱了私生子之实，却是继承洛欧家全部财产的丑陋意外。那就是我，唯一的遗产继承人，从现在起，是他们欺瞒诈骗的焦点。他们花了许多力气在洛欧夫人身上，希望她剥夺无能儿子的财产继承权，或希望乔佛理因无子嗣而减少继承，现在这些力量加了倍，集中在我父亲与我身上。如今，他们只能在我的小床边叽里咕噜，等着观看我父亲的小孩必然会出现的痴呆迹象，如果失败了，就数着日子，等某日可以提出匹敌之物为止。

在所有的家庭中，欧斯本家是第一个到我们家调查新气象的，这一点也不令人意外。他们是我父亲的姑姑，也就是高尚洛欧伯爵的妹妹伊丽莎白的家人。我祖母一直鄙视这个傲慢的蠢女人，更甭提她丈夫亚瑟斯登那个败光家产的老白痴大笨蛋了。我母亲因为仆人身份，没有机会如此逼近地观察这一家人。在他们每年一度的探访中，只能坐在图书室里伴随着遥远的争吵声工作。现在她是山庄夫人了，看到他们的残酷手段，在日记上如此记载着：

今天，第一批亲戚一齐到达。真是奇怪的组合。个个都是剧中人物：

亚瑟斯登与伊丽莎白·欧斯本

艾威·欧斯本，他们的幺子（未婚）

艾蒂丝·欧斯本，他们的长子遗孀，以及其两名小孩：卡蜜拉与艾斯蒙·欧斯本

艾格·欧斯本与诺拉·欧斯本–史密斯–史蒂芬森，以及两人的小孩：布莱斯卡、瑞莱恩斯与普鲁登丝。

我觉得最不幸的是，座位安排得好像我们在打仗。我们表演了一场“和蔼的父母与小孩”：乔佛理对我右手边的玫瑰说话，玫瑰穿着华丽的浸洗服，躺在我们之间的白色婴儿床上。这场颠覆经典的降生戏码，我有点像玛利亚（不是你，玛丽，是第一位玛丽！），而乔佛理则像约瑟夫一样天真，但没有智者与牧羊人：那些旅游者带来马槽的礼物是嫉妒、贪婪与憎恨。这一家人分别上前来，盯着玫瑰，仔仔细细察看，胡言乱语逗弄并且用手戳她，乔佛理在一旁担心地望着。傅德先劝阻他们不要抱起玫瑰，最后

客气地阻止他们触碰。

年长的两位，亚瑟斯登与他的妻子伊丽莎白，都已经七十多岁了，脾气出奇地大，几乎不愿和我说话，直挺挺地站在对面，大约有吐痰的距离。亚瑟斯登看起来像一个红色马铃薯，满脸疙瘩，椭圆形，非常丑陋。伊丽莎白的仪态与肤色像片大黄叶，头又细又长，僵硬地向后弯。他们的行为让我记忆深刻，粗鲁无礼到了极点。

乔佛理不让自己的猜疑破坏对他们的礼貌，他们在这个家自有其地位。但是，谈话常常超出他容忍的范围，尤其是像这种难应付的场面。不管怎么样，他英勇地尽力而为，在傅德与我的帮助下（当有人听我说话或专心听我说话时，我才帮得上忙，当然，专心听我说话的场面少之又少），他扮演好主人的角色。此外，他还扮演溺爱的父亲角色，但一点也不须矫饰，他深深以玫瑰为傲。

假如我记得他们说的每一句话就好了！

“哦！”伊丽莎白在吵嚷声中望着她丈夫说，“八人管弦乐队！只有八件乐器！我恨死管乐器了！小提琴到底跑哪儿去了？”

“我们曾经有一个完整的交响乐团。”痛苦的回答。

“我们供得起的时候也有。现在他供得起啊，用不着找借口。”她专横地巡视我们一番，眯着斜眼。我相信她的视力良好。乔佛理假装没有听到她的话，逗着玫瑰玩。我看他的头几乎要栽入婴儿床里面了。在那里，他可以躲大半个下午。

“我们现在连一个该死的中古提琴都养不起。”亚瑟斯登说。一名小孩经过他身边，他用楞杖把小孩的脚踹开，“除非他送我们一个。”

他有三个儿子，只有艾威与艾格活着，两人都在场。艾威是最小的儿子，放荡，可笑，三十五岁，看起来比实际年龄老许多，显然饱受痛风摧残，一直色眯眯地看着我。另一个儿子，艾格，是无趣到极点的牧师（但非常真诚），娶了女恶魔诺拉。这个女人，我们留到最后介绍。他们生了三个你所能想象出的最讨厌的小孩：布莱斯卡[1]、瑞莱恩斯[2]、普鲁登丝[3]。（在乔佛理眼里，这三名小孩应该叫作崇拜偶像、自私与轻率。）这几个恐怖的小孩在宅子里跑来跑去，打破东西，鬼吼鬼叫。最后，老二喊我丈夫，原来老幺把一张纸盖在了婴儿床里的玫瑰脸上。乔佛理看到时，爆出一声吓死人的高音尖叫，傅德赶紧上前阻止。那个漂亮的七岁女孩闪过骄傲的眼神（她想用眼神吓退我，但没有得逞）说，她只是想看看"纸张飘起来又落下去"的样子！"那样好美丽哦！"普鲁登丝看到家人没有要求她道歉，意犹未尽地说。玫瑰马上被抱走。

有一个没有名字的女人，显然没有人介绍她。她穿着寡妇丧服，是亚瑟斯登与伊丽莎白已故长子艾瑞的妻子艾蒂丝。她是诺拉的姐姐，两姐妹嫁给了两兄弟。她的神情空洞得仿佛所有性格都让残忍贪婪的女妖怪偷走占为己用。她只开口说了一次话，顶多两次，只和牧师。

她有两个小孩，都在现场。一个是连握手都软弱无力的卡蜜拉，比我年轻一些。卡蜜拉一直不敢正眼看乔佛理，也不知如何自处，温顺地坐在她母亲身边，仿佛要一辈子坐在那儿似的。另一个是轻蔑、粗野但英俊的年轻小伙子艾斯蒙，二十岁出头，站得远一点，好像是这家人中唯一把这场面看成比手画脚游戏的

1 Praise God，赞颂上帝。——译者注

2 Reliance，信赖。——译者注

3 Prudence，审慎。——译者注

人。虽然年纪不大，他却看着每个人，一副比他们见多识广的样子，表现得仿佛是被迫杵在这儿。

这是一场比手画脚游戏，而他在游戏外，不由得同情心发作。我看到了他的眼神。如果你担忧某人正瞧着你时，总会查证一下。他迎着我的眼神许久，然后假装正巧扬起下巴，沿着喉咙直直向下画了一条线，同时随意地移开眼神。我吞一下口水，发觉喉咙非常干燥。

现在，谈到最精彩的人，诺拉，牧师荒唐可笑的妻子。我丈夫今天一大早特别吩咐我要小心她。她的眉毛像盘旋在脸上的愤怒乌云，足以提醒我。（我读到现在流行浓眉与老鼠皮，假如这是真的，希望寄生虫真死了。她的眉毛时髦得没话说，但我害怕有寄生虫突然跑出来吓唬我们，再急急忙忙从她额头上跑过去。）很少有人跟我说话，大部分时间他们互相交谈，偶尔叨扰一下乔佛理。这个女人可能比我年长十岁，却无法克制自己。她评论我的服装（“还可以”）、我的口音（“北英格兰？”）、我的容貌（“眼睛漂亮，鼻子不够高贵”）、我的图书室（“假如里面真需要放些书，我想你必定把书藏到别的地方去了”）与我的婚姻（“另一种类型的意外”）。她带着亲切笑容，和魔鬼一样自负，仿佛告诉我：我很美丽，很聪明，是这个家的附加价值。傅德从她背后走到她身边，依然无法转移她的攻击。当攻势无所进展时，她便让她的小孩攻击我，最后攻击那个老醉鬼艾威（最后一招）。艾威虽然是个不折不扣的色鬼，相较之下却比较和蔼可亲，一张脸看起来像血淋淋爆炸开来的橘子，暗示着终日纵欲与张狂的生活。我看到他色迷迷的眼神。大部分男人被发现时，会装出兴趣缺乏的样子，他却诚实无欺。他不道歉，只对我举杯，微笑，大声对寡妇说：“女孩的身材恢复得很快，非常不错的身材。希望这个小家伙有图书馆长的外表，她已经有自己的外形了，看，多美丽的牙齿啊。”总而言之，这是所有人当中对我最和善的一段话。

寡妇没有专心听，紧张地望着侄儿布莱斯卡把窗帘带当成绳索，套在小洋娃娃的脖子上，再把洋娃娃吊在半空中。她是唯一对小孩有兴趣的人，却没人对她有兴趣。

有太多可以观赏可以聆听的戏，看不完听不完，好像《连环错》与《麦克白》同时同台由同班人马上演，让观众怎么看？新继承人的心思不知跑哪儿去了，伊丽莎白与亚瑟斯登终于失去兴致。乔佛理表明自己很累，这是一个聪明的说辞，暗示他们下午的娱乐结束了。他们离去时，身形看起来比抵达时小了一号，坐在破破烂烂的马车上，伴着口角逐渐消失。诺拉像手风琴一样尖锐的声音，好像直到马车驶至大道尽头才消失。

乔佛理——我在那么短的时间内改口叫他乔佛理，仍在适应当中——轻松地吐了一口长气，优雅地向我鞠了个躬。

“亲爱的。”他说，“恭喜，最糟糕的时刻结束了。”

可怜的乔佛理！我真幸运，以前不用理这些人。

他们第一次造访时，寡妇的亡夫艾瑞跟着阴魂不散。当时我母亲并不知情。艾瑞的灵魂有形有体，虽然人死了，影响力却大于他的兄弟艾格与艾威。

艾瑞是欧斯本家我祖母唯一欣赏的人，她知道艾瑞一人可以抵我们所有人。二十岁时，他加入军队，发现财务规划不是兴趣所在，遂下定决心只要有人愿意付出高于他的身价的薪资，便不惜为此人一战。他看着大英帝国因狂热而瓦解，工作机会增加，对于可能提供给他的机会非常留意。

在受雇期间，他有一个因利益结合的婚姻。他父亲亚瑟斯登拼命想将欧斯本家挥霍掉的家产补回来，前前后后安排了两桩婚姻：艾瑞与艾蒂丝·史密斯–史蒂芬森，以及艾格与艾蒂丝的妹妹诺拉。这两对婚姻依照年龄排序，基本上都是灾难一场。艾蒂丝被艾瑞的残暴吓坏了，而诺拉却觉得艾瑞的体能迷人。诺拉鄙视艾格的虔诚与缺乏活力，而艾蒂丝在恐惧与残酷的煎熬下，视艾格为唯一的救星。

艾瑞与诺拉的结盟是必然。艾瑞因家道中落而觉得羞耻，憎恶妻子，讨厌孩子，怨恨弟弟让他多了两名小孩，成为弟媳的两个孩子瑞莱恩斯与普鲁登丝的父亲。欧斯本家每个人都敬畏他，即使这个笨阴谋的无辜受害者艾格也敬畏他三分。艾格不知道他的三个小孩中，只有布莱斯卡才是亲生的。

现在，艾瑞的遗孀艾蒂丝和两个孩子——病恹恹的卡蜜拉与艾斯蒙生活在一起，丈夫的复活非她所能掌握。她唯一的乐趣是和艾格讨论宗教，为了聆听他鼓舞人心的布道，她竟能忍受和她可怕的妹妹接触。她觉得艾格是世界上最好的人，仁慈、温和、虔诚，假如他们其中之一有钱的话，恐怕已经快快乐乐在一起了，而那些说残酷笑话的人会为此付出代价。他们基于基督徒的慈善忍受这些讽刺，不作任何反驳，是反应迟钝的邪恶力量的受害者。

相比之下，诺拉只是自己的怨恨的受害者。前一年艾瑞去世后，那怨恨更强烈地啃噬着她。她知道，丈夫永远不会像艾瑞那样，但小孩有可能长成那种完美典型。艾瑞仍是她移动的光。他们致力于同一显赫目标——复兴欧斯本家曾经拥有的强大地位。她会一辈子致力于此。目前，艾瑞无法再如此满腔热情，她忙着寻找替代者。她不知艾瑞的儿子艾斯蒙是否继承了父亲的好特质。为此，她相当头痛。

我母亲对于欧斯本家的第一次探访，写下了挑衅的结语：

现在，洛欧的亲戚，离我们远一点！这回甭想从这儿得到任何东西！

但“哈哈帮”知道，离他们下一次造访的时间不会太远。那家人有时间从长计议。

我在堆堆垒垒中学爬行，磨破了无数衣裳的膝盖部位。我母亲最爱群书环绕，她认为我也是如此。从书籍中，她获得了最好的思想，就某方面而言，她相信我是最好的书籍之一，把我当成肉做的文字阅读，如同我父亲相信：我，玫瑰，是朵儿丽的再生。

我所需要的一切全在洛欧山庄。洛欧山庄是我的整个世界，大宅里的所有东西与花园草地，全都整理得幸福美丽。我生命初起那几年，服饰完全正常。就我所知没有异常。小孩子能懂什么呢？全凭人家怎么告诉他（或她）。我开始摇摇晃晃进入儿童期后，人家告诉我一切都很完美，所以，一切都很完美。

我有很多乐子，主要来自汉密尔顿的两个孩子。他们是我最重要的朋友，在我的成长过程中扮演了相当重要的角色，和我父母同等重要。从我有记忆以来，他们就在那儿，他们对我的影响与我对他们的友爱从不消退。只要我活着一天，就永远想念他们。执笔之际，记忆一直包围着我：画像、装饰箱，甚至依然停留在老摇椅上的他的烟草香。他，亲爱的老男孩。

我不能一笔带过，应该多回忆一下我和他们初识时的情景。他们是史蒂芬与莎拉·汉密尔顿，我的第一个男友与第一个美人，我的同学与我的忠贞伙伴。在认识他们之前，我曾在小教堂见过他们和其父母。我们坐在长凳席上，偷偷交换眼色，当时我们的眼神高度无法超越眼前的长条椅，后来他们上哪儿去了，我不确定。我还记得我们第一天上母亲的游戏学校时的情景，我一辈子记得。我们坐在朵儿室里，用一把钝钝的刀在马铃薯上雕刻了一朵玫瑰花，然后把玫瑰花印出来。莎拉比我年长一点点，告诉我怎么制作，仿佛无所不知的样子。

“史蒂芬还不够成熟。”她悄悄地说，和我母亲几分钟前的说法一模一样。所以她弟弟画画，不管画什么，似乎都涂掉。他喜爱的画布是他的手、脸与衣服。

那些看到我们一起玩的亲戚不屑地批评说，和仆人的子女交朋友是不适当的。那是洛欧过去的方式。我父亲孤孤单单长大，和其他人相隔遥远，当他失去朵儿丽后，便无法无拘无束地和其他人在一起。这是他父母的错，他不会在我身上犯同样的错误。

汉密尔顿家照顾我们家许多年，下一代也会继承这个传统。从家族表的记号上看，好像是女孩算钱，男孩出力。你看到他们时就会明白这些。

莎拉比她弟弟大两岁，遗传了她父亲的敏锐与她母亲的实际。我们穿相同的服饰，但我的服饰总是我父亲喜爱的颜色（淡紫、嫩粉、浅绿），而莎拉的父母为她准备的全是白色，以凸显她的美德。她留着一头纤细卷曲的金发，肌肤雪白光滑，脸颊丰腴适中泛着微红，双唇是初绽放的玫瑰花蕾。她是健康天使的形象。她的发色越长越深，肌肤始终年轻柔嫩，她是英国乡间的菁华。当她还是一名小女孩时，眼神便诉说着许多故事，也能看透许多谨慎无比的谎言。我永远骗不了她。我尊她为姐姐，她的父母与我的父母都鼓励我这么做。常常，在床上，她坐在我的背后数小时，为我编织发辫或和我一起缝纫一些完全不需要缝纫的衣裳。

莎拉是天生的组织者，能安排任何人做任何事情。她安排洋娃娃的下午茶派对，几年后，安排真正的下午茶派对。对她而言，生活是事先安排的事物，是如发辫般可以整理的事物。那个漂亮女孩一直未变。也许她喜欢以自己的方式发号施令，当时我是小孩，从未如此觉得，或许因为我惯于听从指示吧。我父亲从来不命令我，他会蹲下来与我齐高，以沉默的眼神辨别我的灵魂深处是否真的想做他心里想要我做的事情。我母亲与莎拉是会指使我的人。我听从，因为我是她们的玫瑰。

而史蒂芬呢，是个小坏蛋，年纪与我差不多。我们同等身高，同样褐色头发，不过我的发长至肩膀，他剪得很短。必须如此，因为他的头老是意外摆在不该放的地方，把东西缠在发上，不得不剪下头发来。因此，短发比一簇簇不等长的发型更适合他。他父母从没想过给他穿白色衣裳。他的生活和白色距离遥远。

史蒂芬是一个笨小伙子，常常惹麻烦，都不是些大麻烦。譬如，在不应该爬树的时候爬树，然后滑到地上，身上的新衣服被荆棘撕成小碎片或意外沾到水搞得湿答答，或者踩着满脚泥巴无心地在最好的地毯上走来走去。而我，在一旁既惊恐又羡慕又钦佩地观赏。他总是被原谅，理由很特别，因为他在娱乐我。他是娱乐我的笨小丑，接踵而来的损坏是必要的伤亡。

莎拉与史蒂芬，是我的天使与我的恶魔，我的道德与我的邪恶。莎拉在我耳畔低语："不要那样！玫瑰。"然后骂她弟弟，"史蒂芬，你不能让她……"而史蒂芬在我另一边耳畔轻轻说："你想要，是不是？没有下一次机会啰！"而我呢，是个公平的小孩，试着在两人之间平均分配我的抉择，史蒂芬挑战我做的事情，绝不会多于我答应莎拉最好不要做的事情。我最渴望我们打闹成一团。我们是豆荚里的三颗小豌豆，我的色彩轻柔，莎拉白色，史蒂芬深色。莎拉不喜欢脏乱，因此最脏的总是我的裙边。

我们越长越大，史蒂芬怂恿我做一些大胆的动作，他姐姐常常阻止，她知道什么事对我最好。史蒂芬的生活充满幻想与想象的戏剧，他抵挡不了再来一次、最后一次的英雄式炫耀。他是海盗，他姐姐是悲伤少女（她不愿投入这种假想活动，对史蒂芬置之不理）。史蒂芬得不到姐姐的参与，在她身边独自演出整出戏。莎拉像一只睡觉的狗，不理会旁边有人轻轻拍打它的耳朵，几乎完全不知戏剧正在上演中，也不知自己是剧中的主角。

很快地，我从旁观者变成参与者。首先，我是被掉包的小孩，等候（史蒂芬）从邪恶嗜睡的女巫（莎拉）手中把我解救出来，然后变成一名英俊的海盗少年，最后是“他”“为她反抗我”，或“他”“大战拦路贼”。演出中，总会打破东西，史蒂芬会仓皇逃到相关当局作灾祸报告。似乎是他一手破坏，又一手重新摆置。他越长越高，动作越来越大，灾难也越来越严重。当然，我不想让你觉得这其中没有泪水，但泪水绝少来自于我。我们磨破膝盖，有争吵，甚至稍稍被谴责，或至少，我看到有人被谴责。这是我所有的惩罚。

母亲教导我们三人，那是她的工作与乐趣。我父亲不让我出门上学，他觉得洛欧山庄的教导严格，堪称世界之最。因此，他欢迎史蒂芬与莎拉进入我的学校。

朵儿室变成朵儿学校。我们三人的书桌相邻成一排，莎拉正襟危坐在我的右手边，愿意给我看答案。史蒂芬则乱七八糟地坐在我左边。莎拉当然是最优秀的学生，她的书籍最整洁，铅笔最锐利，字迹最清晰。事情一进入她耳中便牢记不忘，因为她用心听讲。我表面上听话，实际上注意力不太集中。史蒂芬是最不集中的一个。一阵混乱从左边传过来，我的眼角总依稀看到一双手藏着东西、修理东西，或把一对圆规戳入桌子中间，雕刻他的名字。他不知道此举往后可能牵连他。我的右边，则风平浪静，次序井然。

这就是我们每天的生活：在学校，和母亲（父亲多次探视，他喜欢看我学习的样子）；游戏时，只有我们三人，偶尔撞到某人，就被告诫不要在走廊上追逐或在角落附近奔跑。虽然我不准吃泥巴、丢野苹果与挑开伤口上的硬痂，但你可想而知，我是有点男孩子气的姑娘。父亲尤其严禁我爬树。母亲教育我，父亲照顾我，仆人的小孩娱乐我，我是洛欧山庄的闪亮之星。

白天是学校与游戏，夜晚则不同。汉密尔顿家回到他们自己的天地——门房小屋，也就是我现在要写的快乐小屋。那一直是他们的家，小时候我觉得那是一个让我想待在那儿的温暖舒适地方，虽然我常常担心他们一家人在这狭窄空间同时走来走去时怎么办。现在我无法想象如何填满洛欧山庄。

他们回去睡觉后，少了史蒂芬，四周变得非常宁静。夜晚，只有洛欧一家人。

许多年之后，我十六岁时，父亲生了一场大病，病得非常严重，我被禁止会面。我担心他也许认为我不在场是不关心，于是写了一封又一封的信送达他床边。现在，这些信以粉红缎带扎在一起，仍保存在母亲那儿。有好长一段时间，我无法打开她的封蜡，害怕那些信会唤回那段强迫隔离的不愉快记忆。最后我还是打开了，最让我感动的一封信令我想起了那段初上学时的洛欧夜晚。记忆一年比一年模糊，直到那段日子似乎另有其人为止。我身为那封信的作者，无法说清楚我的记忆有多准确，以及为了让父亲早日康复，里面有多少夸大其词，但阅读那封描述清晰的信教我感动万分。

当你十六岁时，或许你现在十六岁，你记得多少五岁时的情景？记得的部分有多准确？现在还能记得多少？在洛欧山庄，日期随季节调整，而且没有学期制，对我来说这又有多困难？不过我现在全部记得这些，或最最起码，我没忘了记得它。我甚至能够算出确切日期，因为那天晚上父亲告诉我到那天为止我几岁。

许多夜晚我们待在楼下图书室，父亲与母亲相邻坐在褪色的紫檀木书桌两侧，一个笑话让他们交谈了起来。父亲有许多件献给母亲的紫檀木家具。我现在就在那张紫檀木书桌上写作。桌上每一角落都嵌入他们姓名字首的交织图案，像玫瑰与石南纠缠在一起：

这图案清晰传达了他们的共同快乐，庄园里的其他地方可以发现

同样主题的变体图案：

这些字母组合除了代表我父母的平等地位外，还有辟邪功能，避

开其他家人的邪恶灵魂。我们常拿这个开玩笑。

楼下图书室里，书桌旁有一个名为“博物馆”的玻璃橱窗，里面充满了父亲珍爱的家庭纪念物。我的第一颗牙齿，母亲说他把那颗牙齿当作神圣古物似的收藏在里面。还有雕着母亲侧影的宝石胸针以及一个纪念品盒，里面装着我在书桌上为他们画的小图像。房间里的装潢如下：所有东西采用愉悦的明亮色调，饰以图案，再装饰上家庭徽章，即使炉火架的箱子上也有我们的徽章。

房间里四处都是书。等我大一点才知道，这些书只不过是绘得以假乱真的道具书脊，只有少许是真正书籍，放在我够不到的地方。等我再大一点才又知道，若近一点看，可以看到那些书名都是有玩笑意味的：《既非借用者亦非出借者》（丛书，只剩下第一、三、六册三本），《脊椎与其构造》与《通往世界之路》（只要按一下被书架挡住的那扇门的门把即可）。这是我父亲开过的最出类拔萃的玩笑。窗帘拉上，柴火咆哮，我们三人如同以往一样温暖舒适。

我坐在小书桌的矮凳上，看到他们两人相邻而坐，腿在书桌下紧挨着，双手交握缠绕，像他们的姓名字首一样。

母亲在阅读，我不记得她读什么书，我们先假设她读的是一般书籍吧。父亲沉迷在他的“玫瑰全书”中，那是他从母亲劝他阅读的一本喜剧小说里得到的想法。那本小说是《项狄传》[1]，故事里的那位父亲永远无法完成他的“特里斯舛全书”，因为他的儿子长得太快了。我父亲不会让同样的事情发生在我身上，他醒着的时候似乎全在计划我的教育大计。

而我正在抄写一份食谱。莎拉想做一些姜饼，但厨师不教她。母亲偷偷为我在家里的旧书中找到一份食谱，问题是，那是做“浆柄”的食谱，错字连篇，几乎无法理解。“一夸脱风密，煮吠他，瞥去游脂，再晃入臧虹花以湖胶粉。”母亲说那不是错别字，而是古老的说法。她把食谱翻译一遍给我听，建议我写一份好读的食谱给莎拉。我全力以赴，几乎每一个字在我眼里都是错别字，必须不断问母亲什么是什么。

我们安静坐在那儿，只有发问时才打破沉默。

“什么是酊香？妈妈。”

“我告诉过你了吧？玫瑰。”

“我不记得了。”

“酊香就是丁香。”

静默。

“什么是丁香？”

母亲指着我的字典，父亲笑了。此外只有翻书的声音、木柴燃烧的噼啪声、读书发出的呢喃赞叹，与父亲母亲的时而一问一答。那些问题我几乎听不懂，因此从未注意他们说什么。

突然，最不可能打破寂静的人打破了寂静，是父亲。

---

1 Tristram Shandy，英国作家劳伦斯·斯特恩著。——译者注

“我忘得一干二净！”他惊讶地说。

“什么？亲爱的。”母亲问。

“我完全……忘了。”他又惊讶地说了一遍，却忘了要说什么，只抬头望着天花板，摇摇头，用拇指与食指理一理小胡子。

“乔佛理？”

“对不起。今天这个日子。一个值得庆祝的日子。我们应该来个大受欢迎的葡萄牙蛋糕。今天是玫瑰生命中非常重要的日子，从那以后，没有任何伤害可以靠近她。”

我似乎很高兴。我记得我从食谱上抬起头来，看到他们也都很高兴。

“玫瑰，今天，是你五岁又一百一十三天。”

“啊。”母亲笑了，“告诉玫瑰吧。”

快乐突然离开父亲脸上。

“不，亲爱的，我不……你，安诺妮玛，你。玫瑰应该坐这儿。”

父亲对我点点头，一把抱起我。我两条腿在前面晃来晃去。他把椅子稍稍向后推，母亲把书放在桌上，我们两人同时望着她。

接着，她跟我说了朵儿丽的故事。

当然，这不是我第一回听到她的故事，却是我第一回听到她完整的故事。我知道机器人女教师与弹珠，但从未听说过纸牌屋。朵儿丽永远不死。现在，她是五岁又一百一十三天大，自出生那一天算起。起初，父亲带着若有若无的微笑，故事一直往下讲，他的眼睛从妈妈身上转移至壁炉上的画像：朵儿丽的叛逆眼神、她的淌血膝盖及献祭的苹果。我知道故事已经接近尾声了，他倾身向前，头靠着我的大腿，棕色卷发散在我的白裙子上。我抚摸他的头发，他哭了。我望着说完故事的妈妈。妈妈睁大眼睛，仿佛是说：说话啊。

“这儿，这儿，爸爸。”我说，“朵儿丽很安全，我很安全，我就是你的朵儿丽。”他伸出手臂，拥着我。

隔天早上，我们至陵墓外野餐，只有父亲、母亲、我、傅德、管弦乐队与侍从。途中，我吵着要吃杏仁。父亲说：“玫瑰，你不能一离开大门就开始野餐，怎么跟朵儿丽一样。”说完笑了起来。长草地的地毯上，乐队演奏着*Susse Traume，Liebling*。母亲跟我解释家庭箴言，父亲告诉我陵墓上的拉丁文：“是死者不是输者”。我们的野餐犹如一首最美的抒情诗歌。莎拉跑向我们，带着姜饼，刚从烤箱里拿出来，还热着呢。

自那一晚之后，我们再未如此这般地谈起朵儿丽。我听到她的名字轻轻掠过；我在他眼里看到她，在墙上看到她，但我们没有提起她。

关于莎拉与我之间的差异，我尚未开始忧虑。我不知道我是否注意到我们之间的差异，假如真有的话。我们看起来一样，穿着一样，感觉也一样。我们一如平常，既不虚荣也不焦虑。在期盼许久之后，史蒂芬终于穿上长裤。那一天，他穿着新的黑色马裤骄傲地步入朵儿学校，我们大笑出来，热烈鼓掌。这证实了一件已知的事实——我们是女孩，史蒂芬是男孩。我们知道这很正常，一切都很正常。

母亲一起教导我们。在成长中，我们所学的东西一样，一视同仁地一起学习。放学后，我有个额外课程，史蒂芬与莎拉不参与。我记得我的规范比他们复杂，也许是我的身份地位特殊吧。我的社会地位需要知晓上流社会的淑女仪态，这对莎拉没什么用处，更甭说史蒂芬了。毕竟，洛欧山庄是我的。

母亲在我的卧室教导我许多行为规范与举止，那不是要服从的法令，也不是要探索的真理，而是一种基本常识。我越长越大，从未想过要改变（或质疑）这些好习惯。

“不要在别人面前宽衣解带，玫瑰。”她在我的梳妆台前为我梳发，上面有我的脸盆架、毛巾与漱口杯。

“不要在别人面前宽衣解带。”我重述一遍。

“为什么？”

“那很不礼貌，妈妈。”

“还有呢？”她带着指导的眼神望着我，开心，但有点疑虑。

“我们必须尽可能地遮覆身体，保持穿戴整齐。”

“为什么？”

我不太记得为什么了，所以大胆假设，“那很不礼貌？”

“不是，是保护……保护我们娇弱的……”

“保护我们娇弱的肌肤免受阳光照射！”我答对了。

“乖女儿。”

“不要在别人面前上厕所。”我继续说着，脸上绽放胜利的红晕等候床边故事。我觉得我值得犒赏，她听见我心里的话。但她尚未说完。

“为什么我们不能在别人面前打扮自己？”

“因为公开表现虚荣没有一点益处。”私底下装扮完全可以接受，妈妈与我常常在一起梳妆打扮，但谈论这些事情便显得庸俗，更不用说让别人看见了。课程结束了，终于到了故事时间。

有一种书没有图片，我无须盯着母亲的肩上，或者，她可以把书放在我的大腿上读给我听，这种书我们称之为“躺书”。她一只手抚摸我的头，一边读给我听，只有翻页时才会停顿下来。母亲的声音催人入眠，我慢慢、慢慢地沉入梦乡，但仍傻傻地想假装清醒，仿佛睡着是一件可耻的事，又仿佛那会令她觉得我不喜欢她的朗读。

有一本蓝色的厚书，《女英雄录》，用来启发我的思想。里面全是对历史有贡献的伟大女人的故事，特别是在战争方面，譬如：布狄卡女王、建造陵墓的阿尔特米斯、圣女贞德。母亲轻轻为我哼起《圣女颂》，我吮着大拇指。

常常，她读着读着便离开书本，迷失在她口中的童话故事里。隔天早上，我想起一段美妙故事，想从书上翻找，却找不到一点类似的影子。对她而言，那些书只是个起点，有许多我喜欢的故事都不在里面。我想在这儿写下一些她说的故事，免得将来忘了。

母亲想将生命注入我周遭的所有事物，避免洛欧山庄成为一个古博物馆。她想创造一个和装饰世界同样真实的艺术世界，因此，宅子里的每一张画像，她都赋予一段历史。我不知道那里面有多少真实，但每一张画像，她的解释里面都有一些我不知道的事。

长廊上有一幅特别大的美丽水池田园画，其中有个舞台，在田园与水池的对照下，舞台显得狭小。舞台左边有个胖女人，胖得好像有两个屁股且第二个屁股大剌剌地歇在第一个屁股上。她盯着一名逃窜的男人，男人似乎想从最遥远的画框那儿逃出去。他刚从水池里洗澡出来，也许是怕被看到全身赤裸而尴尬，也许是害怕那个胖女人。我想，他可能真的很尴尬吧，因为他至少违反了母亲的两条重要规范，或许三条。我除了和史蒂芬一起嘲笑胖女人的两个超级大屁股外，对画像本身并不注意，也不知道那两人是谁。事实上我也不在乎那两人是谁。假如不是为了母亲，我可能永远不知道那两人是谁。

母亲想告诉我那幅画如何画成，用什么颜料、色料与刷子，但更重要的是，她想解释那张画上所描绘的长篇故事。我相信，其他小孩听到的是未必真有其事的趣味故事，我所听到的则是如假包换的事实。这幅画最吸引我幼小心灵的是：的的确确有那眼泉水存在！她说故事之前，先拿张地图指给我看实际位置，那是一个叫土耳其的遥远地方（我们知道有一首歌叫《骄傲的土耳其》），靠近哈利卡那索斯。哈利卡那索斯是女英雄阿尔泰米西亚的家乡。母亲说故事的样子，仿佛亲眼见证过故事的发生。

玛丽·戴有一个笔记本，是有关《变形记》的部分译本。母亲把这本笔记本摆在她面前，并依据读奥维德其他译本的记忆，再加上她自己的润饰，说图画上那个女人叫萨尔玛西斯，也就是有两个屁股的女人。她和妹妹一起保卫水池与泉水。

有一天，萨尔玛西斯发现赫尔墨斯与阿芙洛狄特的儿子赫马佛洛狄忒斯在以她为名的泉水里洗澡。赫马佛洛狄忒斯被发现之后祈求原谅，她看到赫马佛洛狄忒斯的英俊面容便爱上他。赫马佛洛狄忒斯吓得逃跑，萨尔玛西斯紧追其后，把他拉回水池里，恳求天神让他们永不分离。莫名其妙地，在飞溅的泉水与抖动的四肢中，他们真的合为一体。新躯体有一双手臂、一对大腿、一个头与一张脸。从此，他们两人永远在一起。

赫马佛洛狄忒斯咒骂泉水把男人与女人的肢体合一。母亲说，至今，男人不敢喝萨尔玛西斯泉里的水或用来洗澡，因为害怕同样的命运会降临他们身上。这是一个精彩的“躺书”故事：浪漫，神秘，有点吓人。

任何故事说到这个阶段，母亲都希望我睡着了。有时我为了保持清醒，不断与往下坠的沉重眼皮作战。有时她的故事非常精彩，让我忘了睡觉这回事。第一次听到这故事，我不想睡，直到她再说一遍，我才睡着。隔天清晨醒来，我以崭新的眼神看着挂在长廊上的故事画。

等我可以自己阅读时，我以一种非常特殊的方式阅读。我平贴床上，眼睛朝着床垫边缘往下看，身体完全盖好，两脚坦露。我把书放在我下面的地板上，意味着我在过高的床上不能睡着。当然，床的高度从地面算起，不会高于手臂长度，那正巧也是我舒适阅读的高度。这是两个关键技巧（手臂翻页，眼睛阅读）。

书放在地上，若是装订得很紧，很难维持张开（报纸与杂志比较适合这种阅读方式，但我比较喜欢阅读书籍）。若是天气不冷，我一手撑着张开的书，看着手臂上的血液往下流，血管像树枝般突起，另一只手则放在身体下最温暖的地方。若天气很冷，冷得教我不敢露出一点点肢体在棉被外（连脚也不敢），我便轻轻放个东西在书的两边以取得平衡，然后两手塞入身体下，回复自然位置，只做翻页的动作或巧妙地调整一下书的平衡。有时，我想看翻页之前能撑多久才到下一页，手便回到温暖的床上。我知道母亲不会同意把书放在地上，然后随便拿个东西保持书籍张开（粗绳环、曳绳锤或另一本书）。因此，我把书置在椅垫上，像帝王般，再把它拉近。

我尽可能读，然后睡着。我仿佛跌入书的封面封底之间，津津有味地、慢慢地咀嚼同样的句子。那些字在我眼前的书页上游来游去，游来游去，游入我的脑子里，眼皮才抵挡不住地合在一起。我就这样睡着，几分钟后通常在棉被下醒来，书仍摊开在原来的页码，有时只翻了两页。我的眼睛只张开一会儿，待钻入床中央，又沉重地闭起来，睡觉。

3

生命是一场梦。

当我还是快乐的小女孩时，每天睡在缎子床褥中。尽管身上有一条滑稽的禁欲纹路，但掀开缎子、睡在缎子中间，是世界上最美丽的事。尤其在冬天，我只盖着一席被单，常常，太阳才露脸或还没露脸我便冻得醒过来。棉被外这么冷，我偷偷钻进毯子底下，进入暖了一夜的茧子当中。我是个能忍受冰寒的人，总是睡得非常深沉，因为等一下可以享受暖和，这让冰寒变得十分好玩。我躺在微光中，仰望画着玫瑰与神话英雄的床盖，仿佛在天堂里，在奥林匹斯山[1]。舒适，是必然的。

每天早上醒来，我想想当天可能会怎样或我可能要干吗。尽管我不知道那一天会怎样，但我重新创造世界。我是我母亲的想法，是我父亲的观念。醒来之后仅仅躺在床上，便让我快乐地蠕动，即使下雨也让我觉得很美丽。我想，如果我认为下雨不美丽，上天就不敢降下雨水来。只要我手轻轻一挥，风便会停下来。

我不记得是什么时候有了自己是外来者的感觉，后来那感觉经常出现。我醒来一片空白，畏惧白天，似乎，在我肌肤底下藏着一个冒名顶替者，对周遭环境感到恐惧，为清醒感到忧愁。有一天早晨惊

1 Olympus，位于希腊北部，靠近爱琴海，是希腊诸神的家园。——译者注

醒，身上没有盖被子，寒冷，呼吸急促。那个早晨相当漫长，延滞，持续了四年。

有些早晨，你醒过来，但睡意犹浓，便顺着朦胧意识游移，醒来，又睡着，然后找一个适当时刻第一次张开眼睛，踢踢腿，赶走那一天，直到准备好迈入崭新的一天为止。其他早晨，你越专注于睡眠，越无法入眠。棉被太热，床太冷，窗帘老是没有拉好。

这些年，我每早在惊愕中醒来。

大概我五岁时（这是太阳与月亮坐在跷跷板上一上一下的梦幻年纪），一个马戏团来到洛欧山庄。变戏法很逗趣，要杂技人侧连翻并立即造了一个跷跷板，让汉密尔顿姐弟与我看得目瞪口呆。一个杂技演员站在一端，另一个人从同伴肩上跳起来，落在另一端，把第一人往后弹到第四人身上。我知道这些戏法现在很普通。但当时，他们的杂耍是我们见过的最不可思议的事情。当天的其他事情，我记得的很少。

因此，跷跷板成了我们的渴望。父亲认为那太危险了，但终究被说服（经过我母亲再三恳求之后），条件是：我不能坐在跷跷板的两端，只能跨坐中间。翻筋斗？想都甭想。

一个分解的手制跷跷板装在马车后面（唉！聊胜于无），从市里一路运过来。我们从我的卧室窗口看着两名工人组装跷跷板，那看起来很庞大，似乎要组装很久。每一次他们休息喝饮料，我们便暗中咒骂。

最后，在一顿冗长的午餐之后，我们终于可以爬上跷跷板了。史蒂芬坐在一端，莎拉在另一端，我呢，规规矩矩坐着，用皮带缚在中央的小宝座上，看起来必定像网球比赛时坐在高椅子上的裁判员。不用猜，窗口一定有人看着我们，汉密尔顿姐弟也必定接受了严格指示：不可以让我坐在跷跷板的两端。因此没人邀请我。史蒂芬使出最大力气压下他那端，莎拉的屁股往上蹦到最高点又扑通一声坠下来。

她痛得哇哇尖叫，我们一边摇摆一边大笑，她叫得越大声，我们笑得越张狂。我望向远处花园，听到屁股底下的木头发出沉缓的吱吱嘎嘎声，觉得有趣极了。

“跷——跷板！”我们一会儿上一会儿下，嘴里喊着押韵的跷跷板。

“我们应该来个旋转。”史蒂芬说。

“我不知道，”莎拉说，“哇！”

“旋转木马！”史蒂芬说。

“我坐在中间！”我说。他们两个分坐我左右两边，一个上一个下。史蒂芬跨坐着，着地时可以两腿使劲一撑。莎拉侧坐，使出吃奶力气压下去。

“我要小便！”她突然说。史蒂芬也想，这是太过兴奋的结果。他们分别冲向两个树丛，我坐在椅子上，有点头晕目眩。坐在这儿有地理优势，我看到莎拉躲入一棵树后面，便于蹲下来隐秘地掀起裙子。史蒂芬站在爱神丘比特雕像的一侧，洒出一道丰沛的弧线（我看不到，希望我看得到），大声哼着歌。

我想，我们可以自行选择。很有意思。他们总是要我坐着，像个小淑女般坐着，但史蒂芬左右摇晃身体快乐地唱着歌，似乎也颇有趣味。我不禁好奇地想，假如我站着又喷又洒，是不是会更有趣？我不知道我为什么不能。

“哦，安静一点，笨蛋！不要唱歌了！”莎拉说。她必须专心才能完成她的事情，但这语气太温和了。我看到史蒂芬那种小便方式的自由，不觉心痒痒。我觉得所有女孩在某方面都会想学男生样，为什么莎拉不会？我应该研究一下。

我不知还有没有其他的纳闷，说不出个所以然。但这是我研究潜意识的沉缓开端，我觉得我仿佛一名患有强迫症的侦探，只发现了一点点小线索，还未出现谜题便急于寻找谜底。我没有担忧，也没有任何暗示，但有一个疑问。这疑问完全来自跷跷板与撒尿。

欧斯本家总是一伙人蜂拥而至，像招来瘟疫的苍蝇兵团。另一家庭的拜访比较断断续续。瑞克雷家是我祖母家的亲戚，不像欧斯本家那样，绝不挥霍金钱，他们和洛欧家的和谐关系使其丰衣足食。他们的财产虽然数字不大，却分文未动。学者与律师是越来越赚钱的职业，这一家人都是学者与律师，财务曲线永远向上攀升。

我童年最长的那个秋天，在一个沉闷的下午，威廉·瑞克雷伯爵从他的大学来到洛欧山庄。他是依莲娜·洛欧的弟弟，因此，是我父亲的舅舅。他是一名学者，对古典的爱好使他将两个儿子取名为奥古斯图与朱利叶斯。这两个儿子彼此不讲话，朱利叶斯比较孝顺，因此，陪伴父亲而来的是他与其妻小。

在所有远亲当中，这几位瑞克雷是最正常的远亲，无论在穿着、礼仪或企图上。他们对洛欧家的关心在质与量上都很适宜，没有刻意修饰与暗藏心机。对朱利叶斯而言，这种拜访只是一趟为了父亲的短程家庭之旅。他们的拜访相当规律，但我对第一次的会面记忆深刻。

这次旅行对威廉伯爵这么衰弱的男人是一桩大事。他虽然只有六十几岁，看起来却像我们的哥特塔楼般衰颓，他似乎也自认为是哥特塔楼。数年前爱妻过世，他的身体一日不如一日。他信仰古典，认为朱维纳[1]是最当代的诗人。他珍惜这些难得的洛欧山庄之旅，因为他自认和我母亲心意相通。这位老古董进入房间时，左手倚着一根枴杖，右手扶着朱利叶斯。朱利叶斯喜欢自己的双重角色，既是枴杖也是即席翻译。

朱利叶斯马上与我父亲交谈起来。我父亲虽然结结巴巴但非常友善，那已经是他的极致表现。朱利叶斯夫妇极为相像，仿佛产自同一个

1 Juvenal，古罗马讽刺诗人。——译者注

鸟窝。两人都很高，很瘦，嘴巴尖尖的，眼睛很亮，不过面容十分和善。他们笨笨地坐在椅子上，尤其是朱利叶斯，两条鹭鸶腿打结似的纠缠在一起。他妻子对谈天的兴致不太高昂，注意看着儿女的一言一行。其实，她今天大可不必如此注意儿女，因为他们整天跟着我，我整天跟着他们。

“啊！那个小古董跑哪儿去了？”老人家惊叫出声，慌张地环视一下房间寻找我的踪影。他的嘴巴老是跑出一颗牙齿悬在下嘴唇上，每回不同，因为他的上嘴唇无法同时应付全部牙齿。我走上前去，遵照父亲的教导在他面前行一个屈膝礼。在所有亲戚当中，父亲对威廉舅舅最宽宏大量，因为他在洛欧山庄寻求的是书籍世界，而不是遗产。

“Maxima debetur puero reverential！”老人家看到我时，举止变得比较轻盈，假如能够抛开拐杖与儿子，他也许会来一段快步舞。父亲站在我后面轻轻鼓掌，看看我的行礼是否完美。

“最大的敬意来自儿童。”朱利叶斯看着我翻译。我母亲优雅地笑一笑。

对于此次聚会，母亲在日记中的记录比我的模糊记忆详尽。

一八二六年六月六日，我们面前有位老人家，安坐在最好的一张椅子上。

“朱维纳。”朱利叶斯为我再说一遍。他负责把他父亲的话翻成当地语言，“关于儿童的一句引用语。”

“朱维纳利亚！”我的回答激起了他父亲的不悦。

“朱维纳利亚！你读过《艾奎诺的蝎子》，夫人？”他的声音比身体年轻有力。

“是的，先生，在山庄图书馆里，我们很高兴有一些早期的版本，或许你也想要看一看。”乔佛理温柔地把手放在我的手上。

"那是我最大的喜悦。"老人家说完也笑一笑。

"如果你有兴趣，我们还有一些玛丽·戴的优美作品。"我补充说。要遇上知道这个名字的人，机会渺茫。

"疯狂女诗人？"他兴奋地大呼，"我一定迷死了！"他高兴得用脚踢地板，因此我决定不纠正他，尽管我非常讨厌"女诗人"这个称呼。

他微笑地说他喜欢第六篇，问我最喜欢哪一篇讽刺作品。他知道我认为那是一篇反对女性的作品。

"第八篇，《家族表的价值何在》，威廉伯爵。"他带着年轻的眼神望着我。

"Stemmata quid faciunt? 正是这篇！"他看看朱利叶斯是否望着他，说，"非常正确，非常正确！亲爱的。"接着，他开始引述一段冗长文句，虽然我一点也不了解，但宁可在心里默默推敲，也不愿听朱利叶斯为大家翻译的。我想，念了这一大段文章，老人家应该很累了吧？

朱利叶斯的两名小孩也有一双好奇的明亮眼睛，正在楼上玩。朱利叶斯问我丈夫有关玫瑰的教育问题。他说，仅凭名字而完全不凭借外界的资源就能让玫瑰成为山庄的夫人吗？他的提醒发自真诚，却搞得乔佛理焦躁不安。乔佛理很少让玫瑰脱离视线，随着玫瑰逐渐长大，他更加小心（假如可以的话）外面世界对她的影响。此刻，玫瑰不在场更让他焦虑不安。他哑口无言，正如他面对公众时经常发生的。他看着我，希望我给他出点主意，或许希望我再来一段拉丁文吧。

"唉。"朱利叶斯单纯地说，"你很幸运有这么一个大家庭，包括我的兄弟奥古斯图、我以及我们的小孩，全听你处置，还有其他的洛欧家人呢，表弟。假如你觉得玫瑰可以从更宽广的视野中获得好处，我相信我们任何人都非常乐意招待玫瑰一阵子。”

他妻子对他微笑。亲爱的老学者咕咕哝哝念一些讽刺短诗与罗马文学。乔佛理双手冰冷，紧握着我的手，这种前景吓得他全身僵硬，脚开始在地板上轻轻敲起拍子，越敲越急。我想，我要不要用脚阻止他打拍子，叫他安静下来？朱利叶斯为可能犯了过错而苦恼，但他父亲也许了解乔佛理的某些感受，以慎重的言语说：

“哎……Sed quis custodiet ipsos custodes？”

“但谁要去看守那些看守者？你舅舅又引述朱维纳的话了。”我看着丈夫，抚摸他的手安慰他。他挤出一丝微笑，严肃地点点头。

“这是我父亲喜爱的一句话。”朱利叶斯知道自己并没有引起任何不愉快，不觉松了一口气。他妻子在一旁咯咯笑着呼应。

“安诺妮玛知道这些诗！”老人家高兴地说。

显然，自从他妻子过世后，没有人让他如此高兴过。我以前见过朱利叶斯与爱丽丝，觉得他们最有礼貌。我记得初次见面时，爱丽丝夫人马上就夸奖我的衣裳。那对我是一个很大的解脱！但我觉得，让我们这个小家庭获益最多的是这次与老学者及其家人的聚会。这些人值得我们信赖，我也喜欢他们的小孩，永远欢迎他们每一个人上我们的图书室。

谈话声在周围此起彼落，时高时低。茶水端上又撤下。我们小朋友先面对面吃完甜燕麦饼，然后注意力转至彼此身上。很自然地，我和他们聊了起来，母亲也鼓励我如此，但我没办法同时和两个人说话。他们两人穿着协调利落的绿色衣服，饰以同样的呢子边。维多利亚比我大一岁，罗伯比我小一岁。我们模仿长大后屈膝鞠躬的样子，然后一起移到窗边，在那儿比较不会被注意，也比较自在。

他们两个绕着我走来走去，仔细审视我。我忍不住拿他们与史蒂芬和莎拉比较。史蒂芬全身脏兮兮，裤子几乎可以拉到他的下巴；而罗伯穿着一件干净光洁的纽扣束腰上衣。莎拉有女孩子的天真；维多利亚凡事讲求效率，有点男孩子气，长裤穿在裙服下，看起来和她弟弟身上的那件长裤非常相似。姐弟俩望着我，他们看到什么了？一个高个子年轻女孩，穿着自制的衣服，头发依照圣母玛利亚的样式，在脑门两侧梳成两个小卷。

我不知道他们如何看待我身上这件粉红色里昂丝裙，那几乎是我自己做的衣服。我很自豪，尤其是颈边的白色蕾丝，是莎拉和我一针一针缝上去的。维多利亚必定非常羡慕我！（我完全不知这件衣服可能非常土气，尤其和他们的搭配一比较，更是土味十足。我母亲钟爱一件式衣服，这是我唯一知道的款式。）我在同年纪小孩中算高的，但不像瘦竹竿那样高得离谱，只是比大部分人高一些，当然也比他们高。人人都说我脸上老是带着微笑，虽然我是个快乐小孩，但那微笑只是自然的唇形。不仅如此，我的下巴还有一条小裂纹，好像高脚酒杯的杯柄。

我对陌生人一向羞涩，这两姐弟马上问我一些问题。我从来无须承担这么多问题，即使在学校也不曾如此。现在，没有莎拉为我回答问题。

“我们应该叫你什么？”罗伯大吼，像猫头鹰连叫。

“玫瑰。”

“我们要不要叫你美丽夫人或其他什么的？”

我没有机会回答。

“你有一双美丽的眼睛。”维多利亚说。

“谢谢你，是绿色的。”我说，“像我祖父的眼睛。”

“你知道眼睛是如何运作的吗？我知道。”罗伯说。

“你很高，是不是？”维多利亚敬畏地说，仿佛我是旅游展中最惊奇的事物。曾经有位男士来山庄展示他的大理石收藏品，其中包括了那不勒斯男孩鱼。维多利亚牵着她弟弟的手绕着我走来走去，我觉得我像那尊雕像的原型。

“我不知道，我不像史蒂芬那么高。”

“谁是史蒂芬？”罗伯问，此时，他姐姐问我几岁。

“我五岁。他是我朋友。”我应该会紧张，但他们望着我时，我觉得挺喜欢他们的。他们觉得每件事情都很有趣，才会有一大堆问题。

“他是谁？”罗伯问。

“他住这儿，他的家人在这儿工作，我们一起玩。”

“哦。”维多利亚说，“我们也可以玩吗？”于是，我们变成朋友。

我屈膝鞠躬，非常正式地问（对着高兴得咕咕叫的瑞克雷姐弟）：我们可以上楼一起玩吗？我看到父亲扬起怀疑的眉毛，但我兴致勃勃地不予理会。从客厅走出来时，母亲悄悄提醒我，我代表洛欧家与洛欧山庄，应该做一位完美的女主人。我知道她想说一些未说出口的话，但我不知道那是什么。我想，我不应该拿史蒂芬压服他们，把他们像海盗人质一样捆绑起来，那不是完美女主人该有的行为。所以，我带他们到朵儿学校，让他们看一些积木与美丽玩具。娃娃们使出所有的吸引本事，维多利亚却只有一点点兴趣，罗伯只不过测试一下所有的可动关节，看看是否正常。似乎，他们最喜欢的，是提出更多的疑问与探索问题。他们对我们身边的历史非常着迷，接连问我那些是什么、代表什么、为什么我们拥有这些东西。

我喜欢他们，但和史蒂芬与莎拉比较起来，他们显得有点拘谨与客套。我知道他们的行为举止是在别人家做客该有的礼仪。我作了笔记，万一遇到同样情境，可以依样画葫芦，但难以想象那会是什么情景。罗伯试着松开娃娃屋前门的枢纽，保证可以让这门变得好开一点。母亲进来查看，中止了我们的修补工作。她非常高兴我们的友谊有所进展。母亲离开之后，罗伯忍不住为祖父的那座钟调整一下钟摆。他姐姐望着窗外问，远处看到的那个地方是什么？（对此，我所知有限。）洋娃娃激不起她的一丝兴趣，她似乎不是那种喜欢玩史蒂芬和我常玩的那些游戏的人。我试着说明游戏。

“为什么你要玩那种游戏？”维多利亚问。

“你有锥子吗？”罗伯问。

这两个人是我遇到过的最爱提问题的人，我尽量回答。山庄是什么时候建的？很久以前。为什么祖父心爱的那座塔楼一副要塌下来的样子？为什么我们不整修？是神父把楼建成那个样子。为什么？我不知道。我喜欢有兄弟或姐妹吗？我说，我两者都有，史蒂芬与莎拉便是。我长大后要做什么？罗伯想成为一位皇家工程师，维多利亚要当探险家。我说，我只想成为我自己。我见过盖伊表哥吗？没有。他们警告说，他很恐怖。

我们在楼上待了一段时间，然后我带他们下楼。途中，我试着以母亲的滑稽口吻跟他们解说那些图画。我想起了史蒂芬，便指给他们看水边仙女萨尔玛西斯的四个屁股，他们的兴致似乎没有我想象中那么高。

“这画些什么？”维多利亚坐在楼梯中央，绿裙子在身后飘荡，露出了小内裤。罗伯也坐下来，两手压在屁股下面，双腿缩在后面看不到，活像一只猫头鹰。他们问了一个我觉得值得回答的问题，于是，我便跟他们讲了那个故事。

“她是女生，他是男生，她把他拉到水里，两个人合成一个人……”我一边说着，一边知道自己并不太了解故事内容。这故事在母亲口里非常有说服力；从我嘴里说出来却变得浅薄无味。

“什么？”罗伯问。

“一个身体。”

维多利亚不相信地问：“有两个头？”

“不，一个头，傻瓜。”我嘲笑她的愚笨。这是美丽的东西，不是怪兽。他们似乎对整个故事很不赞赏，仿佛那不合常理，我觉得我开始同意他们的看法。这是我生命中第一次说服别人相信一些他们不了解的事物，但是却失败了。

“那你如何分辨？”罗伯问。这问题似乎是我在这屋子里的最大兴趣，但他似乎蜻蜓点水地关注一下，便对餐桌圆转盘的平稳转动产生高度兴趣。不过，这是一个很好的问题。

“男生或女生的头？”维多利亚问。

“我不知道，两个变成一个了，要怎么分辨？”

“你知道，是不一样的。”维多利亚说。

我是女生，对女生没有存疑。维多利亚也是女生。我们有雷同之处：长头发、类似的穿着。我们的穿着和罗伯明显不同，他的连身长裤紧贴着身体，我们的裙摆飘飘。我们的脸，有不同吗？罗伯的脸有点圆，史蒂芬的脸并不圆。我再望一望画像，心里纳闷着。还有关于小便的问题。史蒂芬、罗伯对莎拉、维多利亚，男生对女生。我咬一咬左边的腮帮子，决定问个清楚。

“你可以站着小便吗？”我问维多利亚。

“不可以。”她似乎非常肯定。

“你试过吗？”

“没有。”她决然地说。

“怎样才算男人？怎样才算女人？”罗伯问。是的，怎样？一开始我们并没有什么很大的区别，所以要怎么辨别呢？我要进一步追问。

维多利亚沉默不语，陷入思索，脸上露出一种令人难忘的微笑。我现在知道了，那是想到生殖器时展露在脸上的微笑。

“我知道如何。”她先傻笑，然后揭晓谜底似的说，“譬如说，洗澡的时候。”她只说到这儿，我与罗伯一头雾水。我们一个头两个大，暂且抛开画像的疑惑，回到娱乐室。

“为什么那匹马的头上有角？”罗伯指着窗外问。对于他们的疑问，我一直无法完整回答，我快烦死了。这回我要比较有自信地回答。

“那不是马，是一只独角兽。”

“有独角兽吗？”

“从非洲飞过来的。”

“它没有翅膀，要如何飞过来？”维多利亚问。

“独角兽在这儿很快乐，翅膀便慢慢消失了，因为它知道不需要再飞了。”我想起我这双快乐的脚。这变成一种我无法打破的习惯。

“它叫什么名字？”

“朵儿丽。”这是第一个浮上我脑海的名字。

父亲见到我们时，仿佛我们失踪多日的样子。朱利叶斯问我们这么久的时间都在干吗。

罗伯说：“我拆开了娃娃屋，我们看到了朵儿丽，然后又谈论了小便。”

下午仿佛突然接近尾声。对瑞克雷家的大人而言，这只是更证实了他们小孩的好奇本质，他们已经习惯了，不会为此尴尬。但罗伯引起了我父亲的某些不安。我父亲立刻告退，直到客人离去，都没有再出现。

母亲与我望着他们离去。维多利亚、罗伯与我答应要互相写信。

“但愿洛欧伯爵尽快恢复。”朱利叶斯表叔离去时说，“也但愿罗伯没有破坏娃娃屋，他对东西的运作充满兴趣。”

老学者对这些事情并不关注。他对我母亲印象深刻，一不留神便把她叫成玛格丽特，那是他亡妻的名字。瑞克雷家出发时，他转身和我母亲说了一些悄悄话。朱利叶斯望着我母亲，看她是否听得懂。我母亲点点头，我们屈膝鞠躬。

我母亲在日记中写着，老学者称呼她是“古典主义者的梦”，并且说这是十五年来第一次有男人向她表示爱慕。

“你是完美的女主人吗？”母亲问我。维多利亚在马车上高兴地向我们摇手。

“我是完美的女性主人。”我想那也许是个诡计，我才不上当呢。

欢乐聚会后不到一星期，我们迎接另一个瑞克雷家的拜访。他们家是我们非常差的亲戚。想起他们时，真不敢相信他们有这么差，但他们真的很差。我出生没多久，奥古斯图·瑞克雷便写信来叨扰，“哈哈帮”设法挡住。此人得好好观察。他和他兄弟除了产自同一父母外，无一处相同。我父亲非常嫌恶他，拒绝提到他的名字，将他的拜访一拖再拖。然而，拖得越久，灾难越惨。

这次，奥古斯图未经通报便出现。我被匆匆忙忙带离房间，意识到有一件刺激的事情正发生，一件我不必知道的事情。隔着墙，我试着摸清楚那些不愉快的咕咕噜噜与叽叽喳喳是什么，但听不出个所以然。我甚至回绝和史蒂芬一起玩，依稀明了有一股恶毒势力已经降临我的生命。未来，我必须睁大眼睛注意这股恶毒势力。但这次，我还没有能力看清奥古斯图。傅德遣回奥古斯图，声称我父亲身体欠安，而我母亲守在床边不能见客，大约一星期之后，会为他安排一个“介绍性”的会面，正式介绍我。

第二次拜访，他和崔普斯先生一起出现。似乎奥古斯图·瑞克雷走到哪儿都带着这位崔普斯先生，他说崔普斯是他的“实干家”。他们是险恶双人组。奥古斯图是一个高大可怕的男人，脸部宽阔，像一张皮革，满脸都是痘痘疤痕。他用一条小泡泡纱巾遮掩或强化脸上的疤痕，很不幸地，效果好像史蒂芬嚼碎一张纸，把奥古斯图的脸当作练习靶般吐过去。我行标准的屈膝礼时，不小心掉了一条缎带在地上，他靠近过来。我吞一下口水，被眼前坦露的弹孔吓了一大跳。我没想到有人长这么高大，不论走到哪里都无法逃出他的阴影。他的声音却完全相反，像蛇滑行，缓缓蠕动。

崔普斯是第一个令我摸都不想摸的人。他举止卑贱，像爬虫类，体格比较适合奥古斯图的声音，弯腰时好像被小了两号的衣服捆住，袖子装饰在小外套上，袖口沾满墨水。根据自然百科记载，蛇的肌肤干燥，但崔普斯的肌肤似乎不断分泌汁液，即使在最冷的天气也不例外。他说话非常官僚、单调，眼睛睁得很大，甚少牵动双唇，像不高明的腹语家。他动不动就查询手上的账簿，仿佛是我们汉密尔顿的畸形分身。

奥古斯图喜欢人家称呼他奥古斯。崔普斯呢，除了他老板外，很少有人注意他。两人被带到会客厅。傅德随侍我父亲身旁，汉密尔顿负责操控厅门。他们出席了这两家人的每一次拜访。虽然我们都已入座，但尚未为这位不请自来的客人备妥椅子，奥古斯图似乎等得有点不耐烦，突然宣布不再耽搁我父母的时间了。此举吓了大家一跳。我父亲松了一口气，卸下答应会客的负担。不过，这口气松得太早了。

“这是幸运女士！”奥古斯图同时望着母亲与我说，“表弟，我不知道如何表达我的快乐。虽然我很少见到我敬爱的父亲，但他写信告诉我说她很让人喜欢。我知道我一直没有维系好我们的关系，有时候我认为是环境把我们两人隔开。如果我能带我的妻子卡洛琳以及小盖伊一块来见她，那将是我无上的光荣。”他拍手鼓掌，然后继续说，“谢谢，是的，我会的！崔普斯，我们应该什么时候来？”

崔普斯没有查看账簿便径自说，下星期六是所有与会人士的好日子。

“就下星期六吧！”奥古斯图下结论。我父亲觉得他母亲的复仇灵魂附在这个男人身上，分分秒秒都在他身上。她一直不喜欢她的兄弟，或许因为他们太相像了。“表弟，我们带着无比喜悦期待这次盛会，尤其期待看到你在这宏伟大厅里挂起我们家的肖像，那是送给你的结婚礼物。茶，有吗？崔普斯。”

“茶，先生。”崔普斯确认。

“崔普斯会和你的侍从安排所有的细节！”

奥古斯图草率地鞠个躬，转身，离开时对傅德眨一下眼睛。他们步下楼梯走向大门，崔普斯（什么细节也没安排）紧跟在他后面两英尺的地方。我们家在这一场拜访中，从头至尾没人说半个字，会客厅一片静寂，大门“砰”的一声关上。

没有人知道该说什么。离奇事活生生在我们眼前上演。父亲不相信地望着傅德。

“我想我们被骗了，先生。”傅德说。

“我们邀请过他吗？”父亲茫然地问。

“没有，亲爱的。”母亲说，“他们知道我们不会邀请他们，于是自己邀请自己过来。”

“我应该挂上画像吗？先生。”傅德闷闷地问。

母亲抢先说：“不要，傅德，但帮我把那画像找出来。我应该亲自出席这个展览。下回在娱乐厅招待他们。”

所有眼睛露出惊恐，包括山庄主人与仆人。但她有备而来。

“我们要吓他们一跳，他们还没赢呢。”

傅德与汉密尔顿关上会客厅的对开门。两扇门合上后，门外传来两个男人的窃窃讨论，看这次的大疏失谁应该多负一点责任。父亲望着我们两人，扬起眉毛。我们都笑了。

接下来的星期六午茶时间，奥古斯图偕同妻子卡洛琳·欧度与儿子盖伊一块儿前来。崔普斯带着如影随形的账簿跟在后面。母亲周到地招待他们。奥古斯图与卡洛琳似乎有点受宠若惊，但大剌剌地说他们走到哪儿都习惯这种款待，也当之无愧。

第一次拜访时，奥古斯图的丝巾是郁闷的黑色，但他今天适时换上了比较艳丽的秋天色调。他的妻子卡洛琳是一个又矮又胖的男人婆，瑞士裔，口音浓重。他儿子比我大两岁，但奥古斯图让他像小狗一样坐在他们脚上，他在那儿吵着要东西吃。他颇受冷落。一身黑衣让他的红发看起来有点青紫，苍白的雀斑脸看起来像患了麻疹。

这一家瑞克雷坐下来，看起来像一只三头怪兽。一个头看着我，另外两个头和我父母说话。小狗子在房间的那个角落猜疑地嗅着我，仿佛在空气中捕捉到了我的气味。我尽量不看他。今天的崔普斯和傅德站在门边，每隔几分钟便查询一下他的账簿。

“非常高兴你接受我们的邀请。”我母亲说，“我们和你兄弟一家人有一场最愉快的聚会，他们的小孩很讨人喜欢。”

“很讨人喜欢的人不常见。”奥古斯图因为身高问题不得不俯视自己的鼻头，好像要把我们串成一排连在他的视线内。他妻子的头还不到他的肩膀，他通常对着她头顶的发髻说话。

“不常见。”他妻子重复一遍。因为国籍关系，她发“常”的音有点拗口。

“那两个小孩很爱问问题。”奥古斯图又说，“我记得是这样，盖伊从来不问问题。”盖伊不说话，挠着耳后，漫无目标地东张西望。“我父亲的精神状态还正常吧？健康状况如何？”

“健康的心智来自于健康的身体。”我母亲笑着说。奥古斯图不理她，注意力转至妻子的绳结上。

“亲爱的，你不是要问洛欧夫人一些问题吗？”

卡洛琳正在评估房里的陈设，眼神沿着壁板冷冷扫视一遍，完成盘点，与崔普斯的账簿查询有异曲同工之妙。她的工作被打断，转身面对我们，眼神似乎算计着我们的身价。她正要开口时，小狗子缓缓移向我。她还未说完第一个字，便抓住小狗子的衣领，把他拉回去，简单地说：“坐下！盖伊（她说成了‘嘎伊’）。”然后向我母亲提出一些家务管理的尖锐问题，一副当仁不让的样子。她说，她的怪姓名也许是希腊语，这时，我母亲打断了她的话。“希腊”，对她而言非常拗口。

“或许盖伊，嘎伊，想找玫瑰一块儿玩。”她念出两种名字，希望安抚那对发音不同的父母。

我不认为那是个好主意。我要做什么呢？为他丢一个球？看着他埋骨头？教我意外的是，每个人都赞成，包括我父亲在内。只有两个人不赞成，盖伊与我。

“不，不要和女生玩。”这是他的第一句话，简短、单调，仿佛对着仆人吠出命令。

他父亲往他后脑门掴了一掌。

“她不是女生，盖伊，她是未来的洛欧女士。我们说跟她玩，你就得跟她玩。”他说出最后五个字时，每说一个便轻轻弹儿子的脑袋瓜一下。盖伊哇哇叫。

“汉密尔顿。”母亲说，“你可以抽空带你儿子过来吗？他也许可以和盖伊玩，或许他们三个人可以一起玩，我们知道男生喜欢和男生玩。”

“这样合适吗？”奥古斯图轻蔑地望着汉密尔顿说。

“哦，我觉得合适。你觉得呢，伯爵？史蒂芬几乎和玫瑰一块儿长大，一起玩最精彩的游戏，你不知道他们长大后会成为什么。”

感谢史蒂芬，还有妈妈，毕竟她非常了解。史蒂芬出现时，身上的衣服非常干净、非常平整，好像直接熨在身体上。我开始觉得这一切都是事先编好的剧本。奥古斯图严厉警告他儿子守规矩一点。我们三个小孩离开房间时，我听到他改变话题，说：“现在，关于那些画像，我们非常希望……”

盖伊是个不可思议的东西。他相信除了父母之外，自己比任何人都优越。那是他从小被灌输的想法。他父母高高在上，然后是他，最后才是其他人等。这其他人等包括了女人、仆人、工人与其他类似的低等人。他假设史蒂芬觉得和贵族如此亲近很幸运，因此马上摆出伯爵的样子。撇开他的无礼不谈，小狗子的无趣显而易见。到了学校教室，我很高兴有史蒂芬保护，还不是最后一次。

“他要做什么？”盖伊劈头问我。史蒂芬走至我面前保卫我，盖伊无法再近一步。不管怎样，盖伊对屋子比较有兴趣，仿佛他父母授意要他尽可能多看两眼。也许，他想为自己设定领域。“这个房间很差。”最后他说。

“你的玩具在哪里？”房间的质量问题从未浮上我的脑子。我很纳闷他是不是无法使用更明确的语言，因为他的言语至今依然非常简短、笼统。

史蒂芬说我们有洋娃娃。盖伊没兴趣，问我们玩什么游戏。史蒂芬说我们和娃娃玩游戏。

“不要，我不知道这些娃娃，你知道捉迷藏吗？”

我看到史蒂芬的眼神。有一次，他躲在男爵厅里祖父的那座大钟里面三个小时，莎拉与我到处找他。待他父亲得知大钟没有敲四点钟，他才被发现，否则他恐怕会为了不被发现而错过晚餐，待在那儿一整晚。又有一次，我们发现他躲在后院狗窝里的小狗后面，睡着了。捉迷藏是非正式的山庄娱乐，史蒂芬是众所公认的捉迷藏王。盖伊选错了游戏。

盖伊先告诉我们怎么玩这游戏（仿佛我们不知道似的），以及什么是正当玩法、什么是犯规、游戏结束时我们如何知道他赢了。接着，他指着史蒂芬说：“你！先当抓人的鬼。”

我躲在音乐厅的钢琴下面，一个熟悉的藏匿处，史蒂芬一下子就逮到我。我故意被逮到，省下时间与史蒂芬一起寻找小狗子。很不幸，我们也是一下子就在史蒂芬数数那间房的热水管后面找到了他。游戏只花了三分钟，其中一分钟是史蒂芬从一数到一百。

接着，轮到我当鬼抓人。我待在朵儿学校，闭上眼睛，数数。其实我没有真的数。我先找到史蒂芬，不禁松了一口气，他的鞋子从大床上的篷盖顶端露出来。

“哎呀，我的好女孩，我就知道你会找到我。他在哪里？嗯？”史蒂芬问。我还没有想到他呢。“我知道他会在哪里。”我随着史蒂芬上楼，他悄悄地说：“在那盔甲后面，去抓他吧。”

盖伊非常生气，好像他的藏匿所是世界上最完美的地方。

“他告诉你！你告诉她的！”他大声指控，“她没办法自己找到我，她是女生。”

史蒂芬在我后面站岗，大声编造谎言为我辩护。他说，男生能做的事情，玫瑰都办得到。但盖伊发狂了。

“这场游戏我赢了。”我们回到朵儿学校后，他咆哮着，“那是最好的地方。现在轮到我抓人，我会数两遍，让你们有时间找个好地方藏起来，不过我还是有办法很快抓到你们，比你们抓到我更快。”

我们决定让这场游戏成为玩得最久的游戏。盖伊用手遮上眼睛时，史蒂芬大叫：“不要看！”然后抓着我的手，一起逃开。

“他还没数到五十就会开始看！”

我建议我们躲在一起。我不想单独和盖伊相处，一秒钟也不愿意，“他会先发现我”的想法让我害怕。

“你的床下！”他说。我们把门打开，给盖伊机会。史蒂芬先溜到床底下，再把我拉在后面。我们四肢窸窸窣窣，紧张得傻笑，然后，闭上嘴巴保持高度静悄悄。

地板满布灰尘，油腻腻的。我感觉到右手下方有一本书，可能是我一直在找的那本书。我的角度不方便，但很想拾起那本书，史蒂芬阻止了我。他拉近我，手放在我的嘴巴上，鼻子呼出的热气搔得我颈后根好痒，我却有一种安全感，不由得轻轻笑了出来。他又嘘我一下。

“玫瑰……”他在我耳边轻轻说，“安静，他会发现我们的。”哦，好可怕！

我们听到脚步声靠近，停下来，走动，又停下来，盖伊看一看门口，再对着我们看。我们看到他的鞋子，遂屏住呼吸。他转身，离开。我吐了一口气，史蒂芬松开压在我嘴巴上的手。

“做得好！”史蒂芬做出嘴形悄悄地说，放开我。依照洛欧山庄的游戏规则，我们的游戏结束了。有一个未成文的规则：第一次没被抓着就算胜利，因为那表示当鬼的人返回之前，在山庄有一趟辛苦、丧气的费劲搜索。因此，我们获胜了，只要待在原处等候盖伊无功而返，让他发现我们，就这样。今天无须再给予任何暗示，我们窝在床底下，喁喁细语。

终于，我们又听到他的脚步声，看到他的鞋子出现在门口。接着，又听到地板吱吱嘎嘎响，地板有点晃动。盖伊站在我的化妆台前，玩弄上面的东西，我的梳子、我的项链等等。我听到他对某个东西嗤之以鼻。结果，他竟然说：“我知道你在哪里，臭女生，我要去抓你了。”

他的音调铿锵有力。如果我是单独一人，恐怕会尖叫出来。但史蒂芬拥着我，手又放在我的嘴巴上，把我拉近他的身子，这是我第一回感觉我可能个头比他大一点。

“你躲不了的，丑八怪，我知道你在哪里，也知道那个乡下男孩在哪里……我把他锁在橱子里，除非你出来，否则我不会告诉你他在哪里。那个乡下男生会死在里面，因为没有人发现他。我不去抓你，你自己出来吧。我教你一些诗歌。”

我们屏气凝神片刻，不敢发出一丝声响。

盖伊大声念：

从你站的地方看不出

树上的女孩会落在何处。

史蒂芬受够了。盖伊在床铺四周晃来晃去，史蒂芬伸出手，抓住盖伊的脚踝，用力拉。盖伊大哭，弯下身倒在地上。我们从床底下爬出来，厌恶地看着他。

“你们躲在一起，不公平，作弊！你们不应该这样玩。”

史蒂芬不予理会，坐在盖伊的肚子上，膝盖压着他的肩膀，把他牢牢钉在地上。我站在后面，骄傲地望着。史蒂芬的年纪比盖伊小，但比他强壮有力。

“跟她说对不起！”史蒂芬的手顶着盖伊的下巴，逼迫他望着他的眼睛。

“不要，放开我，臭男生。”

“说对不起！”

盖伊摇摇头。

“好。”史蒂芬要我把窗帘绳拿过来，他不费吹灰之力便把盖伊绑在床架上，然后告诉我跟他走。我们听到盖伊徒劳无功地挣扎，呜呜咽咽恳求“不要告诉我爸爸妈妈”，我以为我们要回到娱乐厅，但史蒂芬不是领着我朝那个方向走，我不敢问他心里在想什么。不管去哪里，我都得跟着他，所以让他牵着我的手，下楼。

我们藏起来，第一次没被发现。整个来说，我们赢了。现在，由史蒂芬决定为我们的辉煌成就加冕，我想他不会领我们下楼。我们一起走向狗窝，必须经过娱乐厅外头，忍不住从窗户偷瞧一下里面的大人，刚好看到一张意外的脸孔——安丝黛丝护士出现在门口。她跨出侵略的步伐时，我有一种不祥的预感：她会发现盖伊绑在床架上，我们有麻烦了。但事实不是我想的那样。

“吵死了！”她抛开礼貌，狂吼，“吵死了，真受不了！我正在祷告！”她所抱怨的噪音，必定是我们玩捉迷藏时发出的噪音，房子里的其他地方都很安静。但我们有这么吵吗？我看着史蒂芬，他也同样迷惘地看着我。我们忍不住留下来看这场奇怪的戏。

“克劳奇，到底怎么……”我母亲问。傅德挡住安丝黛丝，不让她多进入一步。

“汉密尔顿！”他大呼，“管家！”

瑞克雷夫妇亲眼目睹洛欧山庄的仆人竟能当着主人的面吆喝，这让主人难堪的情景令他们笑了出来。我父亲把目光移向别处，尴尬地扬起眉毛，噘着双唇。显然，安丝黛丝气得抓狂，但会被质问。我把脸贴在冷冷的玻璃上，试图看清里面的每一个动静。

“吵死人了！那已经超过了基督徒的忍耐范围！管管你们的小孩，先生们！”她干枯的手敲在傅德的胸膛上抗议。

“多管管你们的仆人。”崔普斯幸灾乐祸地说。

“那些男孩！”她大吼，“那些男孩肯定会惹麻烦！”

“女士！请离开！”傅德咬着牙说，“管家的职责是在办公室，不是在娱乐厅。”说完，他把她架离房间。对他而言，那是一件轻而易举的事。她被架走时，嘴巴又迸出“管家是……”话没说完，嘴巴被捂上，但她的破坏计划已达成。娱乐厅里陷入尴尬的沉默。

“非常抱歉。”母亲说。我们竖起耳朵听。

“是的。”父亲点头。

“自从洛欧夫人过世后，克劳奇就变了个样。”

“变样。”父亲点头说。

傅德回到娱乐厅，关上带进麻烦的房门。

“谨此献上最深的歉意，先生，女士。”

“假如我是你，会马上开除她。”卡洛琳说。

“她是我母亲的遗老。”我父亲辩解道。瑞克雷夫妇无动于衷。

“爱管闲事的老女人，不是吗？”奥古斯图笑着说。对于别人的难堪，他总是一派轻松。“永远是，显然已经头脑不清楚。”

“明天我们会开除她。”母亲坚定地说，结束这个话题。“抱歉，乔佛理，我很抱歉，奥古斯图说得对，我们必须这么做。”

“就这么做吧。”父亲叹口气，或许纳闷她为什么觉得他会反对。

我们不能在窗边徘徊太久，以免被逮着，此外，还有更大的鱼等着下锅油炸呢，办我们的正事去吧。不过，刚才克劳奇护士演的那一幕教我疑惑不解。现在回头想想，她的动机很明显：想借题发挥，表达她的不满与能耐，也许想彻底摧毁我们的宁静生活吧。她会在乎谁怎么看待她吗？她可能如大家所希望的已经疯狂，但她自有谋略，想提醒我们时便随时提醒我们。她的时间点抓得很好：隔天她就出门旅行去了，让“哈哈帮”吃了一肚子闷气。自那以后，不论何时她跟汉密尔顿要钱，总是心想事成。每次我母亲问起，汉密尔顿总用几个不痛不痒的字扼要地说：“还在允许范围内。”

娱乐厅应该来点别的娱乐转移瑞克雷夫妇的心情。我母亲有一个很好的娱乐解毒丸。

“画像？”她提议道。在日记里，她记录了接下来的趣事。

令人震惊的下午！过去隐藏的威胁终于发生了。卑鄙的兄弟与其讨厌的妻子—— 一个肥胖的瑞士巧克力糖，带着他们的儿子一起来探访。

一开始，他们假装要看自己的画像，连拐带骗地进入乔佛理的屋子，我们的屋子！我想不起这幅画像是什么样子，最后傅德找到了它，我才想起我们曾经挂过这幅粗糙的画像。画像比我们想象中恐怖，画家没有一点比例概念，画中的他看起来比她胖许多。画家，水壶先生，把瑞克雷夫妇画得比本人漂亮，他所付出的时间与心力必定得到了丰厚的报偿。我当然知道要怎么利用这幅画像。

准备欣赏画像时，我知道孩子们要去玩游戏，遂建议史蒂芬陪同我们骄傲喜悦的玫瑰，与他们的可怕儿子。我希望史蒂芬会和我们一样对他生气，结果却超出我的想象。

我把画像挂在我认为最合适的地方，乔佛理在整个布置上比我紧张，但同意我的安排。傅德带队，我们面容肃穆地跟着，冷峻的“实干家”崔普斯跟在我们后面，汉密尔顿跟在他后面。当我们走到可以看见画像的地方时，我叫队伍停下来，宣称画像只有几步路距离，这个角度是最好的视角，此时的光线正适合。

他们带着骄傲站到那个位置，的确，我没说谎，再也找不出更好的位置展览那幅画像了。不过，此画像与前后画像的并排组合才是我最得意的地方。

以前，这面墙一直挂着冠军牲畜的画像，我认为这个传统始自邪恶伯爵。有幅鬃毛茂盛的冠军马大画像，尺寸正好和瑞克雷家画像一模一样，两幅画很容易互相取代。重新安排画像位置变得很好玩。我决定那幅充满黑人雄赳赳气概的亨德森公牛小油画挂在那幅画像的左边，而画像的另一边挂着一幅和奥古斯图隐约相像的俊美人像；另外，一位本地乡土画家画的滑稽画—— 一只心满意足的猪，挂在他妻子的旁边，其他的画——羊、乳牛、迟钝的赛马，甚至我在阁楼发现的那幅奇怪的猴子画——都各就各位。结果，精彩得不得了。在同等画作的衬托下，每一幅画都显得不凡。我必须对这一片畜牧场说声抱歉。

那幅画展示出来，用小小的大理石片镌着他们的名字、送达日期与结婚礼物的注解。他们看了之后，除了感谢我们的费心安排外，不能说什么，但奥古斯图的嘴边露出阴冷的厌恶，让整个观赏气氛陷入冰点。我无法忍受，遂离开现场，顾不得瑞克雷家最后大声大气地说：“哎，或许我们应该离开……”与“最后再喝杯茶……”他们对于羞辱，一个字也没提，等同承认挫败。但接下来有一个更大的挫败，完全失控的挫败。我们回到娱乐厅，试着多谈一会儿，并且尽可能岔开画像话题，等候孩子们归来。他们离开很久了，我开始有点担心情况不妙。乔佛理在我们成功展示画像后，大胆轻佻了起来，老远跑去拿我们家的画像作为答礼。假如我不了解他的话，会认为他志得意满。

此时，我们目睹了一出从未见过的大逆转。我听到史蒂芬从走廊呆头呆脑跑过来时，就意识到好戏要上演了。他出现的时候，只有他一人。这是不祥的预兆，但他的出现只是序曲。

这场漂亮的戏码令我想起了史蒂芬和玫瑰玩的游戏，这是假面具的精彩之作，我相信是汉密尔顿的儿子策划了这幕戏。我对着那个方向咳嗽，乔佛理看向我注视的地方。我对他笑一笑，转移注意，但这对险恶双人组察觉了我的暗示，做出可怕的表情看着我和乔佛理注视的地方。

他们的儿子四脚着地，戴着口罩，玫瑰拉着狗链子牵着他从门厅走过来。她穿着一件新的绿色无袖洋装，看起来漂亮极了。她有着王者之风与侠义之气，仿佛驯服了一只最凶猛的龙，拯救了王国。门厅很长，她特意放慢步伐，缓缓走进来。

乔佛理深深赞赏，用力鼓掌。他也许认为这三名孩子在携手演出这幕戏，但他的掌声错了。我知道他们不是。奥古斯图从椅子上站起来，气得破口大骂。

“起来，盖伊！马上！”他的骂声如雷贯耳。玫瑰似乎很失望。我没看到史蒂芬，但感觉他拼命指挥玫瑰放开狗链子。盖伊挣扎着两腿站起来，被问到“这是什么意思”时，戴着口罩的嘴巴无法回答。崔普斯弯下腰解开他的口罩。他母亲沉默不语，奥古斯图的怒气到了极点。

他愤怒不是因为盖伊受到这种对待——为此，他会鼓掌——而是因为儿子如此退让。他抓起盖伊的领子，拖到椅子后面，向我们抱歉。盖伊说，因为他们觉得这样很好玩，所以才会这么做。我觉得对这孩子很抱歉，他百分之百投降，完全依照史蒂芬写给他的剧本照本宣科。数分钟之后，胖女人与她那位不请自来的可恶丈夫，以及夹着尾巴垂头丧气的盖伊，终于离开。

“口罩给我。”奥古斯图离开前不祥地这么说，虽然我反对。我想，玫瑰也许喜欢把这东西当作她首次旗开得胜的象征吧。

那天我记忆最深的是晚上时刻，汉密尔顿一家人、洛欧全家与傅德坐下来，享受了一顿早已备妥的丰盛大餐，那是为了万一客人要留下来而准备的。安丝黛丝护士不在邀请之列，却差人送来便条说她谢绝邀请，因为隔天要展开一段前往欧洲大陆的长途马车之旅，完成她的终身梦想。史蒂芬与我当然知道其中另有缘由，但我们不能说。少了她，这个大家庭其乐无比。

水壶先生的作品虽然不再陈列，却仍在洛欧山庄的库存名单中，编入牲畜画收藏品，舒舒服服地坐落在哈宾斯与穆莱利的画作之间。

III

变形

Metamorphoses

1

我们从未离开洛欧山庄。

也不完全如此。我记得有一回到海边旅游，那儿的鸟鸣和山庄的完全不同。我的穿着太热了。这是我第一次看到海，除了在梦中与图画上。那海真令人失望，既没有湛蓝的颜色也没有一波又一波的海浪，气味难闻，咸咸的海盐渗入嘴里，刺得我嘴唇又麻又痛。山庄墙上的假海比这死气沉沉的海要鲜明活泼多了。

除了我、母亲、汉密尔顿与他两个小孩外，我不记得还有谁在海边。人们都上哪儿去了？也许我没有注意，也许他们被撤离了。

海鸥盘旋海面上，嘲弄着大海。史蒂芬掷颗小石子，在灰色海面上飞跃了五下后消失了。我试着模仿，但被裙子绊住，无法投出必要的速度与距离。为此，我抱怨。

“不是裙子问题。”史蒂芬说，“你丢石子的方式像莎拉，像女生。”当时，我觉得裙子是问题所在，是让我丢不远、丢不快的原因。

我在家时，总是阳光普照。这是生命的红地毯在我们面前敞开的岁月。父亲将所有职责委派给傅德、汉密尔顿与我母亲，如此一来，便可以尽情享受对我的赞美。我们的关系是一种美丽的爱。我穿着最美丽的衣服，虽然需求不多，但心里想要什么就有什么。而他要的只是……看着我、惊叹我的成长、评论我的举止、提升我的仪态。我也努力给他同样的赞赏作为回报。我坐在楼下图书馆读书给他听。他什么事也不做，全心全意看着我、听着我，微笑，写下零散的重点给我母亲，让她在下一堂课时灵巧地排入课程当中。他不愿亲自纠正我，不过有时候也会淡淡地说："或许你的意思是惠赐，而不是惠似。"直接纠正之后又说，"不过，惠似听起来很优雅，玫瑰。"

世界，在我们的允许下，也会进入洛欧山庄。只为了娱乐，我们将各种表演活动特别引进山庄。一有空便有人为我们演奏音乐。只要弹一下手指头，魔法就发生了。

在我八岁的生日宴会上，有个意大利来的奇怪年轻人，脸上涂了厚厚的化妆品，以魔术使史蒂芬消失了。这位魔术师把史蒂芬卷入长地毯中，赐予他一个美妙的结果。顽皮鬼先是头晕眼花，继而发现口袋里多了一把结结实实的金钱，脸上的迷乱转为欣喜。我没有拥有许多钱的经验，但清清楚楚看到金钱让人快乐的场面。我第一次手上握有真实钱币，而非游乐园里的古罗马铜币，是数年后在巴黎。之后，这许多年来，一直到最近，我每天触摸钱币。那真是一个脏东西！但史蒂芬和庞其[1]一样快乐满足。

"怎么啦？"我们睁大眼睛问，希望也能随心所欲地把他变消失。

"我不说。"他玩弄着口袋里的贿赂叮当作响。

随着我的成长，娱乐表演也随之改变。母亲是幕后策划人。作家们一一现身，满头乱发，热切阐述他们本着艺术的光辉与文学的光华而编撰的华丽辞藻。演说完毕，母亲会提出一个有关玛丽·戴的重要问题，然后用最不像托词的托词，坚定地挽着他们的手臂，走向图书室。

有天，来了一个巡回演出的演员团。那是我九岁时难忘的一天。

1 Punch，英国木偶戏Punch and Judy中的滑稽驼背角色。——译者注戏码的内容我早忘了，但没忘记演员。那天下雨，布景与道具都移到屋里去，我们意外获得一个近距离观赏演员的机会。那些布景与道具都是用来制造基本的戏剧效果的，譬如：盐罐与擀面棍可以制造雷声。我想，那天演的是“诺亚方舟”的故事吧！最起码，有雷声隆隆……那些演员和我们很相像，但脸上的痣特别滑稽夸张，嘴巴抹着超出嘴唇的殷红色彩，变成一张其大无比的嘴。他们脸上的气息、燃烧的软木塞味混合着大蒜味，让空气变得十分陌生。我现在依然能听见一位女演员从庞大躯体深处发出深沉的敬酒声，非常像男人的声音。我从未听过如此响亮的耳语、戏剧性的沉寂与骚动的笑声。表演开始之前，这些声音便已轰然上场。啊！那一天起，我爱上了即将升起的布幕。

这场表演获得全体喜爱，直到一名男演员扮成女人上场为止，他或许是扮演诺亚的妻子吧。这位“雄赳赳太太”——他的剧中名——不是个漂亮女人，也不扮演漂亮女人，胸部大得莫名其妙，两颊涂着两坨鲜红，假发像卷曲缠绕的金黄色鸟窝。我当时是不太通晓事理的年纪，把这比喻成史蒂芬穿着莎拉的衣服：很愚蠢的样子。雄赳赳太太的出场获得了大部分观众的热烈掌声，但父亲没有鼓掌，反而咕咕哝哝召唤傅德。

傅德叫停表演。我们对这突然的中断抱怨连连，要求私下会见演员。那位喜剧演员想要和观众道歉，但在与舞台经理一阵尴尬与尖锐的交谈后，这位“篡位女人”被召入后台，舞台上取而代之的是一位先前扮演轻佻女儿的美丽小姐。这位小姐漂亮地即席发挥台词，但后来发现是雄赳赳太太在后台发声，她在前台对口型表演，更具戏剧效果。这场滑稽戏上演时，我父亲心不在焉，一会儿之后，叹了口气离开。表演结束后，所有演员出场鞠躬，只有雄赳赳太太没有出现。

这场戏为我们注入了一些想法，比其他表演更深入的想法。之后没多久，有一天，史蒂芬说他与我应该扮成海盗，绑架莎拉。他一副最高机密的样子，小声地说：这也许是我们最大胆的一次恶作剧。莎拉正准备她母亲的生日事宜，因太过专心而没有注意到我们像猫似的从屋里偷东西出来。史蒂芬给了我几件海盗服。当我佩着硬纸板弯刀，穿着黑长裤、条纹裙，戴着眼罩，从卧室走出来时，他唷唷哟哟大笑出来。

我们正在讨论最后的计谋时，父亲与母亲从图书室转角走过来。在母亲的日记里，父亲是“完美高贵的骑士”化身。他的手举在半空中尊重有礼地牵着母亲的手，母亲微笑赞赏他的妙语。他们谈得起劲，没有注意到我们，待母亲走近一点，看到我的装扮，两人愣在那儿。她一只手放在父亲的肩膀上，担忧地看着他。父亲像化石般立在那儿不动，一只手挥到一半悬在那儿。母亲勉为其难地露出微笑，“孩子们喜欢玩装扮游戏，玫瑰，你看起来好可爱！是不是，乔佛理？”

父亲瞬间转换心情，仿佛身上的机械装置突然就绪。

“是的，一个可爱的男孩，她成了一个可爱的男孩，一个英俊的男孩！”

我很纳闷，他在说这些话之前，心里闪过什么？他在埋葬记忆寻找一个好父亲该有的反应吗？或，某个被遗忘而只有在这种突兀时刻才闪现的东西从坟墓中伸出来拉了他一把？

我很高兴，这对我是很自然的事。我扮演了一个好男孩。史蒂芬与我几乎一样高，体型也大致相同。我们之间的相似性多过莎拉与我，而且我们有许多的共同嗜好。是的，我扮演了一个可爱的男孩！父亲鼓掌。他们从走廊离开时，我们听到他说：“真滑稽！她扮成一个这么好的小男孩，欧塞伯爵！以后她就叫作：小欧塞伯爵！”

“你的男孩扮演得真好。”我们开始邪恶的诱拐计划时，史蒂芬如此说，“比我扮演女孩强多了。”

我跌入河里那天，实际上是几岁？我记不清楚日期与事件的发生顺序。也许有人记得他们的童年时光，比我记得清楚，因为他们在某个时间点住在这个地方，上那个学校，留这种或那种发型，但我很少有这些依年代顺序排列的标记，只有“之前”和“之后”。我依赖母亲的日记排序事件，不过，当她为了父亲的心情着想，爱的实验变成一种必需的欺骗时，便开始写比较多的文学性的东西，而少写洛欧山庄的生活。一八二八年十月十二日是一个突兀的转折，她的整篇日记只写着：“可怜的乔佛理是无辜的，现在完全是我的诡计了。”之后，记载玛丽的篇幅比记载我还要多。

春去冬来，我们的游戏推陈出新。夏天的沼泽地变成冬天的冰道。我们从未离开过山庄。我没有上学，不曾与家庭朋友去过大雅茅斯[1]，因为我们没有家庭朋友。有时亲戚会上门叨扰，但都不是我想见的亲戚。自从维多利亚与罗伯的父亲将业务搬至他工作的大学附近后，两人即被送入学校受教育，这是我无法理解的不人道想法。我们经常写信，但很少见面。

艾斯蒙·欧斯本与他的堂弟瑞莱恩斯定期出现。他们认为，不论我父亲喜欢谁，谁都将成为成功的求婚者，也将成为欧斯本家的救星，胜利者要和大家分享他的战利品。瑞莱恩斯比艾斯蒙年轻许多，但两人对我而言都太老了，我觉得他们的关爱令人不安，我也不能被一件判断错误的算盘礼物或霍屯督人（南非）的兵器所收买。艾斯蒙曾经送我一顶白色的无边帽，我把它给了莎拉（我不想自己享受）。虽然隔着一段距离，但他们的每一个眼色都在打量我。瑞莱恩斯的冷峻眼神没有泄露出什么——或许他会成为重要人物，或许是个空洞人物——但艾斯蒙让人受不了。他吐出来的话，所有子音仿佛纠缠一起；他播放出来的僵硬恭维词，仿佛莫尔斯电码。我在他们面前迅速阅兵，告退，带着解脱的微笑离开。

1 Great Yarmouth，英国最负盛名的海滨度假胜地之一。——译者注奥古斯图与卡洛琳很少登门拜访，再也没有带着他们的小狗子一起光临过。那幅家庭画像依然挂在墙上，作为他们拜访的快乐记忆。

河流。我只能和母亲一起洗澡，当我们两人单独在一起时——我想那是基于安全考量。但我经常坐在河边的柳荫下，羡慕地望着史蒂芬与莎拉。学习结束后，一天依然漫长、宁静，虽然这份宁静非常脆弱，很容易被史蒂芬从桥上射过来的炮弹打破。我渴望加入大混乱里面，但我知道搅在里头是不对的。

这一天，我煽动史蒂芬去干件坏事。他作势推我入河，报复我。我看到他失去平衡，也把他推下河。他抓我跟着他，让我既欣慰又惊喜。我听到莎拉尖叫“不！”，但没人挡得了我们的冲力，即使良心也发挥不了作用。一阵欢悦之后，我们躺在冷冷的河水里，衣服全浸湿了。莎拉急着拉我们上岸，史蒂芬与我忍不住大笑。

“史蒂芬，你怎么可以这样？”善良的天使责骂史蒂芬。

“不是我！”

“是我的错！”我说。

“不能让任何人看到你现在这样。”莎拉不相信我的罪行，但一向务实。

“我会说我没站稳，不会被骂的。”我早就算计好所有的主意。我想脱下衣服，但我知道不可以，我得经历一段寒冷的长途跋涉。所以，我打着寒战，由他们两个搀着我回宅子。

“你推她的。”莎拉一路上嘀嘀咕咕。我以我的罪行为荣，希望被骂一顿。

“是我推他的。”这是我的最后声明。

在楼上。我记得不要在莎拉面前宽衣解带，携着一身冷冷的河水站着，等候安琪丽卡拿水过来，母亲为我冲了一个热水澡。只剩下我们两人时，她责备我该读书时不读书，跑到河边四处鬼混；但我敢说她很欣慰我在重要时刻谨遵我们的法则。

人人视我为年轻漂亮女孩的完美典型，尤其是我父亲。虽然我的眉毛太浓，鹰钩鼻，脸颊上有凹陷（那在女孩脸上可能叫作酒窝，但显然是个裂口），走路步伐太大，但我觉得我完全是个女生。莎拉喜爱的手工艺，我非常在行，但我也喜欢在泥巴堆中玩耍。看到外面男生弄脏小猪互相丢泥巴，搞得满身泥泞，莎拉指指点点，厌恶地伸出舌头作厌恶状，我却只为无法加入而生闷气。我的身体渴望加入。

裙子是让我无法像史蒂芬那么快的唯一理由，这点我确定。假如我和他一样穿长裤，我可以打败他，仰天长笑。但缠在一起的衬裙与裙撑绊着我的手脚，我永远没有机会。

因此，我展开第一个实验。我模仿史蒂芬小便，不小心把尿液洒在便斗边的地上，我记得母亲看到小便池时眼中的悲伤与愤怒。我一边小便一边哼着愉快旋律，她的神情告诉我最好不要养成这个习惯。她轻轻地建议我：如果坐下来，小便就不会往外漏。这是一个非常好的建议，我至今遵守。

不久之后，我们的海盗游戏有了更具体的发展，为我创造了一个男性角色。我们的游戏伴随我们成长，反映我们的新兴趣，史蒂芬的新主意展现了他即席创作的潜能。这个男性角色需要一个永久的名字，为了向我父亲致敬，我们取名为欧塞伯爵。史蒂芬总是扮演铤而走险的人，有多个角色：史蒂芬船长、史蒂芬海盗（他的脸上染满了棕色的胡桃叶与树枝的汁液，那是母亲给我们的配方）、快乐小水手史蒂芬（用兔子脚抹红砖灰）。然而，我总是那位善良的欧塞伯爵，一位不如坏蛋迷人的正直英雄。拯救莎拉的人，一直是我。我有完整的原始剧本，每一句的最后都是惊叹：

欧塞：侍从！（应该是“坏蛋”吧。）放开她！

莎拉贝拉：救我！

史蒂芬海盗：休想，我告诉你，休想，滚出我的地方。看我的无敌剑，纨绔子弟！

欧塞：你的无敌剑遇上我的钢刀！

史蒂芬海盗：你那把闪亮的破刀片！

莎拉贝拉：小心，欧塞，他是个卑鄙家伙。

（他们打了起来。史蒂芬被制伏。）

莎拉贝拉：哦，我的英雄！

结局总以我带着莎拉回房间收场。在那儿，角色持续，剧情不仅依据剧本也依据爱情故事本身继续发展，我给她胜利之吻。第一次接吻，我的嘴唇笨得可以，好像是不属于嘴巴的障碍物。我肯定做错了，因为我什么也没做。欧塞伯爵亲吻他的女主角不会如此被动无能。我转身，为自己的笨拙沮丧，渴望有个学习榜样。莎拉出乎我的意料，一只手放在我的脸颊上，拉近我，再度吻我。我的嘴巴依然紧闭，但少了一些反抗。

“欧塞伯爵赢得了小姐！”史蒂芬出现在门口大声宣布结局。之后他又说，“莎拉，你可以扮演海盗吗？我想要改变一下，当一当欧塞伯爵。”

“玫瑰的伯爵扮演得非常好。”莎拉不带劲儿地说。我有点脸红，因为骄傲。欧塞伯爵也许是史蒂芬的主意，却是我赋予他生命，那是我天生要扮演的角色。欧塞伯爵的穿着正是我的穿着，只是多了一件英挺的棕色上衣，扎着大腰带，环扣常嵌入莎拉的肚脐附近。我认为欧塞伯爵会做什么就做什么，因此我救女主角，在某些时候亲吻她。后来，接吻变得不那么忸怩，技巧也因练习与爱冒险而有了难以衡量的进步。对莎拉而言，突袭胜利之后的嘴唇会合变成一种习惯。这是游戏的高潮。

此外，我们也表演歌谣里的故事。我是个女水手，为了去海边寻找爱人，不得不穿上男军服（这是那个怪名词的来源）。她的爱人被征召入伍，在巴巴瑞海边快死了。这回，我救的是史蒂芬，给他的亲吻不太自然，除非我脱掉最外一层装扮—— 一件易脱的棕色短上衣，露出……露出里面的裙子！那是我，他的爱，可人的杨柳青珍妮拯救爱人威利！我们看过图画，读了民谣，也试着哼了旋律，但最后把这些指导都丢在一边，天马行空自行创作。

至此，莎拉搬入大宅子与我为伴。她有自己的房间，这点让史蒂芬羡慕死了，他觉得他可能漏掉一些玩乐。是的，他漏掉了一些，但不是他所想的那种。某些夜晚，通常是胜利之吻后，我蹑手蹑脚溜到莎拉房里。我一开门，她马上嘘我安静，拍拍身边的床铺。我们肩并肩躺在黑暗中，傻笑。我们谈明天要做什么，后天要做什么，大后天要做什么，一谈谈了好几个小时，仿佛事情永远不会改变似的。她的体温穿透睡衣散发，让我联想起巴妮甜点好吃的秘诀。

不能一整晚如此。我不知道我们犯了哪一条规则，怎么老有一种罪恶的恐惧感。最后我不情愿地回到自己房间。有时候我们睡着了，好几次我惊醒过来，急急忙忙回到自己房间，钻入冷冷的床单中。莎拉也会来我房间，但次数不多。夜晚被逮到在走廊上疾走，这种罪行只有我承受得起。

史蒂芬在其他方面给我很多鼓励，譬如说，运动技巧。为了迎接夏天，洛欧山庄儿童与村庄儿童有一场板球比赛，仿照山庄仆人与运动场村民队的年度开幕比赛。汉密尔顿负责安排此项空前活动，以促进新联盟的向心力。他在他们的两局比赛之间安插我们的小比赛。因山童队人数不足，经过周详考虑，也确定村童队不会有人击来快球威胁我，于是让我充数上场。我表面上一副男孩子气，其实内心十分害怕，虽然我们都知道我的上场不过是名人露脸而已，但我的人生局限至此，所以我非常认真看待这场比赛。因此，在父亲心不甘情不愿的同意之下，史蒂芬在后院为我安排了几场练习赛。

球棒触球那一瞬间，一阵抖颤摇晃传至我的左臂。我松开球棒，摇着手臂尖叫，一副被烫伤的样子。父亲先前没注意，现在被常春藤刺到而一阵颤抖，差点从窗户翻落下来。他恐怕很高兴练习赛结束，也借此结束我的板球生涯。不过，在史蒂芬的嘘声怂恿下，我拾起球棒，抖一抖，咬着牙微笑。

“看着球。”史蒂芬说，“不要看着你的打击方向，看着球。”

但我的挫败感依然存在。球速度不快，却老是和球棒擦身而过。我不耐烦一再更换后面的球棒，因此停了下来。有几次我设法击球，球却不靠近我。史蒂芬搂着我的腰，站在正确位置示范如何正确握球棒。他让我握紧球棒，站在我面前。

“看着前方。左脚画个圈圈，是的，看着球。”他举起球，让我知道注视的焦点。我觉得这对男生而言很容易，所以下一次打击要运用这套技巧。

我击球的声音不太悦耳，打到球的感觉却非常快乐。似乎，球飞过来的力量被我反击，用一种比飞来更快的速度飞回去。我没有战栗也没有震骇。球离开棒子后，以惊人速度沿着地面穿过番茄棚，溜入茂密的荨麻丛里。史蒂芬没有必要追着球跑，遂看着球的方向，然后回头望着我，手放在屁股上。

“哟！玫瑰！再来一次！”

我再来一次。

比赛日子终于来临。史蒂芬起初觉得我是队上的装饰品，现在认为我当傀儡不如当秘密武器。很不幸，我所有的练习只与史蒂芬以及后来被迫加入山童队的莎拉，还有咖喱厨师的儿子，他使用印度人举手过肩的滚球技巧，这在球场上有犯规之嫌。其他人如何投球，我完全没概念。我们的练习赛，所以我称呼这场比赛为练习赛，史蒂芬很不高兴。我们这场比赛要穿一种特定的窄裙，我可以面对投手，也不妨碍握棒，不过不适合跑步，否则我打到球的几率更高。除非球飞到界限，否则我不必跑步，不然，跑至终点前我必定摔跤。我想要撕开膝盖上的裙子。

我们观赏大人队双方的第一场比赛。球从中年男人的肥胖手中以一种让人尊敬的速度投出去，他的队友无法弯身太低阻止菊花刀[1]穿过腿间。球场上响起了响亮的“裁判！”与“动，运动！”的呼声。过了一两个小时，大家高兴地回到选手席上吃薄三明治。因为有我的参加，所有人对中场休息时的这场小比赛和当天所有娱乐一样迫不及待，甚至比茶点更受欢迎。

首先由我队打击，我不需要接球，因此被排在前面的打击顺序。我站在界限区，接受观众的鼓掌与“玫瑰万岁，洛欧万岁”的欢呼。父亲与母亲对我的参与越来越不安，不断地恳求我，假如我害怕的话，可以放弃三柱门。他们在大帐篷下看着我，教区牧师也在那儿。依照计划安排，史蒂芬是我的打击搭档。我看一看脏兮兮的村童队，他们穿着有朝气的白色球衣，那是他们最能统一的颜色。我一身完美的奶油色服装，握着村人送给他们的赞助者的崭新板球棒。他们望着我，嘴巴张开，一脸惊讶。如果说他们羡慕我，恐怕最羡慕的是我手上的球棒，满脸敬畏地盯着它。他们八成想，在我接受热烈欢呼返回选手席前，他们对我只能短暂一瞥，能多看几眼就尽量多看。

1　一种毁灭性的空袭炸弹。——译者注

我打出第一球——雀斑男孩使出最大本事朝边界投出一记果断明确的慢速球，跃过绳索才落定。结果，观众席的反应惊人，帽子四处抛起，落在乱七八糟的头顶上。下一球，我提升打击。球击出去完全没有弹跳，只伴随着更热烈的赞许叫嚣。我从来没有如此骄傲过，从来没有因为某件我随手拈来的事而听到如此热烈的喝彩，刹那间，我觉得我和书上的女人一样英勇，和史蒂芬一样大胆，和莎拉一样得体。我的快乐藏不住，甚至敌队的外野手也感染了我的欢欣。

第一场结束，他们的心情明显不同。我的表现非常好，超出他们的期许。他们投向我的球轻飘飘的，非常低，比练习赛中投过来的球更直接地落在我的球棒下。村童队立即面临一个尴尬情况：如何投出没有侵略性的球，拉下我的分数？裁判交头接耳讨论一下。我想，是在讨论我吧。

史蒂芬欣然接受。我们领先，我们的伙伴关系不可动摇。第一场板球赛，十六球之后我赢得了第一个五十分。我开始觉得有点罪恶感，似乎我在利用优势欺压他们。

“玫瑰！”我们模仿大人，两队互调。在回三柱门的半途中，史蒂芬小声对我说，“我们赢了。退场。假装你伤到自己。”

我就这么做了。在下一球发出之前，在迎向欢呼之前，我举起棒子，假想背后一阵刺痛。傅德奔跑上场，看看我是否受了什么伤。我告诉他史蒂芬要我早点退场。父亲对此非常欣慰。我们队得了牢不可破的分数，史蒂芬与班尼基以二十二分将村童队出局。我赢得了“世纪少女”的称号。

这是一场难忘的初次登场，但父亲有点悲伤。比赛完毕，人人都在狂欢中，父亲与傅德悄悄踱回宅子里。我不在他的注视中，觉得自由许多。一些村童涌过来，通过史蒂芬与我说话。有位约略与我同年的大胆男生问，是否可以亲我一下。我可以考虑考虑，但他马上被家长掐着耳朵嘘开。“你这个讨厌鬼！神经病！”她骂，“小姐能让你亲吗？”

“为什么她的声音这么低沉？”他被拖走时，问。

“她的声音不低沉，她的声音很迷人。她很完美，板球也打得比你好。”

“我只是问我可不可以亲她一下，我们对女生常常这样问。”

他问得好。

板球比赛让村人兴起暂离权威、多了解一下这位瘦长奇怪的年轻姑娘的欲望。给我的信件涌至大门口。只要有机会瞄我一眼，他们绝不放过。他们必定认为我是一个好奇的小孩，私底下猜想我可能有点“两栖类”？我的声音让我获得了一个可爱的绰号：青蛙。至今，仍有一两位如此称呼我。母亲参考戏剧中的女主角——真的女人，不是雄赳赳太太，向我解释道：“你听听她的声音，亲爱的。每个人的声音都有点不一样，是不是？这很正常，玫瑰。”

我从母亲的日记里看到当时甚至流行一个玩笑，他们说我生来是男生，但父母十分渴望有个女孩。那些村人非常迷信，认为将男孩穿上女孩睡衣，可以避免坏仙子的骚扰，逃过伤害。老太太们甚至说，这样的男孩长大后才能迷死所有女孩。大家也都认为女孩要分泌母乳后才会变成真正的女人。因此，他们想我可能仍在长乳头，人们私下讨论，但都认为不厚道而自行停止。财富对舆论的影响相当惊人。没有人敢站出来大声说我没有穿胸罩，或许他们很少注意这些，所以我是王国里的最佳服装小姐。

板球比赛后，父亲生了一场重病，这是他第一次严重病倒。稍后，他病愈，但未完全康复。母亲可能有鉴于此，决定将告知日期尽量往后延，或许一直延到他去世为止，以免害死他。但他没有死：朵儿丽留意着。

史蒂芬与我继续练习板球。没有比赛可排练，但总有下一年度的比赛。有一天下午，我击出一记特别高的球，棒子飞出场中央，球卡在一棵我们从未爬过的树上，橡皮肠。我们看到球歇在两根大树枝的弯曲处，于是对着球丢小树枝，但不管用。

“该死！”史蒂芬说，“我爬上去，你看着。”

我看到他攀着枝干慢慢往上爬，拨开小树枝，球扑通一声掉到我身边来，丝毫没有磨损。史蒂芬爬得太高，不能晃荡两下跳下来，只好沿着树枝爬下来。他脱离我的视野时，我听到他叫：“嘿！我发现了一样东西。”

“什么？”

“我把它带下来。”

是个箱子，里面装了一本潮湿的小书，非常旧，书页都粘在一块。那本书不知怎么嵌进或是谁小心翼翼地放进树干内的一个小洞。大部分的内容无法辨认，但似乎是一本谜语解答之类的书。我们拿这本书给母亲看，并没有告诉她是在哪儿发现的。她马上知道这本书，是《胡桃钳》。

让我们讶异的是，这本潮湿、发臭的人工产物，纸与饲料的化合物，对洛欧山庄的老居民而言非常重要。他们应该告诉我父亲吗？要什么时候告诉他？我们怎么发现的？我们招认是史蒂芬爬上橡皮肠拿球时发现的。我们以为他们会很生气，但没有。

难怪一直找不着《胡桃钳》。原来它陪着朵儿丽爬上了树。自从朵儿丽死后，禁止任何人攀爬这棵树，书便一直留在那儿。但他们要怎么跟父亲解释是如何找到这本书的？最后决定说法如下：汉密尔顿爬上树为我们取球，发现了这本书。就这样。我们觉得很好笑。

“为什么不能跟他说实情？”我问。

“你父亲不需要实情，亲爱的。”母亲说，“他需要美丽的故事，他非常焦虑，我们尽最大努力让他高兴。这本书会让他非常快乐。”

没错。最后，他绞尽脑汁想要解开那个他和朵儿丽数年来一直没解开的谜底。如果将书页对折，两边压在一起，从右斜角或左斜角看，就不难看到“答案”了。《胡桃钳》让他很高兴，我们看到他又走出卧室。

我现在正看着这谜底。父亲等候多年之后，谜底可能让他失望，因为谜底一点儿也不像谜语所言那样。不过，父亲无论如何都不会失望，因为他把每样东西都读成与朵儿丽的死亡有关。既然这样，简单。

那是一棵树。

父亲告诉母亲说：如果那个时候他们解开谜底，如果朵儿丽没有顽固地藏起《胡桃钳》，也许他们会得到善意的警告而不去爬橡皮肠。

她就不会死亡。

我就不会活着。

2

我学刮胡子时，问题更严重了。

史蒂芬十二岁生日时收到一支刮胡刀。这是我们见过的印象最深刻的礼物，太真实太恐怖了，即使当道具都不敢。他父亲教他如何将木钵里的皂霜磨出泡沫，再用一支小巧玲珑的刷子涂在脸上，然后丢下愚蠢的史蒂芬自行处理。史蒂芬的上嘴唇刮下稀疏的微毛后，还没来得及闭上嘴巴便吃了满嘴泡沫。他咬紧牙齿微笑，下巴冒出红色的小斑点。我同情史蒂芬，但我觉得可以做得比他好，假如有什么不同的话，也许我更需要刮胡刀，但我知道女孩子不需要刮胡子。

我接受了很多表面价值，但有些事情教我迷惑，那些是我渴望了解自己的事情。我隐藏这份好奇与疑惑，连母亲也不知道，因为我要维持快乐女孩的形貌让人人高兴，我知道假如我有什么异样的感觉，那必定是我的错。我告诉自己，假如我用心一点听话，就不会如此不明就里了。我不愿想起自己的体形，尽量不去碰或看下面。有时候，它很丢脸地唤起注意，我试着下结论时差点没被恐慌吓垮。于是，我成了一名隐藏老手。母亲让我觉得，那事不能谈论也不须忧虑。和莎拉说起这事更让我觉得尴尬，即使作为我们之间的秘密也令人难为情。她比较明智，从不谈起这话题，我也不应该谈。

不，要谈也必须是母亲，否则就什么都不要说。那是规定，但我太尴尬了。我害怕有什么差错，父亲会恨我。我能告诉别人吗？有一天我必须说吗？届时，有多羞耻啊！光想到这个，就让我掉入忧郁的漩涡里，因此，我尽量什么都不想。有一天，我必须揭开这个神秘面纱，但现在应该隐藏、忘记，或更加严守秘密。

还有另一件事让我对莎拉难以启齿：既然我们如此相近，为什么变得如此不同？

我长得没有她快，不禁羡慕她。当我们穿同样的衣服时，挂在身上的样子完全不一样。她的骨架轻盈，有棱有角、瘦骨嶙峋，但身体发育得非常优雅，和我简单平板的线条相距甚远。她的肌肤是鲜明的橄榄色，我的肌肤因未见阳光而依然苍白。我们的头发同样柔软、微卷，但我的头发还长在别处，手臂上的毛发更粗。我看到了她裙子底下、宽松的袖子上、领口下的体态。

她叫我尽量拉紧她的束腰。我闻着她的秀发芳香，手滑入她的衬衣与肌肤之间，感觉她的腰部曲线。我将束腰拉得半紧，然后用食指从上往下拉，让束腰紧绷不动，最后，拉到紧绷得引出她一声小小的惊叫为止，如同史蒂芬与我跌落河里时，我一直往下沉、往下沉。

解开束腰是更好玩的事，更不需要什么技术。我一点一点地松开她，看到她的身体迸开花边，手一放开，带子就从铜环滑落，她身体自然移动，完成了我的工作。她发出感谢的呻吟。我感受到她的愉悦。

我往上长，现在比她高个几英寸。她则全面发育。当然，我比她小两岁，但这就能说明所有的差异吗？或许我要为自己的缺失负责，也许是我太过男孩子气，导致身体发育成男孩型。因此，我尽量花同样多的时间与莎拉在一起，并且试着模仿她。

我的最大发现是在某些幸运夜晚，我们关在小屋里，狂欢喧闹到天亮，只有我们两人。我们半寐半醒躺着聊天，身体几乎没有接触。她躺在我的肩窝下，我的手臂环着她。这些秘密夜晚纯真无邪，直到有一次我临时起意，故意降低声音。

“我，欧塞，希望夫人今天没有被救援行动弄伤。”黑暗中我在她的发边轻轻说。

莎拉假装昏厥，乐得笑呵呵，动一动脚指头表示赞许。

“不，伯爵。”她克制住微笑说，“我没有受伤，您行侠仗义救了我。”

“我很高兴，放心，我没有受伤，夫人。”

“真是太庆幸了，伯爵先生，这应该归功于盔甲吧？”

“当然，盔甲。”

两人无语。她别过脸去，我像欧塞一样吻着她的后颈。她没有阻止我。我们的身体越磨越近，床也跟着移动。渐渐地，我靠近她的嘴巴，终于两人唇碰唇，但没有动作，直到嘴唇非常干燥为止，仿佛我们都忘了胜利之吻的学习，又仿佛不知道如何面对横躺着的场面。她尴尬地笑一笑，润一润嘴唇，以免两人的嘴唇粘在一起。我们只有嘴唇接触，但我可以感觉到她的身体召唤，唤我靠近。我不敢再多碰她一下，只“嘘！”一声便匆忙回到自己床上。我重新回味一遍，想象屈服在她的热情中。

这些兴奋夜晚很快成为一种仪式：秘密、温暖、刺激。每次行动，我们不断变换虚构的角色，但高潮仅止于嘴唇接触。还有什么可以想象的吗？我睡觉时，有了想象的材料。

烦恼随着阳光回来。

“天生我才必有用。”母亲说，“我们都长得很漂亮……”然后又说，“但没有人像你的普鲁登丝表姐那么漂亮！”

有一次欧斯本家来访，我们目睹了普鲁登丝经由她母亲之手打扮得漂漂亮亮，让人觉得恶心。而她父亲，那位上帝大人，看一看四周，为她们的虚荣嘀嘀咕咕说着抱歉。诺拉背诵了一段又臭又长的陈词滥调，说普鲁登丝是有史以来最漂亮的女孩，头发又柔软又浓密，眼睛明亮，肌肤晶莹剔透，她的艾瑞伯父非常以她为荣！被戴绿帽子的牧师困窘不安，为我们掩饰道："以上评论不是针对在场所有人……承蒙夫人允许。"诺拉依然絮絮不休，终于，她女儿问："我是不是比玫瑰漂亮？"她母亲正要肯定回答时，艾格举起手，像对着老天似的大叫一声"不！"然后冷静下来坚定地说，"我不准你回答这个问题，不准。"

现场没人再多说话。不过，诺拉必须违背自己不说"是"。普鲁登丝是很漂亮，十七岁，令人羡慕的柔弱之姿，身材玲珑有致，莎拉也渐渐发育成这种身材，而我不是这个样。她的全身肌肤和手臂一样光滑，美丽得难以形容。我渴望那种柔软细致，藏在我衣服下的肌肤毛发耸立。普鲁登丝走来走去，摇曳生姿，衬托得体态更优美。后来，我描述给莎拉听，莎拉也立即学起摇曳生姿的走路姿态。我也试了一下，我想，看起来像一只猴子吧。史蒂芬不待我问他便说是。

性，大字典如此解释："任何生物的男或女的特质。"后来，米尔顿如此陈述："生物在他的手中捏造成形，像男性，但不同的性。"所以，是男性或女性。第二种定义是："女性，经由重点强调。"所以，是女性。百科全书如此定义："用此区别男性与女性。"所以，是完全不同的意思。我一直被教导要完全信赖这些东西，但我觉得这灰色地带和我一样混乱。其实，也难怪。如果性可以区别男孩与女孩，关键却非常不明显，因为我与史蒂芬的差异甚小。当然，我们是不同，但不是非常不同，譬如：我们两人的声音都变得越来越粗，若要讲差异，可能我的声音稍微高一点吧。我无须努力声音就这副样子，但要像莎拉那样的声音却得费好一番力气，而我想要像她那样。史蒂芬的声音变得低厚，最后落在悦耳的男高音。我呢，经历了一个不可思议的阶段，在粗嘎刺耳的高音与约德尔女低音之间交替轮回。我希望我的声音是其中一种，不为什么，只因为这样比较不会那么滑稽。最后，在我十三岁生日前，声音突然落在女低音。经过一番练习，我无须集中心思便能发出更高的音调。

这是我生命中第一次在父亲眼中看见除了爱之外的其他眼神。我觉得那是因我而尴尬以我为耻的眼神。或许他了解我有许多无法想象的紊乱，又或许他知道我所有的秘密。有一次我和他隔着餐桌四目交接，我看到一种厌恶的眼神。他明白自己表现了过于强烈的情绪。虽然我已忘了他的眼神，也忘了他脸转向哪一方向，但那个情景历历在目，我唯一能做的是，不要想起它。我不知道怎么回事，但很沮丧。那晚，我问母亲到底怎么回事，她告诉我没什么，她说所有小孩在成长过程中都在乎父亲的爱。我知道事情并非那么单纯。现在一个可信的权威，也就是我自己，告诉我每个“吾家有女初长成”的父亲都有一种隐约的不安，因为那激起了他们内心的矛盾。但父亲不是这样。我没有发育，他避开我。

此时，我嘴唇上与脸颊附近的毛发越长越浓，越来越失去稚嫩，柔软毛发一绺一绺消失。莎拉微笑的唇边仍有若隐若现的绒毛，而史蒂芬与我的这块区域却越长越粗糙，我甚至比他更需要刮胡刀。让我惊讶的是，母亲竟然同意。

我的刮胡刀与肥皂钵也出场了。

“所有小孩都担心自己的发育有问题，亲爱的，你发育得很好。”她这么说，但又告诉我如何把自己打点得更漂亮的新技巧。首先，她提到钳子，还有刮胡刀。她教我如何使用刀片刮唇上的须毛，之后在上面抹了一层粉，那让我打了个喷嚏。我们的盥洗时间更长、方法更复杂，比抹蜜粉、睫毛膏与胭脂更耗时费力。终究，女孩也需要刮毛。

一开始，我觉得很新鲜，虽然挑起破皮与刮伤自己时痛得不得了。母亲帮我买了刺激性强的香水，芳香多少减淡了一点疼痛。先是玫瑰精油，继而是野蔷薇香水，这两者我比较喜欢野蔷薇，最后是馥丽仕的铃兰百合香水，至今我仍在使用。有毒的铅块粉、醋与马粪调制的香水（吓死我了）让我的肌肤窒息、暗沉，每晚我拿母亲的杏仁油胭脂以鲸脑油与蜂蜜软化后，涂在脸上缓和疼痛，直到隔天早上的冲击。

没多久，我开始思索刮胡子的用意何在。我只见过一次长胡子的女人，真的胡子，那个女人和马戏团一起来，看起来并不太差。她相当臃肿，从头至尾过于肥胖，与其说她是女人毋宁说她是男人，但我觉得她挺优雅的，人人都赞赏。刮毛是一件痛苦、无聊、浪费时间的工作。为什么女人不长胡子？我看到母亲的唇边有微微的绒毛。她帮我梳头时，我想象着她长小胡髭的模样，镜子里浮现出来的是勇敢活泼的影像。

随着我的成长，越来越多使用化妆品，莎拉觉得这样最迷人。她的肌肤比我的自然美丽，无须使用刮胡刀。不幸的是，刮胡刀的援助让须毛越长越快，我得忍受这些折磨，越来越频繁。

闷闷不乐的讨论渐渐变成一种日常事件。我记得曾经被匆匆忙忙带离房间，似乎，有某件我不能看的事情，在我看不见的地方发生了。我觉得自己被遗漏，仿佛他们藏着秘密不让我知道，我日渐感到不安。这是我第一次有自觉意识，开始更亲近地监看自己的行为与怀疑自己的冲动，也懂得说话之前先三思。

母亲终于说出父亲病得相当严重。他的神经崩溃，高烧不退，唯一的希望是好好休息。我们为他祈祷。我害怕我的愚昧会加剧危机，没想到情况更糟糕。

有一天晚上，安丝黛丝结束了沉默的不安宁期，出现在图书室门口。母亲独自在图书室工作，抬头看到安丝黛丝，惊讶她走出自己房间那么远，急忙问她有什么事。安丝黛丝晃着身子摆出尊严的架势走近，仿佛踩着高跷。她沉默地站在桌子边，望着自己的鼻子，鼻孔紧绷，变得有点半透明。

母亲又问一遍什么事。安丝黛丝冷静地说，她写了两封信，一封给朱利叶斯·瑞克雷，另一封给亚瑟斯登·欧斯本。信的重点有两个：一是我不是女孩；另外……更糟，我是弃婴，不是父亲与母亲的自然结晶。当时的马车夫菲利普和父亲与傅德一起发现我，现在被调至遥远的庄园工作，可以证实她的说法。她可以销毁这两封信，但只在一种情况下，那就是，我归她看管。

"我应该叫傅德与汉密尔顿过来。"母亲相当镇静地说，惊愕地走向钟索。

"不要。"安丝黛丝举起枯槁的手臂，"我只想跟青春伯爵说话，为了尊重，我通过你传达这件事情。"

"因为我丈夫生病，'哈哈帮'需要……"

"'哈哈帮'……哈！够了，这些文字游戏！该结束了，我来结束它。假如你不愿告诉青春伯爵，我亲自跟他说，或者寻找另外的公平渠道。玫瑰也喜欢听故事，是不是？他喜欢吧？"

母亲站着，气得不小心倾倒墨水。墨水沿着书桌漫向纸张。吸墨水纸放得太遥远，母亲拿不到，遂就近抓起可用的东西止住四散的墨水。安丝黛丝望着她抓起她的裙子。

"我应该擦干净吗？安诺妮玛。"她并没有伸出援手之意，"或叫管家过来？我知道什么对玫瑰最好，也知道洛欧夫人的想法，她活着时我完成了她的每一个心愿，是不是？现在我也应该这样。除非玫瑰归我看管，否则我就会寄出这些信。"

"你不是洛欧夫人，安丝黛丝，洛欧夫人死了。我才是现在的洛欧夫人。"

“你是一个十指沾满墨水、想法僭越分寸的图书馆员，不过，你是个什么样的人与你的怪异哲学如何，都与我无关，我已经表达完我的意思。”

“你休想和我丈夫或小孩说上半句话。”

“你的丈夫？你的小孩？”

“休想！”母亲大吼。她愤怒到极点，安丝黛丝稍微平静下来。母亲用沾满墨迹的手压住嘴巴，强迫自己住嘴，然后抬头看，“你要杀了他吗？”

安丝黛丝不为所动，沉默说明了她是有预谋而来。最后，她说话了。

“你觉得我很邪恶。”安丝黛丝微笑，“你才是罪犯与凶手，不是我。”

“凶手！我？”

“你是害了那个可怜男孩的凶手。为了什么？为了让乔佛理活在他的幼稚幻想世界里。”安丝黛丝说话的样子分分秒秒都像极了她的前女主人，自从她想成为女管家的心愿被阻之后，想象力便发挥到极致。“我不希望他死，但那也许是一种慈悲。信寄出去了，他会被判为神经病。而你！会因为纵容也被视为神经病。这样，这个以不正当手段抱来的可怜鬼，怎么可能成为庞大资产与望族世家的继承人？欧斯本家的祷告将会应验，同时也鞭策他们必须夺走洛欧山庄的管辖权。洛欧之名将不再存在。”

“那是你前任主子最后的愿望。”

“这是她最后的愿望。”安丝黛丝看一看图书室，仿佛那是该死的地方。“我知道怎样做最好，安诺妮玛，时间与本质站在我这方，不管我有没有寄出这些信，某些重要证据很快就会呈现在世人面前。现在你有一个选择，稍纵即逝，就这样。”

她丢下我母亲走向门口。母亲先在裙子上擦擦手，再抓起身边的纸张。等安丝黛丝的身影消失后，她才恢复理智，召唤傅德与汉密尔顿。

他们认为整个形势显然受克劳奇操纵。我父亲的生命掌握在她手上。"哈哈帮"知道两件事中至少有一件会暴露出来，只是担心会在他们准备妥当之前发生。他们知道安丝黛丝手上握有确保生活与退休无虞的王牌，曾经希望那些足够她晚年过得安逸豪华，现在希望破灭了。安丝黛丝的索求是另一种形态的敲诈。事实上，她已经拥有她想要的金钱，那些金钱足够她随心所欲地豪华旅游。她也可以在遥远地方拥有一栋有仆人使唤的大房子，但那似乎不是她想要的。她不想供养任何人，除了享受洛欧山庄的一点余威外，没有其他享受。现在她要求恢复她的旧权力，那是完全不可能的事。简单地说，她想成为她死去的女主人。

安琪丽卡提醒丈夫，目前的处境完全是安丝黛丝的升级要求被拒的后果，也许管家一职可拾回她的慈悲之心。他们应该查明那个工作是否仍对她具有吸引力。任何方法都可以让他们有多一点时间应对。汉密尔顿自责，他的方法只把事情导向更难缠的局面。或许洛欧山庄需要一个新的经济体系。他知道他脑海闪过的解决方法会让他父亲羞愧不已。长久以来一直有个谣言，盛传有个深仇大恨以暴力方式迅速搞定，但山姆不知道是谁、如何搞定与为什么。现在他独立自主了，想使出父亲在黄金时期的所有英明睿智。

现在，傅德与汉密尔顿想出了法子对付安丝黛丝的威胁，但这事攸关我父亲生死，不能让他知晓。傅德在恰当时机提到了这个日益严重的威胁。这是我父亲第一次听到安丝黛丝的威胁。他对这个爱发牢骚的老女人在山庄里干些什么已经纳闷许久，现在他明白了。傅德对整个内幕有所保留，他觉得没有必要提到泄漏我的性别一事，他认为我父亲记得此事，不需要提醒。知道山庄里有人会出卖家庭秘密或像洛欧这么大的家族竟然得花钱买隐私，这实在令人惊惶不安。不过，这种事情曾经发生过，现在卷土重来也就不足为奇了。傅德告诉主人整个状况不是很愉快但并非不能解决。他说，关于我是孤儿一事，不论安丝黛丝如何胡说八道，世人只会认为她是神经病。正义站在他们这一方，没什么好担心的，只是他们有义务通知他罢了。我父亲了解事件后，表现得很冷静。他视金钱为无物，不在乎付钱给克劳奇，他相信汉密尔顿与傅德定能把事情处理得让人人满意，届时，事件即告落幕。他不知贿赂的时机已过。

父亲对我的计划全是快乐，在我母亲的帮助下，他认为他已经给了我快乐。现在，他母亲时代的余孽阴魂不散。究竟克劳奇对我的快乐与洛欧山庄的未来有何妨碍？他的身体随着忧虑日渐衰弱。这事应该完全隐瞒他的，因为走向垃圾堆的马车声又咔哒咔哒席卷他的脑海。

在安丝黛丝的威胁之中，我父亲听到了另一个遥远的声音：真相。我在他面前长大，是个日复一日的提醒。最后令他筋疲力尽的，是我，不是安丝黛丝。她只是个报信的使者而已。长久以来，他一直活在对我的否认当中，现在这个被提醒的事实打破了那道封锁的老门，后果严重。他为了等候好消息，日渐消瘦。那好消息永远不会到来。

因此，不让安丝黛丝靠近他成为最重要的事，更甭提靠近我了。没人知道她的恶毒嘴巴会吐出什么毒药。最近，这恶女人与我们在走廊上不期而遇，从齿间泄出了一些话。

“她说什么？”莎拉问。

“她叫我‘主子’，是不是？”我问。

“不是吧，听起来比较像‘私生子’。”史蒂芬说。我们不知道她为何这样说。

“也许她感冒了。”我猜想。

“可怜的女人！”莎拉说，“她看起来不太舒服，不是吗？”是的。她的肌肤皱得不自然，肤色也暗得不自然。母亲突然问我们，克劳奇有没有骚扰我们。我很高兴向她报告整个事件，除此之外，没有听到什么。

傅德与汉密尔顿对安丝黛丝的监视越来越紧。他们觉得安丝黛丝太过难缠，便卸除了她的所有权力，不许她靠近我，更甭提让她当护士。她的旅行越来越少，晚餐时摆出一副高傲模样，并且越吃越多，这一切显示了她的时间越来越近。村外寄来一些奇怪的信给她。她开始和安琪丽卡一样，要大家称呼她的名字：安丝黛丝。相较于以前，我更常看到她徘徊在长廊尽头，瘦长的影子投在门厅上，密切地注视着她的投资标的。但她不遽然上场，只在附近神出鬼没。

父亲的病情每况愈下，母亲在这段期间的日记满是悲怀。他躺在床上，面容苍白，沁着冷汗，喃喃自语数小时，陷入遥远的梦中。母亲把工作移到床边，便于照顾他。

母亲只在乎他的健康。安丝黛丝经常在房间外的走廊上或看或听，母亲知道父亲的病情，不把心思浪费在她身上。这位敲诈者立即被禁止在这一楼层出现，被驱逐至遥不可及之处，遥远得连她的高跟鞋回音都无法传过来。不过，时间到了。

加剧的威胁给了我们更大的空间，我们的戏剧更如脱缰野马。过去我经常戴着凑合性的胡子扮演英勇的欧塞，现在一大片阴影漫上我的嘴唇上方，我们看到了新机会。史蒂芬喜欢这样，建议我不要刮胡子，于是我放弃了刮胡子，加上炭笔的使用，我的“胡须”看起来如假包换。莎拉对此变得不那么热衷，她说那些胡须不是搔得她痒痒的，便是刮得她刺刺的。母亲不理会这种小小的个人行为，或许心里充塞着更迫切的事务，她大概认为新鲜感会自动消失吧。

有一天，我经过父亲房间门口，看到躺在床上的他，忍不住停了下来。他坐起来，虚弱地倚在枕头上，靠着墙壁。他呷一小匙肉汤，母亲用纸巾轻轻擦他的下巴。我一身欧塞打扮，满脸胡楂与炭笔胡须，看起来很不错，自我感觉也良好，觉得这样可以让他高兴一下，于是用相当低沉的声音唤他的名字。他停下来，仰头望，立刻像看到鬼似的晕厥过去。我们之间的门立即被关上。我瞪着木头纹理，心爱的父亲曾经出现在那儿。为什么我不能帮助他？看到他衰竭地瘫在床上，汤汁从嘴角滴下来，我不禁落下泪水，虽然肚子痛，却不想离开。我们成了彼此最不愿看见的人。

最后，母亲出来。我藏起泪水。她赶我出去玩，声音从身后的走廊上传过来："擦掉那个蠢胡子，亲爱的！"我立即把胡子擦干净。不刮胡子是我必须放弃的奢侈。

从此，我再也没有见过他。我恨隔离，但别人觉得这样最好。我对疾病没什么经验，以为病人都是被如此对待的。同样地，史蒂芬染上麻疹时也被隔离十天，这十天是我人生中最宁静的日子。我写信给病榻上的父亲，信封上写着"洛欧山庄主卧室尊贵大床洛欧伯爵收"。母亲把信读给他听（或者读大部分的内容——某些内容现在教我吃惊，那可能置他于死地）。在信中，我告诉他史蒂芬、莎拉与我在他缺席期间如何生活以及我们对他的思念。我相信这是我写过的最情感丰富的信。我知道他生病，可能严重得要病逝，而我的生命是他给予的（现在我想起一出希腊悲剧：他给我生命，而我杀了他）。我对他的所有感恩，除了写信外，不知用什么方式表达，至目前为止我能做的仍是这些。我相信那些信持续送到了他门口；母亲告诉我他非常珍视这些信。

母亲忙着照顾父亲，夜晚教室的黑板上多了一些看不懂的粉笔符号。首先，出现了一个穿着等边三角形粗糙长拖裙的粉笔人像，接着是一个齐耳短发人像，用X号删去，所以，可以清楚看到粉笔因用力过猛而断在那里。起初，我觉得那些符号很有趣，后来直觉告诉我那是某种讯息。我不知道那是什么讯息、给谁的讯息，也不想知道。

唯一会做这种事的人是史蒂芬，但他闭上眼睛正经八百地宣誓他的清白。他和我们一样惊讶与困惑。山庄里还有谁会干这种事？唯一的合理怀疑是史蒂芬或我，而我没干。我没有吧？我的忧虑藏得更深了。

我开始梦游，成为一个女梦游者。有一晚，母亲看到我拿起墙上某幅只画着人体后背的图画，看看画的另一面是什么。隔天早上我醒来，什么也不记得。还有一晚，我醒来或以为自己醒着，一个人，望着萨尔玛西斯与赫马佛洛狄忒斯的画像。我摸着油画表面，仿佛可以钻入里面或从里面拉出某样东西来。我看到画布上有个忧郁男人，一身皱衣服，躺在水池边，手瘫软无力地垂在水里。我能帮他吗？他能帮我吗？他看起来大功告成、筋疲力尽、获得解放。我让自己坠入画中的透明水池，水池里全是黏液而不是水，像流沙般把我吸进去。我在床上惊醒过来，满身冷汗，喘不过气。我跑下楼梯，却找不到我曾经在那儿的痕迹。画上没有人物。

在这段不确定与日渐痛苦的时期，某个特定的日子，欧斯本家因为伊丽莎白·欧斯本的过世而获得突然造访山庄的特许。伊丽莎白是亚瑟斯登的妻子，也是我祖母的主要敌人。傅德建议，事情至此，我们不必多忍受这种没有善意的探访，也不要笨到给安丝黛丝一个陈述的机会。于是，母亲写了一封信向亚瑟斯登道歉，建议他们将此行延后三个月，届时，我父亲的健康状况可能比较好。他们接到这封告知我父亲生病的信，绝对比收到欢迎他们光临的信更雀跃。

拜访顺延的消息没有传到艾威·欧斯本那儿。他大部分时间待在镇上俱乐部里，只偶尔传出一点点音讯。艾威不属于欧斯本世界，他只担心自己的欢乐，一辈子浸淫在荒唐无礼与荒淫无度当中。

他觉得我母亲漂亮得不得了，每次拜访总是带着惊艳的眼神盯着她，并且以嘶哑的声音当着众人的面大捧："我的天啊，那个年轻的书虫，我愿意跪倒在她面前……"以及"她也许只是一名图书馆员，但微笑时变成了维纳斯……”他的眉毛不断粗鲁扬起，他宣称他是大美人的仰慕者，不由自主地成为她的奴隶。母亲跟我说这是艾威对所有女人的手腕，有一天他也会这样盯着我。

欧斯本家其他人对艾威敬而远之，觉得这个无可救药的老酒鬼让他们很尴尬，但没人为他道歉。我不介意，他是一群伪君子当中的新鲜空气。

数年前有一次，他把我从地上抱起来坐在他的膝上。他喝得醉醺醺的，莽莽撞撞地圈住我。我以为他只是把我当成一只猫，没什么好害怕的。他抚摸我的后背，我觉得他闻起来像厨师完成厨事后拧干在水槽上的毛巾。原来，他的外套前面沾着一大块腌鲱鱼，我尽量不碰到那块鲱鱼。或许他认为我是猫，会喜欢那块鲱鱼。他一边抚摸我的后背，一边点他家人的名。我不知道他是否意识到自己说得很大声，但头脑肯定不够清醒：

“艾格……虔诚的笨蛋……诺拉……冷酷的婊子……布莱斯卡……假正经的小家伙……瑞莱恩斯……没个性的人……普鲁登丝……将来是个小荡妇……”说完，喉间的痰咕噜咕噜响，接着又说，“艾斯蒙……蠢阿兵哥……卡蜜拉……不知道她是哪一种，哦，是瘦干巴女孩，还是绷得紧紧的女孩……艾蒂丝……我宁可死掉……乔佛理……疯子……图书馆长……莽撞无礼爱卖弄学问的小学者……母亲与父亲……”

说到这儿，他开始打鼾。我跳下艾威表叔的大腿，进去拿纸与笔写下记得的部分。那晚我把这些又臭又长的东西念给母亲听，她听了之后，神情比我预期中严肃，但对于我积极为子孙后代记下事件的行为颇为赞许。

这位老色鬼（母亲如此称呼他）没有收到那封拜访顺延的信，整整提早了三个月来到山庄。母亲在病床边守夜时得到通报，知道他不是那么容易打发，便随意写了张小纸条让我交给他。史蒂芬与莎拉和家人出门去了，我除了写信给父亲外，无事可做。

“玫瑰，”她说，“他只要有酒喝便会照顾自己，所以要什么就给他什么。我很快就会来找你，带你一起离开，在这之前，不要让他闲着，让傅德倒酒。”

艾威的饮酒是一则传奇。第一阶段喝的酒必定有“药效”，之后，第二种酒让他获得了第一种酒所没有的平静，到了第三种酒时，他恢复常态——喝得醉茫茫。他每说两句话便抽一下鼻子，吸气时，满脸血管兴奋得全数贲张，又经常笑，并且笑得非常大声，从下巴至前额一脉红彤彤，太阳穴怦怦跳。

我到了楼下图书馆，傅德与艾威在那儿等候。艾威直接从疯狂俱乐部的通宵派对来了这儿。

“你好，孩子。”他打了一个哈欠，身子不由得往前一扑，幸好及时稳住。“你妈妈在哪儿？”看到我，他很失望。

“先生，我母亲要我给您这个。”我屈膝行礼，给他一封信。傅德请艾威坐下，但他宁可站着，整个身子靠在沉默洛欧伯爵的半身雕像上，雕像基座发出警告的呻吟。

“您需要什么吗？先生。”我问。我喜欢当主人。

“我想我要喝点东西。”

他心不在焉地把信浏览一遍，眼睛不时看向餐柜上的长颈酒瓶。傅德走近一两个酒瓶，艾威发出轻微的怨怼。最后，傅德走向威士忌，艾威吐出狂热的一口气。他吞下第一口酒后，在自个儿眼前挥舞着母亲的纸条，摇摇晃晃地望着我，“这说些什么？”

我很有礼貌地告诉他所有事情，并且说我母亲等一下就会过来。

“图书馆员没来？喔，情况是……花园……外面……”他指着窗户时，洒了一些威士忌在地毯上。我想他在马车旅途上就已经吐了一堆东西，显然，他需要一点新鲜空气。

“您介意到玫瑰花园兜一圈吗？艾威表叔。”

我伸出手臂，让傅德知道我要领艾威表叔去作醒酒散步。艾威一身辛辣刺鼻气味，让我想起了上一回他亲近我。我们通过一排法式窗户走向玫瑰花园，走着走着，艾威突然靠向我身上，但似乎精神恢复了些。

“玫瑰花园兜一圈……多么愉快……现在，亲爱的，你妈妈怎么啦？这位最让人舒服愉快的女人，用沮丧的方式，你知道的。”

我耗了大把力气搀着他，肌肉紧绷得酸疼。他的声音恢复正常，酒精浓度渐渐趋缓至常态，比较能清醒讲话，但行动依然不稳，每走几步路便绊一跤，身体沉重得让人受不了。

“她正在照顾我爸爸，先生。”

“你爸爸怎么啦？”

“他病得非常严重。”

“喔，天啊。”

我们尚未抵达玫瑰花园，只不过到了一张石椅边，他便呆呆地瘫坐那儿，手上的杯子已经空了，与其说喝光光不如说洒光光。他的手伸入衣服深处，掏出一个银酒瓶，上面刻着他的名字缩写ERO，后面刮出了一个小小的S。他为自己倒了一大杯酒，镇定下来，我们安静坐着。过了几分钟，他更加清醒，遂靠向我，想要仔细盯着我，但眼睛花了几秒钟才集中至我身上。当他死盯着我时，我尴尬地望向别处。

“你母亲有一点可惜，漂亮女孩……你有点像她，呀，是的，你会让人非常快乐。为我走一圈吧，走一走。”

这应该无伤大雅，因此我在他面前兜一圈，仿照普鲁登丝·欧斯本摇摆屁股的模样强调我的小臀部。他举手懒懒地指挥，仿佛我是交响乐团，并且边指挥边唱歌。

“喔，是的，看看你，又高，又优雅。”他口沫横飞赞赏我的女性特质。我很高兴。“我想起了犬玫瑰，放荡不羁的美丽树篱，啊！不过，刺很多！漂亮。走过去，亲爱的……”我照办。我穿着一件旧衣裳，是父亲上回进城时买给我的，艾威对我的恭维过了头。“玫瑰，我相信你是全家族中最漂亮的人，真奇怪，我竟然没有注意到你……”他懊恼地说。他向我招手，我走近。酒杯又空了。我想起母亲的建议，遂拿起椅子上的酒瓶，再为他添酒。

“过来坐在你亲爱的艾威表叔身边。”他流露出一抹我从未见过的眼神，一点也不迷人。“越来越冷，或许你可以暖和我的身子。”他拍拍身边的位子说。

我试着扮演好主人的角色，遂在他身边坐下来，感觉空气中透着一股诡谲。从他的呼吸中，我感觉到他的期待，但不知道他期待些什么。他的眼睛流露出一种格外私密的神情，隐藏的凶猛让我开始不安，但没有严重到离开的地步。他握着我的手，抚摸。

“亲爱的，我相信你知道……”他的呼吸依然突兀，但声音较为冷静与轻松，“你让我变成恶魔，我相信你知道男人需要……”

他的呼吸越来越急促，抓着我的手摸过他的胸部，最后停在他的大腿间。他似乎很满意这一进展；我也为自己高兴，因为我没让他闲着。

“乖女孩，我们不应该叫你拘谨玫瑰，是吗？把你的手放在这儿，亲爱的。”

我可以感觉到他大腿间发生了什么事，当然，这是经由自我探索而来的认知。我以为，人人都体会过这种私密，但没人谈起。既然我无法对母亲谈起，也不会对任何人谈起。莎拉和我一起躺在床上时，我们躺在彼此的怀中，万一发生这种状况，我通常拱起背，小心谨慎地不让此处触碰到她。她没必要如此隐藏自己的困扰，而我明白这是最佳的处理方式，因为我几乎每件事情都听她的引导。我保守这个秘密，也为此羞耻不安，如今，艾威表叔把这事带上公开论坛，的确让我有点解脱之感。或许，这是一个可以讨论也可以晾在太阳下的问题，而不是需要闭嘴与否认的尴尬。我觉得心中有股暖流蒸发了我的某些羞耻。我感激地握紧他，也承认喜欢这种勾结。很难相信吧？我知道，他很快就会感受到这些。不管是为了自己，还是为了艾威，我可以感受到自己朝他蹦过去。

不谈这个。他呼在我身上的气息——其实就是来自于他的压力——越来越让人不舒服。我握紧他时，他仿佛悬在半空中，几乎喘不过气来，之后全然停止呼吸，头垂向后面。那一刻，他忘了喝酒，酒孤零零地落在长椅的扶手上。他的手覆在我的手上，怂恿我用一种想象中肯定很快乐的方式摩擦他，而他的注意力……他的注意力放在别处。他的手伸向我的裙边，迅速掀起轻飘飘的裙摆，这个我可以忍受，但他整个身体倾过来，超出了我的忍受范围。我知道他想回报我的善意，似乎这是一种公平的交换，但实在无此必要。我有必要不让他闲着，但没有必要让自己也跟着忙。他的气味混合着酒精与食物的酸腐味，似乎从每一个毛孔散发出来。他的脸离我的眼睛如此之近，皮肤上的紫色磨砂粉与露出鼻孔外沾着鼻烟屑的鼻毛全然无所遁形，络腮胡十分浓密，肩膀上洒满了头皮屑，下巴上的小火山喷出来的岩浆让整个灾情更惨重。我抽回手，他的身体趁势压得我更紧，让我几乎无法逃脱。对于这种来自他人的动物性本能进展，我完全无心理准备，而这人骨子里是一只凶猛活跃的野兽。

“摸我，小甜心。”他吻着我的颈项，粗鲁地命令我。我试着推开他。他在我的腿边自行摩擦，整个重量靠在我身上，手在我衣服里面摸来蹭去。其实那只不过是我刚刚在他身上的作为而已，但他所获得的快乐比那多很多。

“让我对着你，玫瑰，侄女！让我在那一刻碰你，我……”他呼叫。我可以感觉到他的肿胀摩擦着我的腿边，他的手伸入我的手中。

“啊！让我进入你的里面，玫瑰，让我进入。”

里面？里面？什么？那个小洞？不，不！我猛然惊醒，不能有东西进入那儿，他说的就是那个洞吗？或者另外一个？后面那个洞？噢，我也不敢相信是那个洞。

接着他扯着嗓门大叫：“耶！”然后在我的两腿间拼命乱扒乱找，好像蜡烛刚被吹灭，他要寻找某个放错地方的东西。我伸出援手，把他推到正确的位置，最后……最后他抓紧我，呻吟，僵硬，窒息——也许是兴奋，也许是痛苦——然后停止。

一切静止下来。所有的动作、摩擦、抵抗、喘息、呻吟。完全出乎意料。

我知道我目睹了一种非常强烈激动的新情感，但不知道该怎么办，遂不发一语地躺在那儿，释放、猜疑、痉挛、指望有人伸出援手。最后，经过深思熟虑，也知道血液不再流到我的左腿后，我推开艾威。他的眼球复位。我觉得他好像是一把无法再弹奏的肥胖低音大提琴，似乎我试着调音，而他的音调一直升高又升高，紧绷再紧绷，最后脖子承受不了压力，砰的一声断裂。我使尽全力推开他，然后坐回长椅上。他全身柔软无力，我也是。他坐在自己的一团精液中。

艾威永远断裂了。我没有见过死亡，没有从任何距离见过死亡，倘若我知道死亡是什么样子，就是这样子吧。这不太令人满意。我想象他变成一只小动物，蜕壳遁入矮树丛仓皇而逃，或变成一只飞鸟，猛冲上天，或变成一只蜜蜂，绕着花丛嗡嗡响，甚至变成一只小蜈蚣……但什么也没有。人，常常变成名字的宿命。他的身体瘫在那儿，死了，没有气息。他除了是死人外，什么也不是。他看起来很悲惨，如此暴露着，我试着把他塞回去，尽量不要碰到他的秽物，但终究徒劳。我穿过花园，走向那排法式窗户，和母亲同时进入图书馆。

她问我艾威怎么样了？

“死了。”我说着抛开她，手在裙子后面擦来擦去，走出图书馆跑上楼，放声大哭。母亲会知道我的罪行。

丧礼在两个星期之后举行，也就是说欧斯本家的拜访比“哈哈帮”的期望提早了许多。艾威死在洛欧的土壤上，他的家人对他毫无兴趣，主张遵照古礼就地安葬。欧斯本家没有全员到齐，艾格主持丧礼，普鲁登丝与布莱斯卡没有出席。我母亲与我全程参与丧礼。我很高兴戴上面纱，如此一来，别人就无法盯着我看。我父亲病得太重了。

我抹了很多香水，屋内又混合着欧斯本家的各式各样香水，交杂的气味迫使教堂大门必须敞开。那天，克劳奇阴魂不散，她越来越像滴水怪兽，应该雕在教堂外面，而不是站在里面。她带着一种骄傲老妇人的颤抖唱得非常大声。

葬礼很庄严，大家很高兴看到艾威的遗体落入陵墓中。欧斯本家不在乎一切，我告诉他们艾威死得很快乐。他们非常关心我父亲的健康，却在这个特殊日子奇怪地撤退了，没有探望他。

艾斯蒙显然谨遵教导，把时间尽量花在我身上。他的眼睛泄露了一直在打主意的心思。尽管我罩着一层面纱，在接待仪式时，他的眼神仍然不断捕捉我的眼神。

“表妹。”他对我鞠躬，微笑。瞬间，他的微笑告诉我：他知道艾威的事情，知道所有的一切，知道一些除非他和艾威灵魂相通，否则不可能知道的事情，甚至，知道一些我不知道的事情。我必须提醒自己这只是他的伎俩之一。他和其他冲动的挑逗者一样，与听者亲密交谈，暗示两人之间有一个从未想起的秘密联结，让自己看起来比实际上有趣、神秘。他其实毫无魅力可言，但不可否认，他的外表很吸引人。我转头，紧张地眨眨眼，但宁可放弃脑子里的思绪，宁愿想着表叔的侄子也不愿想起表叔。一个人真正害怕的，是自己。

艾斯蒙的注意力一直放在我身上，他婶婶诺拉对此的反应相当好笑。她的眼睛立即告诉我：艾斯蒙是欧塞伯爵，她是公主。艾斯蒙即使是对我说话，有些话似乎也是对她而说。

我在面纱的保护下，望着欧斯本家排成哀伤队伍离去。艾斯蒙牵着诺拉的手，两人殿后，亲密地交谈。

欧斯本家最不重要与最受冷落的人，死了。就所有可能性而言，是我杀了他，但没人知道。作为一个过失杀人犯，我没有想象中该有的罪恶感。死亡本身对我的意义不大，不能告诉任何人这件事情才是我更大的悲痛。我知道，这是我必须保守的秘密，有人会拿这秘密来对付我。

母亲对艾威的死亡严肃看待，她的态度让我觉得必须跟她解释一下。结果，我们的谈话与此无关，反而拉拉杂杂地谈一个颇有哲思的话题：成长与“季节变化”。我们以高雅的方式谈论这个话题，我明白这个议题和“汗水与辛苦”之类的话题有共通性，还有艾威的死亡。

“我谈的这些事情都与土壤有关。”她拉着我的手臂作结论，因此，我知道她的态度严肃，“但亲爱的，你可以永生，这是你的选择。”她为我读了一首玛丽·戴的诗作《上帝的清澈天空——喜悦！》。诗的语言很有魅力，却从我脑海匆匆而过。玛丽与母亲都不明确说明，母亲对很多事情坦率直言，对此却忸怩含糊。她必须如此，因为她决定把更明确的事情拖延至稍后或下一次，那更接近而不可避免的死亡。

3

父亲生病的那漫长一年，母亲成为我的唯一父母。当她无须为我父亲做任何事情时，便和我待在图书馆里，我扮演她的助理。几年前，我躺在她的脚边，四周布满玫瑰；现在我坐在她旁边，依照她的指示帮一点小忙。我会爬至活动梯上头，拿一些相关的书籍。我在伸手可及的范围内探索，把正确书籍送到她的桌上，她坐在那儿正全神贯注研究。当父亲直挺挺躺在床上渐渐流失生命时，我们的思考从未停滞。我也借此摆脱了不安，把不安转移至内心的无知黑洞里。那是一个毫无成功希望的探索。

我们研究玛丽·戴时，从未跨出图书馆一步，多半时间埋首于发霉的书页中。这个研究是我跨向世界的大门，我发现我比以前探索得更远。理论乘着翅膀，我们的对话展翅高飞，越过了运动场村的低谷。每当母亲发现新的相关点时，虽然一边工作一边大声自言自语，但在她的想法之后，必然是新的分析方法与想象的无限飞行。

她使用的材料超乎她父亲的想象；任何小径，不论有多黑暗或多偏僻，她都必须探究到家，完全无法忍受漏掉其一。灵感可能来自任何角落。真理不是一条直线道路，而是如玛丽·戴所言，是一条弯弯曲曲的未知道路，是一条复杂的“电路”，所有的分支岔向不同的未知方向。真理很神秘，在这些选择与途径之间缠缠绕绕，隐藏在遥远的匆匆一瞥中。显而易见的答案是谎言。

玛丽·戴有许多费人猜疑的地方，包括那些文本自身。最让人百思不解的是，那些书如何流落洛欧山庄？姑且不论事实恰恰相反，也许某位洛欧祖先是冷僻文学的狂热收藏者吧。但若果真如此，这些书为什么会被弃置晦暗角落？或许玛丽·戴是洛欧家的朋友，曾经造访洛欧山庄。哈，这不太可能！让人难以相信。母亲的心思完全放在研究玛丽·戴上面，她想，“如此这般”也许会涉及某个忽视的东西。这时，她会摇摇头，笑一笑，大声说：“哦，玛丽！拜托，不要这样！”这些诗在洛欧山庄的黑密室、暗门与藏身洞里，读起来更具深层意义。难怪，我也感受到这些诗的威力，似乎诗在直接跟我们说话。

为了便于查询，我们把写在小卡片上的注解集中在一起。卡片在我们面前堆积起来。母亲发现了许多松散的结尾，例如：一长串莫名其妙的词组与稀奇古怪词尾的外国文字，这也许是玛丽反复无常的拼字（因为她没有受太多的教育），也许是为了表现偏执情绪的一种故意。这些卡片太多了，需要一个相互参照表。

母亲浸淫了这么多年，有时仍会坐下来大呼：“玫瑰，原稿！”

这是我最害怕的任务。尽管她早就把原稿上的东西都抄写了一份，没有理由再触碰或进一步损伤那些原稿，但有时候那些抄本无法满足她。她必须触碰玛丽的触碰，进一步感受玛丽的存在。她把手搭在我身上，手指头在书页上画着文字，说：“结束！再见。”

我把资料归回原位。母亲看一看时钟，想起其他事情便匆忙离开，跑去看父亲的状况。她丢下我，指示我作进一步探究，因为这些基本研究对她的工作有所助益。我乐于如此，能够纵情于某件事情是一种快乐。

在沉缓与艰困的冬天，气氛越来越沉闷。医生意外地造访，莎拉与我躲在楼上的楼梯栏杆后面，偷看这个罕见的“野生动物”。他们离开时，雪尚未融化，为了避免再度受召，说了一些慰藉的话。又一年缓缓爬过。我觉得自己毫无用处，也感到被摒除在外。现在，那些常玩的游戏也让我觉得乏味。

有一天，我们听到有个仆人以忧郁的猜疑语调谈论一件事情。任何与我的哀愁背离的事情都是重大利益，因此我有进一步调查的必要。莎拉不知用什么手段强逼她母亲说出了确有某事发生，但因我父亲的病情而将此事淡化。我不知道事情到底怎么回事，但传言我的受洗杯被猛力丢掷在餐厅里。我亲自察看究竟，结论是：也许真的受洗杯被掉包了，壁炉架上原来的位置放的是一模一样的假受洗杯；也或许什么事都没发生。总之，这个闲谈显露了我们的不安。

好像那个事件还不够分量似的，下个月又传说有某事件发生。这个不能再被忽视了。依照史蒂芬的说法，山庄四处散置着这些奇异讯息，这些诡异符号似乎传递着某种紧要讯息，也许是死人传给活人的吧。我想起曾经出现在黑板上的图画。

我不太相信这事是史蒂芬搞的鬼，但又有某种说不出口的不安。山庄主人病入膏肓，这事需要相当程度的得体应付，但我从仆人的眉眼之间以及对进房者的谨慎调查中看出了有事情不对劲。我急着要亲眼目睹这些事情。

一个冬天的早晨，母亲拉开父亲卧室里的窗帘。他喜欢坐在一把老轮椅上，在那扇被人称为“寡妇之窗”的窗户前，放眼望去的世界，尽是不会让他紧张的世界。从那儿，他可以看到现在已光秃秃的橡皮肠以及通往遥远地区的大道。那个遥远地区，他和我一样陌生。他喜欢看清晨草地上的露珠，有时候那是园丁以洛欧山庄独有的艺术手法塑造出来的露珠。他一边喝着茶，一边凝视着露珠缓缓消散。

那个早晨，母亲拉开窗帘，看一看窗外，立即又拉上帘子，告退。她留下我父亲坐在灰暗中，独自跑去找傅德。我在长廊上与莎拉聊天，母亲故意经过我们，说：“莎拉，带玫瑰回楼上密室，谢谢，现在。”这在山庄非常不寻常，紧急状况。母亲消失在长廊上。

“傅德，拜托！傅德！”她胡乱拉一拉铃索，“傅德！大道，现在，现在！”

我们尽快跑上楼，直接冲向学校，而非遵照指示冲向密室。从窗户看到……很惊讶，其实是很高兴啦，因为看到一个奇怪景象——一堆石头镶在泥土中排成一个简单的字：

BOY（男孩）

我们第一个念头相当简单：史蒂芬。那个傻瓜！他是山庄里唯一的男孩，为什么还写“BOY”？马上就会被逮出来，和以前在书桌上刻他的名字一样，笨蛋！

突然，这个罪犯出现在我们下面。奇怪，他并没有羞耻的神色。在傅德的监督下，史蒂芬和他父亲并肩合作，协同一位园丁一起耙平大道，恢复道路平整。我们刚刚明白他们在干吗，字便马上被消除得几近一空，只剩下右上方的字母Y，这时，园丁贝利把Y也消除掉了。之后，大道完美如昔，修复者身影消失。似乎，这是一场梦，现在我们只能望着窗外的幻影与消失惊叹。当我们还在对这桩“砾石怪字奇案”作无望的推论时，史蒂芬气喘吁吁上楼来。

“你们看到了吗？”他喘着气问。

“是你干的吗？”我们两人高兴地一起问。惊讶！他竟然逃过了惩罚。

“不是。”他坚决否认。史蒂芬经常撒谎，但说真话时很容易看得出来。“他们根本没问是不是我干的。”

这就是我们觉得有怪事发生的证据，最可疑的嫌犯竟然没有遭到审问。这桩事件和道路一样被抹平，无人提及，但尚未落幕。我们被禁止看到那幅景象，因此最好保持闭口不谈，但忍不住纳闷。一整天，我们都听到仆人在角落里闲扯，一听到我们走近便噤声不语，只有尴尬的咳嗽、扬起的眉毛与鬼鬼祟祟的偷瞄。

那个下午，我们三人去图书馆找母亲。让人吓一跳的是，那个字刻在门上方的图书馆长名单中，就在母亲名下的石头上，字迹笨拙。

BOY

我们瞠目结舌地站在那儿，母亲出现在门口，手上拿着几本要为父亲读的书。她就站在那个我们目瞪口呆的东西下方，阳光从她后面照过来，我们看不清她的神色。我先看看她，再看向她的上方。我想，我们的视线都一样吧。我们都吓得目瞪口呆，先是受洗杯，接着是讯息符号、道路，现在是这个。她非常冷静地走向我们，转身，望着门上方，叹气，谨慎地说："孩子们，去朵儿学校。"

"洛欧夫人，为什么那上面写BOY？"莎拉问。母亲不回答，仅重复她的要求。我们离开，走向转角时，她从后面告诉我们：

"史蒂芬·汉密尔顿，叫你父亲过来，请他带傅德先生一起。"

这是我在洛欧山庄的记忆中最奇怪的一些日子。我们还不知道最惨的不幸在后头。

那一晚，没有进一步发现，也没有解决什么。我在惯常时间蹑手蹑脚潜入莎拉卧室。我们一起躺在床上，低声交谈，这是我们自然发展的一种习惯。我们没有被逮个正着，但我知道会的，必定会的，因为我们犯了某种错误。我的身体告诉我事情很快就会转变，届时，一切便会结束。那个"某事件"似乎是我们曝光的预兆，而我心里逐渐增长的迷乱也似乎如此预言，但我笨得不予理会。我是那种闭上眼睛就以为没有人会看见的小孩。

我们不断推论神秘事件，直到所有的研究与想象都山穷水尽。我试着套用玛丽·戴的“摒弃显而易见的答案，假设各种可能性”的方法。但对这桩沙砾怪字奇案，玛丽·戴的方法似乎不管用。莎拉失去了探究到底的信心，开始聊起未来，幻想我父亲康复后她和我要去遥远的地方旅行，到了那儿，我们会有一桩慵懒的爱情奇遇，国王的态度如何仁慈，老百姓的反应如何陌生，王子的长相如何英俊，他会爱上我们两人。莎拉把游戏中惯用的元素套在我们身上，听起来挺美好的。

莎拉说话时，我吻着她的颈项，手绕至她的身体前端。那是一个不同国度。她的胸部柔软、圆润，而我的胸部既不柔软也不圆润。我知道这是洗牌的运气问题，她这儿比我大，我的其他地方比她大，但我仍然羡慕她。我尽量灵巧地将手慢慢靠近她的两乳之间，张开手掌，让她的左乳栖在我的掌心。她的乳房在我手里晃动，莎拉继续说着话，不理会我。我更加用力地具体真实地触摸，不是轻轻摸一下也不是不小心触碰到。这非常不一样。我可以感觉到她光滑肌肤下的一圈软骨。莎拉似乎不太注意。我没听进去故事的进展，唯一入耳的声音是她的幻想语调与没有唤我停的声音。她的胸部真迷人，我所拥有的东西没有一样可以比拟。当她侧卧时，地心引力把两个乳房都吸到床上来。我停下来，触摸她的乳头，整整比我的乳头大一百倍。我有点畏怯，再度停下来，歇息，聆听。

“克莱蒙王子看着名单，抬起手臂。两名武士为了博得我们的青睐开始比武。不要停下来。王子心里明白其实应该为我们比武的人是他，颤抖的手臂泄露了他的心思。他丢下手帕，比武开始。玫瑰，白武士与黑武士相对冲过去，我们在眺望台上观看。你只关心白武士，而我只在乎王子。我们握着手，命运未见分晓。假如黑武士战胜，怎么办？”

她一直没有抱怨。我趁她说话时，手进一步向下伸去，带着冒险精神，大胆探入未知领域，以向玛丽致敬。为了那里的东西，我舍弃了她的胸部。莎拉说着说着，神思恍惚了起来。而我成了大探险家，是从我们的故事中走出来的欧塞伯爵。

我不知道她说的故事对她有何特别意义。她的做梦语调渐渐变成低沉的呻吟，间杂些奇怪的呢喃。现在，故事卸除了元素，越来越长的停顿打断了单一影像的思维："黑眼睛……阳光灿烂……我的王子……一只从城堡墙上飞出来的鸽子，带着讯息……"她昏昏欲睡，靠向我的手，先前对我的触摸没有丝毫反应，现在不断来来回回起伏波动，一下子靠近我，一下子离开我。我觉得那是热情与矜持。我的手再往下移，经过她的肚脐（和我的相似），来到她肚子下有点隆起的地方。她僵着不动，停止说话。我的手指头在她的阴毛上逡巡，感觉十分美好。她的阴毛生长部位和我的相同，但比我的纤细而且不那么浓密。她的身体轻微颤抖，不是恐惧，是欢愉。那种颤抖，我只在艾威表叔身上领教过。这回和我心爱的莎拉，我比较心甘情愿。我不能太过急躁，应该更加谨慎。

一切凝结了。她静止不动，几乎没有呼吸，而我的呼吸猛烈（当我想起要呼吸时），吸，呼，吸，呼。我觉得晕眩，血液流贯全身每一角落。突然，一阵异常沉默，显示两人刻意如此。我想把屁股贴向她，让我们从头到脚粘在一起，但我猛然停了下来。

我的手指头慢慢抚过她的肌肤与阴毛，知道接下来要触摸到什么东西，身体不由得一阵颤抖。那是关键地方，就是这儿。

但在哪里？我继续向下。我想我会满手在握！我从艾威身上注意到尺寸不一样，但她的在哪里？

是的，她的在哪里？我的手在她两腿之间。没有东西！

没有东西！我的心思开始狂奔。莎拉似乎即将告诉我，我发现了一处好地方，一处我们两个都快乐的地方，但我吓坏了。

没有东西，只有湿润，没有温热。

我的手两侧都贴着她的大腿肉。她两腿夹紧，似乎要我待在那儿，要拦住我。但我赶紧抽出手。发生了什么事？到底她发生了什么事？可怜的女孩。我希望她叫我停下来（我在等候也愿意那个必然的结果到来），但我自己停了下来。

然后我想：哦，天啊！怎么会这样？

艾威，我，史蒂芬。

莎拉。她失掉她的？或更惨，被摘除了？

刹那间，我对她心生厌恶，厌恶她的需要，厌恶她的缺乏。我一点也不像她，我比较完整。

我口干舌燥，屏住呼吸。这是我不懂的地方吗？

必定是。但，那代表什么？天啊！

显然，我最后注定要和莎拉一样，因为我是女生，但事情尚未发生。虽然我努力克制那些丑陋思想，但不知道那些丑陋思想必定导致……也许完全枯萎，也许硬把器官割除。哦，不。我知道我沉浸在淫秽的欲望中，莎拉必定也是，她的柔软、美丽、身段，是的，但这……这是代价！亲眼目睹她的惩罚。我们到了一个共同羞耻的基底。我的心跳剧烈得难以控制，我的两腿之间不论是什么都抽动得很厉害，也许是恐惧，也许是担忧。血液在我体内急窜。

男人，如史蒂芬与艾威，是怎样？

女人，如莎拉与我，又是怎样？

男人天生有一个优越的标志，我们不足以成为男人。我尚未展开我的变形。刹那间，我知道我永远不可能长得像莎拉那样有一头美丽的秀发与柔和的曲线，直到我变了形。那是一种惩罚或奖赏？

答案很清楚，是惩罚。怎么可能不疼痛？我们初生下来都是男人？只有那些向诱惑投降的人才会变成女人？那必定是一种惩罚。或者，不是惩罚，而是某些人的命运——是死亡之前的变形。要变得像莎拉与普鲁登丝那么美丽需要一种仪式，少不了体肤之痛。但什么时候发生呢？什么时候？为什么如此缓慢地发生在我身上？啊，这念头教我既厌恶又执迷。如果老天不帮助我，我要自救。

现在，现在，我看到了。终于，看清楚了。我看到自己一人，在森林中，带着一把刀。不，不，我不行……我不能……但我好渴望那个恐惧！做吧，我接受，我想要割除，这样才能变成我应该有的样子。我的长相让人人失望。我曾经看过父亲别过脸去。为什么我还不明白呢？一切操之在我。

莎拉没有察觉我的心思已经远离她，握着我的手放回那个地方，然后试着把我拉向她的“缺乏”处，她的洞。我受不了了，拾起身边的睡衣，尖叫，从床上跳起来。莎拉的震撼与惊吓不亚于我。我逃跑，无法再多看她一眼。

“玫瑰。”我跑走，她叫我。“不要担心，没事，回来！”我听到她的体内发出一种挫败的呻吟，但已经死命奔跑。我想起刚刚的情景，试着在心底搞清楚刚刚是怎么回事，然后我扯起嗓子尖叫，回声传遍近来十分沉静的长廊。结果，引起的回响双倍吓人。

身后传来一道光，我听到匆忙的脚步声与急迫的说话声，还有绸缎瑟瑟作响与拖鞋噼噼啪啪的声音。我的尖叫声似乎启动了整个山庄的警觉。

我跑回自己房间，只有我一人，却觉得松了一口气。我还没有想到要告诉任何人，脑子里只有自己，然后砰地关上身后的门。尽管不应当点亮蜡烛，但我还是把蜡烛点燃。夜风从一扇开着的窗户窸窣地吹入屋里，拍打着窗帘，让房间变得很陌生、很讨厌。一阵寒风吹遍我的身体，似乎，一切都不对劲起来。接着，我看到……在床上，写在尚未入寝的床罩上，那个字……

BOY

以血写就；或某种像血一样的东西，尚未凝固。

立即，房门砰砰响。我站向一旁，傅德摔进来，母亲站在他后面。他们立在原处，望着床罩。傅德即刻探查所有的可能入口与出口，极有可能那个罪犯仍留在现场，他估算伤害的程度。

当时，我非常感激这桩怪字奇案再度出现，那是我最不担心的事，却成为非常管用的行为借口。母亲怀着全世界的爱走向我，把我的头揽在她怀里。我歇在那儿享受母亲的慰藉，暂且不理动机如何。我知道自己的狂热与奇怪，某种可怕的事端渐渐浮现清晰面貌。

“哦，可怜的宝贝，一切都会没事。”她抚摸着我的头发说，“不要担心。”那是莎拉说过的话，他们全都知道了。

傅德取下那条讨厌的床罩，权威地挟在腋下，向母亲答礼说早上再继续讨论后，关紧窗户，离开。母亲建议我，如果不想一个人睡觉，可以睡在莎拉的房里。

“不！”我脱口而出，然后警觉地说，“不，谢谢。”

今晚想睡在她房里吗？不，今晚，似乎会更糟糕。我只想独处。我告诉母亲我很平静，恐怕连我自己都不相信。

“你很勇敢，我的玫瑰玛丽。有些事件发生在我们身上，我知道你需要我们的帮助。我们都很爱你，不论你需要什么，我永远在这儿。”她帮我盖好被子，若无其事的样子。我望着她，猜想她看到的是不是同一人。她可能看出床罩没人睡过的痕迹，但不露声色，只在我的前额上轻吻，离开。

我独自躺在夜晚中。烛光照射得天花板鬼影幢幢，映在我眼睑上忽隐忽现。床罩上的字，沙砾上的字，图书室门外的字，都是同一件事。莎拉呢？现在在干什么？在做什么事？

我倒抽一口气。她死了。我听到她的急促呼吸，像艾威一样。还有呻吟。我又杀人了吗？阻止我，阻止我。我的心思无法直线思考。万一她早上死了，怎么办？莎拉不可能死吧，音乐还未上场，我就弃她而逃了。

我无法入睡，无法阅读，独自躺在那儿，像死刑犯等候潜入窗户的第一线曙光。我祷告，但无回应。一种曾经有过的孤独感袭上心头。我掀开棉被，外头的空气湿冷得犹如一双幽灵的手抓住我。莎拉和我有什么共同点？现在我明白什么了？哦，思绪乱奔乱跑，仿佛狂风中的风向球。夜晚更加漆黑，烛心越烧越低，烛光越来越不稳定。我什么时候会改变？莎拉是什么时候改变的？数年前吧，但完全变了吗？

我叹口气。此时，一个更隐晦的新想法冒上心底，破茧而出。天啊，是真相，是我从未想过的可能。我不敢把自己置在那个可能上，不想承认它，无法面对它，把它推得远远的，却挡不了它的逼近。我躺在那儿，冒汗，燃烧，感觉它的寒气朝我阵阵扑来。

艾威表叔。莎拉。史蒂芬。

石砾上的BOY。

我胡乱摸索，渐渐理解那个不敢想象的可怕事实。

图书室门上方的BOY。

是真的吗？

在我床上的BOY。

我不需要更多的讯息了。不可思议，但我很平静，是真相浮出后的平静。我决定让真相跟我说话。不能再延宕了。我的人生永远改变。我明白，我明白了那个差异：女人的所有东西藏在体内，向内凹陷；男人则显露于外。我和史蒂芬、艾威有什么不同？没有。我和莎拉有什么不同？有，她藏在体内，我显露于外。我显露于外。女人会生育，宝宝从哪儿出来？坑洞里面。

在我床上的BOY。在棉被里面的BOY。

BOY。

我一直隐瞒自己，等候有人来告诉我，但我只能告诉自己听从身体的呐喊。事情自始至终很清楚，我明白了。有一件事确切无疑，这会要了我父亲的命。

我裹在湿冷的裹尸布中。我要做什么？这是我该对别人隐藏的秘密？还是别人对我隐藏的秘密？谁清楚我的状况？我是谁的秘密？我知道那时我要被丢弃、被孤绝。现在我是什么？不一样了。我需要罔顾天生的自然去虚构自己吗？我越成长越迷乱，人变得越疯狂。现在，一切清楚了，但我和自己格格不入。我的身体瘫在那儿，心绪疯狂乱跑，跑得乱七八糟。现在我明白了。我在床上辗转反侧，无法入眠。被单比空气还要湿冷。

我不能再待在床上，不能再待在房间里。

我在山庄内四处乱走，不知所措。清新空气轻拂肌肤，我的视线模糊，发现自己站在莎拉的门口。干吗听？也许她没有呼吸了。假如她还活着，假如我没有杀了她，我们可能彼此没有感觉了。我需要将自己依靠在某个稳固的东西上，永远不漂入那一晚。那些画像带着同情眼光垂视着我。我迷失了，手指头沾满白色尘埃，找不到水中仙女萨尔玛西斯。我不知道自己在家里的什么地方，更糟糕的是，我找不到自己。我都怎么称呼自己来着？我叫什么名字？从现在起，我只能以第三者的角度称呼自己——有一个“我”在讲话吗？发生了什么事？他成为一个在国外的陌生人，迷失了方向，不懂标志，不懂当地语言，不知道上哪儿求助。他试着咽下泪水，但泪水一次又一次吞没了他，我。史蒂芬？不。莎拉？不。母亲？不。假如他们认为我是他们的玫瑰、他们的女孩，现在他们都会恨我。我溺在水中，吞下好几口水，在水里喘息，快死了。

我上楼到图书室，把所有蜡烛点燃，驱走幻想，然后从书架上取下一些书。现在，我有了目标。我凝视着书本，仿佛以前从未读过似的。每一本小说里的每一句话与每一页插图，我读到了我的身体真相与我是怎样的人。我读到的有关女孩的全部事物仅能适用于我的外表——我的服饰、我的教养、我的外观。我的外表完美，但外表之下的我是一个截然不同的人，一个荒唐可笑的东西。我痛苦地坐在地上，痛哭失声。我是一个失败者，是一个对自己都得隐瞒的秘密。我能告诉他们什么？我一辈子努力忘记那些我不知道的事情，把它压到最底层。我不信任任何东西，尤其不信任自己的想法，但我觉得有一个必然的结果我不知道。

我看到桌子底下有个地板门，那是古老家庭贮藏绘画的地方。为什么之前我从未恳求打开这扇门？为什么我从未试着打开？我拉起地板门，用桌脚顶住，然后步下小阶梯到了地下室。为了带那些书，我上下来回两次。我看到一幅又一幅的裱框画堆在一起，那是从墙上取下来的人体画像。答案就在我的眼前，我不知道也不想知道。我不敢明白说出我不是女孩，是害怕……害怕什么？害怕这个吗？不，我的害怕比这小得多。我救得了自己吗？我可以藏住秘密吗？假如我不告诉他们，假如我自己摆脱这个，我能继续假装当他们的玫瑰吗？我试着让他们快乐，试着成为他们期待中的淑女模样，这可以救父亲一命，而我也正在要他的命。为什么他们如此对待我？

我脱掉衣服，躺在地上，望着天花板，从打开的地板门可以上望至图书馆的天花板。我应该关上门，永远躺在这儿。他们永远也找不着我。这个地下室可能通至一个藏身洞。我可以永远消失在狭窄的地道里，迷路，一个人。

我望着自己的身体，他嘲弄我。我狠狠抓着自己，泪如泉涌，血流出来，捏一下应该长乳房的地方，搔一搔两腿之间那个讨厌的东西，把它藏到下面，扣紧两膝，至少在那儿不会被看到，但它不听话地长大，直到肚子痛得打结为止。我不是个女人，但也未成为一个男人。我看过男人的画像。我骨瘦如柴，没有他们的肌肉。或许，我是我父亲的小孩，这点让我感到安慰。我会变成一名像他那样斯文儒雅的男人。我明白一切了。我恨我明白一切。我恨一切。我恨自己。

我待在那儿直至早上，被画像与书籍包围。我把它们排成一个圆圈当作希望的栅栏，借由它们的力量将真实世界阻挡在外。但太迟了，神奇力量消失。我躺在地下室中央，脸朝天，手臂张开，直到听见门把转动声才惊觉白天已经来临。

母亲向下探望。我流着鼻涕，裸着身子，直觉反应赶紧遮住自己，遂两手放在鼠蹊部位，向上弯起膝盖。我不知道她要做什么。她步下阶梯，拉我入怀。

“我是谁？”我听见我问。

“亲爱的。”我的肚子饿得阵阵抽搐。她抱着我，我顺势瘫在她怀里。

“父亲恨我吗？”

“他爱你。”

我躺在她怀里，静默不语。

“我是谁？”

“你是个奇迹，玫瑰。”

她带我回到卧室。我像匹狼似的又吼又叫，想不起我正常时是什么样子，那变成一个记忆，再也回不到正常了。我无法想象和史蒂芬与莎拉玩耍的情景，也无法想象见到父亲的样子。我成为令他憎恶的人。他发现时会如何厌恶我？会别过头去，离开我所在之处？

母亲和我躺在床上，抚摩着我的头发。好像过了数小时、数天。她说我长得美丽，被人疼爱。除此之外，没有多说什么。它是一个结束不了的怪梦，像那种在梦中醒来但仍在梦中然后又醒来的那种梦。我的人生不是真实的人生。唤醒我吧！

接下来几天，几星期，几个月，我躺在床上。母亲照顾我。在这段生病期间，我唯一说出口的只有：“我是谁？”她的答复是：被发现，男的，慈爱的养父养母，她很美丽，他们很爱她，她是他们庞大资产的继承人。母亲借着说故事消磨时间，仿佛我听不见似的。但这是我所在乎的一切，我活着的一切。因为我知道结果，所以我害怕故事的每一进展，但这故事带给我呼吸。我听得兴致盎然，没有认出那个小孩是谁，突然之间我想到这个快乐的小女孩有一天会变成我，会经历这些事情，一股怒火不禁袭上喉底。这股怒火只能靠着眼睛传达，我的喉咙除了发出干哑的咯咯声，说不出任何话来。

我的病逐渐露出端倪，全身长满又痒又热的黑色斑点。夜晚，我拼命抓，被单上染满了脓渍与血迹。后来，黑色斑点变成紫黑色伤口，我必须服用镇静剂。这些细节我不太记得了，但身上仍残留一些疤痕，其中一道长在右大腿的内上方。如今，那道疤痕消失在岁月的轨迹中，但我仍记得它的位置，摸得到它的存在。它引我回到那张忍受变形之痛的床上。在那张床上，我从旧我变成新我，从蝴蝶变成幼虫。

我躺在那儿幻想是潜意识控制我的身体，在山庄里里外外写下、雕下、画出底细，而我对自己的所作所为浑然无觉。但其实我是无辜的，这些恐怖罪行是安丝黛丝所为。

母亲告诉我，我发现怪字那一晚，复仇女神在宅子四周、在画布上、在伸手可及的处所与物品表面，用粉笔画下“BOY”。没有人知道这个老妇人何以够得着那些难以够到的地方。我知道，那是我那晚沾满白色尘埃的手指印。如今，那有什么重要？或许母亲知道。她说，我仍能成为完美的人，也依然是一个完美的人。我觉得好笑，觉得自己不像过去那么完美，只感到迷惘、孤独。

受困于病榻上，时间对我而言并不明显，仅是光线的移动与影子在脸上的游走。自从写下了我的发现与欺骗后，我的一切了然于心。我是每一个人的牺牲品：是父亲的朵儿丽替代品，是母亲的实验品，是玛丽的活理论，是安丝黛丝的晋升手段，是“哈哈帮”求生存的一颗棋子。但如果我仍是弃儿，我会是什么？什么都不是。死亡。比什么都不是更惨。

有一次，我半夜醒来，发现自己卧在血泊中，是下腹部流出来的血。我从睡眠中起来（这是少数我能辨别睡眠与睡梦的其中一次），暂时解除了月经初潮的压力。我记得莎拉对于造成流血的肚子痛起初很心烦，但随后我们分享了她即将长大成人的骄傲。现在，我的荣耀时刻到了。不过接下来一秒钟，我记起了一切，惊恐地往下看到指甲抓得那儿血淋淋。我昏厥过去，醒过来后发现指甲上包着绷带。假如我又想如此自残，会使出全力扯下绷带。安琪丽卡靠向我，带着没有恶意但不是她惯有的仁慈，说：“你有了，它终于来了。”

又有一晚，我梦到莎拉与史蒂芬。母亲那天才告诉我，我晕倒失去意识时，莎拉有多么思念我。我忘了听到她还活着时的解脱感，但将她绑架入梦。她和她弟弟在河里游泳，我照例坐在河堤上。那是一个美丽温暖的天气，鸟儿叽叽喳喳唱着欢欣。莎拉与史蒂芬从水里蹿出来。我知道他们两人一丝不挂。莎拉的胸部先显露出来，非常完美，非常真实。接着，他们从河水的最深处优哉游哉地涉水过来，我看到了他们的裸体。这是我见过的最神圣的画面，至少我记得梦中的感觉如此。我无法说出这种美丽像什么，因为那是某种光线与整体感所呈现出来的美感。他们走向我，停步，招手要我入河。我担心母亲与规范，但仍站起来，提着裙子，走向他们。他们从头上撩起我的衣服，拥抱我。我感觉自己变硬，像艾威一样，像男人一样，但担心莎拉会生气。史蒂芬也和我一样，于是我知道一切都可以原谅。他们拖着我下到河里。在水底下的感觉几乎让我崩溃，一方面是河水冲着我的股沟与大腿，另一方面是他们贴在我身上的柔软肌肤。史蒂芬往我身上摩擦，我伸下手，感觉他。他强壮有力，绷紧肌肉和我的手贴合。我从梦中醒来，发现手同样放在自己身上，不禁心醉神迷，闭上眼睛，希望永远不要清醒。再一次，我发现自己身上有一团黏稠物，但不是血。

莎拉和史蒂芬待在他们舅舅那儿。假如莎拉死了，他们当然会告诉我她不在家，但我隐约想起莎拉与史蒂芬曾经计划秋天时要去舅舅家。现在，入秋了吗？

我想见父亲，但被要求不准离开卧室一步。母亲的时间分别腾给两位病人，她不在我身边时，安琪丽卡如同母亲般殷勤照料我。我听到他们谈话时，讯息才从山庄渗出，或许他们在对我说话，或许是彼此对谈，这些听不太清楚的对话告诉我：山庄主人与继承人都病得惨兮兮。

他们明智地认为：要不就尽快让克劳奇复位，要不就尽快摆平她。传说画像骚扰案已经传至父亲耳边，这几乎将他推上悬崖边缘。母亲认为安丝黛丝对我们两人的生命有威胁，无论如何她都必须走。傅德与汉密尔顿则坚持她留下来，因为如此作为只会加速危机。在一次高峰会议中，安丝黛丝摊牌所有的意图与目的，并且威胁要立即联盟欧斯本家，来个彻底毁灭。那次会议之后，洛欧山庄突然变成有两个管家。安琪丽卡被通知在过渡期间，即将卸职，这给了“哈哈帮”一些时间：安丝黛丝所要的一切都有了，她还能再要求什么？

我做好谈论自己的准备，但不敢想象要用什么样的声音。那会引起很多可怕的问题。

有一天早上，母亲把我扶坐在床上，为我剪头发。我睡得深沉，依然软弱无力地摇来晃去，又梦到了莎拉以及我们在一起的最后那晚。

之后，刮胡刀又出现。我完全恢复意识，看到母亲在为我梳头发与扑面粉。我不明就里地离开床，被穿上一件紫色长袍，这件紫色长袍让我想起了沾满血的被单。母亲为我穿衣时，我才了解她跟我说的话，也做好了心理准备。

“我们要去见你父亲，这可能是最后一次，你必须打扮得尽量漂亮。”

往父亲的卧室途中，我强打起精神。我想见他一面想得很久，现在，我知道，机会不再，或许我快死了。母亲陪着我走，傅德在另一边搀着我。我觉得从虚幻世界外拾回了一点点力量。我躺在床上好长一段时间，吃饭、刮脸、洗澡，都由别人为我效劳。洛欧山庄似乎一片一片回到我眼前，还是老样子，一点也没变。但父亲变得怎么样了？我不知是不是能认出他来，他是不是能认出我来。

我们敲门，汉密尔顿鞠躬，我们进入。父亲撑坐在床上，背后靠着一座枕头山，和我上回看到的样子一样，但这回头懒洋洋地垂在一边，像破败的布偶。现在，他完全是个幽灵，记忆消失殆尽。快死的人不是我。

他没有刮胡子，脸松垮垮的，皮肤清澈透明，稍微染有一点和我一样的病斑，一张脸陷入颧骨中，轻轻地发着不明的呢喃。房间的气味比我的房间难闻，空气只在里面循环。大床左边摆着海门屋，位置刚好让他的视线与娃娃屋齐高。他的头转向海门屋。这些天他不论对谁说话，多半时间都凝视着娃娃屋，偶尔露出微笑，仿佛朵儿丽刚过来跟他说话似的。他不知道我们在这儿，母亲走到我面前，握起我的手，示意我跟着她。我看到他几乎完全清醒过来。我见识过死亡，突然的死亡。但这是逐渐流失生命，是枯萎，是我所恐惧的阉割。

“亲爱的，我带玫瑰来看你了。”母亲闷闷地说，不期待父亲回答或认可。我靠向床边，她走向另一侧。我坐在没有娃娃屋的那一侧床边，父亲注视着娃娃屋，对我伸出两根手指头，像名牧师。“嘘……”他望着娃娃屋良久，久得让人无法忍受。

我回头望着母亲，她以微笑告知我她明白我的感受，同时也让我明白这是父亲的模式。之后，父亲慢慢将脸转向我，慢得无与伦比。

“朵儿丽。”他微笑，手放在我的手上，“我知道是你。”他的微笑只是嘴角的一丝痉挛，但我敢说他的灵魂满溢着快乐。是我说话的时候了，要用自己的声音表达。

“父亲，是我，朵儿丽，你也叫我玫瑰。”

我说到自己的名字时，父亲停了下来，泪水涌上眼眶，另一只手尽力地握紧我。他的紧握虽然虚弱无力，但从他嘴角与脸上附近细微肌肉的牵引与松弛，我看得出来他相当吃力。

“我很抱歉。”这是他所有的言语。

“谢谢你，父亲，谢谢你给我生命。我是世界上最幸运、最快乐的小孩。你给我的爱无穷无尽，往后每一天我会将这份丰厚的爱散播给其他人。”

我不知道我怎能如此克制与正常，但身体却感到无助与背离，这让我十分惊愕。在我体内某处，在灵魂内的灵魂中，有某种我认识的东西，是真实的、必要的东西。那东西来自一个小果核，往后将随着我的生命成长。我泪流满面，模糊不清地望着他。

他开始吐露遗言，始终握着我的手。“我的玫瑰，我是个呆子，但我爱你。责怪我吧，我是那么爱你。”他的言语渐渐沉缓，是马车停止前的最后吱嘎声。“你是我的一切，我失去了一个女儿，但获得了一个儿子……正好及时，洛欧伯爵……正好及时。”

说完，他直挺挺地坐在床上，仿佛木偶操纵者把那条看不见的线猛然一拉。被单从他身上垂落，露出一件有繁复蕾丝边的粉红睡衣。睡衣内的身体因饥饿而瘀青累累，只剩嶙峋瘦骨。他最后一次撑起身子，望着我，发出最后一次看到朵儿丽摔落时的呼唤：“朵儿丽！”这声呼唤是他高起嗓门的声音，却比一只疲倦的猫的啜泣微弱。最后他瘫在枕头上，手欲指向娃娃屋，却因抓着小屋里面的边缘而破坏了小屋的形状。

小屋坍落在地，启动了里面的八音盒，我不知道里面有八音盒，它奏出我们喜爱的摇篮曲："Susse Traume，Liebling"。我依然坐在床上，握着他的另一只手，感觉全身肌肉松弛。房间里还有其他人，我记得是如此。

母亲望着地面轻轻啜泣。她走到床边，吻父亲的额头，双手拥着他的头轻轻摇晃，如同我在床上垂死时捧着我的头那般。傅德拾起娃娃屋。汉密尔顿站在门边守卫，我看到他的喉结在颤抖。突然，他也哭了起来。

"他非常爱你，玫瑰。"母亲说着握起我的手，合上他的眼睑。"朵儿丽是他的最后一眼，我们应该让这份美丽的视觉永远跟着他，这是我们的仁慈。"

她放开我的手。我低头凝视着父亲，想象他的灵魂在瞬间的颠簸中离开他的身体，潜入我的体内。我的手移开时，他完全没有生命，只剩一具空壳。

"我们不能辜负他的爱。"我说。这句台词发自我口，虽然不知道它的出处，却来自我的内心深处。傅德对我深深一鞠躬，喃喃低语表达哀伤。我以为是哀悼性的鞠躬，却见他说："伯爵阁下。"我知道了，这不光是同情。

我是他的新主人，新洛欧伯爵。现在，山庄里只剩母亲与我。父亲死了。我不知道我是谁。史蒂芬与莎拉不在。我不知道要从哪儿开始扮演。我们回到我的卧室，母亲为我脱衣服，扶我上床。我们不言不语，一起轻轻哭泣。有人进来，看到我们一起哭泣，遂离去。

接下来数星期，母亲与我守在一起。除了彼此，我们还能依靠谁？我的健康逐渐恢复，同时也试着厘清过去。在这当中，坚定的决心取代了发现真相前的盲目惊慌。真相让人很不愉悦，但那是事实，不是一种无知，其中掺杂了小孩失去父亲的痛苦。我在万事万物中看到他的存在，在每一个角落里听到他的声音，在他心爱椅子的头枕上闻到他的发油清香，那上面有一片深色痕迹是他发油的杰作。在他过去的生命中，我们非常疏远。原因很清楚。但我想起他时，只会想到他给我的深深的爱，那是他给我的生命。我对他毫无怨言，没有他，我会成为什么？狗食，拾荒者匆匆而过的一瞥。他拯救我脱离地狱，想要给我一个天堂。没有他，我就没了生命，我知道我活着是还他的债，也更加觉得他成为我的一部分。他消失在我们两人的生命中。

从挂上黑旗的那一刻起，信件纷纷从远方抵达。这些信件起初都是表达哀悼与遗憾，接着变成高度的愤怒，尤其是回复母亲发出死亡通知的信件，只指示丧礼不得公开。

盛大丧礼那天，许多不认识的村民也受邀瞻仰遗容。大道尽头搭起一座帐篷，庄严的灵柩停在里面一下午。据说，我的悲伤逾恒，所以无法参加丧礼，由母亲代我致礼。村民曳足而过，致上真诚的哀悼。我如何面对这个打击？他们问。情况稳定，母亲告诉他们。

我坐在父亲卧室里的老轮椅上，躲在“寡妇之窗”后面观看仪式。从史蒂芬的余物中，我找出一套单调的男丧服穿上，因为知道那个变化即将来临，所以听天由命。衣服穿在我身上显得僵硬、冷漠。穿上衣服，我是个陌生人；衣服下的我，依然是个陌生人。我看见村民列队穿过橡皮肠的树丛，低头看见自己的双腿细细长长裹在无情的苍白长裤中。似乎，没什么东西值得想象的。这儿，我独自一人，全身上下穿着别人的衣服。

帐篷在左边，陵墓在右边。我一眼就能看尽父亲的整个人生，与我的人生。

4

母亲与我决定了一件事情：尽快揭露我的性别真相。父亲的病把这事耽搁得太久，如今再也没有任何事情可以阻碍我揭露真相。治丧给了我们所需要的时间：安丝黛丝也穿上黑丧服，尚未就任的新管家职务抚平了她的情绪。

我已经私下被授予了新洛欧伯爵的头衔，不管追悼父亲的纪念仪式会引起我多大的痛苦，我都做好了准备。既然他最后能够叫我一声儿子，我就可以成为他的儿子。在这场短暂肃穆的丧礼中，我必须以玫瑰小姐的身份继续穿着适合这个名字的服饰，同时，在母亲的帮助之下，恰如其分地初次面对大众。时间掌握在我们手上，更明确地说，我发现自己越来越尊重自己的权益，不再成为别人幻想下的牺牲者。

我开始穿起那个角色的服饰。母亲想办法让我相信这像我们以前玩的装扮游戏，但是太不像了：没有史蒂芬，就少了让这游戏变得自然的人；没有莎拉，就少了要求胜利之吻的人。剩下的只有一面反映残酷现实的冷酷镜子。所有衣橱里的衣服都令我不舒服，每一件试过的衣服都让我恼火、发热、擦伤。母亲告诉我那是因为这些借来的衣物都是老样式，并且不合身。假如我量好尺寸，在杰明街找裁缝定制，穿起来会自在许多。她热心地为我把那件时髦长袍拉出女性线条来，我带着猜疑的心情等候定制衣裳。

别人告诉我，困难的是衣服本身而不是定制。有位艾鸿骑士[1]认为女人衣服穿起来非常不方便，我越了解他的生平就越欣赏他。他说，除了那些特制以表达虚荣、奢华与罪恶的衣裳外，女性衣物不适合冬天也不适合各种场合的实际需求。艾鸿站在围墙的另一端，他偏好异装出使的人生已写入历史。我举双手赞成他的观点。大衬衫是世界上最方便与最舒适的穿着，小时候，冬天，我从来不愿意多穿一些。为了时尚，西装变得一年比一年沉闷、不舒适。男人西装让我觉得实用与极端功利，完全不浪漫，哪来的神秘感可言？不过男人穿衣与脱衣很轻松。我刚开始适应新穿着时，在纽扣与吊带上笨手笨脚，但很快就非常上手，只要解开一个扣子，便马上露出一大片。那些衬裙、隐秘、褶层、裙饰都哪儿去了？神秘感也随之消失了。

我是有点讲求实际的人。西装的唯一好处是口袋，可以装东西。无可否认地，我带在身上的东西一点也不男性化，譬如：一条精致的瓦朗谢纳手帕、一个小香草纱囊、一个镶着父亲相片的小项链盒。西装给我的唯一好处是口袋，其余的部分，如：双腿交叉或不交叉、坐下来时那个构造有空间、伸展轻松、站立轻松、弯腰舒适、呼吸舒适，这些对我而言都无关紧要。我的肚子与背部彻底摆脱了紧身胸衣，可以像无脊椎动物这样跳那样滚。我抱怨，但可以继续穿着这种实用的衣服，和其他男人一样。母亲这么说。

我越来越习惯一些比较粗里粗气的男子习气。那个构造在衣物下不断唤起注意，但我现在知道那是什么东西以及我是什么。我明白即使在自由的百褶裙下，那也是个阻碍，这完全不是我的过失。难怪我一直不舒服，难怪我不像史蒂芬那样眨个眼就把“士兵撤回基地”，

1　Chevalier d'Eon，18世纪法国外交官，以男扮女装出使而闻名于世。——译者注

我从来不曾沿用同样兵法。女生真幸运，无须受这东西的困扰！谁不愿意只是偶尔肚子痛一下与流一点血？而且，我也有疼痛之苦，那种打结似的绞痛让我无法像平常那样大声嚷嚷诉苦。现在，新衣服做好了，腰部以下太紧。一进入房间，我就觉得有点原形毕露，总希望就近抓一片无花果叶遮掩，盖住那个地方。后来，我拿下帽子挡在那儿，才稍微有点信心。

为了母亲，我试着以乐观态度迎接杰明街的服装送达，不过怀疑马上获得验证。我一打开盒子，类似水土不服的恶心感马上袭来。黑漆漆一片，他们说这是最新的流行。一顶高得离谱、男子气十足的宽边帽。这些东西通通穿戴上身后，我觉得绑手绑脚，恶心感进一步加重。随后几天的服装彩排中，这种感觉越来越严重，最后服装成了我的虐待者与施虐的工具。衣领是块可以绞死我的宽布，绑着我的脖子，几乎高至嘴巴，令我不能摇头也不能点头，好像脖子折断了，不得不束紧它以避免更大的伤害。而那浆过的袖口仿佛缚住手腕怕我逃脱的手铐。长裤长得必须扎在别扭的皮靴里，像一个困住我两腿的鸟笼。我在心理上与生理上完全无法动弹。我想象我的纽伦堡姑娘穿上男人服装。不管怎么样，这个折磨我忍了下来，因为我知道这是对的事情。

一脱下这些衣服，我立即获得解放，恨不得尽快换回长裙与长袜。在自己的房间里，独处时，我经常如此。尽管罪恶感伴随着诱惑而来，但我无法抗拒那份诱惑。

等我比较习惯新衣服后，我期待事情有新进展，但并无进展。我想，或许应该试试新法子：把自己装扮得绅士一点。父亲的服装有比较多的荷叶边，比较女性化，可能会让我愉快一些。我也许是男人，但“自我”是女人，我的声音、喝茶仪态、坐姿，都十分女性化，我也无法以男人之姿处理这些东西。你不能拿顶高帽子戴在流浪汉头上，就希望他变成一名绅士。不管他们怎么说，要变成一个男人不光是服装问题，我穿上男人服装扮成男人样也不是个男人。我模棱两可，介于两者之间，必须给自己一个更明确的定义。母亲说那不重要，问题在于社会性别而非生理性别。我生来是男性，但可以选择性别角色，我有那个角色的全部行头与武器以及处理问题的智慧。她仍然相信他们给了我一个礼物，那个礼物有助于我往后的人生，甚至有助于全世界。

在她的玛丽派理论中，我会成为一个教育者，创造男女平等的时代。为什么让生理性别决定人生？我们作为中性角色来到世上，是社会把我们培养成现在的角色。母亲认为她害我消沉，理当受谴责，但不是她的作为错了，而是她的实验尚未完成。现在我可以重新回到中性角色，自己决定性别，以弥补这个错误。

我只想成为过去的我。如此一来，社会性别、角色认同与理想承诺，对我有何用呢？

虽然我只是稚嫩年纪，但知道人生建立在各种影响、分类账目与时间表上，而非建立在完美理论的柏拉图领域中。不管我多么希望不要变更，但往后我不能穿着不男不女的长袍在洛欧山庄像窈窕淑女似的走来走去。至少在世界眼前、在目前，我必须接受我的职责，并在旗杆上标示出性别。除非我希望往后以惊人之姿出现，穿上马戏团服装，把事实藏在几寸厚的化妆品下，否则，旗杆上的标志是男性。

有些重要讯息不能隐藏，譬如：我的名字。我们考虑更改，改一个可以横跨两种性别的名字（伊芙林，或奥维德的依菲斯），或改成一个纪念过去的名字（如：欧塞·洛欧伯爵，献给父亲变化莫测的想象力）。最后，我们决定，尊敬父亲的最好方式是取一个最简单的名字。

玫瑰·洛欧伯爵。

人们很快就会知道。为什么不是男性玫瑰？毕竟，玫瑰本身并没有性别上的区分。假如我们以强烈风格与充分理由将我介绍给外界，外界也会如此接受的。我的洛欧称号会是什么？我无从选择，就好像过去有“青春”、“高尚”与“邪恶”的洛欧伯爵一样，我可能是“女士伯爵”、“女性伯爵”，或“奇异洛欧伯爵”。时间会说明一切。

目前，我顺其自然，又重回女梦游者角色。我有一个坚定目标，这个决心让大家赞赏，但我很沮丧。我逐渐丧失了幽默感，最后，无一事物可以取悦我。在重新调配的烦人过程中，每一个黄昏都是一个小小胜利，又过了一天。至少，我终于觉得可以掌握自己的命运，那个可怕的不确定感，对那黑洞的恐惧，消失了。但那是一种冷酷的自杀。

史蒂芬与莎拉在我生病期间进入不同学校就读，假如他们能在这儿分担我的痛苦该有多好。一股强大的悲哀迟滞不去，随之而来的是倦怠感。表面上，我维持完美，一步一步向前迈进，内心却崩溃瓦解，“自我”向后退缩。我和仅有的两个朋友之间的新距离以及他们彼此之间的新距离，使我悲伤至极。我不敢想象他们知道我的情形时会有怎样的反应。

春天，父亲已经过世一年了。宣布的时间正在接近。我过着双重存在的生活。在楼上，除了卧室内的奢侈品让我为所欲为外，基本上我是玫瑰·洛欧伯爵。母亲在这儿与我排练新生活，我学习走路、说话、仪态、跳舞、何时鞠躬、何时不要鞠躬。作为一个性别失衡的角色，我非常优美得体。我的情绪没有母亲期待中的高昂，有时候某种不满悄悄袭上心头，但母亲认为我有着非常美丽的外貌，甚至某种难以想象的完美。创造者有一双神奇的手。

在这表面下，我是原来的玫瑰，但越来越少下楼去。我好好练习新角色，却与成功错身而过。我承担两种角色的严酷压力。穿上错误服装时是我最舒适的时候，但到了该穿上正确服装时，我也随时就任。

父亲过世之前，我们把艾斯蒙要求已久的拜访延期，现在无法再延了。他是欧斯本家第一个企图握我手的人，我觉得我们的回应应该定个基调。母亲与我皆同意揭露事宜尚未准备妥当，我应以他所认识的性别角色出现，这是他的拜访中让我感觉解放的一点。因此我兴致勃勃期待他的来临，那是让我回到比较舒适状态的借口。

那天来临时，我沉浸在喜悦当中，沉湎于绸缎的光滑，对先前讨厌的化妆品也觉得特别有情感，譬如：巴黎磨砂膏、深红色唇膏与酸味蜜粉。我涂涂抹抹时很快乐，但看到最后一道步骤完成时，几乎哭了出来。我的肌肤像莎拉做的水果蛋糕里的杏仁糖浆，包在硬糖霜里面，完全看不到。我看起来一点也不像个人样，更别说像个女人了，这副德行只让我想起了“雄赳赳太太”。从现在起我只是个滑稽演员，不论面具涂得多厚，一点女人味也没有。我把自己搞得像畸形漫画，我想，往后只要看到自己肯定就会想起这刻。我穿女人服饰以注意自己真正的性别，这致命的扮相令我认知那被禁止的私密喜悦。但我从未假装自己是女人，也从不认为我可以骗别人相信我是女人。在我的人生当中，我只假装过一回，是在一位临终男人的床前。他知道真相。

我决定戴着面纱会见朋友。这位老盟友会怀疑我的精神状态。但对我而言，穿上我的衣服是一种快乐的解脱，没有人可以改变我的决定。我款款下楼，绸缎与蕾丝摩擦得嘶嘶作响。等候接见艾斯蒙时，母亲带着爱与赞赏的眼神望着我。我听到艾斯蒙的靴子走在走廊上的声音，这是我人生中第一次抛开一切，感觉自己强而有力。现在我有权力支配自己的秘密，选择揭露的方式。

艾斯蒙停在门口，立正站着。他的穿着不太像是军服，而像许多种服装的总汇，或许是他个人的民兵服吧。他比我整整大二十岁，看起来比实际年龄老一点，但自认为英俊潇洒。呀，他是潇洒，是那种野蛮式的潇洒。他的面容坍颓苍黄，仿佛走过很多沙漠，面临过很多火药屑与炮弹。他的语调严峻尖锐，连同唇的轻蔑一撇，看起来是那种命令型男人而非接受命令型的男人。和他一起来的，应该说跟在他后面的人，是他母亲艾蒂丝。艾蒂丝总是跟在艾斯蒙后面，如今是位未老先衰的妇人，仍对她人生中最重要的三件事浑然不觉：她的亡夫是她妹妹诺拉的两个最幼孩子的父亲；她儿子是她妹妹的情人；诺拉的惧内丈夫可能是唯一符合她期望给她关怀的男人。

基于礼貌，我们问起卡蜜拉。艾斯蒙告诉我们，他妹妹最近去非洲传教了。就我认识中的这位娇弱小姐，我怀疑她的体质是否禁得起海边一游，更别谈到蛮荒之地数月之久。我见过她面带歉意地等候烹调食物，紧张得忘了要求多放点盐巴。母亲挽起艾蒂丝的手臂，带她到玫瑰花园走一圈。这是我第一次和艾斯蒙单独相处。

“笨蛋。”他母亲才刚离开，他便从嘴里吐出这句话。我不想为艾蒂丝辩护，遂坐着不动，面纱下的蜜粉扑得很紧实，说笑话时得小心一点微笑，我可以感觉到嘴边有一些小硬块。喝茶也得警觉一点，茶杯端至面纱下，低头呷茶，让艾斯蒙看不到我用舌头舔湿嘴唇。我望着刚送过来的甜点盘，是果仁与我爱吃的蜜渍姜糖。两种都吃不得。

“面纱？表妹。”他问。

“戴孝，为我父亲，先生。”

“现在还戴孝？”

“永远。”我的声音听起来也不像女人。但他没有注意，只鞠躬。

他的拜访动机很清楚，但自认为应该来段开场白，遂以他的伤痕史为开端，讲述他如何战胜、在哪儿战胜、在哪一场战役获胜。脸上的每一条疤痕分别纪念不同战役。他伸出一根手指头顺着嘴唇下的一道垂直伤疤说：这道疤痕形似意大利南部的东海岸线。对我而言，那可能是我所在乎的刮胡子伤疤，这让我想起了刮胡刀。倘若那是刮胡子留下的伤痕，或许比较能激起我的同情。

我记得我非常恨他。他的谈话……假如那叫谈话的话，夹杂着许多优越感，而且直指我的性别刻意羞辱。我越听越愤怒，连他的呼吸都开始冒犯我。一会儿我写给你们看是怎么回事。

他继续说话，时钟敲了两下。这并没有提醒他我会感觉无聊，因为这是他的人生，而他自认为他的人生精彩无比。所有可能吸引我的事情，他都略而不谈。大家都知道，他曾经在同一战役中为双方效力，以他的能耐顶多是买卖双方的情报给对方，而他只字未提此事。所以，我从头至尾只有点头，保持面纱下的神秘。

我的精神开始游走。暂时把轻视抛开，我看到他勾引女人的暗号，那是对一个渴望被青睐并且比我敏感的女孩发出的暗号。这套伎俩我以前见识过。我不知对一个有经验的女人而言，他的魅力何在。我涉世未深，很惊讶诺拉竟然受得了他。艾斯蒙必定是他父亲的翻版，除此之外，我还能推荐他什么？我幻想看到一个已逝男人的鬼魂在他眼睛后面盯着我。

为了我的家庭、我的性别与人道立场，我对他的憎恶到了极点。服装隐藏起我的秘密，给了我行动的信心。

他的北非战绩又臭又长，说到一半时，我忍不住打断他，令他惊讶不已。

我原先有个计划，现在心里非常瞧不起他，准备更改一下那计划。最后他贸然提出求婚，当然，我心里有谱，抄了一段说词作为答复，但过了几分钟便失去耐性。事情不一样了。服饰释放我的心灵，我想怎么做就怎么做。现在这个时刻可以改变我的人生与洛欧山庄的世界。这真的很像以前的一个游戏，“你的诺拉姨妈好吗？表哥。”

他吓一跳，回答得有点快：“健康得不得了，谢谢。我会跟她说你问……如我说的，那位该死的先生睁着亮晶晶的眼睛……”他想要扳回一城，但我捷足先登。

“就她的年纪而言，健康得不得了。”

我对他的求婚相当不耐烦，但战斗型男人咬牙不说话的缄默挺吓人的。我没料到有这场不冷不热的开场白，他得付出代价。

“就她的年纪而言，诺拉算非常年轻，不是吗？”

“她身上拥有应该均分给两姐妹的所有魅力，我很遗憾地说，我母亲没有分到一丝半毫。”

“你和她很有默契，是不是？艾斯蒙。”我隔着面纱望着他，看到一对扬起的眉毛，那位该死的先生暂时被抛到九霄云外。

“对不起，你说什么？”

“你和你的姨妈很亲密，是吗？艾斯蒙。”

“表妹，我承认我们是很亲密，她和任何其他外甥或外甥女也如此亲密。”他猜疑地望着我。他说得好，我觉得没有伤到他，遂保持沉默。我了解他，甚至比他对自己的了解还要多。“我们当然很亲密，”他生气地说，“她是我母亲的妹妹。”

“哦，艾斯蒙，别害羞。”

“女士！”

面纱是一个令人生畏的工具。我觉得面纱下的我拥有双性力量。或许我应该穿上男人服饰戴着面纱。我像一只猫懒洋洋地抓着吊在尾巴上的老鼠，耍着艾斯蒙。

我站起来。他也想站起来，被我右手轻轻一摆，阻止了。这是我的房子，我的管辖范围。他知道百依百顺是金银大门之钥。现在轮到他等候青睐了。他是我的猎物。

“让我们回到开始，艾斯蒙，你可以叫我玫瑰。”我觉得这可能让他莫名其妙，遂决定在他身后慢慢走来走去。

“好的，玫瑰。”艾斯蒙语调平板，带着些许歉意，似乎觉得自己要惨遭责备。他的顺从，意味着我已使他偏离操控地位。只有我不想玩这愚蠢游戏时，他才有可能扳回原来优势。现在，我直接站在他后面。

“嗯，这样比较好。现在，不谈诺拉了，我只是好奇罢了。我知道你为什么在这儿，因为我继承了洛欧家的财产，你想跟我求婚。”

他伸长脖子想要看到我。我把手放在他的脸上用力推回去，让他的头对着前方。他又看向另一边。“就这样，艾斯蒙，不要乱动。”

他转头时，我看到他望着椭圆镜子里的我。看到他心神不宁的样子，我好高兴。

“玫瑰。”他的声音温柔了点，“玫瑰，应该允许男人有自己的求婚方式。在战场上，女人不许……”

我打断他的话，他马上让步。“艾斯蒙，你来这儿是想跟我求婚吗？”

“是的。”他的声音露出不耐烦，我听得出来他想离去，不想“再忍受这种胡闹的对话”。但他不能这么做，我们心里有数。酬劳很丰厚。他对这番羞辱一肚子火，愚蠢动机被我识破更让他火冒三丈。但现在，场面非他所能扭转。

“你认为我会说‘好’？”

他想动一下头。我又把他的头推回正前方。

“假设欧斯本家的悠久盛名与洛欧家的伟大盛业……”

“是，是，艾斯蒙，太好了！”

“假设欧斯本家的悠久盛名与洛欧家的伟大盛业……”他重复一遍，我把他的左手抓到椅子后面。祖父钟敲响一刻钟，那是他祖父送的礼品，仿佛亚瑟斯登在现场目睹他的家族征服。这也鼓励我更加大展身手。他咳嗽。“假设他……们……欧斯本家的悠久盛名与……洛欧家的伟大盛业……”他又说了一遍，但信心没了。

我把他的一只手抓到背后，开始即席发挥我的身手。我知道欧塞会如何处置像艾斯蒙这样的无赖。我松开系在腰间的腰带，把艾斯蒙的双手反绑在背后，然后玩游戏似的大笑几声。他想挣脱，我便嘘他两下。拜史蒂芬之赐，我的绳结打得非常好，又打了一个结把他的双手反绑在椅子背后。我强壮有力，迅速敏捷，在他抱怨之前便搞定一切。当他要开始抱怨与反抗时，已经来不及了。

“女士……玫瑰……究竟怎么回事……我必须抗议。”

“艾斯蒙，是的。”我的语气尽量屈尊就教。看到强壮男人降服在女人腰带下，实在很滑稽。不过我知道，牵制他的不是一条女腰带，而是他的贪婪。

我仍在他身后走来走去，让他分辨不出我在哪里。

“你有没有想过如果你是女人会怎样？被一个像你这样的男人讨价还价？被那些更强壮的人折磨？我想不会吧。我想了很多关于当男人会怎样，想得很多很多。”

他沉默不语。

“男人基本上擅长毁灭女人，不是吗？不要动来动去，艾斯蒙。我还没有拒绝你，我也许不会说‘不’，乖。你绝对持男人比女人优秀的论调，是吧？艾斯蒙。”

“唉，我……”

“你错了，夏娃比亚当优秀，因为她是在亚当之后才被创造出来的。上帝不会走回头路，因此，夏娃必定是改良品。我让你厌烦了吗？不要回答，没关系。不管怎样，我相信男人女人谁也不凌驾于谁。”

我渐渐降低音调：“有一天我们会发现‘费米尼西亚’王国，那时，像你这样的男人毫无疑问地会被雇来打仗，以镇压当地叛乱、占取天然资源与征服老百姓。假如我出比别人高的价钱阻止你（等我继承了财富之后，我想我可以），我们会发现什么？在‘费米尼西亚’王国里只承认一种社会性别，一种性别。男人与女人，平等。或许我们应该去那儿再开始这段谈话，我们两个，我带你去。在‘费米尼西亚’王国里，我仿佛回到了家，但你……需要一点小小的变形，不是生理性别上的，而是改变一下社会性别，懂吗？假如男人彻底女性化，女人也彻底男性化，如此一来，我们也许更能自由选择各人的角色，找出再生的方法。你觉得呢？不好吗？艾斯蒙，如果战争不再是个养活人的职业，你会干什么？嗯，很混乱，我应该想一想。”

我边说话边抚摸他的后颈。我的言论是综合许多资源的陈酿。我是个药剂师，把这一罐药倒入另一罐药，再加入自己的药方，搅一搅，就足以吓唬他了。我要让他以为我可能拿把刀子对着他。我知道我不再需要面纱了，所以揭下面纱罩在他头上，虽然不太完美。

“艾斯蒙，你根本不喜欢我也不了解我，你是为了‘财富小姐’来这儿的……假如我说错了，可以纠正我。”

他不说话。

“既然你跟我说了那么多你的事情，你的伤口、你的战役、你的名字……我想你可能想知道一点我的事情，想多了解一下你的结婚对象，是吧？”

我走来走去，只要稍微离开他的背后，他的双手就偷偷挣脱绳结。我必须加快一点脚步。于是，我直接站在他面前。他头上罩着面纱，我的脸孔变得朦胧。

“我不敢奢望爱情，但你爱我吗？艾斯蒙。”

“是的。”他虚弱地说。

“够了！诚实回答我，可以吗？”

“是的。”他望着我时，我想我在他脸上看到了敬畏的神情。也许，这是我一厢情愿的想法，“你要娶我？”

“是的。”

“是你的自由意志？”

“玫瑰，我……”

“诚实，艾斯蒙，我喜欢诚实。”

“我的家人。”他的眼神投向门口又移回来，代表他想逃走但又害怕被发现。

“你和诺拉私通……多久了？”

“四年。”他仿佛被催眠似的回答。我知道他已经放弃逃走的念头，现在我问的所有事情，相信他都会跟我说实话。问题是，我想知道的事情大多与他无关。我从他头上挑起面纱，和他对望。不知道他如何看待眼前所见？他吞一下口水。没有后退之路。

“对不起，玫瑰，这是……我被逼要……”他望着我。我一步一步走近他。

“没关系，我希望你可以娶我，和诺拉一起住在这儿，我们三个人……可以快乐地生活在一起，是不是啊？”

“玫瑰！表妹！”他轻轻呼唤，但看得出来不怀好意。他不能大声说话，万一有人闯进来怎么办？他要如何解释？被人看到比此刻的羞辱更难堪，我看见他正在评估两种状况的羞辱大小。我更靠近他一点，让他不得不看着我，或直接盯着我的胸部。他想把头转开。

“看着我。”

他抬头。

“艾斯蒙，我说得对吗？”我慢慢靠近，直到大腿碰到他的膝盖才停步。

“是的。”他虚弱地答。

“很好，艾斯蒙，现在，我要告诉你一件我觉得你会很想知道的事情。”我说着撩起衬裙，两腿跨坐在他身上。他的额头沁出汗珠，我用舌头舔掉一粒。

“玫瑰！上帝，玫瑰，这就是你要告诉我的吗？”他咬着牙说，但听上去松了一口气。

“是的，艾斯蒙，我的日子无聊得很！我的夜晚寂寞得很！这几年，你一直是我朝思暮想的对象。”我从他的眼中看到他被这番挖苦吓了一跳。我的脸颊在他的脸庞上摩擦，粘了些白粉在他脸上，使他看起来像个意大利小丑。“艾斯蒙，我爱你。”说完，我不禁笑了出来。接着，我横舔过意大利海岸，扭臀，朝他的两腿之间靠近，那儿有蠢蠢欲动的讯号发出。他的鸡鸡以一种尴尬角度突出来，我盯着他的眼神，扬起眉毛，用手将他扶正。我知道那种感觉，没有必要尽全力握紧他。我要他自行克制。目前的进展我十分满意。

“玫瑰，我……请……”

“艾斯蒙，那个和你共度无数夜晚的女人，那个荡妇……”

他想打岔，我立刻用手捂住他的嘴巴。他知道我是危险人物，也知道我的窍门很危险，严重低估了我的实力，开始在我下面挣扎。我不打算收手。

“我想她应该告诉过你：你舒舒服服走在你父亲夷平的道路上。哦，是的，他们的奸情持续了好几年，她想找一个更好的男人，拿你当可怜的替代者……如果你想看，我们有全部的证据。”

他呻吟，我把手移开。他必须吸一大口气才能开口说话。一吸气，我就把手又放回去。我感觉到他的鸡鸡在抽动，遂赞赏地在他的腿间摩擦。他被我卡住，我们之间隔着三层衣服。我移动臀部，他的眼神泄露了心情。

“哦，当然，最精彩的部分是……这才是真正好玩的……普鲁登丝与瑞莱恩斯是你父亲与诺拉的私生子，他们是你的兄弟姐妹。”

我觉得他变僵硬了，于是便夹紧屁股。他看过诺拉如何拒绝他们之间的暧昧，但认为那是老女人的嫉妒，现在他明白究竟了，我也明白。普鲁登丝与艾斯蒙……呀！怎么可能有那回事？那个漂亮女孩与她的英俊表哥，两人来自同一个父亲。我一边摩擦着他，一边想着《变形记》：比布利斯与卡乌诺斯、忒提斯与俄刻阿诺斯、奥普斯与萨图努斯、艾斯蒙与普鲁登丝。

“我希望你和普鲁登丝……或瑞莱恩斯不曾如此亲密，在这个方面。”

艾斯蒙抽搐，我知道他快窒息了，所以赶紧把手移开他的嘴巴。他喘着气，依然在我的掌握之中。我们的椅子向后退，绊在靠墙的那张大橡木桌前。

“你说谎！”

“不，艾斯蒙，你表妹不会说谎。”我亲他的额头。

“上帝啊！”他大喊。我说不出来他是因为明白了这个事实而呐喊，或因为我的手伸到裙下拉开那层阻隔我们的衣服而呐喊。他穿着军裤，我知道那非常像一种我称之为“麦可大兵”的长裤，因此一下子就找着了入口。我把长袜往下拉到可以感觉他贴着我的地方。他呻吟。

终于，我们到了某种境界。

我不知他是不是到了一个忘我的满足点，宁可抛开一切拖长我们的淫戏，或许他仍紧抱着求婚成功的念头来面对这些莫名其妙。他闭上眼睛，开始呻吟，想要忘记身在何处或与何人在一起。我想他毫无选择，因为我驾驭着他。他完全在我的掌控之中。我把右手放在他的眼睛上。

“你想娶我吗？艾斯蒙，你想娶我吗？”

“是的，玫瑰。”他说，“是的。”此时此刻我相信他真的想娶我，不是为了金钱，而是为了我。我已经驾驭了他，教他如何守规矩，把他的内心降服成小男孩。他未来的人生系在他的脚踝之间，现在我提供了一个他从未体验过的机会。一个十五岁女孩教导他面对世界的方式：权力、性与爱。他愿意放弃一切，争取更多的感觉与体验。我获胜了，但展示尚未结束。我已经准备妥当，将手放开，他依然闭着眼睛。

“睁开眼睛，艾斯蒙。”我掀起衣服。我们，袒露着。他的“麦可”敞开扣子，他从一丛毛茸茸当中蹿出来，硬挺挺地靠着肚皮。我，也是。带着胜利的喜悦，我望着他，觉得和他地位平等，甚至高于平等地位。我低头望着我们两个——成年男人的挺立。

来不及怀疑。他像一只斗败的小狗开始悲嗥：“玫瑰……玫瑰……”

“娶我，艾斯蒙，娶我！”我笑着说。他的鸡鸡开始不知不觉地痉挛起来。我一手撩起衣服，另一只手握紧他。那个头涨成紫色，然后慢动作似的，吐在夹克与衬衫上。他喘着气，也许更加陌生，也许喜欢眼前景象。嗯，为什么不呢？激情时，他的眼睛瞄向别处又立即转回来，不断呻吟，全力甩头，脖子拉到不能再长，最后发出一声响亮的“哼”，我放开了他。我不想加入他的行列，站起来，裙子落在地上。

“再见，艾斯蒙。”我走到椅子后面，松开其中一个结。“跟你的家人报告时，不要漏掉任何精彩细节。”

“玫瑰？”他回过神（我后来发现男人在那之后有多羞愧）。“该死。”我听到他低声说，不知道是对自己说还是对我说。

我舔着食指尖离开，脸上挂着灿烂的王者微笑。

“他们可以随时过来拜访。”我抛下这句话，瞄了艾斯蒙一眼。他摇晃着身体，双手企图挣脱椅背。我走出房间，关上身后的对开门，走入未来，我的未来。我是洛欧山庄的主人，行走其间，山庄似乎发出高潮后的赞叹。我边走边鞠躬，对着墙壁鞠躬。

这是一场引人入胜、高潮迭起的演出。是我受了刺激之后的构想，却好像是为了我整个人生而创作。我想起史蒂芬、莎拉与欧塞伯爵，心里得意扬扬，仿佛哑剧中反串女人的那位男演员在洛欧山庄首次登台时的得意。终于在戏剧中发现了一个我天生适合的角色。

母亲与艾蒂丝回来时，发现椅子被抛在地上，还有一条腰带，但是没有艾斯蒙的踪影。事情败露。艾蒂丝疑惑不解，赶着只剩一匹马的双头马车迅速离开。我向母亲尽量正确描述事件的本质与过程，但省略了一些比较可怕的细节（折磨方法、嘲笑讥讽、喷出之类的细节）。傅德虽然无法体会我们演出这出大吉尼诺尔剧[1]的乐趣，却同意揭露的时机非常正确。欧斯本家马上会听说这个事变，接下来轮到他们行动了。我们可以休息一下，在洛欧山庄等候潮涌而来的批评与指教。

我们等着。

他们没来。数月，无音无讯。

无音无讯的日子越久，我们的失望越大。他们在哪儿？他们发现被愚弄了这么久之后，发现我不能嫁给他们家的男人之后，会有什么样的反应？关于他们的沉默可以有多种解释。他们正在策划反攻计划，是的！也许送普鲁登丝上阵扳回一城，也许在和我们较劲，也许等候我们上门沟通，也许正运作律师团证明我们是疯子把我们打包送至疯人院。哦，我们的想象无止无尽，想得越多，越希望他们有惊人的反应。但是，依然无音无讯。我们只好等候……

我的玫瑰伯爵生活恰如其分地展开。起初，我试着慢慢和那些旧衣服告别，但我需要一个比较精准的时间表。我开始感受那个角色，揣摩他走路的样子，但几天的好日子之后便是一场灾难，十二小时的折磨与泪水。我沮丧不已，因为那是一项不可能的任务。达成这任务所需的每一样用品都让我过敏。我一穿上冷酷的套装马上昏昏欲睡，那一身紧身衣箍得我脑袋瓜浑浑噩噩。我不再想着改变命运，也不再想着如何快乐。只有我救得了自己，对艾斯蒙揭露之后没有得到回应让我很失望，但我没有其他的手段了。虽然我了解自己的真相后有解脱之感，也愿意当玫瑰伯爵，但仍然一直假扮着男人，扮演那个对我而言不太自然的角色。那衣服穿在我身上越久，我就越不快乐。我越假扮，越感到悲哀。

1 Grand Guignol，一种表现暴力、惊恐与色情的短剧，19世纪流行于巴黎酒吧间，尤其是大吉尼诺尔剧院里。——译者注母亲从未坚持要求。当我们明白我一点也不想成为男人时，她想帮助我的意愿成为一种压力。现在，所有性别都与我无关了。在我心里，我既非男性也非女性。我从船上被抛下来，被四面八方的海浪冲击，我宁可溺死。为什么要试着拯救自己？为什么要继续表演？我需要莎拉。我渴望地望着萨尔玛西斯。为什么不是我？我想要改变。

只有母亲一人知道。这段期间我尝试一种彻底治疗——只穿男人衣服，彻底投入角色。母亲不赞成我这么做，因为她认为这让我神经紧绷。即使在卧室里，我宁可一丝不挂，也不愿穿着睡衣。对着镜子，我哭了。

如同往常，我们来到图书馆。我担心我的情况太超乎母亲的预期，走向一个她无法想象的结果。她沉浸在工作当中，仿佛在图书馆的时间相当有限。洛欧歌集变成一团难搞的大杂乱，需要馆长紧急处理。因此，她花在这上头的时间比花在玛丽·戴上多。她把歌单粘在大对开本上，予以编号。她父亲总是说，后代子孙不单单从今日的高尚文学上学习，也从短暂的蜉蝣之物以及他赖为生计的菜单与名片上学习。母亲对世界的关注比较大众化，她认为歌谣的保存不可或缺。我也喜欢歌谣，因为它让我想起了父亲的世界。“洛欧伯爵”那首古老家歌仍在街上卖着。

母亲工作时，我试着为洛欧山庄的每一层楼创造风格。仆人们都知道发生了什么事，但闭口不谈，那些高薪仆人更是如此。不论我穿什么衣服，他们仍把我视为玫瑰。傅德与汉密尔顿不太赞同这种放肆，但由此洛欧山庄有了一种不拘礼节的欢乐气氛。

傅德始终以至高忠诚与至真情感服侍父亲，现在成为一只忠犬，每晚守在门口等候永远不会出现的脚步。我对他不甚了解，想延续家族恩宠待他，这是我所知的唯一相处之道，但问题更严重。他不要我的仁慈，宁可要我期待他的无止境奉献与百分之百信赖他的专业敏锐度。但我不是我父亲，所以我与他渐行渐远，让母亲与他交涉。她是他的洛欧夫人，他跟随她的脚步。

汉密尔顿则一如从前，只专注于工作，如果心中泛起对父亲的哀伤，为了我，他把这份伤痛压抑心底。他固定为我带来他儿女的消息，却从来不提及他们何时归来。他跟我说，他们该去外头见识见识真实世界，而且我长期生病，更让这事非做不可。写信渐渐让人沮丧。我希望他们顺心。我告诉汉密尔顿，虽然我无须想念他们，但我对他们的思念超乎想象。他说，他会传达我的祝福给他们。我纠正说：我的爱。

某个人物在洛欧山庄稳坐泰山。安丝黛丝的默许已经被收买。她是名义上的唯一管家，但钥匙依然归安琪丽卡保管。权力回归她手上暂时平息了她的怨怼，也再次让她在众人面前摆出恩赐的样子。每回我们错身而过，她总是向我行一个摇摇摆摆的屈膝礼。我答谢，就这样。我期待她的两个大揭露，任何一个都好，但她仍握紧那张“A”牌在手上。

克劳奇控制着自己，“哈哈帮”形同瓦解，无疾而终。我永远搬到楼下的时刻到了。

过了四个月，欧斯本家依然无音无讯。七月的一个清晨，我坐在楼梯中间凝视着画像，生着衣服的闷气。我遵守承诺不屈服于诱惑，赤裸裸（亦即，没有化一点点妆），一时兴起将脸上胡子修剪成潇洒模样。过了几年修修剃剃的生活，我极想暂时摆脱刮胡刀，似乎突然之间没有理由再天天忍受这种痛苦，每一个理由都跟我说“不”。我知道我的胡子没什么风格，但不论有无风格，这让我觉得自己有些微阳刚之气。当我看到镜子里的陌生人时，精神不禁一振，觉得自己重生了。

前门一阵响亮的敲门声，回音穿透下面走廊，我从对画像的沉溺中回到现实。虽然有点倦怠，却想歼灭这阵破坏幻想的噪音。似乎有新工作来了，但不可能是很重要的人。

若以车道为画框，普鲁登丝·欧斯本-史密斯-史蒂芬森便是画框里面的美丽人像。“骄傲小姐与她的马”在苍翠的油画中，美极了。我希望一直坐在楼梯中间不要动。她穿着一件红丝绒长裙，裙摆不顾忌地拖在地上走，右边是一匹对着晨空喷着热息的黑种马，左手上的马鞭从几码长的蕾丝边里显露出来。她骑了一段辛苦的长路，头上戴着一顶黑色马帽，饰着同样的红丝绒带子。她摘下马帽，抬头看向我。她更漂亮了，身材比以前丰盈。我打破沉默。

“普鲁登丝。”看到她出现，我很惊讶。但她看到一名陌生人知道她的名字并且如此亲密唤她，比我更惊讶。我们两人都猜想我是谁。她眯起眼睛。

“你怎么知道我的名字？”

“你的美丽道出了你的名字，小姐。”我相当谦卑地鞠躬。我觉得这个礼行得太娇媚了，过度优雅会泄露我的身份。男人的行礼幅度比女人小，你是男人，我如此告诉自己。事实上，我行的是屈膝礼。

“你是谁？把这匹马拴起来，我要马上见玫瑰·洛欧小姐。”

我越过她照顾她的坐骑，马鼻孔依然闪闪发亮。我不知道自己愿意亲近这匹野兽多少，后来证明我可以把它拴在门边的围栏上。我引导普鲁登丝进入屋里，走在她身旁。她完全漠视我的存在。“我是莱斯利·欧塞，如果你愿意在这儿等候……”我对着她的侧脸说。她知道自己要去哪里，没有回应我。

“男管家在哪里？傅德。我必须跟玫瑰说话。你是谁？”

她的态度严峻，仿佛我是应门的仆人，并非不礼貌，只是有些唐突。我虽然不太喜悦，却马上想起自己的状况。她有紧急事情吗？果真如此，这是事件发生后第一位登门拜访的欧斯本。我想知道实情的渴望非她所能理解。

“我请傅德过来。”

我不知道如何解释自己，因此让傅德代为处理。傅德在楼下看信，对于我的解释回以厌倦的神情。我们匆忙讨论一下应对方法。应该穿上普鲁登丝认识的衣服，刮一刮胡子，打扮自己，以原来的我和她会面？或让她以为我是玫瑰的新老师莱斯利·欧塞？很不幸，第一个方法要费很多时间与支援。因此，玫瑰身体不适，我代表她说话。普鲁登丝迄今未认出我来。在她眼里，仆人是不值得仔细审视或多看一眼的人物，所以，风险很低。但对我而言，当一名仆从是一种新冒险。

我们下楼。在傅德跟普鲁登丝解释时，我在厅外迅速为自己拟台词。这场戏不仅测试我新培养的男子气，也测试我的应变力与适应力。我听到他们的谈话断断续续。

“为什么那个新来的男仆不自己说明？”

“小姐，我不知道。我代表玫瑰的已故父亲说话，他代表玫瑰说话。”

我低头瞧一瞧自己：一双饰着方环的黑鞋子，暗沉的灰长裤，流苏背心松垮垮挂在身上，显得我又矮又小，肩膀被丝绒外套紧紧钳住。我应该把胡子刮短一点！头上是一顶父亲用过的男假发，箍得我头皮很痒。我的心跳阵阵加速。

我觉得该进去见他们了，幸好，尚未非常紧张。

“傅德。”我走进去说，“洛欧小姐表达欢迎之意，但她身体不舒服，我应该亲自传达这个讯息。”时机成熟了，可以开始搞笑，但没有观众在一旁猜测剧情。我很紧张但尽量装作冷静，傅德摆出忧郁的神情，普鲁登丝是所有的焦点。我们在她的道路上。

“真不方便。”她说着在地上稚气地跺一下脚，转身。我看到她的丝绒裙摆在地上悠悠打转，然后歇息在她的脚边。我羡慕她的服饰。

我遣退傅德。他离开，步出对开门，眼睛不看左右地关上门，只发出一声轻微的咔嗒。好一个完美的差使！普鲁登丝依然背对着我。我闻到她的香水味从那边飘过来。

“请相信我，小姐，你跟我说话就好像只对我主人一人说话。”

“桌上有一封信。”她说。我望了一眼，之前没注意到这封信。“那是我堂哥艾斯蒙写的信，把它交给玫瑰。不管玫瑰有没有回应，我都得等候，确定信已经交到玫瑰手中。”

她转身，眼睛狠狠瞪着我，像箭似的穿透我的眼睛。终于，她注意到我了，却让我好紧张。我呆呆愣在那儿。她上下打量我一番。我觉得我似乎被她看穿了，突兀地咳两声。

“把信交给她，现在。”

一旦说了谎，就必须继续圆谎。那不就是我最初十五年的故事吗？既然撒谎说玫瑰身体不适，该不该把这封信交给玫瑰？真正的欧塞可能会说无须如此犹豫，“事情是怎样就怎样。”傅德会怎么做呢？管他的，我知道这是我唯一能够看到信的内容的方法。我拿起信，鞠躬，问她是否需要吃点什么？她不耐烦地回绝。我丢下她，绕过转角，上楼，匆忙离开。我匆忙的脚步恰如其分，丝毫无损尊严。待确定走出她的听力范围后，我打开信。

信上只属名给“洛欧山庄的玫瑰·洛欧”，信笺是“第十四利汉普敦掷弹兵团”。真奇怪，这明明是写给我的信，却得鬼鬼祟祟打开它。

给玫瑰·洛欧：

你不会再见到我了。当你看到这封信时，我在往美国的船上，永远不会再回到这儿。我无法告诉家人实情，所以什么也没说。那是我对家人与你的报复。假如你对我有丝毫的宽容，请把我的名字剔除在你的故事之外，永远剔除，因为你再也不会见到我。普鲁登丝不知道此信的内容。她是我唯一可以信赖的家人。

请忘了我吧，希望我也忘了你。我不能原谅。

艾斯蒙·欧斯本

懦夫！他什么也没跟他们说。我们没有听到任何音讯，因为他们什么也不知道！我和艾斯蒙做得太过火了。浪费了几个月的时间。

我折了信，塞进口袋里，嘴里念着真倒霉，一边揉眼睛一边想着该怎么办。真吃亏。强暴普鲁登丝的念头闪过脑海，也许这另有报酬。但穿着这身衣服让我无法彻底思考，假如有正确的应对之道的话，也许被内心的迷雾所遮掩，藏在了面纱下。我的头脑一片空白。假如能撕开这身衣服，获得解放，我才能正确思考或看清楚状况，只有那样才能。但没有时间了，我必须尽快打发普鲁登丝。我们必须重新部署，再度上阵。

我装出微愠的样子回去，普鲁登丝仍待在原处未动。她听到我进来，转身看我。我鞠躬，腰带勒入屁股。她立即问："艾斯蒙附了一封信给我，说我不需要听到回应，但我应该确认信是不是确实送达，送到了吗？"

"请放心，小姐。"

"嗯？"她傲慢地瞪着我。那种神情我见过，当时她还是个小女孩。这位姑娘很难伺候，尤其她的态度比平常更高不可攀的样子，伺候她难上加难。身为仆人，我能说什么呢？

"玫瑰有没有什么话要对我说？"

哦，天啊，我需要跟她说什么吗？

我该说些话的，不是吗？这是我第一次没办法逻辑思考——她应该对普鲁登丝说些什么？把玫瑰当作"她"，也许有助于思考。她也生病了。但一团乱的人是我，不是她。她只不过是生病躺在楼上的床上，甚至不在那儿。在楼下受苦受难的人是我，像一个被陷阱夹住大腿的偷猎者。我想不出来我要对她说什么，在这种情况下我会对她说些什么？我想要小便。我安慰自己：是我把事情想得太复杂了。我只要告诉普鲁登丝玫瑰的想法即可。在这种情况下……情况就是……我是玫瑰。

我开始慢慢地说："她说她非常感激你带信过来。虽然我们在洛欧山庄不知道欧斯本先生来访的细节，但这封信泄露出她回绝他的求婚，欧斯本先生伤心地前往殖民地等事。"

普鲁登丝的脸色变得苍白，似乎要晕倒了，靠意志强撑着。我担心她会昏倒在地，于是伸出手去。她虽然已经拾回理智，却绝望不堪。原来她在乎的是信的内容，信是否送达玫瑰手中是次要的。我希望她像一般人那样，信到达手中时便拆开信，如此一来，我们就能避免这种丑陋场面。或许她比我想象中诚实。不然，还有其他解释吗？

她轻轻地哭了起来，转身，骄傲地不让我看到她落泪。我从餐柜倒了一杯白兰地，端给她。她的泪水已拭去，接过酒杯坐下来。

"我很抱歉，小姐，玫瑰小姐表达她的慰问之意。"惨了，我犯了大错。慰问什么啊？

"为什么她拒绝他？"她期待我给她答案，但眼神带着权威。

"我不清楚，欧斯本小姐。"我应该就此停住但仍继续说，因为我依然是玫瑰，依然思考着她的思考，"也许她不爱他。"才一说出口，我便希望没说这话。

"不要跟我谈爱，你这个大白痴！"她把酒杯摔在地上。酒杯应该粉碎的。但它落在地毯边上，打了个滑，不声不响地滚向墙角，没有满足普鲁登丝的破坏欲。假如能打破就好了。

"我很抱歉，不知道该说些什么。"我真的不知道该说什么，但如果普鲁登丝告辞，那就皆大欢喜。我知道，她接下来会做一些可怕的事，我太笨了，无法处理那种状况。我的身体开始阵阵发痒，衣服贴着肌肤密不透气，仿佛格劳斯[1]的结婚礼服般贴着我燃烧，使我不觉惊慌起来。假发下似乎藏着千只跳蚤，在我的头皮上蠢蠢蠕动。我想扯下假发。

“我要请傅德过来吗？”我急切地问。她望着我，好像第一次见面似的。

“你，你是谁？”她站起来，拿着马鞭指着我。

“我是莱斯利……”

“我知道你的名字，笨蛋，你在这儿干什么？你不是管家，你太有教养了，这里出了很大的不幸，你知道吗？我要跟玫瑰说话，一定要！”

我让她说个不停，因为我的心智尚处于惊慌状态，无法针对此刻想出适当的说法。我望着普鲁登丝。那个她称为笨蛋的人，我，嘴巴张得大开。她想夺门而出，我阻止她。事情发生得太突然了，我必须有应对之道。

“站到一边去！”她推我一把，我使劲地抓住她的手肘，她非常生气。我知道这会激怒她，但我没有办法。我抓着不放。

“小姐，请你克制一下。你让我很为难，我可以去找傅德过来，或者告诉玫瑰小姐说你想见她。我只是遵照主人的意旨，在你见玫瑰小姐之前先提出警告。那是为你着想。她发高烧，有高度传染性。”

普鲁登丝使尽全力拔出手臂，想摆脱我，但我意志坚决。突然，她停了下来。

“傅德说她是摔倒受伤。”我们僵在那儿，互相瞪着对方。

“摔倒？”我不知道如何往下说，只无力地一笑地说傅德的工作不是……但她猛烈挣扎。我吓了一跳，赶紧加大力气阻止她，避免那封皱巴巴的信从口袋中被挤出来。结果，信掉到地上。她马上认出来。她挟

---

1 Glauce，希腊神话人物之一。她的结婚礼服被情敌施了魔法，一穿上便紧贴着身体，起火燃烧。——译者注

着全身怒气挣脱我，趁我捡信时逃走。

我成功扮演了一名男人，她被愚弄。但作为一个人，我的表现烂透了。衣服很完美，想法也够好，但我完全忘记如何落实表现。如今的混乱是我思考迟缓未能即席发挥的结果。扮演男人，我失去了想象力与幽默感，不再是我自己。

她匆忙离开我。我，一动不动，一败涂地，不敢想象未来，听到她上楼的声音才想到要追赶，但太迟了。萨尔玛西斯画像提醒我尖起嗓子呼喊母亲，还有傅德。这是我犯的另一个错误。以玫瑰的声音大喊。

普鲁登丝走得不见人影。她知道我的卧室在哪里，大概已经在那儿了。我沿着门廊走，看到母亲从图书馆、傅德从男爵厅往我的卧室走。人人都朝我的房间前进。

普鲁登丝站在我的卧室里，望着没有整理的床。椅子上散着一些女人衣服，那些衣服我只在这私密房间里才敢触碰。墙上四处挂着玫瑰小姐的画像。梳妆台上放着她的梳子与镜子。所有东西都在，唯独玫瑰小姐不在。母亲走到我身后，傅德推开我迈向前。

“小姐，我必须请你离开这个房间。”傅德大声说，“你没有必要在这儿。”

“我不要被人家当作傻瓜。”她心神紊乱地大声说，“你把玫瑰带到哪儿了？她在哪里？”她说这话时直接看着我，并且拿起几件衣服闻一闻，随手抛向空中。那些衣服随意散落，似乎进一步证实主人不在。她怀疑这是一场阴谋，所有东西依稀印证她的怀疑。傅德只会不断重复那一句话，面对这种单刀直入的质疑，是没什么用的借口。我走到她身边。

“普鲁登丝！”我恳求。

“你竟敢随便叫我的名字！回答我！”

我们三个人像滑稽歌剧里的流氓，一步一步逼近她。她节节后退。母亲跨前一步，走向挥着马鞭的普鲁登丝。

“不要靠近我，馆长。”

此时，到了最紧要关头。我穿着这身衣服提不起劲儿，帮不上什么忙。一种无力感袭上心头，和童年时扮演欧塞伯爵的感觉截然不同。哦，那时能挥舞长剑，化险为夷。母亲靠近普鲁登丝，冷静地说：“普鲁登丝，玫瑰现在好好的，没什么事，只是不能见你。她没什么问题，我们必须……”

“让我看一看！”她大吼。只有事实才能使她心服口服。

我觉得这样太不切实际，没有针对问题处理，于是径自走近普鲁登丝。母亲上前阻止我，但发挥不了什么作用。我很累，累得不愿意再假装，而且我知道该怎么做。我取下假发。啊，解脱的感觉真好！我的真发没有往日那么长（但比莱斯利的头发长），直接垂落肩膀上。普鲁登丝搞不清楚怎么回事。她的常识判断与全身才华常常与她背道而驰。

“我是玫瑰，普鲁登丝。”我以自己的身份说话，或者更贴切地说，我不想再以别人的身份说话。我以自己的眼睛看着她，让本尊的光辉穿透外表的伪装，双臂伸至两旁，手心朝着她，想象自己赤裸裸站在她面前的样子。

普鲁登丝像一尊被推倒在地的城垛雕像，正面落地。她手上的鞭子一挥，火辣辣扫过我的右脸颊，就在眼下一英寸的地方。

“到此为止，结束了。”我对母亲说，脸颊渗出的鲜血流进了口中。“重新开始的时候到了。”

我拥着母亲，拥得很紧。鲜血渗到她的蕾丝领上。

我们的审判即将开始。

5

这一回，没有拖延。旋转木马越转越快，我们束手无策，起初还能分辨叫声与笑声，后来几乎无法辨别。我们死死抓紧，直到受不了才松开手放弃，随便被抛到哪儿去。

普鲁登丝的马拼命跑，带她回家，欧斯本家立即获知此事。最后，洛欧山庄落入他们的掌控之中。他们的动机不是贪婪，不是提升自己，也不是……哦，老天保佑，但愿不是为了报复洛欧山庄。不！他们是为了声望着想，为了同情一名被疯子抚养长大的小孩。面对外界，他们说我是懵懵懂懂的无辜受害者，被精神异常的人强逼穿着不同性别的服装长大，需要长期的关心与照顾，作为家人，只有他们能够提供。私底下，他们认为我的心智是介于他们与运气之间的唯一要素。我吊在一根线上摇摇荡荡，他们磨亮刀子等候着。

父亲应受谴责，尽管他们认为那是受母亲的唆使。他们嘲笑他的服装品味怪异、没有男子气，看起来不吉利，几乎像个法国人，又怀疑他为何限制表兄弟们去洛欧山庄，并且将家人隔绝在封闭世界中。每个人都认为他行为古怪，现在很清楚，他根本就是个神经病，才会将全部财产留给一个惨遭虐待、糊里糊涂的小孩，从此那小孩在世上将失去安全。不管怎么样，危险不会来自他们（笑话一个！）。哦，浪费了这么多年，要多久才能搬入洛欧山庄？

我是颓废时代的产物，昔日游戏时光遗留下来的洋娃娃，需要修补、整理一番，然后永远收藏起来。他们会借助律师与医生之手逼疯我，掠夺我的遗产，撕去我的乔装，把我仅存的尊严毁得一丝不剩。至于图书馆长呢？她曾经在他们面前称王称霸，必须为此付出代价。那个乏味的卖杂货女人！不再是下一任洛欧伯爵的母亲，应该成为在疯人院侍候孩子的伤心寡妇，最好和孩子一起住在那儿。

消息也传至运动场村，村人们喧嚷纷纷。不过，他们的最大忧虑不是有变装癖的洛欧伯爵，而是她的取代者。我是他们的"小青蛙"、"世纪少女"、"财富小姐"，没什么好恐惧的。"即使传言属实，"汉密尔顿听到酒馆老板这么说，"她仍然是这地区唯一的真正淑女，比你太太美丽。""猴子头"酒馆的舆论是：细致的青春伯爵不会生出一个脏兮兮的小男孩。欧斯本家与瑞克雷家在村子里的穿梭越来越频繁时，村人们对我们更加关怀。抽在马匹上的鞭子声噼里啪啦响，是因他们对权力的态度而进行的警告。村人看到他们的未来急驰而过，把窗户溅得泥泞不堪。

"我的男子气"之事一传十，十传百，众说纷纭。有些人认为我一出生便被误认为女生，因为若阴茎缩入裂缝中而（抱歉）睾丸尚未坠入阴囊内，就很可能产生这种错误认知，遇上这种情况时，是父母粗心大意才会把我当作少女受洗与抚养。更有想象力的推测是：当我了解自己的真相后，可以借此在女人圈中周旋，遂一直保留这种欺骗。哪个正常男人会不如此做？有一家报纸认为父亲把我当成女孩抚养是为了逃避我被征召入伍，标题下属名"喇叭"，里面提到了一本书，书中引证了一些人基于政治或家族理由以衣服掩藏真实性别，并且"一直持续那种情况，直到'真实性别的认知'不再攸关生死，或胡子与其他性特征显露真实性别与改变其习惯为止”。真相揭露时，父母通常表明自己也被蒙在鼓里，神奇地改变了传言。我们不要落入这种俗套当中。洛欧不接受这种羞辱。

于是，欧斯本家来到了洛欧山庄。除了开门，我们别无选择。随着家族同盟而来的是一张法律程序单，让他们史无前例地直闯山庄内外。母亲与我尽全力应付这场快狠准的掠夺。

为了让法律发挥效力，欧斯本家精确掌握状况，正确处理事件。他们离目标如此接近，岂能禁得起任何闪失？他们从未如此恪守法律条文，虚伪的风度下闪耀着从未见过的坚毅。奥古斯图·瑞克雷从来不曾如此在乎客户的关注。显然，这个法律程序一点也没有保障我们的利益。我们是被调查者，受一张骇人听闻的搜查证管制。

在这场搜索中，最积极狂热的莫过于奥古斯图·瑞克雷的雇员，崔普斯。这家伙滑头滑脑，衣袖永远染满墨渍，永远抱着账簿在一旁待命。欧斯本家满腹计划却缺乏落实之道，在奥古斯图与其马屁精身上找到的不仅仅是聪明，还有决心。崔普斯知道什么可行什么不可行，心里想着如果把所有事情交由他全权处理，就最理想不过了。他的声音在走廊上渗透，仿佛一阵风钻入窗下裂缝。欧斯本家仗着崔普斯这位公证人随行，为所欲为，畅行无阻。傅德与汉密尔顿只能眼睁睁注视。

情况失控后，母亲完全撤退至图书馆，也许是无可奈何，也许是寻求她的慰藉。遗产来了又去，但书籍永远保留，她的工作就永远没有终止。欧斯本家视她为不相干人物。她是我的母亲（这一点他们知道得真少！）。他们不把她当一回事，只等候良机将她三振出局。不过还是一样，母亲几乎不惹什么麻烦，似乎在八角房里优游自得。或许，他们认为洛欧山庄可能仍须雇用图书馆员。我，也开始将她视为不相干人物，必须独自面对我的审判。

我被禁止穿上那些衣服，即使私底下也不行。我被判以自我疏离。那是一种行动与心灵的压缩，伴随着浆硬的衣领与脂粉未施的脸孔。有一天早上我刮胡子时伤了自己，血从右鼻孔下的伤口滴下来。我没有止血，反而望着镜中的自己，用舌尖将嘴唇涂成深红色。安琪丽卡端着热水进来，我羞愧地转头。

悲惨笼罩洛欧家。仆人们时时担心会有更不愉悦的骚扰，在屋里走来走去时总低着头。傅德想起写信给洛欧家一位许多年的老律师（也就是父亲发现我那天上门拜访的律师），结果，收到一封简短回复：他们现在为最能代表洛欧山庄利益的欧斯本家服务。策动这起叛变的是瑞莱恩斯。没人站在我们这一方。

只有安丝黛丝的心情变得愉快，我没有亲眼目睹，因为她现在不跟我说话，我也不跟她说话。我私下怀疑她宁可拥有秘密未声张时所带给她的权力。对于权力的转移，她和我们一样沮丧，现在必定在努力运作中。她依然独来独往，忙碌不堪，经常斥责工作草率的仆人，在让我们最恐慌的欧斯本家面前表现得紧张兮兮。虽然安丝黛丝的工作只是表面性质，但欧斯本家视她为唯一的管家，完全漠视安琪丽卡的存在。汉密尔顿偷偷监视她的行动，但除了烦人的消息外，挖掘不出什么。她嘲弄崔普斯，尊称诺拉为“贵夫人”。我对她厌烦透了，母亲则全然不理会她。我们已经练就一身无须她帮忙告知秘密的本事。

就任何角度而言，我们对欧斯本家的阻挡都被判定为失败。我们没有遗嘱。我的怪异成长不足以构成他们接收遗产的合法理由。我依然是继承人，依然住在洛欧山庄里面。欧斯本家立即搬离山庄，而安置在山庄邻近地区，准备伺机而动。他们居优势地位，包围着我们，在我面前招摇而过，比以前更加猜疑我，谨慎中流露着一种未来的优越感。他们在山庄进进出出，在宅子里吃饭，使用山庄的卫生间，预先标明自己的领域。

每天传达一道新禁令，新藐视。先怀疑我的真实性别，再猜疑我的精神状态。有些细节需要说明一下。

譬如，我真的知道自己的性别吗？显然，我的话不能相信，除非情况明朗，否则什么也决定不了。如果我是女人，则事情很清楚。如果我如同自己所称是男人，则可以独立继承一切，但我不和欧斯本家任何人结婚，欧斯本家将得不到一丝一毫。在这种情况之下，他们必须证实我疯了，没有继承遗产的能力。毕竟，男人可以在自己家里任意穿着而无须担忧被驱逐出境。假如我被证实疯了，那将是洛欧家系的结束与欧斯本家系的开始。他们有本事促成此事发生。因此，欧斯本家坚持（为了我着想）医生随时在我身边，尾随我的所有行动，评估我的怪异行径，讥笑我的痉挛，记下来，向崔普斯报告。

还有一个更复杂的可能。虽然我承认不是女人，但也不全然是个男人。匆匆一瞥之下，我可能两者皆是，也可能两者皆不是，我是阴阳人。想起父亲，便让人觉得这种生理不幸可能是遗传。欧斯本家觉得这种可能性是个隐忧，因为它唤起了有关我的遗产继承的神秘问题。如果我是阴阳人，我的性别谜底将依据我所设定的尺度而定，也就是说，在我体内哪一种性别比较旺盛？如果阴阳人可以合法继承一切，这将代表多年的法律争辩。崔普斯彻底探讨过这种可能性。

因此，让整件事情水落石出的医学检验刻不容缓，势在必行。但崔普斯绝不会让医生发现我除了男性之外的任何性别。

“只不过是一个留着长发穿女孩衣服的男孩罢了。假如我们必须做就做吧，但我敢打赌放屁，医学检验根本就是浪费时间。我们早就知道结果了。”

说这话的人是奥古斯图，但他引用了崔普斯的话。崔普斯对这主题的知识完全来自一本书，《阴阳人大解析》。这本书总被他丢在会客室的壁炉上。书中前言指出没有阴阳同体这种事，那些被怀疑是阴阳同体的人根本就是女性，因受邪教或无知支配而被误认为阴阳人，或男人。

瑞佛锐医生带着一箱重得不得了的器材抵达，背后跟着一名黑人随扈携着一面白屏幕。医生克制不了好色本性，色迷迷地望着我，仿佛我已经在牢笼里。我绝不会选择他当我的医生，因为他双手抖个不停，若非浸在酒桶里就是兴奋过了头。谢天谢地，只有我们两人。他的随扈留下来为医生递钳子，但必须戴着面罩，这是为了他的肤色而非为了我的尊严。

医生叫我脱掉衣服站在他面前，以确定我处于哪一种状况。我告诉他，我并没有假装，本质上是什么就是什么：我是男人。但他不理会，决意不放弃他的乐趣，详细检查我。我不能让这检查继续下去。许多自称是医学（色情）小说的书，常以这种细节让狂热的学生心痒难耐。

这是欧斯本家想要破坏我内心宁静，让我发疯的第一招。他们说法律站在他们那一方，任何可以羞辱我的方法都决不放过。虽然他们拥有合法权利，但我决不放弃精神上的优势。我是他们的受害者，没有其他的选择，仅有的捍卫是保持冷漠。但我不能。我鼓起最大的自尊向前弯，但瑞佛锐兴致勃勃地搓我、捏我，我终于哭了出来。

判决确凿无疑。现在，再也没有掩饰的理由了，我看到了男人的性征。我为什么让自己处在这种日复一日的折磨当中？我一点也不想以男人之身而活，这很让他们扫兴。

接下来的羞辱是宗教。在布莱斯卡的命令下，一位神经质牧师检查我是否遭恶魔附体，是否有生理烙痕。波丹的《着魔妄想症》形容那些烙痕是与撒旦结盟的痕迹。我对牧师感到很抱歉，但很高兴奥古斯图没有说服布莱斯卡亲自执行这项检查。布莱斯卡是他那位敬畏上帝的父亲的邪恶分身。检查包括详细筛检我的头发、两腿后面与两片屁股之间，因为现代人认为魔鬼喜欢把标志烙在不为人注意的角落。牧师花了前后不到十五分钟的时间完成检查，除了背上一颗无辜的痣，没有发现其他的邪恶烙痕。那颗痣让他唠唠叨叨了几分钟，之后他慎重地说我没有被恶魔附体。关于这个结果，最安慰的人莫过于艾格，最失望的莫过于布莱斯卡。

检查完毕，艾格把我拉到一个离他儿子很远的角落，劝导我抛开尘世皈依宗教。他的看法是，我需要长期对外隐藏真相背后的耻辱，在修道院修行是最好的方法。至于我的精神救赎，一辈子恪守独身至关紧要，这可以助我达成死亡前的圆满，给我永恒的精神快乐，因为我在尘世已经一无所有。他苦口婆心劝导我不要戴上面纱（他的意思是戴上面纱会变成修女，我想他肯定认为我会经常戴着面纱）。他说，戴上面纱回到不必要的欺骗可能重拾旧性别的习性，也许会带给我短暂快乐，但其他修女因此而接受我的可能性，微乎其微。

可怜的艾格。他是一个正派、无趣的男人，尚未被他的家庭完全糟蹋。他说，假如我坚持合法权益，将面临一场对抗公众的烂仗，我不应该在那场烂仗中扯出家族姓氏。他说这番话系出自于真诚，而非出于别人的授意。艾格把心里认为对我最好的方式建议给我，因为我对这世界没什么用处。不论我穿什么衣服，都是尴尬。

讨论像蜻蜓般在我耳边嗡嗡响。我竟然习惯被讨论，好像不在场的样子。

小时候母亲赞颂有加的亲戚朱利叶斯与其父亲威廉，现在是我们的孤单拥护者。他们发现被召唤出席只是基于一种礼貌。每次出席，都被完全忽视不理。他们想要提供一些古典主义的看法，却遭人嘲笑那是对死人与死语言的热情。我坐在角落里，没人要我留也没人要我走，所有人为了我的存在争辩不休，眼神不断抛来抛去。

朱利叶斯是同情的眼神，他父亲面无表情，其他人则抛来鄙视的眼神。

“天啊！”奥古斯图的茶色小丝巾因为情绪激动而舞动，“他的长相像男人，说话像男人，他是男人，因此就必须像男人的样子，我们家族不能有一个穿着不适当服饰的成员。”

“只有疯子才会干那种事。”崔普斯煽动地低声说。

“嗯……”亚瑟斯登同意。大家认为亚瑟斯登数月前才脱离险境，这可能让他过度激动，但也可能让他因目睹家庭复兴而意外地找到生命力量。此刻，他比以往更健康，正以吸血鬼的精力开着残酷的玩笑。我把他从死人堆拉回来了。他又说：“但我死也不会，这是个羞辱，就这么简单。娘娘腔是一种对公众的藐视，看看他那个恶心父亲。”

“那正是病源。”布莱斯卡说。

“听好，仔细听好！”亚瑟斯登说，“我们家族里不能有那种爱作怪的成员，跟女人上床太多了才会变成这样。”

“这些洛欧还没有断母乳！”奥古斯图说。我望向窗外，花圃异常凌乱。我想，园丁是否和仆人们一样，也放弃了希望？

“男人穿着女人服饰并不一定不对劲。”朱利叶斯假设性地说。他极想拯救我们，只要有人听便抓住机会说话。

“什么？”奥古斯图好像被打断似的。他忘了他的兄弟在这儿。

“赫拉克勒斯有三年的时间穿着女人衣服在……在谁的宫廷来着？爸爸，是利西亚的皇后吗？”

“吕底亚。吕底亚的皇后。”威廉伯爵哑着嗓子答。

“吕底亚，是的。”朱利叶斯说。但奥古斯图受不了了。

“我完全听不懂你在说什么，赫拉克勒斯做什么或穿什么对这丝毫不重要，你应该知道这是一个完全没有任何启示的观点。”

一片沉默。朱利叶斯怀疑自己只是在拖长我们的痛苦。他发现欧斯本家与律师完全没有妥协空间，于是带着他父亲离开了。只剩艾格敢大胆为我们辩护，但他儿子把他的每一个看法都捣得稀烂。

“弗朗索瓦以女人身份结婚，一六六三年成为一名神父。他穿着女人服装在修道院的书桌上写出伟大作品《教会历史》，肯定是上帝的虔诚敬拜者。玫瑰的情况也许也会如此。”

“他应该被逐出教会。”布莱斯卡说。

“基督教慈爱，拜托，儿子！”

“慈爱，去他的！《申命记》第二十二章第五节：男子也不可穿妇女的衣服，因为这样是耶和华你神所憎恶的。不就回答这个了嘛！”

“唉。”艾格转身离开。

“我不管耶稣基督有没有穿什么鬼衣服，”亚瑟斯登最后说，“那不准发生在我的屋子里。”

我懒懒地看他一眼。

“或这个屋子里。”他补充说。

瑞莱恩斯是最刻薄与最不留情面的人，他不像其他人那样经常来洛欧山庄，因为他的兴趣摆在洛欧山庄外。他的虚假让人毛骨悚然，外在的风度与礼貌只是一层覆盖自私自利的薄皮。他的魅力面具从未摘下，现在为了奥古斯图保持最佳风度，当然也不会因我的存在而阻碍他的表现。所有人的意见当中，他是最恐怖的声音。

“哎，假如她不想穿成男人样，就让她扮成女人嘛。不管法律如何看待，大家的眼睛是雪亮的。”瑞莱恩斯说。

“讨论结束。”亚瑟斯登说。

“我们有一个人类的矛盾，让公众自行决定吧。干脆送她去马戏团，这样就不用在修道院帮她找地洞了。要看‘非男子先生’，需准备好铜板。”

“不切实际。”奥古斯图说。

“哦，苦恼苦恼！我们把一名家人推向恶心的畸形秀！”亚瑟斯登大声喊，“别人会怎么说？天哪！”

“容我插嘴，以后我们称呼他应该用‘他’，而不要用‘她’。”崔普斯提醒大家。

“‘它’？”瑞莱恩斯问。

“‘他’是最适合的了，先生。”

“好了，不管我们如何称呼它，假如它想要当女人，就让它当女人吧。事实上，有一个简单的医学解决办法：割除阴茎。”

“瑞莱恩斯？”奥古斯图问。

“这是最终的解决办法，让他成为彻底的女人。”崔普斯说。现场寂静无声，落入思索。

“我觉得我们需要他的同意。”奥古斯图抽一下鼻子说。

“不需要。”瑞莱恩斯说。

我离开房间。

普鲁登丝进来了，没有参与讨论，但对我的怨恨表露无遗。她知道艾斯蒙一事会让我饱受谴责，也知道我还有许多事未说出口。这种傲慢成为她的装扮，使她看起来比以往美丽。她对我而言是一个谜；或者说，她制造了一个我的谜给我。在我们的相处中，一直无法和善交谈，虽然我曾经想要爱她。她的眼神睥睨一切，从来没有人驯服得了她。任何人与她结合，都是一场意志战。我记得数年前，我穿着欧塞伯爵服装戴着假胡子想要让她留下深刻印象。她看我一眼，说了一个摧毁性的判决：“真可爱。”什么也没改变。我依然穿着同样服装试着取悦她。从来没有人让我如此频繁注视，虽然我不曾如此注视过任何人。

普鲁登丝是我的智慧树，却遥不可及。我渴望见到她服装下的躯体，和她自由自在相谈，但她总是让人难以亲近。现在我疲惫不堪，却依然被她征服。她的每一神情皆教我怯懦，在她面前我比以前更愚蠢。

虽然我的人生会成为地狱，虽然承认是一种痛苦，但也许我们的结合是欧斯本家与洛欧家可能开花结果的唯一妥协。不过这点没被提出讨论，现在提议这个也太迟了。我才刚变成男人就被阉割，人生将大大不同。或许她是我的“药方”，因为我的眼下依然留有她造成的伤疤，尚未完全复原。

母亲在图书馆保持低姿态。现在，是我为她保守秘密。我很少提及她，生怕涉及她的名字会提醒他们，也可能暗示了她的存在。只要她不干预，便没人理会她。她能过一种比较普通的生活，希望自己被视为图书馆员而非夫人，也清楚自己的角落在八角楼里。她在门上的名字有辟邪效果，书籍与纸页给她安全感，那些书页的价值也只有她了解。我们假装她仍然照顾着我，但其实是我在照顾她，这是我第一次照顾她，为她撒谎，为她掩护。我成为不合法的女祭司，保护她在圣殿里不遭人触碰。

我带着疲倦的意志力与四面八方的篡位者交手，但情绪非常低落。父亲的死亡，母亲的逃避，朋友的远离，身体的发育，无不让我垂死挣扎。外表上我穿着衣服，似乎有尊严，灵魂却烦恼不休。就让他们当我不在场一样谈论吧，想要移动我更困难。如果他们想说我疯了，证据在他们手上。或许有一天他们会放弃，离开。

傅德与汉密尔顿也对形势失去信心。崔普斯通知山姆，汉密尔顿家既然不再是洛欧山庄员工，就不应该占用门房小屋，应该马上空出来，然后他又随便地问是否能试一下即将抵达的马车。每个人都收拾包袱准备走路。仆人们不再清楚命令来自何方。“哈哈帮”遭安丝黛丝渗透，被迫顺从别人的统治，变成一桩笑柄。好一些别人！奥古斯图来来去去，仿佛房子是他的。他的妻子卡洛琳终于完成了山庄的盘点。诺拉搞得每个人一把鼻涕一把泪。唯独盖伊暂时处在战火外，只有老天知道那些人变得如何卑劣。

自从他们在我们身边走来走去，进出我们的私生活，侵犯我们的私人房间后，我开始恨起洛欧山庄，它一点也不像我青少年时期的欢乐之宫。这是我第一次对洛欧山庄产生怨恨。问题越来越严重，深入我的灵魂，那是一种无法对人承认的痛苦与不能自行解决的冲突。只当男性，让我很容易动怒，凡事立即生起厌倦之心，开始捂起耳朵不听不闻，坐立难安。别人对我说话，我看着他们，听见他们的声音，咿咿嗡嗡的，却没有听见他们的话。他们远在天边，我处在一个跟着我移动的玻璃房里。我的十七岁生日过了，没有任何庆祝，我穿着错的服装，在错的屋子里，感觉自己老得过头。

母亲也饱受煎熬。我们之间产生一种新距离。

生平第一回，我对她大吼。我坐在一束阳光下的地板上，仰头瞪着阳光。她跟我诉说那些仍在编录的民谣。我听到她的声音与片段言语，但无法把那些言语串成意义。我对自己、对玻璃房、对不专注生气。她问我是否在听她说话，我失去了耐性。

“我不在乎那些民谣，也不在乎你的玛丽……看看她对我们干的好事！够了！够了！”我掩着耳朵，奔出房间，不敢转身看她哭泣。

我变了。我们都变了。我设法道歉，但彼此心里明白：我责备她把我当成思想的实验，对她的谴责多于对父亲的谴责。假如我公开斥责她，情况会更糟。我们所有的，仅剩彼此那种特殊的紧密结合。如今，这种结合处于分裂当中，或许已经荡然无存。假如欧斯本家有人听到这个消息，恐怕会欣喜万分。我们终于瓦解了。

我梦见螺丝向下旋转，书籍淹没水中，窗户失去插销。我快窒息了，越来越无法忍受这种孤绝。但越是无法忍受，越是浑浑噩噩，越忘了执行我的生存方法。

我坠入一种惰性当中，整日行尸走肉，连最恶劣的攻击也不还手，让他们骑到我头上来，越坠越深后，便不听他们说话，喜欢想象消失，徒留躯体在椅子上。我不言不语，精神恍惚，没日没夜地坐在楼梯上，望着那些画像，想象萨尔玛西斯与赫马佛洛狄忒斯，身边上上下下的双腿，懒得理它是谁的腿。我以前喜欢躺在床上思念莎拉与史蒂芬，现在也不能了，因为不喜欢有污物与喘息，我知道那会导向什么结果。我没有强烈欲望，没有生理需要，脑袋空空，忘了那些仍挂在衣柜内的旧衣服。对于那些新衣服，我一直适应不良，它们把我所有思想扫得精光。

我望着我当女孩时的画像，看到一个陌生人笑望着我，带着快乐嘲弄我。假如她知道了我现在所知的一切，会怎样？父亲与他妹妹带着控诉的眼神看着我，比较像我们的状况。

母亲突然被邀至楼下共进一场疲劳轰炸的晚餐，和我一起坐在餐桌一角。这是我们的房子，曾经我们被推出来接受宾客赞赏。此刻，我们把拯救希望放在一位比较善良的成员身上，因为朱利叶斯离开已久，遂把小小的信心放在对艾格的大大信任上。布莱斯卡总以上帝之名判定罪恶，是宗教裁判所与十字军东征的综合体。他父亲艾格是我们仅有的保护者，可以稍微约束一下欧斯本家的过度恶劣行径。但很不幸地，艾格前往伦敦参加主教儿子的坚信礼，没有出席这场晚宴。我们完全被遗弃，四面楚歌。

普鲁登丝坐在她兄弟瑞莱恩斯与诺拉中间，离我遥远。瑞莱恩斯照例坐在奥古斯图的右手边。母亲与我皆沉默不语，只有在自己的卧室里我们才互相说话。我们最隐私的面貌已经被他们揭发，在手术台上开膛剖肚。我再也不从嘴巴里吐露出任何字眼让敌人洞察我目前的混乱，这只会强化他们的火药库。

晚餐大惊喜是一个未经宣布的光临者，也是我母亲获邀参加晚宴的原因。门被甩开，那儿，站着一位……我没有马上认出他是谁。这幽灵一出现，餐桌上响起一阵此起彼落的欢呼尖叫。普鲁登丝跳出来迎接他，小狗似的雀跃样子实在有失分寸，这种突兀的厚脸皮样子在几个月前完全无法想象。

“我的天啊！”她欢呼，向他行屈膝礼，让他亲吻她的手。他取得家人的低声许可，淡淡地亲一下她的手。

狗娘养的。

“盖伊！”奥古斯图立刻调整餐桌座位。

他已经长成一位英俊的雀斑青年，一头潇洒头发，枯枯瘦瘦的身材。我想，他穿的是最新流行的衣服吧，在我眼里相当新奇。他巡视一遍餐桌，普鲁登丝引他在她身边的椅子上坐下来。他完全无视我母亲的存在，向房子的主人亦即晚宴的主人介绍自己。他丢下普鲁登丝，走向我。我没有起身。他站在我面前。

“我们没有一起玩过吧，先生。”他鞠躬，相当合宜得体。

我欣赏他的镇静沉着，但不值得我花心思对抗。那晚，我的精神完全恍惚，只有盖伊的出现让我迅速回神，如果可以的话，我愿意再度坠入恍惚之中，然后上床睡觉，他们解散。我觉得自己要开口说话了。“有，先生。”我的眼睛仿佛被麻醉似的昏昏欲睡。除了继续，没有其他选择。我喝一小口葡萄酒，润一下嘶哑的喉咙。

“不，先生，我们没有，自从……”他挺起身子，看看其他人是否看着他，然后说，“自从玫瑰得了溃疡之后，我们便没有一起玩过。”

餐桌发出低沉的咿呀声附和，刀叉敲着酒杯叮当响呼应。每个人都靠回椅背上，欣赏这一出天外飞来的好戏。盖伊睁大眼睛望着我，诱使我回应。我不说话，手放在餐桌上。母亲伸手过来握着我的手。

“我们现在要称呼你什么？先生。”他噘起嘴巴，仿佛这是个需要好好想一想的问题，最后也没得出什么答案。

“你可以称呼他玫瑰·洛欧伯爵。”母亲突然回答。她气得指甲深深陷入我的手中。盖伊又巡视一下他的观众。

“非常正确！玫瑰即使不叫玫瑰，闻起来仍然……”他语意未完地停了一下，说，“一样甜美。”

“哦，盖伊！”普鲁登丝如痴如醉地惊叹，一群人笑得东倒西歪。瑞莱恩斯干下满满一杯酒向盖伊致敬；唯一的基督徒布莱斯卡点头称许，拿餐巾遮着脸掩饰笑声。奥古斯图捧腹大笑，他老婆像只胖鹅似的嘎嘎叫。所有动物放出笼，我们是肉食动物的猎捕目标。那一晚能逃过劫难，算我们运气好。

“我要你住口！”母亲大吼，眼泪逼上眼眶。她知道我不再有精神与意愿保卫自己，遂挺身而出，可惜徒劳无功。现场仅剩我们的躯体，权力已逝。我惶然无助地坐在那儿。盖伊盗用世界名言，由我付费。他们似有若无地嘲笑我、谈论我，仿佛我不在场似的，没有像以前那样大剌剌的粗鲁。这是他们第一次把我放入库房，拿水果丢我。我甚至站不起来，无法离开。盖伊完全结束后，我抬起头来，好像一名多次倒在地上却死不认输的职业拳击手。

“盖伊，在我背后，随便你怎么称呼我，但是在我的房子里，你必须称呼我玫瑰·洛欧伯爵，听清楚了吗？”说完，我渐渐陷入刚刚的昏乱当中。我开始说时，先激烈吸一口气，再缓缓吐出一字一句，之后，所有的紧绷消逝。我仅回答他的问题，不再怀有等候这群疯子结束的希望。

“伯爵，我最亲爱的伯爵。”盖伊说着走去普鲁登丝身边坐下，又亲了一下她的手。

“普鲁登丝，看看玫瑰·洛欧伯爵脸上的疤痕，好像有人修理过她似的。”

“盖伊。”普鲁登丝瞟了我一眼。我举手遮住伤痕。

“那是你为了防范她干的吧？普鲁登丝。”奥古斯图说着，欢迎别人添油加醋。

“被普鲁登丝修理！”瑞莱恩斯说。

“用她的大剪刀戳！”诺拉说，脸笑得皱成一团。卡洛琳夫人正和一只火鸡腿大作战，嘴角泛着油脂，冷冷地笑一笑。

“嗯，很冷静的看法，亲爱的宝贝。”盖伊说，“男人说不出这话来！”

事情在五分钟内跌入深渊。奥古斯图·瑞克雷盛大宣布盖伊与普鲁登丝订婚，瑞莱恩斯与布莱斯卡在一旁笑得喜气洋洋（瑞莱恩斯闻到了数月磋商的成功果实，布莱斯卡高兴多了一个安乐窝）。奥古斯图询问普鲁登丝可否称呼她女儿，因为普鲁登丝觉得自己是他的女儿。依照家族的权利，他们在洛欧山庄大教堂举行婚礼，双方家长同意采用洛欧之名。那是他姐妹的希望，他们向他姐妹敬酒。接连不断的酒杯敲着我的酒杯叮当作响，两个家庭正式宣布结合。我恍恍惚惚，摇摇晃晃，想吐。他们无须摆脱我们，只要迁入、占领，而且已经迁入、占领了。

我踉跄着身子离开，几乎撞倒母亲的椅子，到了餐厅外面吐在沙发上。我觉得天旋地转，喉咙痉挛。母亲扶我回到卧室。我躺在地上，脸颊贴着冰冷的橡木地板。

羞辱声在我的耳畔嗡嗡响，餐厅的狂欢声逼着我清醒。宣布变成正式庆典。一直到早上，我几乎没有睡着。屋子里冷清清的，这是坏预兆。我期待看到宴会已经结束，但所有东西都在，杯盘狼藉。空气中滞留着红酒味与烟灰缸中散出的陈腐臭味。餐柜上剩着两大块肉，招惹了两只大青蝇。如此的脏乱，我从未见过。我要离开时，傅德挡下我。不知怎的，他穿得一丝不苟。

“先生，仆人们，基本上，离去了。他们拒绝回到工作岗位，这家人待他们非常刻薄，他们不清楚发生了什么事。”

“我也不清楚，傅德。”我说着，喉咙涌上一团东西。我吐出来的脏东西也没清理。

“我也不清楚。”他说。

他转身离开，又转回来。“最后一个消息，恐怕是坏消息，玫瑰。”

我望着他，“安丝黛丝。时候到了吗？”

“是的，先生。她的野心是继续待在洛欧山庄当管家，但不是为我们工作。”

我沉思，四周静寂。“好。”我说。

“我了解你的意思，先生。”傅德伸手握着我的手，再度转身离开。这就是留下来的场面。

有些比较勤奋的仆人大清早像只胆怯老鼠般畏首畏尾溜出来，母亲与我鼓动他们一起清理残局。我看到我们凄惨地沦为打扫的灰姑娘与洛欧山庄的仆人。这实在令人难以忍受。王子哪儿去了？公主在哪里？

那天，安丝黛丝成为洛欧山庄的唯一管家。看到我们，她飞得老远，扫把转向了。我们没有什么东西可以让她讨价还价，她有方法从欧斯本家那儿要到她想要的东西。那方法是，告诉他们一件他们不知道的事情。

我是私生子。是我，篡夺了他们的洛欧山庄。

事情已经够恐怖了，现在一切搅入混乱当中。法律诉讼会随之而来。傅德与汉密尔顿说这得纠缠数年，数年的精神，数年的金钱。但要保卫什么呢？保卫看着我们家以及里面的每丝每毫从指缝中溜走时的羞辱。我很高兴它结束了。他们赢了，无须开口咯咯叫就赢了。盖伊与普鲁登丝即将结婚。我们的卑微愿望系在这一事实上：他们和我们一样不希望打官司。

正是那一天，奥古斯图与瑞莱恩斯带着建议而来。内容或多或少如我们所想那样。他们把洛欧山庄的图书馆侧楼让给母亲与我。我们可以保留傅德与一位仆人，可以依照自己的规矩住在那儿，但需在他们的保护之下。

我们被囚禁。王子在塔楼中。

我们在交换中获得了什么？能期待什么？我们的命运，全凭他们的慈悲。他们拥有法律势力为后盾，只想逃避流言蜚语与诉讼费用。他们不会告发母亲共同犯下欺骗罪行，这让母亲免除了一场在法庭上为愚昧行为辩护的痛苦。他们也不会散播我的私生子背景，不会公然质疑我的继承权，但我只是名义上继承，必须签字认这笔账，他们才是洛欧山庄的真正主人。洛欧山庄由两家联盟统治。此外，他们还建议我取名为“无形洛欧伯爵”。“葛瑞酒馆”未必站在他们的立场，但法庭审判对欧斯本家与我们同样耗时费日。对我们而言，这是所能期待的最好结果，除了……除了叫我以男人之身而不准以其他身份出现。契约如下：我可以住在大宅子里，限定活动范围，基于穿女人衣物的欲望可能被他们当面逮个正着，我不准保留任何女性衣物。

这个法律文件是崔普斯、瑞莱恩斯与奥古斯图共同草拟，我得签字。契约上的协议部分详述了我能穿什么样的衣服，如何剪裁那些衣服，用哪一种布料，如何穿着，若背离约定将遭受何种剥夺等等。我的住所已遭搜索，所有扰人的东西都被搬走。

我代表母亲签了这项约定。我怀疑我们在真实世界中能否存活。我们的卧室搬至八角楼旁，并拒绝再和那家人共同进餐。餐食送至图书馆，我们和傅德一起在那儿用餐。傅德也很疲倦，我为他舀汤，而非让他为我舀汤。某些珍爱的东西跟着我们一起搬至楼上，但不准拥有任何值钱的东西。那些书，归我们所有。

有一天晚上，我记得是一个礼拜六，花园架起了一座大篝火。我从图书室窗户往外瞧，不知道发生了什么事情，只对这景观感到好奇。仆人通报，普鲁登丝要求我到外面去。我现在听天由命，遵命出去。

前方草坪堆了一大堆我认为是破布的东西。一些我不认识的工人开始搬动那些东西。我呆望着，脸色死灰。我的衣服已经像抹布似的塞在许多袋子里面，被丢在荆棘上，又用草耙把它们叉在柴堆顶上。瑞莱恩斯给我一支点燃的小蜡烛，带我走向柴堆边。他抓着我的手臂移向那堆引火物与衣服，点燃火种。火焰开始旋转上升时，我的衣服噼啪作响，从火堆里喷出来。我想象自己在火焰上端，火焰舔着我的脚跟。

是盖伊设置这座焰火，为了祝贺他的准新娘。

婚礼结束后，盖伊与普鲁登丝会正式入住洛欧山庄。我对这个婚礼的恐惧不亚于其他事物。这是洛欧山庄自我的出生庆典后的最大盛事，这次，村民不会受邀参加。显然，这是欧斯本家第一次在众人的羡慕与赞赏眼光下集体伸展肌肉。我试着寻找逃避之道。

我帮母亲整理那些民谣，让自己忙碌。缩进八角楼将我体内的小动物牵引了出来，我开始在隐居处玩起一种荒谬游戏。我喜欢在小空间里用鼻子到处嗅来嗅去，以后背当掩护。在楼上的藏身所，我有一种回家的感觉。经常，我坐在母亲脚旁，将那些大纸张整理在一起，粘成对开本。母亲有时唱那些歌给我听，尽管我非常疲倦，全身被衣服搞得发痒，但我想我们也许能存活下来。

我迷失在那些民谣中，遁入歌词世界。那些歌谣带我进入一个爱情、巧合、永恒的爱与宿命的世界，那是父亲依然活着的世界，比我们现存的世界美好许多。我喜欢双胞胎重逢、女巫变美女、鸟儿唱警讯，还有流浪成性的女水手。那些胆大的女水手穿着抢来的男性服装，出海营救害了相思病的情郎。我们乐在其中，永远整理不完这些歌曲。对母亲而言，那些歌曲替代了玛丽。这些日子，我们没有谈起玛丽。

我们背后发生着什么事？我们全然不知。有一天早上，傅德带来一张婚礼邀请卡。我几乎不敢拿起，它装在紫红色的金边信封里，目中无人地跳动着。我知道我不能出席，那太可耻了。我不去。

就是那个时候，我决定改变一切。我看到自己在螺旋梯上不断往下转，欧斯本家不准我们在图书馆外活动，后来缩减成半个图书馆，然后只剩书桌，最后，只能活在斑斑灰尘中，羽化成历史。我看到死亡一闪而过。只有死亡能带我远离他们的折磨。我会自杀，或想办法死掉。我会逃得远远的。艾斯蒙做得到，为什么我不能？我的绝望远胜于他。我需要寻找一个藏身处，倘若找不到，那代表我不应该来到世上，诚如他们所言，我不适合这个世界，该怎么样就怎么样。刑罚的开始没有取得我们的同意，但我们可以随时结束它。

假如我有任何怀疑，那么史蒂芬与莎拉的返家使我消除了这些怀疑。他们回来帮忙整理门房小屋，帮他们父亲处理一些事宜。虽然那是令人难过的日子，却也是我盼望已久的日子，基本上是乐事一件。可是，我的期待中充满恐惧。我不想让他们看到那些人，看到我是男儿身或现在这副男人样。在这种情况下，“返家”这个字眼似乎嘲弄着我。母亲试着为我打气，因为她知道我的担忧多于快乐。

我勇敢地面对，穿上衣裳，想起盛装打扮向父亲告别的那一幕。这一回，我更不完美。我唯一一件像样的外套，右胸膛上有一块大污渍。看到这块痕迹，我才知道自己有多消沉。自从与他们分手以来，我颓废度日，整天浸在酒缸中。

我们在图书室会面，这让我们的聚会看起来正常些，但想到他们必须经过长廊，我好痛苦。那儿的所有画像都被乱摆一通，有的甚至被取了下来。瑞克雷家那幅讨人厌的画像现在挂在男爵厅正中央，从此，再也看不到他们降格的明显符号。

汉密尔顿领着他们出现在那儿。他一路引导他们，脸上挂着小心翼翼的微笑，那是护士引领访客入病房探望垂死病人的微笑。

第一眼决定一切。光是他们的眼神就令我恨不得逃离洛欧山庄，永远永远。我站在那儿，像站在他们面前的陌生人。他们凝视着我，渴望从我的男人扮相上找到我的形象，之后立即低头盯着地板。史蒂芬首先抬起眼睛，微笑，那是一种礼貌性的微笑，不是我认识中的史蒂芬。我宁可他嘲笑我，和我一起嘲笑我。我知道自己现在这副德行，不要他们在我面前说谎。莎拉脸上的惊骇渐渐平息，却不抬头看我。她是否和我一样，想起了我们之间消逝的过去？想起了她在走廊上如何从我背后大声呼喊一切没事？结果，不是没事，现在她知道事情有多可怕了。

“喂，玫瑰。”史蒂芬首先开口。许久以来，没人如此轻松地叫我玫瑰，这是个小小的安慰。他脱下帽子，紧张地捏在手上，当作海绵似的拧来拧去。他的外表没多大改变，只不过多了一点世故，不会再在走廊上奔来跑去，撞坏一堆东西，捏造一大串谎言，声音也变得比较低沉、稳重，或许是教育的成效吧。我心中有了决定。

“喂，史蒂芬。喂，莎拉。我们在洛欧山庄非常想念你们。”这声音，即使听在我耳里也挺陌生的，是我刻意培养出来的低沉嗓音，以使声音保持连贯；是从喉咙深处努力挤出来的嗓音，比同年龄男性的正常嗓音还要低沉一些。不过，声音再怎么奇怪，也没有说出来的话奇怪。我一板一眼地说出那些话，仿佛从外语翻译过来。我想张开手臂迎接他们，拥抱他们。他们或许也想这么做，又或许害怕这么做。我不能，身上的衣服、嗓音、言语与昏昏欲睡，无不阻止我。

母亲问起他们的学校。

“我们觉得很辛苦，不像在这儿，没有这儿好玩。”史蒂芬想要借这番话跟我表达什么，但眼神与神态也说明了其他。

“亲爱的莎拉，你好吗？”母亲问。

莎拉一直低着头。我听到她哭泣。

“没事。”史蒂芬说，“她不太能适应。莎拉一直高兴要回家了，但所有的变化太大了。”

我不知道该说什么。盘旋脑海里的只有：我们的游戏、欧塞伯爵、我的河流梦、在床上亲吻莎拉、板球赛插曲与跷跷板。我迷失在往日时光里，望着镜子，瞄到自己是……哦，一个病恹恹、衣衫褴褛、未战先败的公子哥儿。

“自从我父亲死后……”我才开口便无法言语。莎拉听我提及父亲死亡，呆望着我，两只眼睛泪汪汪，泪水飞落脸上，闪耀在细纹间。我想在她面前游泳，一直游个不停，迷失在她的眼神与泪水中，恨不得溺死在里面。除此之外，我还能做什么？我开始结结巴巴。

“自从他死后，我们……以及我的……”我低头望着我的衣服——我的棺木。说不下去了。史蒂芬与莎拉完全了解我无法说出口的话，莎拉倚着史蒂芬，哭倒在他的肩膀上。史蒂芬适时拥抱她。

“我们最好赶快帮父亲整理那些事。”他说。

“或许吧。”我说。这是我这辈子说过的最愚蠢的话。

“你们还有机会聚一聚。”汉密尔顿开门时，母亲如此说。“我们都必须习惯现在这种情况，你们知道哪儿可以找到我们，我们全副心思花在工作上。”

他们离开，带走希望。我僵着身子，动也不动。母亲拉起我的手。从她的抚慰中，我知道她明白一切无须多言。

“回到我们的收藏品上吧，玫瑰，还有很多事要做呢。”

那一天，我的眼中除了他们，无一物存在。如今，在他们眼里我是陌生人，是无法改变的现状，我当然不敢想象自己能改变现状，性别对我是残酷的现实。事情的明朗化招致我心爱世界的灭亡。换言之，我是谋杀心爱世界的凶手。

我已作了决定。永恒？不存在。

我要离开洛欧山庄。今晚。

Ⅳ

梦土

Land of Dreams

1

星期天下午

“朵儿丽。”

终于！今天早上，我们的客人说话了，这是他到这儿后第一次开金口。我听过他喃喃自语，今天他说得相当清楚，尽管神志未完全恢复。于是，我计划了一场尽可能引导他说话的假对谈，虽然也是一场胡言乱语。

为了向新计划致敬，我用一个新的写作本，尽量记录下他的语言。这个写作本是一位殷勤过了头的笨德国学者送的礼物（谢天谢地，他死了）。假如他还活着，应该四十五岁了，和父亲一样老！他的题字让我有点怕：“给法兰希丝，我的海伦，她心爱的华纳赠。”谢谢你，沃尔茨先生。

我不应该把这位客人说的话告诉任何人，因为到目前为止，那仅是一番胡言乱语。另外还有一个原因：那是我（和他）的事，不关别人的事。他不再是一个新来者，因为随着他的健康好转，每个人对他的兴趣也逐渐消退。贝若古医生天天探视他的病况，一天一次，绝不多于一次。我父亲的讯息多半来自罗格，他的时间全耗在英国古物委员会的那些老人身上。母亲并不喜欢上这儿来，除非必要。她现在把时间花在准备烤饼、无花果酱与浓缩奶油上，让英国古物委员会的那些老人们感觉没有离开苏塞克斯郡的花园。罗格的护士来为病人洗澡时，从不发一言一语（除非我问她问题，但她的回答绝对是：‘我不是医生！’）。因此，只有我，以日记形式记录下观察，或许他携来的书籍有助于我。我大声朗读那些书籍，希望他听起来有熟悉感。

今早的谈话：神秘进一步加深。

你叫什么名字？

凯瑟琳·桑顿。

不，我是法兰希丝·库伯。你的名字。

我的名字是凯瑟琳·桑顿。

凯瑟琳？

桑顿。

但你是……

我是凯瑟琳·桑顿。

你从哪儿来的？

（听不见。）

伦敦？你从伦敦来的吗？

伦敦。史特兰区。

你怎么来的？

多佛。法国登陆。巴黎。布林迪西。佩查斯。

为什么你说你叫凯瑟琳？

（没回答。）

你在这儿干吗？你觉得好一点了吗？

他没回答，仿佛突然听不懂我的话，猛然抬头睁大眼睛。这是我初次见到他的眼珠，碧绿色。他用双臂挡住脸孔，似乎觉得会吹来一阵风，之后倒在床上，睡着。

他被发现时，头发已经剪得很短（仿佛自己不看着镜子剪出来的样子），状况非常糟糕。现在的他看起来依然疲倦，脸上残留着瘀伤的黄斑，右手臂与两腕似乎被绳子擦破了皮，正在逐渐复原中，虽然他两只手经常盖在上面，其余时间则藏在棉被里面不让人瞧见。当然，他说英语，那是他被带到我们这儿来的原因。

我想再看一次他的眼睛。

星期一早上

凯瑟琳？

凯瑟琳？

那是你的名字吗？

法兰希丝。我是法兰希丝。

我是法兰希丝，你的名字是凯瑟琳，是吧？

凯瑟琳？是的。

为什么你从英国来这儿？凯瑟琳。

从英国来？

是的，你为什么离开伦敦？你到这儿干什么？

我父亲发誓要杀死我心爱的人。

你父亲？为什么？你的爱人是谁？

威廉，记账员。

你和一位记账员谈恋爱？

我的威利。

你爱男人？

我还会爱谁？我父亲说，如果我们继续爱来爱去，他会杀了他。

他推下这位勇敢英俊的男孩。

推下他？

到海里去。所以我穿上一套男人衣服，从头到脚，脚上佩着水泵，手上持着棍子。威利通过史特兰区时，我要去见他。

为什么穿男人衣服？

这样，威利走在史特兰区时，我可以见到他。

在伦敦。

我们安排在多佛见面。

还有呢？

我在回家路上，父亲看见我，马上抽出剑挥过来。

为什么？

他把我看成威利。

为什么他认为你是威利？

我不知道。

你长得像他吗？因为衣服？这似乎有点奇怪……

一点也不奇怪。

被打断！医生进来。我猛然合上书本，不让他看到我的记录稿。罗格告诉我（又来了！）：绝不能惹病人生气，因为那可能影响病人的康复。我希望他管管自己的事。我告诉罗格我在大声朗读，而这位客人在睡梦中嘟嘟哝哝，似乎很喜欢这样。

我喜爱神秘。我不敢相信家里终于有了神秘，而我可以独占这个神秘！终于，继那些烦人的学者与乏味的委员们之后，家里终于出现了一件大事，最棒的是：我是唯一在意的人。

星期三下午

凯瑟琳?

珍。

珍?为什么你不断换名字?

我的名字是珍。

凯瑟琳的姐妹?珍·桑顿?

珍,来自林肯郡。

你说伦敦。

我没有说过。

你逃离你父亲了吗?

你怎么知道?

你告诉我的。

我爱上一位……

威利,一位水手。

威利?不是威利。是杰克!我父亲推下杰克。

推到海里去?

带着非常轻蔑的态度航行于大海。

你做了什么?

我穿上水手服,不久便去跑船,“英国岛上的玫瑰”。

那是船的名字吗?

不,船名是“阿佛洛狄忒”。

那“英国岛上的玫瑰”是什么?

那是他们对我的称呼。

他非常谨慎地说，带着点卷舌儿的文雅口音。我试着回溯书本，开始读我的手稿。大部分都写下来了。要跟上他的话很容易，但要抓住他的意思不容易，因为他把名字与故事变来换去。有时候他清清楚楚发出每个音节，有些音节拖得很长，有些音又急又短，仿佛字的最后一个字母是下一个字的第一个字母。看看上面：他把“不久便去跑船”说成“不——久便去跑穿儿。”

有时候，一个字变成了两个字，像“穿”发成“初——安”，好像在朗诵诗歌似的。有时候他又模仿不同的口音。

但你穿上男人衣服，从头到脚，脚上佩着水泵，手上持着棍子时，你父亲没有见过你吗？

我穿上一件干净的男装，和杰克逃到船上去。

盔甲？

男人的盛装。我剪下黄头发，切断弯形锁，穿上棉绒服，跑到埃及的码头。

你去过埃及？你是从那儿过来的吗？

是的。“维纳斯号”在靠近无情的尼罗河岸的地方出事了。

你父亲怎么啦？

他死了。

死了？

他得到一个儿子，但失去一个女儿。

他变得非常激动，呼吸开始急促，我觉得他可能会心脏病发作，赶紧放下书本，在他额头上敷一条凉毛巾。他冷静下来后，我改变方向。

你经历过战争吗？

大炮轰轰响，子弹咻咻飞。

在哪里？

印度的火热沙漠。包围冈特城。对德战役。我们的军队被派遣到尼罗河岸。被派遣。

你为什么来这儿？

我敢在枪林弹雨中穿梭。我来，因为情况改变了，从旧世界来了一些人。我是有崇高地位的贵族。我向东航，我向西航，航到……

他睡着了。谈话权操纵在他手上。有时候，我叫他其中一个名字，期待唤起他的注意，但他心神飘到故事上。或许真实分散在所有故事当中，或许在天涯海角。他是谜，是一片空白石板，就在我家里。很快，他会醒过来。罗格说他的进展给我们很大的希望。当然，我希望他尽快恢复健康。届时，神秘会消失。赶快欣赏神秘吧。我应该从他身上多挖点东西。

星期四下午

珍？

瑞贝卡。

瑞贝卡？你的名字是……

瑞贝卡·扬。

为什么你的名字变来变去？

为什么我的名字变来变去？

没关系，瑞贝卡。

因为没关系。

他笑了。小玩笑？暗示他喜欢某个……

你打哪儿来的？

格雷夫森德。

你爱上一名水手？

是的。

你父亲讨厌他。他被推下海里。

是的。

你穿上水手服？

一名流浪女水手，穿上蓝外套与白裤子，好像一名干净整洁的水手。我到海上追悼他，我的双手曾经像天鹅绒般光滑，现在沾满了沥青，变得又粗又硬。

他摸一摸粗糙的双手，想起没有疤痕累累的时光，然后沿着每一根手指与手掌边缘抚摸，好像掌心痛得不能触摸似的。

你的手怎么啦？

我的美丽指头，曾经小巧玲珑。

你的手腕怎么啦？

你很快就会听到流浪女水手的挫败。

他睡着了。

那天深夜，第一次，我们的对谈没有因被打断而中断。我叫他瑞贝卡，他答应了。

你找到他了吗？

我追上他了。

他说什么？

他问我是否需要帮忙申请海上通行证？

他没有认出你？

我仍然打扮成男人样！大衣、背心、马裤，佩着剑，骑在我父亲的黑色阉马上，一个龙骑兵。他怎么可能知道那是我？

为什么你没告诉他？为什么他没认出你？

我不记得了。那是意外。“波纳文图拉号”在暴风雨中迸开裂缝，开始往下沉，二十四人逃至救生艇上。

所有人？

是的。

包括你？

事实上是二十三个男人以及一个秘密没被识破的我。我们的食物吃完了，船长抽签决定谁当食物拯救大家的性命。

谁被挑上？

我被挑上。

谁被选来杀死你？

他。

你怎么办？

当时，我说我是丝绸商人的女儿。

他当时认出你了吗？

不，但我给他看那个裂成两半的戒指。

那他认出你了吗？

他有另一半的戒指。

他的眼睛闭着。是醒着吗？这些是破碎纪念物与脱离险境的童话故事，还有远海女人为爱亡命天涯的传奇故事。为什么他要说这些故事？我跟着他的故事，努力记下全部。

他突然向前指，大喊："船！"好像看见船身从墙上的阴影中渐渐驶近。

船到了。

"阿德雷德号"来了。在他必须做抉择的紧要关头，这艘船带我们回伦敦。我们结婚了。

你父亲呢？

原谅我们了。他在咽下最后一口气前原谅了我们，遗产又归还给我，整整三万五千的银币、闪亮金币、威廉国王硬币，与相当庞大的不动产，并且把我们两人拥在怀里。他曾经恨那个爱我却拒绝承认他的男人，但最后把我们两人拥在怀里。父亲知道我不能没有他。父亲做的每一件事情都基于仁慈与关爱。"这一对爱人应该结婚。"他说。现在，瑞贝卡与年轻勇敢的水手快乐地生活在一起。我爱我的父亲。他从来没有伤害我们的意思，但他不知道自己病得有多严重，我也不知道。他转过头去，永远没有复原。我没有再见到他，不管在娃娃屋还是花园里。他望着我，立即失去意识。

这是他第一次坐起来。他再度睁开眼睛，充满疲倦与血丝，让有点骇人的碧绿眼珠看起来更骇人，然后又慢慢闭上眼睛，躺回床上，仿佛躺回墓穴。

我在自己的卧室，一个人，从头开始阅读。我不知道他究竟在说些什么？为什么他絮絮叨叨讲述那些乔装出海的故事？我试着把每一片拼图拼在一起，没耐心再听他说下去了。书写至此，我不敢作过多推论，因为他们可能发现我在干吗，但我开始有些怀疑。我知道他清楚我守在床边，只有他跟我说话时，我才说话。

星期五下午

我正在读他的奥维德给他听，突然，他说话了。

我向东航——我向西航——航到富丽堂皇的土耳其。在那儿，我被抓起来，以铁链缚住，几乎奄奄一息。

那是一首歌吗？“我向东航——我向西航——。”

那位土耳其人只有一个女儿，她是我见过的最美丽的人，她偷了父亲的监狱钥匙，发誓要让我恢复自由。

你是谁？

我是贝特曼伯爵。你是她吗？土耳其人的女儿？

是的。

你会放我自由吗？

是的。（回答“不”实在太没有同情心了。）

你是苏珊·派伊吗？伊莎贝尔？

法兰希丝。

我以为是伊莎贝尔。

如果你愿意的话，叫我法兰妮。

我的讯息错误，好吧，伊莎贝尔。我们要在七年内结婚，感谢你放我自由。史蒂芬与莎拉演出贝特曼伯爵的行动剧。莎拉表演两个角色，第一个角色是你，第二个角色是我家里的新妻子。史蒂芬饰演土耳其人与搬运工。欧塞伯爵饰演贝特曼伯爵。

我以为你是贝特曼。

是的，我是，一直是。

所以，你是欧塞伯爵？

莱斯利。

你家里有个妻子？

贝特曼伯爵有妻子。我没有妻子，没有母亲，没有父亲，甚至没有一条属于自己的狗。一无所有。你七年后从未开化的撒拉逊来的那一天，我要和你结婚。你来英国时，我会为未婚妻准备一辆三头马车。我们两人充满欢喜，我应该为你和我准备一个婚礼。既然法兰希丝漂洋过海而来，我不应该再去国外流浪。那是她辛苦后的回报。

他伸出手给我，我握住。他继续说，我把书夹在两腿中间，尽可能地夹稳它，开始抄录。

我唱着情况如何改变，从旧世界来了一些人。我必须离开。我打开大门。黑暗中，门吱吱嘎嘎响。我全部资产装在一个皮袋子里，一些书籍、衣物、饰品，就这样。我没为世界准备任何东西，世界也没为我准备任何东西。我睡在咸咸的暴风浪上、甲板上、货舱里、杂草丛生的废墟内、崎岖不平的洞穴内，有时肮脏，有时华丽，现在我必须清醒。我想，我知道故事的结局。我觉得故事已经结束，现在似乎……除非我们……

他沉入梦乡。皮袋子在房间的角落里。我父亲检查过，里面的东西比这位谜样人物所说的少得多。没有饰品，没有衣物，有书籍，以及一件曾经高贵现在很脏的……礼服。

星期六早上

这是我谈到名字以外的话题时他第一次回答我。

他们什么时候发觉你的?

哈！泄密的情景。女人有许多事情是无法掩藏数个月的。

小孩?

我泄露自己。真相终会自行露底。伪装只能维持这么久，时间会磨损掉它的面具。船长有一次跟我说，我的桃红脸颊与鲜红嘴唇迷死他了，他希望我是女人。我的脸颊像玫瑰，头发像煤炭般乌黑。

你怎么做?

我告诉他闭嘴，其他水手会听到，但他不听，结果，我的水手男人泄了我的底，把我藏在货舱里。我以为船长会在他们丢我入海之前拯救我。我以为他会说不可以这么做，因为谁溺死这位年轻美丽的女人，我就吊死谁。

但是?

他把我藏在货舱里。一开始只有他，之后大家都来了，而我穿着水手服。我是妓女，是仙女的礼物。我被铁链或其他东西捆绑得动弹不得，你也捆绑了我，伊莎贝尔。船上有一棵树，他们把我钉在树上，我痛得大哭。我不能离开货舱，恶臭如毯子般覆盖着我。他们的下巴像锋利钉子似的刺着我。我流血，货舱越来越黑后转为越来越白，之后，又越来越黑，又越来越白。我写在墙上，计算日子，自哼自唱。

唱什么歌?

我的生命之歌。我如何出生、长大。

可以唱给我听吗?

我正唱着呢。

我伸出一只手。他退缩，我牢牢地抓着他的肩膀。一会儿之后，我觉得他的身体屈服了，就伸出另外一只手，把他的头与肩膀拥入怀里，轻轻地晃着。他哭倒在我的肩膀上，蜷在我的怀抱中，背诵诗句："在你的船上我是女人，在岸上我是男人。再见，再见，船长，永远永远。"

你记得旅行之前的事吗？

不，不记得了。我只记得打扮，其他完全不记得。

史蒂芬与莎拉？

（沉默。）

你还去了哪里？

巴黎。我曾经到过那儿唱歌。

你知道哪些歌吗？

我不知道也不懂那些歌曲。一位高大英勇的法国人陪着我。他向我鞠躬道别。夜晚，我走在街上，戴着面纱，一切朦朦胧胧。有一伙人站在街角，是一群土匪正在排练轻歌剧的台词，银月下一把刀亮晶晶，我惊恐万分。另一个夜晚，我可以穿过马路避开他们，但我对真实世界不再那么惊恐，因为我不再是真实世界的一份子。我直接走向他们，吸引他们的注意，他们开始谈论我。他们遵循剧本，我即席发挥。风险在哪里？道具布景可能随时飞走消失。水手合唱团望着我，一名水手用舌头做了个猥亵的动作，他们知道我是女人，一位淑女。我喜欢有人欣赏我的衣服并且想着衣服下的欢乐。我喜欢展现衣服下的真面目。我朝他们走去，忍不住抛出微笑。侵犯与吸引是一体两面。痛苦越剧烈，幻影就越具体。但没有恐惧。我要恐惧什么？死亡？所以，后来，他们抢走了我的钱，把我丢在运河边，湿黏黏的。

伦敦？

不，意大利。我无法在旅行中穿着我的真正服装，所以干脆假扮在船上永远是白天，我睡在甲板上。一位年轻女人跟我说话，还有她的同伴，是她妈妈或她老师吧，我不记得了。她朗读奥维德，唤我莱斯利。

莱斯利？

是吧？然后，“大帕尔马”王子展开一场小小的求婚。

你接受了吗？

不。“英国小姐不会成为外国君王的娼妇。”她说。字字句句如假包换。而且，他眼光短浅，有点愚蠢，我父亲希望我为爱结婚。

但威利和杰克？

威利？杰克？

他要睡觉了，这仿佛是一场和梦呓者的对谈，深深吸引我。我不想结束，但希望他痊愈。我觉得离真相越来越近了。

不幸的是，父亲知道了我和这位病人曾经谈过话，但我丝毫没有泄漏这些记录的内容。

星期天下午

穿上男人衣服的女人？

是的。

没有人认出来。

很困难。他们不知道军服下藏了一个漂亮女人。

像莎士比亚。

他也是？

奥丽维娅不是爱上西萨里奥吗？事实上，西萨里奥是薇奥拉，是吧？最后她嫁给了西巴斯辛，薇奥拉的哥哥。[1]

（无语。）

我们在你的包裹里发现女人衣物。

（无语。）

其他水手如何看待那名扮成水手的女人？

他们看不出来。

对，但他们建议你可以跟他们一起出海时，怎么办？

他们认为我的美丽手指头太小巧优雅不能拉锚索，其实我的美丽指头并不小巧优雅。在军中，你可以是一位女鼓手，虽然腰身纤细修长，但手指头小巧优雅，可以打鼓就可以很快超越别人。届时，你想干什么都行，你最优秀，大家会比较宽宏大量。

有男人打扮成女人吗？

很少。

为什么很少？他们为什么这么打扮？

我认为他们这么做只为了逗你笑，像哑剧一样，并不是为了真的像女人。布朗·罗宾穿着优雅的绿色长袍与最光滑的丝袜，他的鞋子是细致的科尔多瓦皮革。

他的鞋子？

科尔多瓦皮革。我想，是一种材质吧。

你知道他是男人吗？

国王说："这是雄赳赳太太，强壮的女爵士。"愚蠢的老笨蛋，他不知道。

为什么那男人这样做？

隐藏。

为什么你这么想？

1　莎士比亚《第十二夜》中情节。——编者注

然后，他说得非常快，背诵一段他记得的东西。

有些男孩为了某些政治与家庭因素以女人衣服隐藏性别这种情况一直持续着直到不得不泄漏真实性别以求安全的紧要关头或胡子与其他男性特征不经意地泄漏了真实性别及习惯的改变。

我必须绞尽脑汁搞清楚他的意思，因此试着让他再说一遍，最后成功了。他开始说，说得比上一次快速。

他们的母亲呢？

母亲通常知道。她们以某种方式看待你，在私密地方谈一些事情，因此你知道她们知道。母亲知道。哦，是的，但谁知道母亲呢？这是问题。

其他女人呢？

有时候……以前，船长的女人到船上来，想要拥抱我亲吻我，因为她喜欢我的稚气眼神。不过，她丈夫首先发现了我的秘密。

怎么回事？

我以为船长会来救我，然后说：不可以这么做，谁溺死这位年轻美丽的女人，我就吊死谁。而她穿着一身水手服。

我望回我的书，发现他在逐字引用自己的话。我知道故事的发展，所以叫他睡觉。有时，他绕着故事的起头团团转，一直到谈话结束都在说那些，除非我阻止他。我说，我像土耳其人的女儿一样，放你自由。

我问父亲贝特曼是谁。出乎我意料（因为那既不是双耳细颈壶的碎片，也不是破烂的书画字报。有时我竟忘了他通晓其他事物……），他知道贝特曼是谁。他是一首父亲称之为“老歌”里面的一个人物，父亲叫他“年轻贝基”。父亲有一位相当会唱歌的姑母，她用这些老歌抚养父亲长大。她说，老歌是所有人的秘密财富，不管是富人或穷人。这首民谣讲述吉伯·贝克（圣托马斯的父亲）的故事。吉伯去圣地，被撒拉逊人抓起来当战俘，结果，俘虏者的女儿阿麦萝得公主爱上他。公主助吉伯挣脱囚禁后，随他一起逃回英国。

因此，我就成了阿麦萝得的女儿！我想，这比当欧文·库伯的女儿法兰妮要好一点。或许贝特曼囚禁在这儿某处，或许我们的这位陌生人是他的后裔。

这位莱斯利在昏乱之中竟然仍戏弄我。他的叙述让我觉得真相应该很浪漫，但揭晓出来的真相肯定令人失望。毕竟，那些男人怎么可能没有看出爱人的乔扮？不可能。或许他们从头到尾都在迁就她，如同我被迁就一样。

我有点恼怒，虽然喜欢他的风度、温柔声音与碧绿眼神。

星期天晚上

父亲想知道我为什么问起贝特曼。我不得不说出为什么。唉，为什么我生在一个最难撒谎的家庭！我们一家人都诚实得无可救药。平常，我对他的专攻领域：挖掘、考古、小古玩等，兴趣缺乏。因此，我一问起撒拉逊人，他马上生出一股怀疑，纠缠着我，教我无所遁逃。

我告诉父亲我们的神秘客人跟我提到这首歌，父亲要求我讲述一下他说什么。我说了，但没提到这本书。这种略而不提我觉得合理，因为不影响他的康复，甚至有助于他康复，而且这是我们之间的秘密：待他康复时我要呈现给他看。

我说，我相信终有一天能哄他慢慢回到现实，但无法说服父亲不要走漏所有的讯息。我告诉他我们的客人似乎知道自己身在何处，也打算在这儿旅游。他把我看成是狱卒的女儿。父亲笑了，“当然，你有钥匙，法兰希丝，一直都是这样，你是狱卒！”我们都笑了。

事实上，持有钥匙者是我们的客人，不是我。

父亲没有生气，但马上还我一记。他说，有很重要的事情要告诉我，是有关这位客人的，除非我停止纠缠这位可怜男孩，否则他保留不说。我应该安静看护他，可以读书给他听，但不要和他谈话。病人不是宠物，父亲胸有成竹地说。

我听了，恨不得踢他小腿一下。但父亲知道一些我不知道的事情，我应该耐心奉陪，挖掘出什么事情这么重要。

不过，我相信神秘会自行露底。

既然父亲要我多待在楼下，我顶多还有一个白天或晚上的时间。有位老人需要一位同伴陪他打草地槌球。马上会有一位新访客光临，需要表演“永远的美声”。我必须遵从父亲的剧本安排。真让人生气！我宁可和这位绿眼睛的谜样人物待在这儿。

我决定了。我的秘密调查暂停两天，待知道父亲不说的事之后再继续。

2

“你们都来吧，胆大的朋友，举杯祝贺商贸成功。
也祝贺那位非男非女的船上男孩。
假如战争再度扬起，我们这些水手要奋勇力战。
希望和那位英俊的船上男孩一样幸运。”

我唱着歌醒来，脑中充满那位英俊的船上男孩。我唱得并不大声，但很清楚地听到了自己的声音。头痛死了。

我在哪里？我不想睁开眼睛，枕头稍稍动一下便沙沙响，里面应该是鸟食吧。要不然，是我的头沙沙响吗？床单，干净、崭新。或许在医院吧。但我从未闻过这气味，是一杯温热的花茶吗？柑橘与狗毛？我醒在别人的梦中。

我缓缓睁开眼睛，眼睑微微发疼。床边有张桌子，我的头为了搞清那静物是何物，砰砰响得更大。模糊中，渐渐显现两本书，看起来有点熟悉，还有一杯水。我希望拿那杯水靠近嘴巴。头上有座吊扇扇着微风，沉缓地嘎嘎响。床底某处必定开了一扇窗，但我不敢看。

我再度闭上眼睛，详细盘点一下自己，努力想我曾去过哪里，猜我可能在哪里。但全身其他器官与四肢一样疼痛，稍微动一下，呻吟声便四起。我记起了一点支离破碎。我曾经旅行，有绑架，绑架的绑架，但没有线索。那首愚蠢的老歌依然折磨着我，歌中的野蛮让我的头砰砰响，那位英俊的船上男孩可能被害了。

各种记忆开始从荒芜的脑海朝我涌来。一开始，我只轻轻瞄它们一眼，它们缓缓在沙漠上爬行，拼命寻找水源，渐渐往上爬到山脊：脸孔、名字、声音、叹息。水上公园。小上帝。“我是什么就是什么，我不乔装。”英俊的亨利觉得我有一对美丽眼睛。一只老鼠从运河溜进下水道。船长的妻子。我不知道他们是谁，但他们知道我是谁。

我听到轻轻的咳嗽声，原来我不是一个人。我睁开眼睛，望向床尾。一个年轻女人坐在藤椅上全神贯注地读着书，没有注意到我的清醒，因此我注视着她，希望给自己一点讯息，了解自己身在何处，以作最佳准备。她的年纪和我相仿，或稍微大一点，黑头发，质朴的豆蔻肤色是当地阳光的健康产物。显然，我们离英国非常遥远。空气有点沉闷、刺鼻，微光照在她的左脸上，我看到她的唇角被晒得有点发白。她必定在我身边坐一段时间了，有多久？

我喜欢我的护士。她的眼睛、嘴形、放肆的头发、随意不羁的样子。她翻阅着一本皮面小书。是我的书。

我的奥维德！我喘了一口气，露出了马脚。她惊讶地抬起头来，微笑，轻轻嘘一下，放一条冷敷巾在我的额头上。她似乎要开口说话，但马上转身，离开房间，也许她想起我听不懂她的语言。我听到她朝走廊呼唤。

“爸爸！爸爸！”

英语？我们不在英国，但我的护士健康得不管是哪一国人，却说着英语。趁着她离开，我浏览一下医护所。房间干净、简单，是在国外没错。这不是医院的一角，而是一间舒适的卧室，里面整洁有序，方方正正，比我见过的一些卧室大不了多少。房间内的东西都很实用，色彩质朴或没有颜色，唯一的装饰性东西是地毯的迷宫图案。

朴素的白墙上挂着一份月历。日期一天一天删去，月历上布满了方格，某些方格内有手写字迹。时间消逝的证据令我安慰一点，打叉方格的尽头有一排连续的空白方格。空白方格的第一天是今天，我还活着。

房间只有一个门，门的右方挂了一套男人服饰，仿佛骑士的盔甲，整洁、熨平，可以让主人随时穿上身。灰白的化妆台上摆了一些鲜花。我觉得这儿仿佛每天摆着鲜花，期待我早上清醒时欣赏。鲜花上面是镜子，我想照一照。尚未有任何人出现，或许在她返回前还有一点时间。我慢慢起身，一道明亮光线从窗帘缝倾泻而下，让我睁不开眼睛。我感到所有肢体动作荒废已久，踉踉跄跄走向窗帘，拉开它。

我惊讶得张开嘴巴。眼前，一片蓝。蓝天。蓝海。阳光在粼粼微波上闪耀钻石光彩。水面宁静柔和。蓝。全部的阴影都是蓝，没有边界的蓝影。宝蓝，靛蓝，蔚蓝，天蓝，绿蓝，还有许多我无法辨别的蓝。如此多的蓝，渐渐融成绿与紫。海中，点点小帆船像慵懒的乌龟沐浴在阳光下。我眯起眼睛，以手遮眼，想从刺眼的光线中辨别出物体，约略看出远方岛上有一艘废船，再远一些的地平线上有若隐若现的幻景：左前方，一座圆塔城堡废墟，四周的绿墙已经坍塌。

我听到归来的脚步声，赶紧拖着步子踅回床上，希望隐藏在疾病之下，只要那有帮助的话。照镜子要等一会儿再说。我整理一下自己，让自己看起来虚弱不堪，这是轻而易举的事，因为四肢都在抱怨离开床上。

还有其他脚步声。她先进来照顾我一番，左胸贴着我的脸庞，不说一句话，寻找刚刚放在我额头上的冷敷巾，不见了。她看看是否塞入我的被窝里。丢了敷巾，她赶紧巡视一遍房间，最后在窗台上看到。这是我小小行动的证据。她眨一下眼睛，似乎暗指我们之间不应有如此行为。两个年纪大一些的男人进来，她转身，一绺绺黑发落在我脸上。她微笑挺直身子。

其中一个男人讲英语，另一个不讲。对于我的病情好转，他们恭喜我们两人，也互相恭喜，之后以探查眼神望着我，担忧地耸起肩膀。比较年长的那位伸出手给我的护士，她接着。他把她拥入怀里，原来她是他的女儿。我稍稍坐起来接见他们，以报偿她对我的信心。

我的思路活跃。我的名字是莱斯利，但尚未决定是莱斯利伯爵或莱斯利阁下或仅仅是莱斯利先生，也未决定姓氏是欧塞或比较不正式的朵儿，或是否放弃所有用过的符号而只当个莱斯利·波雷或贝特曼，这也许比较符合真实。关键是，我的名字要男性化一点，之后一切就好说了。但莱斯利够男性化吗？我提高警觉，相信自己的演技，正准备介绍自己时，女孩推开两个男人站到我面前来，仿佛在视察中。

"莱斯利？"她的嘴巴张成可爱弧形，微笑致意。我咽一下口水，突然觉得口渴。她为我做这一切，把床单整理平整，拍松枕头，为我盖上棉被，以汤匙喂我，注意我的精神状况，为我取名字。我尝试说话，但挤不出只字片语，只吐出单调的刺耳声，喉咙咯咯作响。嘴里没有东西可以吞咽，也没有帮助吞咽的东西。她端来一杯水，靠近我的嘴巴。我大口猛喝，吞下没有滴落的水。她把剩下的水擦干净。

"不。"我摇头说。

"莱斯利伯爵？"说英语的男人仿佛担心我耳背，一字一字清楚地说。他穿着一套突兀的粗厚呢子衣裳，燕子领上系着一个优雅的旧领结，浓密的络腮胡好像引号括着忧郁的红润脸庞，两只手都是斑纹，仿佛大树干。他的担忧流露无遗，对于我的痊愈感到解脱。我忙着观察，忘了回答。

"莱斯利伯爵，是的，莱斯利，是的。"我再咽一口水，表现更好。

"阁下，我是英语家庭的医生。"肤色较黑的男人匆匆拿出一根管子放在左手上。他说得一口漂亮英语，马上就看出他是外国人。"你生了一场大病，我们非常担心，现在我可以帮你检查身体吗？”

我本能地掀开颈子以上的被单，但马上想起自己的情况。我可以被检查，当然可以。他只想量量体温，检查舌头与左耳腔，如此而已。接着，按摩一下我的头顶与颈后。

“非常好。”他说，“你觉得如何？阁下。”

我觉得如何？我很痛。我觉得很幸运活下来。不，我很幸运活下来，但我觉得不幸运，不幸运与不被爱，迷失与困惑，孤独与害怕。我不知道我在哪里。我觉得好像睡在噩梦中清醒在梦中。我觉得不论我睁开眼睛几次，却从未完全清醒。我觉得我的生命现在从零开始。我觉得我刚从子宫里被拧出来，拍打号哭。我觉得我诞生又诞生又诞生，直到做对了事情为止。我觉得我一辈子要活在这种周而复始的反复中。我觉得他们隐藏了秘密，不让我知道。我觉得我必须离开。眼泪，开始涌上心头。

“我觉得很好，谢谢。”最后我这样说。这句话招来了一个心照不宣的表情与微笑，还有一阵文雅的掌声。那位父亲的眼神显示了他看到好教养时知道那是好教养。

他慢慢说明，两个不识字的牧羊人在一个洞穴中发现了我，当时我几乎呈半死状态。这两个牧羊人听到我喃喃梦呓，认为我说的是英语，于是把我带至当地一家非常优秀的英语家庭。库伯家把我当客人般竭诚欢迎，并把我视为朋友邀请我住下来，随便多久都行。

他们在我的《变形记》前面看到我的名字。黑发女儿把书拿给我，指着那张坚牢黏在装订上的标题页（封面早已经消失了）。我看到：在那一页的最上头以书法写着“朵儿丽·洛欧”，然后，我的童年笔迹写着“玫瑰·欧（Rose Old）”。e左右颠倒了，让名字看起来像“萝莎（Rosa）·欧”，而那下面是比较成熟但瘦长、胆怯的字迹：“莱斯利·德欧塞伯爵”。

我，他们推测的我。我，我记得并且确认的我。不再是昔日的衰弱人物。我已经为所谓的真实世界作了比较实际的选择。莱斯利·德欧塞。我可以留下或删去德欧塞，但莱斯利？只要活着一口气，就是莱斯利。莱斯！

“我们可以叫你莱斯利吗？阁下。”

我点头。

“我女儿坐在你床边时，听到你在睡梦中也说着自己的名字。我责备她和你谈话，但我相信她表现得很好。法兰希丝是一位警觉性非常高的护士。”

“谢谢。”我对着法兰希丝喃喃地说。我知道这是她的名字，要不她叫……苏珊？

“有个小疑问，阁下。”医生说，“你一个人旅行吗？”

“是的。”

“完全一个人？”

我点头。女孩望向别处，看得出来这让神秘更神秘而没有解答神秘。我当然一个人旅行。还会跟谁呢？

“我们很高兴你复原很多。”法兰希丝说，“现在应该让你休息了。”

“我在哪儿？”我问。虽然声音尚未复原至可以表达更多情感，但我尽量不让声音泄出心里的绝望。

“你不知道？适当时候，阁下，适当时候，现在是休息的时候。”那父亲关上身后的门之前，又说，“你在梦土。”

“哪儿？”

“梦土。”

不管在哪里，没有什么事情需要如此迫切。黑发女孩关上门之前，从门缝探头。

“爸爸很无聊，荷马有个梦土。事实上，你在博德鲁姆。”

“哪儿？”

“在土耳其。”她说完，离开。

博德鲁姆。黎凡特，安纳托利亚，卡利亚，利西亚，土耳其。

莫名其妙，我就到了。

起初，他们认为我有必要充分休息，因此让我一人独处，但对我的照顾无微不至。我渴望了解他们，如同他们渴望了解我。很快地，我感到有点无聊。法兰希丝经常徘徊在我的房外，我请她进来，交谈。我知道她是我的向导，我的神谕，因此我盼望她拜访。我看到她微笑，那表示她想多了解一下身边这位陌生人。我想利用她的好奇心达到我的目的。

现在我知道是怎么回事了。虽然我虚弱不堪、被哄被骗、仿若废物，但我仍完成了旅程。现在我可以抛开回到过去的那条长线，因为我无须忆起过去，似乎我是抵达后身体才病倒，虽然惨遭虐待、浑浑噩噩，但身体知道该怎么做。现在，我知道该怎么做了。我想尽量保留自己，不要告诉她太多。

姑且不论我的决定如何，随着在床上日益康复，我成为他们生活的一部分，他们也成为我生活的一部分。我随时欢迎法兰妮，她跟我说话时带着十分动人的亲昵行为，令我想起了过去的某些美好，我信任她。艾蜜丽妈妈不忙着女主人职务时，和她女儿一起扮演剧中角色为我读戏剧作品，有时把书给我。她们之间的互动关系不像母女，倒像一对姐妹花。我总是提出异议，但非常乐于当她们的观众。我正悄悄进行逃脱计划，没让她们知情，若不是不告而别可能招来怀疑，我可能已经离开了。他们不会放我走的，除非认为我已经准备妥当。但我会说服他们。

法兰妮凭直觉就能了解我什么时候需要什么东西，我是她的研究品。艾蜜丽只有要求时才会出现。我渐渐恢复体力。库伯常常带着地图到我房间，教授历史与考古学。我与法兰妮成为朋友。她坐在我的床边，漫不经心地为我拉紧被单，让我觉得温暖、稚气、安全。她说一些她在英国的生活，与我的生活大大不同。我知道，她企图从讲述故事中挖掘我的过去，但我的闪避技巧很多，生病只是最简单的一种。我一点也不想忆起过去，因此请她跟我谈一些她入籍国家的风俗。她对她父亲从破盆烂罐与墓碑中拼凑出来的历史、战争与文明不感兴趣，比较喜欢周边的人、风俗与技艺，譬如祈求丰收的舞蹈与奇勒姆羊毛地毯。

有一天下午，法兰妮跪在地毯中央，告诉我织在美丽地毯上的隐藏故事。我看不懂地毯的随意图案，法兰妮说那不是随意设计的图案，而是叙述织工的历史与情感。这些女人不能表达自己的情感，便像阿拉克涅[1]那样将情感织入地毯中。阿拉克涅因为公然挑战雅典娜女神的织艺而变成一只蜘蛛。法兰妮指给我看一个手放在屁股上的女人，那表示生儿育女的欲望，还有挂钩旁的邪恶眼睛，表示护身符。越不完美，越接近上帝。

法兰妮的叙述风格（和她父亲迥异）很熟悉，令我想起了母亲。但我从记忆中逃开，这是我现在的习惯。法兰妮躺在地毯上，我望着她，一张赤褐的健康脸庞。真无法相信这个女孩曾住在英国，我在英国未见过如此健康的女孩。她的头发在地毯上游动，解释完地毯图案后，发出咯咯笑声。我了解那笑声。希望她将来生儿育女。

忽然，她站起来，似乎想到要干什么。“这是谁的？”她说着，要拉开化妆台的最底层抽屉。这个柜子缺乏特色，我以为那是空柜子，从未有打开它的念头。抽屉很难拉动，法兰妮铆足力气。那需要两手平均用力同时把两个把手往外拉才行。我拉得有点生气，她微笑，费了三次劲儿才成功，之后从抽屉拿出一套新熨洗的、折叠好的衣服，站起来，轻

1 Arachne，希腊神话中的杰出织女。——译者注

轻抖一下手腕，让衣服直直垂地。

一件红礼服。

“这是谁的？”她又问一遍。这令我想起了很多我不愿意记得的事。当然我要避开。

“我的。”

“你的？”她笑了，仿佛觉得不可思议。我从床上坐起来，不知不觉当中遗漏了我的惊异。

“我妹妹的，给我妹妹的礼物。”

“你妹妹几岁？”她似乎没有怀疑，只感到好奇。

“你的年纪吧。”我伸出手拿衣服。但她拿起衣服在身上比来比去，之后放在肚子上，望着我，说：“我们看到这件衣服时，非常脏，洗了两次才洗干净，之后我又缝了衣边。这是一件很漂亮的衣服，是你妹妹朵儿丽吗？”

“哦，不。”

“玫瑰？”

“不。”

“英国岛上的玫瑰？”

我听不太懂她在说什么。

“这是你在说话时……”她故作姿态地纠正一下自己，然后继续说，“我是说……这些都是你书上的名字，写在你自己的名字上头。”

我的奥维德躺在我的《埃涅伊德》旁边。我确定丢了一本书，不禁用前牙咬起右拇指的指甲，这成为我紧张时的习惯。我以咬指甲的方式清洁上次咬指甲时留下的污垢，越想纠正这习惯，情况越糟。我想啃掉表皮，让指甲看起来光滑一点，最后却啃得参差不齐渗出血丝，像柠檬汁浇在上面似的阵阵刺痛。我知道啃指甲解决不了问题，但无法停止。

“那本书很旧了。”我说，“我不认识那些人。”

“你妹妹叫什么名字？不是玫瑰吗？”

我不想欺骗，也不想说出真相。我只想尽快痊愈，在他们眼里尽快痊愈，这样才能离开。我知道要去哪里、要做什么，但我喜欢这群人，不想牵连他们。让我走吧，法兰妮。我在心中自言自语。不要再留住我，让我今晚悄悄溜走。

我从拇指边咬下一大片硬皮，也许只是一片最小的裂皮，但感觉上很大，像咬了一大口苹果。我尝着嘴里的血丝，伸出拇指，用被单一角紧紧裹着，阻止它流血。

“法兰妮，你喜欢那件衣服吗？你穿起来很漂亮。”

“但你妹妹……”她受宠若惊地说。

“她不知道。”我拉紧我的止血带，“我会有很长一段时间不会见到她，除非我回英国。回英国前，我会再买一件新衣服。你想听实话吗？这是我赢来的，玩牌。送给你吧，感谢你盛情照顾。”

“谢谢，但你不会要走了吧？”

“我必须尽快离开……现在我好多了。”

“不会很快吧？”她把衣服紧紧握在左手上。

“很快。尽快。”

“但你尚未痊愈，还不能离开，除非身体比现在好很多。罗格不会得知这件事，我不会让你走，还有……”她又说，“父亲要给你一个惊喜。”

“我讨厌惊喜。”我断然地说，“最大的惊喜就是完全没有惊喜。试穿一下这件衣服，法兰妮。”她兴奋地点点头，轻快地跑出房间，想起更快乐的事。

“转过脸去。”她说。我照办。

一个惊喜。又会产生许多问题，总是这样。我没有答案。我只是制造更多的问题。假如留下来，也许必须说出真相，但那只会带来更多的麻烦，实在不值得。哦，法兰妮。

虽然别处已经在渗血，但我仍开始撕下左拇指的皮，慢慢剥去，一根一根手指头剥光，吃下自己，像厄律西克同那样。厄律西克同砍下耕作女神在森林中的橡树，因此被处以饥饿的惩罚，一口一口啃自己的肉喂食自己。我也这么做，掏空自己，然后消失。

法兰妮的体态比我丰腴，在后面努力穿上礼服。她轻轻哼着歌，傻呵呵地笑。我要不就告诉库伯家真相，要不就尽快离开。说出真相真是一个选择吗？真相是什么？我所知道的真相很丢人。为什么要让自己想起这些东西？为什么要让他们尴尬不安？

我尽最大努力忘掉那些说爱我的人，唯有憎恨他们与他们的罪行才能让我不想起他们。时间治愈不了，只是在伤口上结疤，直到伤害被完全遗忘为止。但细菌在里面化脓，侵蚀，扩散。整个旅行期间，我试着从脑海里抹去那些认识我前身的人。我逃跑，单纯地想要离得越远越好，没人认识我，消失，啃得自己一点不存。但这对他们又如何？他们不会因世界少了一个我而寝食难安。他们和抛弃我的亲生父母一样，不会思念我。父亲无须受谴责，因为他受疯狂牵制。憎恨他，就像为了丑陋而轻视一个残废者。其余人呢？该怎么看待？我不再想起他们，他们也不再想起我。如今还记得我的那些人都是一些巴不得我死掉的人，我对他们的最好报复是：在他们找到我之前先杀了自己。至今我仍记得一清二楚的人都是一些烂人：穿着红礼服的普鲁登丝，安丝黛丝的脑壳，艾威的红润肉体，艾斯蒙与其伤疤，诺拉，狗子和他那一对讨人厌的父母。这一切，让我全身每一个细胞都充满仇恨与痛苦。

我听到法兰妮说："你现在转身，我试另一种穿法。"

我躺在那儿，虚弱、昏乱、筋疲力尽、受尽虐待，活生生证明了他们的愚蠢与荒诞。我宁可活在不幸人群中，和旅行时的经历一样：在贫民窟、在斯塔福的货舱里求取水手的垂怜、在玛奇奥立道的水上公园里，也不愿一辈子活在谎言当中。我安于凌辱，屈尊，降格，那是我的价值与归属。

在世上找到自己的位子并能安于其中，是一种解脱。我可以对自己说出真相，也知道自己做了什么，但不能告诉任何人。为什么要把那条线越拉越长？我不要回到过去，要走向未知。时候到了，该离开走向旅程尽头，该有一个大改变。我在某处有个约会。

“现在！”

法兰妮的兴奋把我拉回现实。她转过身来，声音流露出胜利的喜悦。那件衣服，哦，天啊，普鲁登丝的衣服，漂亮！法兰妮转身面对着我。她站在洛欧山庄的门口，手上拿着一根短鞭。不，她是法兰妮，不需要为任何人穿上礼服的土耳其法兰妮。她穿上那件长礼服显得玲珑有致，转身，望着镜中的自己，又转过来看着我。

“你喜欢吗？”

“是的。”我叹口气说。这听起来有点勉强，虽然心里并没有一丝勉强。

她坐在我床边，摊平礼服，仿佛随时会裂开似的。这件礼服穿在我身上可能比较舒服，但没有那么好的效果。

“我穿太小了，是不是？”

“不，刚刚好，你留着吧。”

“你妹妹多高？”

问题又开始了。礼服的牺牲只让我延长死刑。我马上把手放入被单下，躺回枕头上，瞪着随意油漆的天花板与吊扇发愣，把时间丢给疲累的脑子，胡乱拼凑一堆国家、船与脸孔，轻轻摇晃自己，不要望着法兰妮，也不想让她再多探查我的心。我假装茫然、疲倦，但她仍不死心。

“你很滑溜，像浴室里的肥皂！”她笑着用手指头搓我，表示知道问题刺激到我了，也表明她的不死心。她的脸正对着我，令我无法不看她，除非闭上眼睛。吻，或许也能阻止她的嘴巴。

“她多高？莱斯利。”

“比你矮一点。”我说。她吐了一口气，恢复原来的姿势。

“矮一点？”

“矮一点点。”

“我想她长得很漂亮，如果长得像你的话，一定比我漂亮。为什么你不告诉我她的名字？”

我试着降低谈话速度。她知道我有一个妹妹，我只要捏造一个名字与一些事情。不过，这恐怕会带来更多有关我家的疑问：我住哪儿，为什么我在这儿……谎言产生谎言。该离开了。

“我很累了，法兰妮。”我作了结束。她完全不当一回事，继续抚平大腿上的礼服，一会儿这样，一会儿那样，然后捏成一朵一朵图案。“她没有你漂亮。”

“她的头发是什么颜色？”

我可以形容莎拉的头发，但不愿让自己想起她。“棕色头发。”

“哦！”

“绿色眼睛。”

“跟你一样！”

“是的。”哦。

“也跟你差不多高，比我矮一点点。她叫凯瑟琳吗？”

凯瑟琳？这是打哪儿冒出来的名字？“不。”

“瑞贝卡？”

“不！”瑞贝卡？法兰妮以逗弄我为乐。

“珍？”

“法兰妮，够了！”

“玫瑰？”

我不能回答。她可以一个一个念出世界上的名字，我还是不回答。突然，一阵可怕的寂静。

“莱斯利是一个很有意思的名字，我想，男生或女生都可以叫莱斯利，我不确定，应该问一问爸爸。”她的语气有点吓着我，我想她是说：“我知道的事情超乎你想象的多。”但在我耳里却是：“我知道一切。”我落入陷阱中，被床单逮捕，在这屋子里，在我的身体内。我受狱卒的女儿支配，逃不出她的手掌心。她戳我、刺激我，非套出我的事情来，直到水落石出为止不可。呀，我信任她，告诉她吧，我没有选择。我凝视着她的眼睛。

“莱斯利不是我真正的名字。”

她松了一口气。我觉得床铺有点往下陷。

“终于说出来了吧！我就知道！”她恢复正常地说，“哎，我当然不知道这个，但很高兴你告诉我这些。你真正的名字是什么？我不会告诉任何人。我保证不会告诉任何人。跟我说吧。”

“莱斯利是我的男生名字，我的真名叫玫瑰。玫瑰·欧。”

法兰妮不知不觉地站起来。终于挖出我秘密的得意叫她的身体离开床上，飘离我靠的地方，往门口走去。我坐起来，阻止她。我要做我必须做的事。

她低头看一看自己，“这件礼服是你的！”

“法兰妮！是的，我就是玫瑰。不要告诉任何人，拜托，法兰妮，不要！帮助我逃走，你必须帮助我。”

“我不会告诉任何人。”她嘘了我一下，微笑，突然紧急行动，“我当然不会告诉任何人，我要给你看一件东西，快没时间了。”

没有比这更糟的消息了。门在她身后猛然关上，只剩我一人盯着天花板。我在脑海里仔细审查一下计划，如此这般，如此那般。我知道自己要去哪里，一切早就设想好了。

赫马佛狄洛忒斯离开他的出生地艾达后，南行尽情观赏世界。艾达是众神俯瞰特洛伊战争的山脉。他往下走至吕西亚与卡利亚的城市，也就是目前我所在之处。他来到了一潭清澈水池边，里面的泉水清澈得一眼就能望到池底。那是他沐浴之处，也是水中仙女萨尔玛西斯与他坠入爱河之处。她拉着他进入泉水，两人的身体融为一体，两种性别合为一个性别。

那儿，就是我自杀之处。我曾经考虑那儿是自杀或治疗之处，现在我没有那么乐观。

我躺在床上望着库伯的地图，心里思忖着要顺利脱逃至那儿，或相信法兰妮会谨守承诺。欧文的摇椅演讲经常利用此地图，因此地图一直挂在这儿。我最远只到窗户边，只有一回例外。那一次我们走出屋子，我小心翼翼地坐在前花园里，法兰妮与艾蜜丽把我的椅子腿当作最后一道槌球篮。凭借那次的地利之便，我可以明确指出我们在地图上的位置，就在海湾的弯曲处。

博德鲁姆有两个大海港，像牡蛎的贝壳，中间隔着一个半岛，半岛上有座城堡。海岸边立着一栋白色平房，屋后隆起一脉绿色山坡。就在那儿某处：萨尔玛西斯，我的终点站。

库伯如我所想那样，很高兴我的请教。

"哦，是的，萨尔玛西斯。嗯，你的奥维德，呀，你知道。里面有很多古老的精彩故事，胡说八道得很自然但很有意思。希罗多德知道这个地区，他在这儿出生。但奥维德？看。"他指示我看地图。

"萨尔玛西斯，现在叫巴达西……你知道那是著名的神话。放松身心的地方。水质虽然很好，但被下了咒语。假如你喝了泉水或在里面洗澡，男人会变得娘娘腔，或更惨，性无能。我想反之亦然吧。不管怎么样，这是老人家口耳相传的故事，希腊传说。"

“但水池在哪里？”他似乎指着海湾中间。

“我指的这个地方，数百年前就已经消失在水面下，被覆盖了，这儿。”他用教鞭清清楚楚地敲出那个地方。“你可能喝了那泉水！”

一阵沉默。水池被覆盖了。被淹没了。我觉得心烦意乱，像萨尔玛西斯一样喷了一身泉水，沉入水底。我曾把自己放入楼梯的图画中，想象滑入光亮无波的水面，趁着水中仙女为另一位入侵者意乱神迷时，把脚浸入水中。原来，这和我的想象完全不同。

“哦，还有……”他思索了一阵之后，继续说，“山坡上还有另一池泉水，和萨尔玛西斯有点关联，就在这儿上去某处。”他不像刚刚标明位置，只在地图边的某个地方轻松地晃一下鞭子，说：“在山坡上，我不确定在哪里，不过有人知道，那儿也叫萨尔玛西斯，我不知道为什么，或许他们想让泉水走入地下，”他随意指出一条沿着海湾的弯曲路线，“或许他们想卖些小首饰之类的玩意儿吧，这些人很奇怪。”

“另一池泉水，应该很迷人吧，我画一点儿画。”

“问厨房那一票人，他们知道。当地人知道所有事情。”

法兰妮会帮我问清楚。

只过了两分钟，法兰妮带着一本书与淘气的神情回来。那是一本绿布做成的书，被阳光晒得弯成弓形。她把书给我，仿佛献上一份贡品，“没有人知道，我没有告诉他们。”她在我耳边悄悄说。我看得出来，这对我很重要，对她也同样重要。“这是我们两个人之间的事。我知道你比我想象中精彩。”

她递给我那本书，我们一起阅读。我们并肩躺在床上，各自扮演各自的角色，然后交换，因为她扮演我比我扮演我还要精彩。难怪她对我的理解超乎我的想象！我发现自己在笑，又像在哭。她也在笑，时而把手臂靠在我的背上。读到结尾时，我记得她说过她父亲说的话：他知道什么？她发现了什么？

“有多少真实性？”她转移我的问题。

“我说不清楚。这里面有太多我们喜爱的歌中之歌了，《勇敢的年轻水手》、《里斯本》、《丝绸商人的女儿》、《女鼓手》。我跟着母亲唱所有的歌。至于我自己，我能跟你说的和我自己想知道的一样多。”

“听起来似乎不要记得一切比较好。”她神情严肃地说，此时的她是我见过的最迷人的时候。我们腿并着腿，摇来晃去时经常碰着小腿。

“我的成长非常奇特，法兰妮。这说来话长。”我定定地看着她，让她知道我说的是事实。

“你一定要跟我说，你一定要告诉我所有的事情。”

“你父亲知道这些吗？”

“不知道。”她说，“还有谁是真有其人？”

“史蒂芬与莎拉。”

“你做了什么事情？”

“我的父亲也是真的，他死了。”我合上书本，递回给她。“我故意忘记。我忘记了。为了甩开自己，我离开英国。”

“你的手腕与大腿附近的瘀青……”

“离开洛欧山庄后，我遭受了很多虐待。”

“洛欧山庄，”她惊讶地大吸一口气，然后想起什么似的说，“就是，我父亲知道的就是这个。”突然，书间的所有幽默全都不翼而飞。我抓住她的手腕。

“告诉我。”

“这就是他知道的那个，惊喜。他要求我不要告诉你。我知道他在一本书上看到给你的献辞……他认为那是献给你的。”

“丢掉的那本书。”

“一本诗集，里面写着：给我亲爱的女儿，玫瑰……”她停下来想想里面写什么。我可以从记忆中一一细述。

“……爱她的母亲，安诺妮玛·洛欧夫人，运动场村洛欧山庄。”

“他怀着希望认为这和你有关，可以多多少少帮助你，因此你到这儿没多久就写信给洛欧山庄。他是一番好意。你是逃跑的吗？告诉我。”

“然后？”我咬着牙问，“信呢？”

“两个礼拜前，他收到一封回函，他们要来看你。”

我站起来。“谁？”

“回这封信的人，你在洛欧山庄的家人。”

“法兰妮，我必须走了。我知道我应该去哪里。两个礼拜前？多久？到这儿要多久？”

“但你的家人……”

“要多久？”

“一般人从马耳他过来。但你的家人……”

我转向她。“我的家人恨我，希望我死掉。我甚至没有真正的家。我的家人，不管他们是谁，把我丢在城市废墟的垃圾堆中。他们不要我，是一个疯狂男人发现我，把我抚养长大。他让我穿着女孩衣服以满足自欺欺人的欲望，让我成为他的财产继承人。我的养母无视于事实地照顾我长大，那本愚蠢的打油诗也是她给的。我竟然笨到被发现带着那本书，而让你父亲从中发现了我的住址。他寄出的信直接落入那些最不关心我的人手上。我的养父死了，抚养我的那些人被赶出洛欧山庄。洛欧山庄现在由篡位家庭掌管，那些人只想从这个不幸故事中渔翁得利。他们希望我死。我曾经觉得洛欧山庄是我的家，自从了解这些真相后，我觉得洛欧山庄是我的监狱。除了我，没人在乎我死活，我也不太在乎。写信给洛欧山庄！只有上帝知道这会带给我什么样的瘟疫！我的两个家庭现在都让我很厌恶。我宁可杀了自己。”

我带着前所未有的绝望诉说着一切，说完后，擦干唇间的飞沫。我没有责备世界，也没有责备纠缠我的财富，而是责备法兰妮。我正对着她的脸咆哮，她哭了出来。

“我现在必须离开。”我说。

“不！”她抓住我，脸贴在我的衣服上说，“让我帮你，让我帮你。”

“你帮不了我。”我想推开她，但如我所害怕的那样，她不放手。我投降。

“玫瑰，拜托。”她望着我，把头埋在我的肚子上，“玫瑰，留下来！我可以帮你，我说我可以。”或许是因为她叫我玫瑰，又或许我突然了解我是她生命中最大的奇遇。我是闪亮坚强又勇敢的逃脱者。她是我的唯一机会。

“法兰妮。”她继续抓着我哭，脸朝下，但依然比我高一点。我抬起脸和她相对。她的双唇张开，很美丽，沾满了泪水的咸与汗水的苦。我沿着她的上嘴唇往下亲，把她揽入怀里。正当我们跌向床铺时，她母亲呼唤她。

“哦，天啊！”法兰妮说，“留下来。”说完匆忙出去。

我没有什么东西需要打包或携带，仅需要那套祝贺我痊愈的奖品，它耐心等候多时，等着被穿上身。我躺在床上，心里思量着法兰妮。万一我必须紧急行动或她不小心跟她母亲泄露真相时，怎么办？我毅然决然地穿上那套衣服。

我已经忘记如何打领带了，脖子上的领口好像锯齿扎着，费了大把劲才伸进袖子里，扣上吊带扣。最后，终于穿好了衣服，我望着镜中的自己。唉，看起来太大又太小，袖子太紧，卡着腋窝，裤子太宽又太短。这肯定不是我开始旅行时穿的衣服。

法兰妮进入房间，看到我穿妥衣服，表现得十分冷静。

“我母亲很麻烦，她不想干吗，但不高兴找不到我，然后我必须解释这礼服……”

我坐在床上。她回到床上来，推倒我，爬上我，两腿左右跨坐着我。我被钉在床上无法动弹，像艾斯蒙被绑在椅子上一样。法兰妮低头望着我，头发垂落肩膀，拢在她腰间的衣服现在松落在我身上。然后，她的头向后仰，背朝后弯。我看不见她的胸部以上。她发出一声呻吟，我觉得她的身体重心全倚在我身上。

“喂，贝特曼伯爵。”她回头望着我说。

“帮助我。”

“都可以。你要我做什么？”她的膝盖压着我的手，我的手钳制着我的呼吸，我的身体开始扭动起来。

“山坡上有眼水池叫萨尔玛西斯，我必须在他们来之前到那儿。你父亲说当地人知道地方，你必须今晚让我逃出这屋子……”

“明天早上。”

“明天早上，大清早。你必须带我出去，告诉我如何到那儿。”

“我可以跟你一起走吗？”她在我身上起起伏伏。

“不行。”

“为什么你要去那儿？”

“我有个约会。”

“我知道谁可以带你去。”她在我身体上下摩擦，离她最大的欢愉只差一点点距离。然后又在我身上扭来扭去，额头上凝聚了许多小汗珠。“我知道如何神不知鬼不觉地带你出去，必须要非常非常早。”

“谢谢。”

“你跟谁约在水池边会面？”

“不要问。”我挺起身子和她相对，想不到在她的两腿之间硬了起来。那儿有一种缓慢的亲近与相对的舒适感。有时，她压得太用力，我撞着她的骨头，觉得有点疼。很难相信她可以从撞击中得到欢愉，但她似乎是如此。别人不会喜欢这种粗暴、汗涔涔的击打方式，也不会为此努力半天。我忘了自己的性需求，只为别人服务，没有要求自己舒畅，也没人让我舒畅。

我的精神流浪出走。她的呼吸变得激烈，我血脉贲张，体内产生一股拉力，不知不觉地顶起屁股碰她。我觉得我与身体呈现分离状态，依然沉溺在逃走的念头里，只有突如其来的拇指塞入嘴里，才让我回到现实。

她继续在我身上摩擦。我不管那封信，知道在我离开之前他们不会出现。法兰妮的手指头伸入我的口中，我觉得想吐，不禁咬她的手指头逼她拿出来。她尖叫，微笑。我的喉底泛起一股胆汁。她拿出手指头后，我的口中依然留有酸味。

她撩起裙子，把手放到她的身体下面。我觉得往下看非常尴尬，只觉得她的身体稍微往上举。我望向月历。还有一天的空白尚未画叉，之后，我将永远消失，再也没有需要画叉的日子了，或所有日子都用一条长线画掉。我想象在另一个不同世界里，死亡的我望着他的空白月历上的出生日子，他的第一个记号与我的最后一个记号画在同一天上。那个大叉叉连接了我的死亡与他的出生。“我会再见到你吗？”她问。我说不出话来。我的感觉被她征服，身体却快被磨损。我们都知道答案，但她此刻在我身边，“我觉得我不会再见到你。”

她以裙裾作为遮盖，开始拉开我的裤子，企图以一只手解开我的扣子，另一只手在我身上抚摸。我开始反抗，但她伸手覆住我的嘴巴。我无法忍受窒息的感觉，呼吸也变得太急，太早，太多。我快吐了。我知道所有的泄底征兆。我回到了斯塔福货舱。

她的手伸入我的裤子，我开始狂暴反抗，想要甩开她。她的膝盖依然钳住我，怜悯地低头望着我，突然明白了我有多么不愿意。我知道这一步一步的动作会导向哪里，也知道“谜团”如何反应，但是太脏了。我不能忍受精液与臭味。所有导致婴儿出生的事物都很恶心，为什么要诞生婴儿呢？可以丢开，忘记吧。我不想要一个避之唯恐不及的婴儿，也不想要一个永远不会再见面的婴儿。虽然这件事情值得做，却毫无乐趣可言。我开始在她下面翻来覆去，基于自卫地咬了她的手。她停下来，依然坐在我身上，但手已放开我凋萎的小公鸡。

“不要惊慌，玫瑰。”她望着我说，“这没什么好惊慌的。”

“我觉得恶心。这让我恶心。”

“我吗？”她看起来悲伤。我厌烦她可能把这认为是羞辱。我没耐心处理她的感觉。

“不，这个，很恶心。我怕。”我说完，转头，真的哭了起来。我不适合这个世界。我厌恶我是个男人，厌恶穿着剃刀领在脖子上，刺着我的“亚当的苹果”。为什么我需要这只小公鸡？它是个错误。它和我如此疏离。不论何时何地我都以适当态度回应它，它却对我毫无同情。我恨我自己，我气它。它只让我更加坚定结束一切。

“这不恶心。感觉一下。”

她从她的右膝盖下抓起我的手，放入她的裙子下。我畏畏缩缩，猛地抽回去。她又抓起我的手，用一种我只能说是非常友善的方式把我的手放入她的底下紧贴着她。看得出来她很开放。我想起莎拉，她是我唯一的老师，终究她还活着，也是我努力不要思念的人。

“拜托，法兰妮，不要。”我的公鸡垂头丧气地不为所动，歪歪扭扭地瘫在我的手下方。“我不想要。”

“玫瑰，这很舒服的。”她的头发往前垂在她的衣服上。“这不恶心，这是身体的行为，你希望你的身体也一样，就这样。”

“这很脏，而且黏黏的。”

“这很好。”在她又开始骑马姿势前，我把手伸回来。

“玫瑰！”她灵机一动说，“礼服，穿上。我会帮助你离开，但先把礼服穿上。”

是的。礼服。我的礼服。她当着我的面开始脱下礼服。她转身，让我解开领子上的扣子，我愣在那儿。突然，礼服向前一拉。

“实在太紧了，感觉有种解放。”她说。

她背对着我，迅速站起来。礼服丢在她身后的地板上，在我面前呼唤我。我看着她的屁股与后背。她赤裸裸站着，脸朝窗外跟我再说一次：穿上礼服。我身上的衣服仿佛用一条长线缝在一起，拉一下就像秋天的落叶般从四肢卸下来。我穿上这件从普鲁登丝那儿偷来的红色礼服，让它包围着我，在我身上滑行，让光滑的丝绒吻着肌肤。我觉得不羞耻也不害怕，转身问法兰妮介不介意。我听到自己确确实实在说：假如不介意的话，请帮我扣上颈子后面的扣子。然后，她的手将钩子挂上钩眼，让丝绒轻柔地栖息我的颈间。我的亚当苹果似乎消退了。吞一下口水，嘴里的苦味也好像不再。我转身望着法兰妮。她一丝不挂地站在我面前，身材美得无可形容。刹那间，我以为那是我礼服下的身材。是的。

我靠向前轻轻把她推回床上。以前我从未见过赤裸裸的女人。我眨眨眼，才知道眼眶溢满泪水。法兰妮仰望着我，赤裸裸，丰满，空虚，没有风，却轻轻颤抖着。

“不要动，法兰妮，是我。”我在她耳边细语，一条腿潜入她的腿间轻轻摩挲，我知道她何处有感觉。一切似乎不费力气，我的手沿着她的肚皮往下滑，抚摸她的毛发。我平静，呼吸沉缓，在她耳边轻声细语。我不记得说了什么，但跟她说了莎拉和我曾经说过的话。我的手指头在她的两唇间游动，有点不知去向，她的身体欢迎我，导引我进入。我滑入第一根手指，她的里面又细又长。我说，我们一起按着节拍律动，然后手指向上撑，仿佛要把她的身体从床上举起来似的。她呻吟，放松，随着我的轻声细语，呼吸越来越猛烈。接着，她的手移向我的

“谜团”，我断然地轻轻推开她，不是因为恐惧，而是自信。

“不要碰我，躺下来。”我说。她缓缓呻吟，一种隐约的嘶吼在她体内深处萌芽，之后渐渐清晰，并形成一首歌。她瘫落在我手中，一阵颤抖，静静躺在床上。我亲吻她的脸颊。我们安静躺着。她闭上眼睛，终于开口说话。

“玫瑰，我知道你必须离开，我会释放你，但我可以像狱卒的女儿那样，在七年后去找你吗？”她的表情异于平常，不再那么稚气。

“可以，不过……法兰妮，你恐怕找不到我，因为我也许会让人认不出来。”我说。她别过脸去。“看着我。”她不看我。

“我生来属于另一世界，看着我。我是一个内外冲突强烈的人，不可能成为什么样的人。你知道你是什么人、你的出身、这个房子、这个家庭。我什么都不是。我厌倦尝试、说谎、逃跑，厌倦否定自己，再也没有办法活在这些规则下。我不想伤害任何人。你只要帮助我，只要了解这是你所能做的最好的一件事情。我知道你了解。”

法兰妮不发一语地慢慢站起来，剩下我一人穿着皱皱的礼服在床上。四周静悄悄。我想她可能会哭泣，但开口说话时声音很平静。她拾起仍堆在地上的一团衣服，穿上，完全不看我一眼。之后，她开门，依然不看我一眼，只从背后丢下一句话。

“不管你需要什么，五点以前准备妥当，我会处理一切。”

她离开了。

3

约定时刻，我蹑手蹑脚跨出房间，每一块地板都发出共鸣。我没有睡。

法兰妮等在后门，不看我一眼地塞给我一个包裹，我摇摇头。礼服对我已经是无用之物了。她带我出门，依然不看我，只给我一封信。“遵照指示，走吧。”

我跨出步伐，想要回头看却不敢，期待某种代表结束的声音出现，也许是大门上锁或后门关上。但我听不到任何声音。或许她正望着我的背影。我不知道。

太阳尚未从云隙露脸。除了我的奥维德外，我空无一物。我的房间空荡荡的，他们发现时，也许以为我随时会回来。我不想让他们惊慌或质问法兰妮，希望他们以为我在隔壁。

我打开那封信。没什么特别的东西，只不过是到约定地点的简单指示、给向导的土耳其文便条以及一些纸钞。没有法兰妮要我重新考虑的只字片语，也没有海枯石烂天长地久之类的爱的承诺。虽然事实摆在眼前，我仍寻找她的谄媚之语，但什么也没有。为什么？她知道无法挽回就让我无牵无挂离去，不用温柔言语与祈求惩罚我，反倒为我排除一些困难。

过去几个星期我几乎没运动，问题马上就出现了。太阳升起后，我靠在山脚下路边一棵橘子树旁，筋疲力尽。我昏昏欲睡，处在梦游状态，从卧室跨出的每一步伐皆带我远离真实世界。终于，我勇敢地回头看。没有人跟随我，房子也无法辨识。我远离已知的世界。

我继续走，一头死气沉沉的骡子拖着马车经过。驾驶座上一名其胖无比的妇人伴着无牙的执缰男伴，两人对骡子其实不闻不问。男伴转头问我一个问题，我只能从他的表情解读意思。我把那封信与钱交给他，他把这些东西交给老婆。他老婆打开信封，钱掉在胖大腿上。她读一读那封信，嗅一嗅，大声下了一道命令。他紧张地脱下帽子，转身看我，指着后面的马车。

“萨尔玛西斯？”我问。

“是的。”他叹了一口气说，“是的。”手指向马车后座。我躺在木板上，手臂挡在眼睛前面遮阳，即使闭上眼睛依然觉得阳光强烈。骡子又继续前行，我们嗒嗒走在空旷的道路上。

男人拍拍我的肩膀，给我一些罐子里的橄榄。他老婆打了一下他的手心，他促狭地扬一扬眉毛，微笑指着周围广阔的橄榄树林。我翻着我的奥维德，想起牧羊人因破坏女神之舞而被变成一棵粗糙的橄榄树作为处罚。蓦然间，我在每一棵树干上看到牧羊人的身体，在错综的树皮上看到他的扭曲脸孔，在枝丫间看到他伸出双臂求救，免得被抓进去永远变形。

阳光戏弄着我，自然世界在我面前活了起来。以前我的自然世界井然有序，因此我从未察觉它活生生的灵魂。现在，每一棵弯曲的树干底部色彩缤纷，白雏菊、黄雏菊、罂粟、毛茛，朵朵鲜艳蓬勃，令人目不暇给，其他地方则栽满优雅的黄、白、紫色银莲花。突然间，我在一棵月桂树上清楚地看到挣脱阿波罗骚扰的达芙妮，她的轮廓和胸针上的浮雕一样简单。太阳往上升了一点，我紧紧闭上眼睛，想着法兰妮。她的脸庞浮现，渐渐变成可怕的树皮。

《变形记》开始占据我的脑海。我将生命透过手指灌入书本，书本透过我的肉身还魂世界。书除了是真皮，还是什么？真皮除了是动物的肌肤，还是什么？纸张除了是一棵树，还是什么？羊皮纸除了是小羔羊，还是什么？我除了是一个思想，还是什么？我望着周围的世界，慢慢明白了人类变成树、花、动物与鸟之前的存在本质。在一片血红的银莲花中，我看到阿多尼斯的生与死，他是密耳拉与喀尼剌斯乱伦生出的儿子。因此，喀尼剌斯既是他的父亲也是他的外祖父。他不理会阿佛洛狄忒的警告，狩猎时被一只野猪的长牙刺死。阿佛洛狄忒把他变成银莲花，种在橄榄树下；而珀尔塞福涅与阿佛洛狄忒在奥林匹斯山争论谁死后可以拥有阿多尼斯。阿多尼斯现在在哪里？银莲花一半长在地上一半长在地下，和阿多尼斯死后的身体一样，夏天和阿佛洛狄忒，冬天和珀尔塞福涅在一起。哦，幸运的男孩。

虽然我筋疲力尽，但看到大自然的具体变化仍深深慑服。我渴望暂时躲开刺眼的阳光，但山峰最后变成了阿特拉斯，不为我遮阳。

在高大的松树丛中，我看到一群色雷斯族女人，亦即杀死俄耳浦斯[1]的那些人。我埋头藏起来，希望不让她们看到我在偷看。这些杀人凶手砍死那位可怜歌手，用终于挣脱了阿波罗纠缠的达芙妮月桂叶做成矛，穿透他的肌肤，将他的身体四分五裂。突然，她们的头目看到了我，挥着长矛呐喊："男人！"刹那间，那群女人通通扑向我。

我惊醒过来，脸热烘烘的。幻觉紧紧攫住我，原来我半梦半醒了很长一段时间，太阳都要下山了。骡车没有在动。

我们到了一处排水站，骡子在水槽边猛喝水。马夫指着车门，呀，春天美景。我笑了，抹一下嘴角下车，发现风景如此绿意盎然，像

1 Orpheus，希腊神话中杰出的音乐家。——译者注

图画似的。

他指着一条通向树丛中的小径，走回来，用右手的拇指与食指比了一个走路的动作，手指头越走越慢，表示是一条长长的路。我点点头，跨出脚步。他仰头望望太阳，心里盘算了一下，推断现在出发太晚了，便做手势要我回来，但我执意前行。他老婆对着我大吼，指着我前进的树林说："萨尔玛西斯，不！"她慎重地摇头说。

"不！"她老公也提出警告，并且做了一个喝泉水的手势。他们似乎非常认真，但又四目交接爆出笑声。我微笑，转身。

四周森林蓊郁，我尽量走在小径上，林子里的黑暗超乎我的想象。周围全是浓密的灌木丛与松树林，偶尔透出一丝蓝光，空气中溢满了黏稠的树汁甜味。我知道石松的种子可以吃，有点像榛子，因为法兰妮前几天摘了一些给我，但我不知道哪一棵是石松哪一棵是阿勒波松。对于这些树、木头、森林，我一无所知，只知道它们变形前身为人类的故事。我觉得孤独，不过附近传来沙沙声，我知道我不孤单，四周全是生命。

我在运动场村附近的原野上见过看到任何会动的东西就马上奔逃的鹿，也见过灌木丛中意态悠闲的山羊。港口总少不了咆哮的狗。现在，谁在这儿陪伴我？黑幽幽中，任何风吹草动都显得突兀。我从未置身过如此空旷的环境，令人非常胆怯。

法兰妮跟我说过山里面有狼、土狼与熊。卡利斯特因为和天神宙斯的婚外情而被天后赫拉变成了一只熊，我应该怕她吗？奥维德作品里的土狼提瑞西阿斯可以改变性别，我应该怕他吗？变成母狼海伦有什么关系呢？我要去看萨尔玛西斯，永远看着萨尔玛西斯，万一途中发生了什么事，就随它去吧。如果可以选择的话，我会任事情发生。我会像阿多尼斯被穿透而死，或像阿克泰恩被猎犬撕成碎片，我的身体若没有被咬或被丢在森林里，也是在原处腐烂化为大自然的一部分。谁知道我现在被什么践踏？或许我的脊椎会像蛇一般滑至灌木丛中。或许蜜蜂会在我的肚子里生出小蜜蜂，和祭牛尸体的遭遇一样。无人能停止生命的转轮，自然的规律重回起点，至少我无须随之轮回，得以安息。

我想起洛欧山庄可笑拘谨的整齐草地，不禁心生厌恶，又想起人类欲控制自然的徒劳。看，这就是大自然的报复：地面上随意攀生的藤蔓缠缠绕绕，一有机会便把人绊个狗吃屎。林地上覆盖着厚厚的大自然落物，成为树木的温床，树木除了直着长，还横七竖八地往各个方向长。这儿没有空间设置槌球框或装饰桥，二十尺高的铸铁栅栏也无法挡住树木的生长。唯一消除树木的方式是摧毁它，砍下它，烧了它。即使如此，树木还是会逐渐恢复原状。

我想起某些人在人性上的徒劳心机。起初，他们想杀了我，但功败垂成。我像常春藤般不知不觉存活下来，对他们而言，我太过机灵了。之后，他们以同样方式调教我、塑造我，对我修修剪剪。现在我回到比较狂野的状态，即使为时短暂，但使我在蓊郁参天的林子里自在了些。

万物重现原形：燧石是背叛墨丘利的巴特斯，仓促逃跑的蜥蜴是嘲笑刻瑞斯喝水的男孩，溪流是比布利斯为了爱她无缘的哥哥而淌的泪水。[1]世界在我身边溶解。我靠向小树丛想摘取一些野浆果，但不行，我不能残杀同类。

天色越来越暗，我坐下来，听到了因罪恶而变成猫头鹰的妮克蒂米妮的啼声，也听到因为在阴间吃七颗石榴而背叛珀尔塞福涅的艾斯库罗普的尖叫声。她吃了谁？我忘了。我会变成什么？每一个变形都有诗意的正义。神奇药草把格劳克斯渔夫变成一条鱼；利西亚人因为不让拉多娜饮水而变成青蛙。或许我会变成土狼、牡蛎、蚯蚓，总有适合的东西吧。玫瑰。

1 上述人物与典故皆来自奥维德的《变形记》。——译者注黑漆漆中，我看到一对闪烁的小眼睛。由于害怕睡着后惨遭伏击（我要去萨尔玛西斯，这是我的最后任务。这趟旅程尚未远到让我忘了目的），我爬到树上，在黑暗中摸索半天，找到一处可以坐下来的树杈。我想起了朵儿丽，靠向树干仰望星星。星星也有同样的变形故事，只是写在天空中。在宁静的黑暗中，我听到潺潺水声在风中流向我。黑夜越来越沉，我在树杈上缩着身子，潺潺细流是我的催眠曲。

缠绕纠葛的故事与神话占据我脑海，是阳光把我拉回现实中。我觉得我没睡饱，我太累、太警觉、太紧张、太向往了。

我俯瞰遥远尽头的一片空旷地，那是萨尔玛西斯，我知道。它比我想象中广大辽阔，我所望到的只是其中一小部分。我爬下来，走近它，和我梦想中的萨尔玛西斯一模一样。树木全都向水池右方倾斜，阳光从上往下洒，在最深的水面上晶莹闪烁。池岸耸起一堆巨石，另一侧的岸边是一片青葱的草地。我朝青葱草地迈进。有一天，我发现了一条沿着地面蜿蜒的晶莹小溪，在阳光下，它的倒影比青翠草地的倒影更加清晰。溪岸附近没有朦胧的芦苇，而是一片顺着小溪蔓延的欣欣向荣的草坪。芦苇长在草坪的右方。

我漫不经心地沿着溪流踱步，惊奇得合不拢嘴。博蒙特曾改编过这眼神奇泉水的故事，我想起他的序言：

> 我希望我的诗栩栩如生
> 读了它，你会变成半个女人

阳光照着我的梦。我不敢相信这是萨尔玛西斯，但它是。和画像很像，仿佛那位画家曾到过这儿或看过它。我在这儿。

我在草地上坐下来，往后躺，右手拇指在水中滑行。水，很柔软，很凉爽。

我浪迹天涯寻找一角安歇，现在，我找到了。我的心神和前几天一样，不断戏弄我。我以为我坐在洛欧山庄的楼梯上，凝视着萨尔玛西斯与赫马佛洛狄忒斯，但这两人不见了。我想起五年前的一个夜晚，我看到——或我以为我看到——画布上的变化。我看见一名男子穿着皱巴巴的衣服躺在池边，手在水中慵懒地摆来摆去，有点忧伤。那时我想：我能帮助他吗？他能帮助我吗？如今，我知道了自己没有问出口的问题：我能帮助自己吗？

画布里的我回望着的，不是那个想象着画像变化的不平静的我，而是更早之前，七岁时穿着父亲送的生日礼物蕾丝睡袍坐在楼梯望着画像的我。我看起来稚嫩、说不出的完美，天真得不知恐惧未来，年幼得对毁灭性的言语完全无知。

我身跨两个世界。时间笼罩着时间，此刻，如果体力充沛，我会爬入那画布，那阻隔，和七岁时的自己融为一体。这样，我又有机会重新开始，回到我的伊甸园。我等候玫瑰伸手……玫瑰！我知道她会伸手摸一摸画像的表面：就是那个时刻。等候之时，我望着自己那双惺忪的睡眼，不禁感到恐惧。我不想重新开始。

一切都将重演。我会再度回到这儿，如果笨得可以，也许第三度回到这儿，等候另一个自己伸手摸画像，一如此情此景。但，那会越来越糟糕，纵然我一回比一回多知道一点东西，依然无力改变自己的命运。也许我对先前的决定无知无觉，依然选择重新开始。或更惨，我做了决定后依然不知不觉地为了切开第二个自己而重蹈同样的错误。无穷尽，真的很恐怖，它的无底深渊令我起了一身鸡皮疙瘩。

有位优雅的女人（不是我）在赌场里赌博，赌注下得越来越大，从不歇手。她没赢，也没输，只是下赌注，一回比一回高，高到无止尽。轮盘一直在转，准备迎接滚进来的球，但球永远也滚不进红格或黑格里。骰子一直没掷，第三张牌一直没玩。但那位女士下赌注，提高赌注，又提高赌注，又提高赌注。然后，她叫停时间。现在，是掷骰子的时间——起手无回！

玫瑰在楼梯上焦急地伸出手来，我可以看到她眼中的期待。从我躺的地方，我可以摸到画像的最最内部，不是画布的背面，而是画像表面的真实内部。她的指尖碰到了我的指尖。

我望向别处。

梦，书，歌，生命。我的手落入水中，带我返回意识。我漂上又漂下，和萨尔玛西斯如此亲近。我一直往水里伸，手，手腕，手肘。

我睁开眼睛，阳光。但在我与所见之间隔着一层面纱，是泉水，是青草。孤孤单单，在天空下，微笑着，什么都不懂，一幅挂在楼梯上的画。或许我已经不挂在那儿了，被现任者的某种品味所取代。我可能面对着图书室下的墙壁。

我隔着面纱望着自己：苍白的肌肤，盘旋在脸上的冷酷，曾经殷勤修剪的眉毛现在生长茂盛。我慢慢脱下衣服，看着自己的身体：毛发像菌类般漫生，干瘪的屁股好像误塞在两腿之间。我踢开凉鞋与长裤，站在那儿，微风一点也不寒冷，却觉得阵阵寒冷咬住我的肌肤。我感觉有一双眼睛看着我，是水中仙女萨尔玛西斯的眼睛。纵使她存在或曾经存在，也不会望着我说："美丽的男孩，你是神吗？如果你不是的话，你应该是。"现在没有人可以拯救我了，我的家庭、我的梦、想象中的亡母，甚至自信都拯救不了我，因为我不知道我是谁。我在上帝面前赤身露体，上帝嘲笑着我。曾经，我以为我可以敲碎天堂的大门，可以用喇叭把他的墙吹塌，可以让他在我面前畏畏缩缩。但现在我了解了，这启示是他对我的最后嘲笑，这认知是我们最后的报偿。

赌金依然往上升。下注吧，各位先生女士。十克朗[1]，二十克朗，一百克朗。她掉下去的？或被他推下去的？两百克朗。上帝处罚你们这些人。五百克朗。我们能数到多高？更高一些。

我隔着面纱望着水中的自己，不禁吓一跳。或许是风的移动，水面上与水中的我比较自然、优雅，看起来较温柔、黝黑、健康，头发在光中闪耀。我看到我赤裸的乳房、臀部曲线的优美与柔和轮廓，感觉自己像那喀索斯[2]一样，想要俯身触摸水中的自己，看看是否能不搅乱倒影而摸一下自己，但一碰，倒影就消失了。我笨得想寻找倒影，以为水下倒影比水面的倒影要持久一点。终于，我知道这是痴心妄想，除了等候水面宁静下来，别无办法。

嘘，安静。风，请不要吹。树，拜托留住叶子。青蛙、蜥蜴，请跃到睡莲叶子上，别掀起一丝涟漪。光滑，再光滑一点。自从拖着躯壳至博德鲁姆后，我很久没有注意自己的身体了。我不理会身体的天然警讯，压抑所有讨厌的欲望，不让失败的表征嘲笑自己。但法兰妮揭开我的面具后，我的挫败更大了，也重拾奇装异服。我无法成为内外合一的人。

水面静止了。我看到我赁居的囚笼并非我的身体。我的命运碰得栅栏咯咯响，但那些栅栏并非我的骨头。真正的我是水中的我，现在我可以逃向他了。那个如玛丽所说的可以自由选择的地方才是我的救赎。只有逃向那儿，我才有救赎。

此刻，我知道没有前进之路。

你曾经走在一条看不到终点的道路上吗？你曾经想着一个萦绕不去的想法吗？那就是我。我无法停下脑子里的思考，一遍又一遍，挥之

1　英国二十五便士的硬币。——译者注

2　Narcissus，希腊神话中恋上自己水中倒影的美少年，俯身够水影时落水而亡，化为一株水仙。——译者注

不去。叫牌必须停止，那些变来变去的动物与人也必须停止。现在，我脑子里的声音是倒影的声音，正召唤着我。两个我，都被判了罪。我知道必须结束了，唯一的路是水池。我漫无目的地滑向水里，但马上停了下来。

水很冷。

我一直以为自己是赫马佛洛狄忒斯，但我不是。情形正好相反，我是萨尔玛西斯。想坠入爱河与自己的爱恋永远结合的人是我。我没有预见任何奇迹，或期待有少女抓住我的肢体。我期待溺死也想要溺死，想要吞下大口的水，在泉水的最深处失去意识，或落进水里，头撞在岩石上，因失血过多而躺在图画中做一个美丽的梦。梦中，数字飙到高点，叫牌减少了。因为不叫没有把握的牌，所以叫牌会减至零。当叫牌结束时，便是我的死亡。我不应该下任何赌注。滚球会停止转动，既不停在红格也不停在黑格上，而是停在绿色的零上。我戴着十字架漂浮，两只手臂和身体直角相交，没一寸体肤陷入水面下，没有真实中的丑陋与扭曲，一干二净。我知道我所在意的部分很容易达成，便不再期待什么。

现在，我的身体完全被淹没，嘴巴与水面齐高。这时，游泳比走路容易，但右腿被河床的顽强芦苇绊住。我用力踢，芦苇却越抓越紧，死咬着我不放。我的嘴巴与鼻子同时进水，开始窒息。这一点也不美丽。不管缠在腿上的是什么东西，我用力拉开，但也快窒息了。水发疯似的灌进我嘴里，我的嘴巴渴望吸入其他不是水的东西。这些水从错误的入口进，从鼻子出，而鼻子也同时吸入了水。

我认为这是我的求生本能，而且讶异有此本能。我记得我以为这个本能没什么用，因为芦苇比我强劲有力。突然，灭绝的念头袭上来，我潜到水面下。我想抽一口气，却吸入更多的水，就在那时我想着：我要溺死了，我要溺死了，我要溺死的时刻到了。

我立刻被缠结的芦苇重重卷住，被某种淡水章鱼诱捕。在混乱的泡沫中，一缕深红漂过眼前。我知道某个部位割伤了，是脚吗？我的感觉在冰冷中麻木不仁。

我的头露出水面一下子。一个声音传过来。一个声音。回音。不是我的。

是别人的声音，仿佛要把我从梦中唤醒。一个非常真实的梦。我是在梦中吗？

我不在梦中。我要溺死了。我期待自己的一生从眼前闪过，让我回顾过去每一个遗忘的细微。我期待生命从眼前倒转，让我明了对与错、好与坏。但是我却滑倒在脚下的青苔上。我想死，快死了，流血，窒息，生命的回顾不陪着我溺死。现在，再也没有事物阻止得了我。

“玫瑰！玫瑰！”女孩的声音传来。

法兰妮！是法兰妮！她没有遵守承诺，跑来找我。

右方一股急流冲过来，把我撞出海怪的掌心，往上冲。我觉得法兰妮就在我身边，起初我以为她要拉我出水，但显然她要压我下水。就在那一瞬间，我意识到是我要拉她下水。我要离开，她要跟着我走。

我噼里啪啦地紧抓着她，闭上眼睛，集中全身力量至四肢上，紧拥着她。她比外表强壮有力，竟然抖开我。我听到她尖叫，但叫声似乎来自远方。是水的把戏吧，我们在萨尔玛西斯未被触碰过的河床上纠缠，周围的水顿成混浊的棕色。沙子跑进我的眼睛，水也跑进来，或许不是水，是血，一切变得朦胧不清。我盲目地伸手乱抓，直到抓到她为止，然后用整个身体环绕着她，仿佛乌贼在海底逮到食物一般。我不放开她，犹如我们已经合为一体。

“神啊！”我大叫着把她压到下面。我的声音一半在水面下，成为混沌不明的低沉咆哮，猛吸一口气时叫声又转清晰。沙子刺得我眼睛好痛。“神啊！请准许我们永远不会有分离的一天！”

神听到我的祷告。那独一的神嘲笑我，但古代的那些神，亦即我书中的众神，了解我的人生痛苦，了解我需要一个大转变。他们同情我，赐给我一个愿望。

“让我们两人永远合为一体！”我们四肢乱踢乱打，手臂与两腿被衣服、芦苇与神的意志捆绑在一起。我无法知道她的起始与我的结束。我也无法脱身。

然后，发生了。

她的血开始流向我的血管。我拉她靠近，让她的乳房压在我的肺上。我想吻她，让我们的灵魂直接交流。我们两个刚分开的身体剧痛地结成一体，从那个身体上只长出一对手臂与一双腿。我紧紧缠绕着她，不放开，不能放开。再也没有任何事情可以让我放开了，现在只剩下我们两个。我不再在乎我的角色，也不在乎她的，不在乎任何人的，只在乎我们现在可以成为什么。我们不会成为男孩也不会成为女孩，不会被人尊称为先生或小姐，不会，什么都不会。

我知道变形不能中途叫停，也感觉奇迹产生了，遂开始屈服，让我们的身体带我流向他方，让我们的液体混合，让我的……已经是我们的吗？我很高兴交出我的。让我们的精神飘离。哦，我听到滚球秘密地滚入绿色的零，看到骰子落在厚呢毯上反弹回来，在那紧张时刻，我焦急地东张西望，最后随便停在一组无关紧要的数字上。

骰子掷出去了，木已成舟。不再有赌注，赌场永远打烊。我用肌肤的每一个毛孔吸入她，也吐出气息渗透她，虽然我早已停止尝试。我头晕目眩。我，我们昏倒了。

我很快乐。这是我成年后第一次了解什么是快乐，也愿意死在当下，让这成为结局。

法兰妮跟我说话，从外面，不是从我的头部里面，用我们的嘴巴或我们的另一个嘴巴。

我希望她在泉水里下一个永远的诅咒：任何来到这银色溪流冷却

的人不再有雄赳赳的外表，而回到一半的处女之身。

但她没有这个必要，反而大呼："玫瑰！玫瑰？"她的嗓音变得低沉。

我失去嗓音了，纵使张开嘴巴也吐不出声息。我仍拥有一张嘴，但她代表我们发声。我仍拥有意志，因为我正在思考，但显然是她拥有声音的权力。她的嗓音变得像我的嗓音，比较低沉。我仰面漂浮，等候我们的声音再度出现，想知道我们会说什么。

"玫瑰！玫瑰！天啊！玫瑰……是我！"法兰妮喘着气，发出低沉的新声音。

一双手拖着我在水中穿梭。我知道我处在幻觉中，因为那嗓音听起来像别人。我被拖至岸边，仰面躺在草地上，好像多年以前被推入河又被拉上岸的情景。一条粗糙的毯子罩在我喘息的胸腔上。我试着咳出萨尔玛西斯，它充满我的肺部。

"他还好吗？"我听到法兰妮用正常嗓音焦切地问。

"快。"她依然喘着气，以新嗓音回答，"你知道生命之吻吗？"

"不知道。"

"让我来。"我听到的不再是法兰妮的新嗓音，而是另一个我知道的声音。我有些惊慌失措，因为咳不出来，眼皮下的眼睛也阵阵抽痛，现在我的人生真的闪现眼前了。那双手在我胸腔上压得我啪啦啦响。一张嘴巴钳住我的嘴巴，不是法兰妮的嘴巴，是与我无关的嘴巴。它试着为我吸气。我觉得自己有了反应，开始咳出水来。

我看到的第一个人是：史蒂芬·汉密尔顿。他的嘴巴迫近我的嘴巴，头发湿答答地贴在额头上，先大大吸一口气后，湿淋淋的嘴唇紧紧钳住我的口。我看到法兰妮站在他后面。我想唤他的名字但叫不出来，也无力阻止他，遂躺在那儿，让他呼气进入我张开的嘴巴，接着我开始喘气，背部拱了起来。我发现自己坐着，直直瞪着他，眼睛呛满泪水，咳个不停。

“玫瑰！玫瑰！”史蒂芬抬头望法兰妮一眼，手臂环着我。我仍在咳嗽，他用手帮我撩头发，拉近我，抱着我。“玫瑰……回来……回来……”

我感到自己深深跌入他怀里，他抱直我的身子。在他的怀里，我软弱无助。

我活着，有气息，史蒂芬·汉密尔顿。两场爱的演出，一切都变了。

萨尔玛西斯的归程不似去程的从容不迫。我们尽快往下骑，我沉重地靠在史蒂芬身上。言语，不必要。

大自然依旧。我带着疲倦的眼神望着大自然，脑中一片空白，我很感激。树木，山羊，灌木丛，还有一些花。神话消失了，回到书页中，也许永远留在书页里面。书呢，少了几页，在后面风干，是法兰妮从我的衣服里掏出来的。

他们两人有时候会说说话，但我不想听。史蒂芬来拯救我，他的手臂环着我，我觉得无比安全。我睡着了，这是逃跑后第一回睡着，梦到洛欧山庄。

到达屋子时，我像婴儿一样淌着口水，累得无法完全清醒，但意识可以听到他们说话，也感觉自己被史蒂芬抱到楼上房间。我的衣服被阳光晒干了，但身上仍然裹着一条大毯子，被拿来当床单。还有其他人在喃喃低语，是欧文·库伯的声音，也有其他床单出现。史蒂芬放了椅垫在地上坐下来。我最后感觉到的是，他的唇在我的额头上。

我在库伯家一个熟悉房间里清醒过来，但光线很陌生。史蒂芬与法兰妮守在一旁。我觉得光线像白天。法兰妮走过来，坐在我床边。

“我做得对吗？”

“谢谢。”我答，“是的，法兰妮，是的。”

史蒂芬插嘴：“你在这儿待得够久了，该回家了，玫瑰。”

“哪里的家？”

“我们现在住在伦敦，你母亲，我的家人，住在维多利亚·瑞克雷的房子里。他们很仁慈，你和我们住那儿。”

我沉默地躺着，望着他。这种沉默，我们两人都无法打破。

“去吧，玫瑰。”法兰妮说，“重新开始吧。”

“不再说谎了。”我自言自语。

“是的，玫瑰，我们现在知道了，不再说谎了。”他非常认真地说，那种认真只出现在讨论板球时。“你想成为什么便是我们对你的期望，你可以为自己选择。”

我哭了起来，止不住地哭，把数年的泪水从深深水库里号啕出来。

史蒂芬继续说：“你不知道该怎么选择，而欧斯本家叫你穿那些衣服，所以你不快乐。”

听到这种可爱的简单论调，我含泪笑了出来。现在，哭泣声还夹杂着喘气的打嗝声。结果，鼻涕跑了出来，让我更加好笑。

“我们不必再怕洛欧山庄。我们搬到一个安全快乐的地方。你可以很舒服地住在那儿，和你母亲、莎拉以及我的父母。那是你现在的家庭。”

我的眼睛非常刺痛。

“玫瑰，还有一件事你应该知道。”

我无法言语，只能望着他，不知道能期待什么。

“你母亲要我把这个给你，只是交到你手上，如此而已。如果你想进一步调查，听候你的选择。”他从桌上拿起一个绑着蝴蝶结的文件包，打开前面，抽出一张纸。那是一首民谣。一辈子之前，我们曾在图书室整理和分类那些民谣。一首民谣能带给我什么讯息?

“玫瑰,”他说,“请看。”他指着出版日期,是我出生后那一年。

“怎样?”我说。

“看这张图。”

图画和文本完全无关,我想这么说,但决定开他一个玩笑。于是我看着这一大张单面印刷的纸。标题只写着:

玫瑰与石南

或

从猎犬口中抢救回来的弃婴

一首有着轻快老旋律的优秀民谣

《把女儿送给磨坊主的老太太》与

《强盗詹姆士·瑞雷的最后告白》出品人出品

在这些文字下方与民谣之间有一幅刻得相当好的版画,一辆马车停在城堡前,有些细节我无法立即辨出。我拿近一点看,史蒂芬等着我的反应。

“歌名如何?两个歌名?”他问。

“巧合。”我说。

“不,”他说,“玫瑰与石南。”

“有许多这种歌。假如不是巧合,一定是有人在开玩笑,是伪造文件。”

“看这图画。”法兰妮劝我。不必她劝,我就已经把画尽量拿近仔细瞧。

一辆轮子大得与车厢不成比例的笨重马车,停在大垃圾场旁边。垃圾堆上有只斜眼的狗,嘴里叼着一个包着裹巾的小婴儿。婴儿大哭——脸上向右飞的大水滴代表眼泪，有些眼泪脱离地心引力向上飘。马车里出现一只戴着褶边手套的手，一直连到一个有着时髦小胡子与胡须的肩膀上。那只手向车夫摆手示意，车夫立刻下马去抱那个小婴儿。背景里，山坡远处有一座像温莎城堡的大房子，一位高得像塔楼的妇人走在城垛上。

“嗯？”史蒂芬说。

在这张非常细致的图画下方印着：

印刷：吉欧·贝尔曼，白教堂砖瓦巷二〇六号

作者：法罗，歌手，保罗区五金路三十八号

下面除了民谣歌词外没有其他东西。我望着史蒂芬，微笑。我读。

我向前漫游，想要去赌博，
自由自在走到一个小酒馆。
在小镇外的“世界尽头”，
我花了一英镑喝到烂醉如泥。

我在便宜处所睡了一个钟头，
做了一个值得说一说的梦。
背脊刺刺的，让我醒过来，
房东正对着我大叫又大吼。

我走到外头想要避一避风头，
我坐在尘土堆上歇一口气。
一只白色猎犬在垃圾堆上头，

怀里哺乳着一个小婴儿。

“嗨，你好。”我试着说，
但那狗对着胆小鬼又叫又吼，
“我不要跟你这个穷男孩说话，
除了一首歌，身上没有半毛钱。”

我看过鬼在黑夜中展翅飞翔，
也看过死掉的人从战争归来。
我听过皇后生了十三个孩子，
但从未听说过狗也会养孩子。

我站得很远，大狗说：
“这个婴儿是我的礼物，
我是她的守护者，一直要等到
有个很大房子的贵公子出现。”

“他的命运在我爪上，他不是你的，
而是被父母遗弃的婴儿。
听到他睡觉时轻轻哭泣，
我们要耐心等候另一对父母。”

我们在那卑贱地方等候，
一辆马车远远走过来。
它好像被斧头砍了似的停下，
车上只有一位优秀的管家。

狗希望有人听见，像在说话似的大叫，
直到贵公子注意这只野兽。
他们给了一块排骨，希望狗别吠，
也作为交换小婴儿的礼物。

他们把婴儿抱入马车，
但愿没人说我是骗子。
闪着财富的那条手臂，
有着玫瑰与石南的标志。

他们匆忙带着婴儿离去，
马车像飞鸟一样远离。
闪着财富的那条手臂，
有着漂亮的红玫瑰与石南。

狗完成了工作也回家去，
那只喜欢弃婴与孤儿的猎犬。
但愿我们国家对穷人的照顾
和对伦敦市里的国王一样多。

哦，祝福那位几乎生在野地的孩子，
请原谅我的厚颜无耻。
或许你长大后是个无名人物，
或许是这里未来的国王。

当你统治全境，请记得
你生命初起时的悲惨，
也想起荒凉垃圾堆上的猎犬，
也请原谅歌手的歌唱，
也请原谅歌手的歌唱。

我读完后，望着史蒂芬。他站在床尾握着法兰妮的手，他们两人非常相配。我含泪微笑看着他们。“是伪造文件？”史蒂芬问。

“我不知道。”我说。

“是巧合吗？玫瑰。”

“我不知道。”

“嗯，那怎么样？我们有名字与地址。”

“那需要费一番很大的功夫。”

“那么，要干吗？”

“家，史蒂芬，家。”

他们把西服与红礼服并肩摆在一块儿。那件让法兰妮羡慕我、让我羡慕普鲁登丝的红礼服。他们离开房间，只剩我的选择。

V

溯源

Voilà

1

逃走十九个月后，我们的马车拐进伦敦一个广场，那儿是维多利亚·瑞克雷收容洛欧山庄难民的地方。她家没有法律资源为我们的不幸伸张正义，因此倾全力拔刀相助，不仅提供我们一个流放居所，并且誓言不再跨入洛欧山庄一步，除非我或我的代表能够在洛欧山庄为他们打开大门。比尤尔广场二十四号的外观相当典雅，不过史蒂芬说，等一下我会看到霉味十足的狭隘内部，还有木头噼里啪啦响的声音，虽然出自不同的角落，你却无法查明到底是哪一根木头在作怪。

我踏下马车，瞥见镜中的自己，觉得有点像拉撒路[1]又有点像浪女[2]。我最后一次出现在他们面前时，穿着一件不合身的脏兮兮外套，说话结结巴巴，不是发自真正的声音。当时，莎拉说不出半句话来。不知道她现在会如何看待我？我知道我变了，变得更好了。泉水里发生了一些状况，但这个变形无关我的身体。

我望着自己，舔一下手指，把胡须捻在一起旋转，上唇中间的胡髭已经刮除以展现人中，下巴中央蓄着一寸见方的胡子，以平衡嘴唇上方的空缺。在返回英国的旅途中，我试了许多不同造型的胡子。史蒂芬在

---

1 Lazarus，《圣经》中一名复活的乞丐。——译者注

2 Prodigal Daughter，衍自《圣经·路加福音》里的“浪子”故事。——译者注

一旁困惑地看着我，对这一连串的怪异络腮胡造型不予置评。这是一种实验，现在我是我的实验。胡子随着我的成长，剃了又长，长了又剃。此时此刻，这个造型看起来最温文儒雅，尤其和我的服装搭配之后。

我做了选择，决定不穿普鲁登丝的红礼服。那件心爱礼服需要一番细心呵护才能恢复昔日光彩。我们最近在巴黎有一趟愉快的购物探险（购物对我而言是新观念），几乎压垮一个全新衣橱。这笔账我得支付多久啊！在巴黎，所有想象得出的布料，所有想象得出的新款式，教我目不暇给。

我穿着一套喜爱的便服站在阶梯上，那是一只美丽的丝质绿色变色龙，外面罩着一件镶有深绿缎带的薄纱小斗篷。我闭上眼睛，两手合拢插入皮手筒内，仿佛一位纯真少女面对她的第一次。史蒂芬搭着我的肩开门。

“玫瑰回来了。”我听到他说完便睁开眼睛。他们排排站在我面前。没人吭气，也没人望向别处。我到家了。左手边站着母亲与傅德，右手边是汉密尔顿与安琪丽卡。中间站着维多利亚，欢迎我来到她的屋子。她童年时的娃娃气不见了，呈现眼前是一头浓密的短发、疲倦的眼神与一件蓝色的短制服。假如我在别的地方看到她，恐怕认不出来。唯独莎拉不在这儿。

母亲朝我奔过来，拥抱我。所有人都跟着过来，包括傅德。我想行个屈膝礼，却被这些飞奔而来的身体吞没。“玫瑰！”有人哭了。我想安抚他们，告诉他们一切都很好。我想说明我的体会以及那个体会对我的帮助，也想大概说一下有哪些地方我会继续改进。但说不出话时，言语有什么用处呢？母亲与我泪水交织。她紧紧抱着我，我拨开她蒙在我脸上的头发，看看所有人：傅德，依然礼貌地行个鞠躬礼。拯救一窝人的维多利亚现在飘到别的地方去了。汉密尔顿夫妇，还是老样子。史蒂芬。没有莎拉。

我被带入餐厅，餐具已经摆设妥当，立即开始上菜。这位厨师必定从洛欧山庄的食谱上挑了一些受欢迎的菜。我看到一张空椅与额外的餐具，竟然期望莎拉一会儿从厨房里冒出来，微笑。但不是这样。莎拉还在学校，几星期后才会回来。她父亲说：我们都会安排个空位，以备维多利亚的哥哥罗伯突然出现。我失望地笑一笑。

我们安静地进餐。“牛肉短语”是父亲喜爱的一道菜，比任何语言更说明了我们之间的联结。餐桌间，起初只有一些眼光与微笑，接着，言语开始在葡萄酒液中飘荡。

二十四号产生了所谓的新民主：全部人都在一张餐桌上进餐，连傅德也上餐桌了。在这一年半中，他老了一些，这场大变动给了他一张最大的通行证。他可以大胆直呼我母亲安诺妮玛，有时稍不留神，脱口说出朵儿丽。从现在起，他只称呼我“大人”，鞠躬也很快就挺起腰杆。

这就是我们的餐桌——逃亡者、放逐者、不遵照传统礼仪者。

第一个星期，大家在言语与情感上皆小心翼翼。他们试着探询我旅行期间的际遇。史蒂芬左右为难，小心谨慎，直到我愿意自行面对为止（我很高兴成为一本开放的书，这是我的新哲学，但不知道他们有多大的阅读意愿）。但洛欧山庄的礼仪多多少少被大家遵行，只有傅德有时僭越。随着彼此的畏怯渐渐消失，我们建立了一个比较实际的常规。

我处在一群时时想解剖我、诋毁我的陌生眼神中太久，当场察觉那些爱管闲事的家伙的好奇心后，只使我更提高警觉。在二十四号，每一对望着我的眼神都带着关爱。我又学会了笑、安静坐着、阅读。几天之后，大家虽仍为我的安全归来喜悦，但已不再把我视为焦点。生活很快进入一个愉快的步调。大家越视我为平常，我就越快乐。我们一起康复了：他们从洛欧山庄、我的消失与我的重新出现中平静下来；而我走出我的“奥德赛”。我的奥维德赛，父亲会这么称呼它。

在那些信手拈来的事件中，我说出了土耳其、萨尔玛西斯、陵墓、库伯家与法兰妮。我一五一十描述海上的际遇，但去除了离开博德鲁姆的细节。把失踪这一年巨细靡遗相告（我也没对你巨细靡遗报告）只会招来伤害，因为：母亲会把我的行为解读成对她的控诉。我不希望我们的痛苦永远存在。我为自己的行为负责，坦然面对陈列在眼前的一切。那些事件似乎很遥远了。所以，我只说出我想让他们知道的事情，而他们也告诉我住在伦敦这个优雅地区与这栋有公园景观的几何形宁静房子里面有多么舒适安逸。

我只对一件事情感到不舒服，那就是“二十四”方程式里面失踪的那个因子。我十分渴望莎拉回来，看看是否能重燃自然的友谊。记忆像斧头一样悬挂着，掉下来吧，我告诉我的刽子手，只要让我再跟莎拉说一次话！史蒂芬与我非常友好，对我的保护不遗余力。在回英国的旅途中，他常常站在我面前，卷起袖子，要求那些口无遮拦的人道歉。这是他已经习惯扮演的角色。但我现在需要另一人的保护，与史蒂芬制衡。我不能再落入无助当中，不能再掉入最后的底线，不能再沦为出海前的最后一站。我们缺乏莎拉的制衡，我需要她拉我一把。她是我的地心引力。

母亲依然与书为伍。她的新图书室位于一楼，格局方正，墙面充裕，书册不多。她在新图书室里显得有点苍老，未愈合的伤口似乎冲淡了她对我归来的喜悦与安慰。我想她也许对我的苟且偷生感到失望，也许担心我对这个世界失望或这个世界无法再符合我的期望，但她仍然为我重拾信心感到高兴。看到我比较自在，她稍微快乐一点。我觉得在她的灵魂深处有一个声音说我让她失望。但我们都没有谈起这些，她甚至更投入工作当中。不论我的选择为何，她都会支持。这是决定好的事情。过去虽已埋葬，但上面的尘土依然可以轻易扫开。我们尚未准备好挖掘尸体。

餐桌上唯一的乐事是维多利亚的热诚（此外，还有我们喜爱的连载故事的最新进展）。维多利亚在伦敦东区朋友的收容所工作，负责照顾病患，夜晚经常不在比尤尔广场的家，遇到紧急状况时，耗时更长。工作让她没有多少时间加入二十四号的闲聊。我们可能好几天看不到她的人影，只看到疲倦的信使递来的潦草纸条："送一些毯子过来。维多利亚。"

感谢维多利亚的忠诚，史蒂芬才知道去何处寻我。她因事前往洛欧山庄，碰巧在会客室的小桌上看到欧文·库伯未开启的信（收信者是安诺妮玛·洛欧夫人），与其他信件丢在一起。自从盖伊与普鲁登丝的婚礼后，这是她第一次也是唯一一次以家族成员身份拜访洛欧山庄。那次婚礼我想办法躲掉了。

那场所谓的盛宴摆出大户人家的高贵，让维多利亚创造了一个新词汇，"洛欧山庄强暴记"。光是可笑的摆设就花了数百英镑，没有一位村民受邀参加。参加者多半是不认识新郎也不认识新娘的有钱地主。这是他们第一次看到运动场山庄（洛欧山庄已重新正名为运动场山庄）。这些新居民很早就把钱财拨出来，花如此多银子在一天的炫耀上，安排这么多东西，只为了如此小的目的，结果是：所有参加者都觉得不搭调并焦躁不安。陵墓为了呼应这个不可思议的主题被漆成了天蓝色。朱利叶斯认为那牵涉了海神与爱神的不快乐结盟。

高贵的瑞克雷家无法忍受看到寄生的欧斯本家如此嚣张：他们大肆庆祝成功接掌主权，一边为胜利大吃大喝一边赞美金钱的美德，对维多利亚与罗伯的理想主义财物损失幸灾乐祸，并且嘲笑前居住者的头脑简单。这对善良的兄妹厌恶欧斯本家对我们的虐待，此外，兄妹俩所轻视的一切，欧斯本家处处参与，从奴隶交易至宗教伪善，充分表现了贪婪、怠惰、自私与父权思想。

瑞克雷家认为尊重当天的嘈杂婚宴是一种伪善，当场决定与欧斯本家划清界限。维多利亚与罗伯在中古世纪的骑马长矛比武与犬熊斗之间退出婚宴，之后写了一封信给运动场山庄解释立场。欧斯本家立即回复，同意从此不相来往。

这个协议只打破过一次，给了我很大的幸运。二十四号派给维多利亚一个双重任务，以情感为由上门恳求把海门屋运至二十四号，并让我母亲处理图书馆的迁移。她义无反顾地带着信前往，被她的奥古斯图叔叔挡在了门口。他说，真丢人，他的家人竟然提供避难所给那个疯女人与她的贱仆，害他的兄弟被告诫：冷酷耳朵里的几句话可以令他们的许多客人浑身不自在。至少在疯人院，他们知道如何让那些人安静下来。

这些篡位者对于我的消失只耸耸肩说："就说嘛。"就他们看来，我的确有了一个正确的行动：无声无息消失是我至今为止最正确的选择。他们不会派出搜索队。

维多利亚这趟出使不太愉快但很成功。瑞莱恩斯对我母亲要求的那些书拟了"公道价"，倘若遗失或损坏，立刻赔偿。但海门屋毫无怨言地拱手相让，因为普鲁登丝认为那是鬼东西。维多利亚离去时再度发誓：绝不再和欧斯本家说半句话。

库伯的信终于在那天晚上到了合法收信人手中。二十四号经过一番商讨，决定召唤史蒂芬回来，派遣他立刻出发：对于我与海门屋的归返，家人归功于维多利亚。

那些住在二十四号的人以为自己住在小洛欧山庄，当娃娃屋运抵时，才知道小洛欧山庄有多小。这个华丽的复制品无法进入前门，必须用绳子高高吊起从前窗进入。如此高昂的搬迁成本让大家逐渐不安起来，虽然人人都很高兴海门屋归返，当然，理由各自不同，老朽的傅德希望青春伯爵出现在他面前，就像朵儿丽出现在他主人面前一样。

维多利亚的哥哥，罗伯，很少出现在二十四号，虽然那是他的正式住所。他前往他已故祖父的大学，在那儿当约书亚·奈尔顿先生的助理，朝政治圈发展。奈尔顿是英国反童工运动的社会工作者。罗伯的外表和我很久以前第一次看到他的样子差不多，小胡子和我一样不迷人，但变得稍微严肃一点，讲到风的变动时激动得像仓鸮一样喔喔叫。他经常如此。

这两位瑞克雷是我所知最爱质疑的人。他们的问题不再针对我，转而针对世界。两人的生命哲学似乎从婴儿时期便手牵手一起发展，一步一步发展。罗伯此刻充满魅力与机智，下一刻可能满头大汗义愤填膺。他妹妹和他的看法几乎一致。他很少和我们争辩。

“为什么极少数人拥有如此不成比例的财富？”罗伯两手高高向上举，仿佛等候上帝回答，然后张开双臂欢迎大家辩个你死我活。很尴尬地，我从来不曾思考这个问题。从法国中部贫民区的观点，我过去的奢华生活似乎有点不必要，如果生活已经堪称舒适的话。罗伯说，假如那些人只保留必要的钱，想想看，这会少掉多少穷人？是的，我同意，但谁决定人的真正需要？我父亲需要海门屋，但它的实际价值可以负担许多人在我们的领土内居住。

“穷人与我们同在。”有一晚汉密尔顿如此说。他试图关闭辩论之门，却把门开得更大。

“穷人与维多利亚同在。”母亲笑着说，“每一天。”

“穷人与我们同在。”维多利亚说，“但那并不意味着他们该与我们同在。”

“一直与我们同在的是富人，这就是为什么穷人与我们同在。”罗伯说完结论，迅速塞了两口点心，跑去帮奈尔顿重新起草下一个议案。

这一对兄妹都是贵格会教徒[1]。我初次跨出二十四号大门，是陪着维多利亚至新南安普敦路参加公谊会礼拜。我选了一件全黑礼服与面纱作为聚会服装，这不是为了我自己，而是为了其他缘由。（至少，当时我是如此认为。现在，我记得那是我第一次出门，虽然精神饱满但仍需要一些适应。）

我很高兴搭马车，以前从来没有如此近距离观看过伦敦街道，好吵，好臭的地方！马车在不平的道路上咔嗒咔嗒走。门房大骂。主席大吼。小贩叫卖。上着刑具的罪犯疯狗似的大呼可怜，还有整他整得不亦乐乎的群众。哦，我的头脑没有一刻宁静。乞丐是穿着衣服的残骸，围绕一切的烟圈是城市肠子排放出来的气。我们一到聚会所，马车就必须返家供罗伯使用，然后我们得走路回去。原先我非常期待，现在觉得有点恐怖。我望向车窗外，觉得自己有点像父亲。

聚会所内的宁静是屋外喧喧嚷嚷的解毒剂。我们安安静静坐着，没有教士、彩色玻璃、神坛与风琴。其他人也安静加入，大概有五十人。人人聚神凝思，坐在一排排的简单长木椅上。我等候有人说或做些什么，但没人动一下。最后打破沉寂的是一道骇人的霹雳闪电。维多利亚坐着讲了几分钟的贵格会恬静信条与她如何以此精神对抗城市的堕落后，除了少许回音漫上空墙，没有任何掌声或谈话回响。我看不到牧师，也无须等候冗长的布道结束，发现自己又置身于一片寂静当中，于是我取下面纱放在一旁，望望四周。只有咳嗽声与换位子时发出的木头咿呀声打破催人入眠的宁静。

最初的十五分钟缓慢得让人无法忍受，我不得不盯着膝盖上的绿头苍蝇，靠猜测它的动作挨过去。接下来的半小时则倏忽而逝。在那半小时里，我开始忘了自己。绿头苍蝇飞走了，我陷入沉思，在这个简单的白色房间里，没什么东西可注意，我的注意力转向自己。

---

1 Quakers，基督教公谊会的别称，是基督教新教的一个派别。——译者注

以前的上帝嘲笑过我，我听到他的咯咯笑声。其他的神只喜欢与人类开玩笑，以幻觉与变形教我疯狂，我无法和他们任何一位沟通。在这房间里的神，在这信仰里的神，是我唯一可以说话的神，是深植我身的神。我不需要中间人，不需要艾格与布莱斯卡，不需要彩色玻璃、讲道、圣餐、赞美诗与无聊的东西。除了体内既有的东西，我不需要任何东西。我可以大声唱歌。

在众人的默祷中，我知道礼拜结束了。大家转身，互相握手致意。我想得出神，忘了戴上面纱。一位矮小肥胖的男人热诚地握着我的手，他只注意到我的胡须，无视于我的礼服。他太太简单地道一声“早安”，没有半丝惊讶神色。我右边的一名男子却在接触之际满脸惊愕，轻轻地“哦”了一声，迅即恢复神色向我致意，我只回以浅浅微笑。别人的礼貌，我无权干涉。我们走向烟雾弥漫的街道中。我深思。

过了半分钟，那名惊愕男子追在我们后面，气喘吁吁地叫：“小姐！小姐！”他追上来，领带歪七扭八。“抱歉，小姐。”他望着我，完全忽视维多利亚的存在，“我想你可能掉了这个东西，或许改天见个面。”

他简单鞠个躬，转身离开，没有机会让我们回话。我手上有一张小小名片，翻过来，上面写着：

> 茵丝丽俱乐部
>
> 星期二，一串葡萄
>
> 葡萄牙街

维多利亚看一看，笑了出来。“这是你掉的吗？是吗？”

“不是。”

“玫瑰，我觉得你可能有仰慕者。”我望着那名怪男子东倒西歪地走入街角，不知道该说些什么。“也许不是仰慕者，”维多利亚看到我不语，又继续说，“是个有共鸣的鉴赏家吧，或许是个社团。”

“谁有共鸣？”我愤慨地揉掉名片，“和什么？”

“玫瑰，你不是唯一的易装皇后！”她和蔼地笑一笑。

“什么？”

“易装皇后。那是他们的说法，那些男人……”她结结巴巴地解释，我觉得有点抱歉。

“我没有易装，维多利亚，茵丝丽俱乐部的会员和我没有共同点，我也不会加入他们。我觉得他们是喜欢扮演女人的易装癖。我则无须装扮，这样的我就是真正的我，维多利亚，你现在看到的我，就是我。”

“玫瑰，我的意思不是……”她想让我平静下来，我却越来越激动，开始迈开大步走。

“我也许受别人的质疑，但我非常喜欢目前的自己。事实上，我觉得扮演非常女人的人不是男人而是女人，而且越来越多！”我指着马路对面两个摇摇摆摆、大声谈论束胸的蠢女人。“当然，我旁边的同伴例外。”我望着她的短平发与领子衬衫，扬起眉毛说。

“你会成为贵格会信徒的，玫瑰。”维多利亚笑着说，手臂环着我的肩。她觉得有些问题最好不要问，但唯一准备好公开谈论的人是我。其他人也许宁可我修正礼仪与外表以配合我所选择的衣服（自从回到英国后，发誓完全不用胭脂蜜粉），但维多利亚不是这样。她只是误解了我的爱好（或许她的心思充满了世界的不公平，无暇用在如此细微的事情上），而我也才刚刚开始了解她的爱好。我们是最佳拍档，我当女性，她当男性，手钩着手穿过城市这个大障碍，回家。

我的昔日英雄，艾鸿骑士，无法再忍受聚会时被品头论足的感觉。他撩起礼服，向聚会的群众展示大腿与长袜，并且说：“假如你们好奇的话，看吧！”

时间到了时，我也会表现同样的镇静。

传言渗进洛欧山庄的生活。山姆定期回运动场村拜访一位老朋友，回来后报告他在“猴子头”的听闻，基本上和他在山庄内的听闻差不多。狂热与酒精肯定夸大了某些传言，但他所听到的事情完全蔑视我们的想象，“我并没说那些传言是真的，”汉密尔顿说，“我只是报告人家告诉我的事情。”

盖伊与普鲁登丝联姻，洛欧山庄住了两大家子的人。根据流言，这两人打起来像老虎一样，盖伊发火时，似乎是为昂贵陶瓷敲丧钟。这些人已经得偿所愿了，却表现出一副尚未得逞的样子。在小酒馆里，普鲁登丝被叫作“婊子”，盖伊成为“狗子”，崔普斯是“老黑墨”或“狗肚子”，奥古斯图·瑞克雷是“强暴雷”或“强暴大元帅”，其他人是贪心鬼或寄生虫，而诺拉成为“女霸王”。流言还谈到洛欧山庄内的卡利古拉[1]式腐败与晋升制度，譬如：过去受宠的人被施以鞭刑，那些大肆贿赂的人却升上来填补空缺。基本上，村民对山庄的倒行逆施非常鄙视，对洛欧的怀念越来越强烈。至于，对洛欧的最大羞辱是什么？姑且不论洛欧山庄被改名为“运动场山庄”吧，盖伊占用洛欧之名，取了一个“红色洛欧伯爵”的别名。没有一位村民愿意记住“运动场山庄”这个名字。汉密尔顿开玩笑地说，一七四五年又回来了——那是一波又一波的公众情绪，流放者以暴力强占山庄的年代。

崔普斯接手“哈哈帮”的地位，在村里胡作非为，招致极大的不安。他上任第一炮便想要（可想而知，又是一桩恶行）缩短“猴子头”的营业时间，更糟的是，听说将来要把“猴子头”变成一个禁酒的酒馆。一间不卖酒的酒馆！洛欧山庄的新主人只管自己畅饮个痛快，却不让市井小民买酒喝，尤其是对那些公然对抗的人。把酒拿开，他们的精神即将随之消沉；关掉酒馆，他们便失去了煽风点火的地方。“猴子

1 Caligula，古罗马皇帝，以荒淫无度著称。——译者注

头”里的每一滴啤酒都有如最后一滴般让人不舍。

其他的不满还有：圣诞夜的唱颂歌者在山庄门口被砸雪球；有史以来舞剑者第一次被禁止在圣众节表演；每年的槌球比赛停止举办；以及为了驱逐那些老房客竟出售山庄小屋。村民对山庄新主人的忠诚度降到了最低点。

那些大胆进入山庄的人说了一些挥霍无度的故事。仆人还未学会工作便被炒鱿鱼。对工作有兴趣的人很多，却很少有人忍受得了那里的条件。灰尘积了几英寸厚，轮船每次都从更远的地方送来一批新仆人，那些人像黑腿病似的在暗夜的掩护下到来。厨房混乱不堪，洗涤槽脏得有害健康。我最大的悲伤是那座激起父亲无限想象的哥特塔。欧斯本家不懂桑德森·米勒为了美学效果小心翼翼让一砖一瓦留在原处的苦心，反倒认为那是危险废墟，打算夷为平地。

大宅外面的自然景观似乎乐得逍遥法外。花园乏人照料，野草杂生，常春藤的触须爬满了小教堂。灌木林的界线向内缩，仿佛无声抗议要求落叶回到排水沟。没多久，大门口的盾形纹章会完全消失，玫瑰与石南会恢复生命。

大部分马在婚宴当天受到熊的惊吓，跳出高得离谱的围墙逃跑了。没有挣脱的马被送至屠马场。“猴子头”的栅栏火炉上有个匾，上面挂着一支独角兽的角。

我对比较夸大的故事有免疫力。新上任者当然不受欢迎。每一个村民都认识汉密尔顿，肯定会说一些他想听的故事。但我很高兴听到“猴子头”仍对我津津乐道，也乐于听到盖伊的镇压与训练成为一种传奇。我仍是他们的“世纪小姐”。他们希望我活至一百岁，知道我逃亡后便担心我活不到。尽管法律判决我是男性，大家依然拿我的性别打赌，不过，赌金捐给当地的主日学校，因为能够更加深入观察的希望越来越小。万一我死了，上帝让我安息，我的墓志铭竞赛优胜文如下：

天上的父啊，您高高在上

请赐给挚爱的玫瑰勇气

不论玫瑰是“他”或“她”

现在只有您知晓。

读到碑文的人

听！听！救世主说：

谦卑爱人的人

必爱洛欧[1]

✝

我斯文地听着老黑墨与强暴雷的故事，心中没有报仇之念，反倒比较惦念家庭与我的需要：母亲、父亲、名字、出生地。我愿意回到最初的原始，再度展开新的人生。

我带着那首民谣去母亲的新图书室找她。看样子，玛丽·戴又成为她唯一的慰藉，那些民谣暂且摆在了一边。母亲扎着发髻，显得稍微老了点。她读着维多利亚从洛欧山庄带回来的一本书，异常兴奋，表现出神经质的学者气，但看到我又马上压制下来。照旧，我看到她的第一眼带着惊喜、遗憾与安慰。但，也许我过度解读她了，如同她过度解读诗集。

伦敦定期寄来一些印刷品包裹，里面有“玫瑰与石南，或，从猎犬口中抢救回来的弃婴”。很讽刺地，我还住在洛欧山庄时，那首民谣就已经送达，被压在一堆邮件下面，直到我出远门旅行后才被发现。母亲请我坐下来，再度仔细读那首民谣，想起它的发现。那似乎是另一首

1　又译为“必爱众人”，因为洛欧的原文为love all，即爱众人之意。——译者注

民谣，她读了四五节之后才明白自己在读什么。通常，她一边读一边做笔记，因此她给我看这首民谣的摘要：

玫瑰与石南。另名如列。从猎犬口中抢救回来的弃婴。出版者：吉欧·贝尔曼，印刷商，白教堂砖瓦巷二〇六号（另见民谣A35，B33与B35，C12&c.&c.）。作者：法罗，歌手，保罗区五金路三十八号。以前未见过这个名字。歌名一般（参见芭芭拉·艾伦，罗欧伯爵&c.）。内有众多人物与细节繁复的优美版画。标准的四与三行、十四节的民谣，押ABAB韵。主题：歌手发现一只狗哺乳婴儿。我对此民谣的前身一无所知……

母亲看得忘了手上的工作，不觉一直往下读。她把《玫瑰与石南》与其他民谣分开，放在她的私人物件中，一起带到伦敦来。基于对我的尊重与她的坚持，没有做任何调查。她把那首民谣放在我们面前，玛丽·戴的书旁边。

“那是你吗？”她微笑指着那只斗鸡眼狗口中的小布包。她的幽默使我自在，便做了个斗鸡眼。

“那只狗？不是。”我指着背景中走在城堡垛墙上的庞大女人，反问她，“那是你吗？”

“我不这么认为。”她说完又笑了一下，然后严肃地说，“但我想那就是你，玫瑰，准备接受吧。虽然我们知道当时怎么回事，但不知道是什么把你带到那儿。亲爱的，没人知道生命的下一步在哪里。”

“不查出来，我就是笨蛋。”

“不论你做什么，都是笨蛋。我也是。”她非常忠于自己。“那毕竟是一首民谣，玫瑰，歌曲如果没人唱，就不成为歌曲。或许现在是你赋予这首歌生命的时候。”

我点头。我们之间有许多事无法言语，但她对我了解得相当透彻。她回到她的书本上。我从前面抱住她的头，在她额头上轻吻。她对我的帮助不再像过去那么多，但她和所有养母一样，祝福养子早日查出真相。我必须回到遇见她之前的生命，查出我如何来到人世。也许，我可能不再回到她身边来，但她明白这是我们唯一的选择。我走到门口，想起手上没有带着歌页。

“玛丽·戴会怎么说？”我拿起歌页，问。

“走向光吧，孩子，影子正在等候。”

“那是哪首诗？”

“这只是我此刻正在读的一句诗。”

一名穿着鲜艳格子外套的中年男子打开吉欧·贝尔曼的门。他冷冷地动动手腕与拇指接待我们。

经过六天追踪带入死胡同的线索以及徒劳无功的贿赂，我们似乎找到了印刷商的住处。门牌上的名字没错，但这不是我们要找的人。一连串的访查引导我们走向这道门，我们已经习惯城市寻找时所引起的小骚动，不管有没有戴着面纱，我已经准备好随时随地被“看”。但这名男子的神情似乎告诉我们：我们不值得一顾，他不希望工作被打扰；如果我们是一身黑黝黝的白人至上主义者，还比较可能引起他的注意。史蒂芬回以同样的冷漠，进了屋里，两人故意忽视对方存在。男子转回去面对因被打断而不高兴的工作。原来，这工作只是盯着炉火上即将沸腾的茶壶。

整座屋子显然是店铺、工厂、作坊兼住宅。天花板只比我高个几英寸，我稍微弯着身子，看到四周堆着各式各样的破烂书籍（变色、弯曲、长斑与卷角）。各种尺寸与磅数的纸张夹杂在五颜六色的书堆中。书籍在屋里担当着许多不同使命，但无一是原始功能。其中一堆书让门保持敞开，另一堆挡住对面的门。那个唯一的入口徒具形式，除非移走那些书堆。但这是不可能的，因为那需要把屋内所有东西来个大挪移。一个角落里，三堆书凑成一张书桌，上面立着一支已熔化的蜡烛与墨水瓶。另一角落，看门人坐在八册大书上，等候开水滚沸。我们很惊讶头上为什么没有空间，待踩在一层废纸堆上才明白怎么一回事。墙壁上贴着书本上撕下来的纸页，主要是剧本，许多页码还上下颠倒。我靠近一点看，发现这些都是大幅印张，每一张都有贝尔曼的印记与不同的地址。难怪贝尔曼如此难找。连窗帘都是没剪裁过的特大纸页，用大针粗糙地缝在一起，上面的水印在光中闪耀。

这是我见过的纸张最多的地方，比我们的图书室还要多。屋子里除了不吉利的纸堆、三个人与火，没有其他东西。只要一丝火花，整个地方会瞬间夷为平地。我心里拟了一堆疑问，史蒂芬率先开口，“贝尔曼先生呢？”

“走了。”那人忆起他的亡友，凝视着火光阴郁地答。这是我们查访过程中第一次听到这消息。

“死了。”史蒂芬皱起嘴唇，望着我。我瞪着地上的纸堆思考这个僵局。

“死了？”那人移开茶壶上的目光看着我们，第一次注意到我们的存在。他尖酸地问：“死了？是你说的？他走老路离开这儿还不到两个小时，你是来报告坏消息的吗？”他的表情冷得不能再冷。

一只黑狗从较远那扇门跳进来，拍打着尾巴，害得纸页像五彩纸屑似的飘飘落地。守门人不以为奇，只懒洋洋地避免一些纸张落入火堆中。有张纸轻飘飘落下，他的手缓缓伸出去，抓住那张纸的机会跟用手拍苍蝇一样渺茫。狗经过史蒂芬身旁，茶壶响，它立刻冲向我。

“蠢蛋！”守门人说着把注意力移向水。他终于做些有意义的事了。

蠢蛋是一只英俊的狗，脖子上一圈一圈的肉，双下巴，皮毛闪着黑色与巧克力色光泽，脊骨上的毛一圈一圈地逆着长。它跳向我，嗅一嗅我的鞋，开始舔我的脚踝。我摸一摸它的头，阻止它，但它的鼻子直接对着我的衬衫嗅，仿佛一只闻着软糖的小猎犬。我笑了出来，就好像你看到动物越过障碍时会发笑一样。你什么也不能做，但教养告诉你这种状况需要处理。现在，它的身子几乎全在我裙子底下，头钻在我两腿中间，没有干吗。它紧偎着我，我拍一拍它露在前面的后腿与屁股。它热情地晃一晃尾巴，想要从我的大腿间直直钻出去，但我不愿意，因为它太大了钻不过去。我失去重心，向后靠在一堆书上，想要诱使它停下来。但那堆书没有我想象中牢靠。蠢蛋似乎没有意愿这么做。我举起左腿跨过它的头（尽量像女人一样秀气）。它从我的裙帐里钻出来，虽然有点障碍，但依然快乐。

在这一团混乱当中，我的面纱被某个东西钩住，偏到一边去。我立刻紧张兮兮，但并没有看到什么东西抓住我的面纱。狗喜欢我身上的香味，在我身边坐下来，高兴有了新朋友。它张开嘴，伸出舌头，我把手放在它头上。它仰望着我，舔我手上的咸味。

“老天啊！”守门人看到我的脸与面纱，不禁惊叫出声。他注意到之前因冷漠而没注意到的东西，忍不住低头斜眼再瞄个清楚。狗坐在我身边喘气，眼神移开我身上，望向后屋。

“你的名字是……” 史蒂芬急着问。

“我是亚伯特·道林，先生。认识我的人都叫我亚伯。”他又紧张地瞄我一眼，确定之前的观察是否正确。

“亚伯……亚伯……看着我。”史蒂芬为我解围，谨慎地说。

“是，先生。”

“你被水壶烫到了，亚伯。”

亚伯整个注意力都在我身上，茫然地伸出手抓住茶壶柄，不小心被烫着。

“哦！”他惨叫。

“你在泡茶吗？亚伯。”

“没有，先生。万一GB或里面的他需要喝茶时我有热水。GB是贝尔曼先生的简称。”

“里面？”史蒂芬问。

亚伯望着我们，睁大眼睛，用头指着后面的办公室扯一两下头，似乎是告诉我们里面的他的事情。但我们搞不太懂那代表什么。

“他是谁？告诉我们。”史蒂芬说。

“你不知道他是谁，那你在这儿干吗！或许你想为一些作品做宣传吧。”他回头望着我，心里揣摩着这个古怪家伙。“传单或其他的。戏剧表演吧，我想是这样。”亚伯自以为是地下了个错误的结论。史蒂芬叹口气表示忠告，催促他回到先前的问题。

“贝尔曼先生是著名的大幅印刷品与民谣的出版商，最近转印书籍与戏剧，也是普通信笺、便函、年鉴、期刊、小册子与宗教传单的供应商，更甭说印胶版与雕刻名片了，他同时也是速记大师。你想在纸上看到什么，贝尔曼先生都可以帮你印出来。假如你想看我们的印刷机，先生，请上楼。贝尔曼先生也给了我们八册壮观的……哦，我不应该再说了，先生，我想我搞错对象说了一大串。简单地说，先生，”他说着，在烫伤的手上舔一舔，吹一吹，“GB是一个印刷商。”

“还有？”我第一次开口。

“对……对不起……”亚伯顿了一下，稍微往后退，聚精会神表现结结巴巴的无辜模样，“女……女士？”他诚惶诚恐。

“另一个人，亚伯。”史蒂芬打岔，“他是谁？”

“那个人？哦，他写歌，费罗先生。”

“写民谣？”

“所有的歌。”

“他就是法罗先生吗？”

“大概吧。”亚伯的眼珠转向我，仿佛是说：听，他好像是大侦探。“如果你喜欢的话，自个儿进去看。祝你好运。”

“祝我好运？”

“哦，没什么好怕的，只是时而多一点理智，时而少一点理智。”亚伯轻轻地笑一笑，把茶壶放回火炉上。“他有时候不想被打扰，有时候不能被打扰，其他时间则不值得你去打扰。把那只该死的狗带走吧，免得把我的办公室搞得乱七八糟。”

后屋的门开着，毫无疑问，我们已被通告。蠢蛋晃到我们面前发疯地摇着尾巴带路。门后飘来轻轻的歌声，我们走入，看到一名说不出几岁的男子坐在书桌后面，四周陈列着许多印刷品。屋里的墙边从地板到天花板堆满了书，许多书没被动过，许多是复制本，显然这些书是库存而非参考书目。费罗闭着眼睛，慢慢晃着橡木椅。蠢蛋跑到他脚边，他置之不理，似乎进入某种入定状态，也许坠入幻想奇境，无视屋内的一切。他的脚离地一英寸左右，眼珠在眼睑下颤动。狗把大下巴靠在他脚上，带他回到现实。

他以某首歌的一小段旋律哼出：“狗在房里。”手指头在桌上敲着拍子。史蒂芬与我站着，不想打岔也不想一直等候。突然，仿佛闪电穿透他身后的窗户，费罗睁开眼睛，不看我们，大喊：“亚伯——”声音还没出来，亚伯便已出现，手上拿着一张纸与一支羽毛笔。

“让一下，两位先生。”他经过我们身边时说。这位先生之前是条懒虫，现在突然变得很勤快。“奇迹降临了。拜托，请离开书房，容我麻烦一下。GB不喜欢秘密外泄，现在，嘘，两位，嘘！”两秒钟之后，费罗开始唱歌，亚伯抄写。我从门缝中偷看，史蒂芬难以置信地摇摇头，笑一笑。费罗的歌声我只能听出片段，似乎是一首老歌，这给了我一点希望。接着，歌声停止。不到六分钟，亚伯高兴地跳着出来。

“GB会很高兴，你们一定要再来，这一天真好呀。现在你们可以进去了，有时候他会很累有时候不会。《女鬼黑波丽与她的两个宝宝》，好得难以相信。”

“他还记得吗？”我问。

“记得！他说，‘记得！’”亚伯兴奋得语无伦次，“他曾为这首歌编曲，先生。”

我们越过亚伯，进入书房。费罗望向我们。

“亚伯！”他惊讶地大喊。亚伯带着笔记本，从角落里又跑回来。

“不会这么快吧？”

“什么？”

“再来一首吗？先生。”亚伯高兴地问。

“谁？”费罗惊慌失措地问。那只好奇的狗离开他身边，走向我，又开始之前的嗅查。

“蠢蛋！不可以。”费罗说。

“我不知道他们是谁，跟我有什么关系？也许是侦探与演员吧。我需要烧开水吗？有人要喝什么？茶？”亚伯离开，不打算再为任何人服务什么。他的工作完成。

费罗站起来，坐在书桌上，脚离地六英寸。他是一名有吸引力的男人，不过，茫然的眼神似乎反映了他的思想不集中。他的下嘴角有个疤或痧子，我想那是自己咬的，或许是为了压制自己当众唱起歌来而咬的伤痕。他面容苍白，似乎很少见到阳光，头有点大，两只眼睛太小又离得太开，但是有一个讨喜的外表——像一名十二岁小孩穿着三十五岁男人的衣服。

“我睡着了，抱歉。”他不认为自己在说谎，揉一揉眼睛，看清我们。“蠢蛋！停！”

“没关系。”我说。蠢蛋依然忙它的。我坐下来，说：“由它吧。”

“呀，你说的没错。”他笑得有点猖狂。“它是个女孩，乖女孩。很多人以为它是男孩。这只狗必定有个很像男孩的外表，是‘我可以给他一些水吗？’或‘他会咬人吗？’的他。”他呼出一口气，胀起脸颊，“GB不会马上回来，你想看一些印刷样品与价格吗？”他对着周围的书摊一摊手。

“这么多书，费罗先生。”史蒂芬说，“你读过了吗？”

“一本也没读过。我不会读，不会写，终有一天吧，快了。”

蠢蛋又想混入我的裙子内。我抓住它的肚子，拦住它。它转身跑开。

“我们想要跟你谈谈，费罗先生。”史蒂芬说着走向书桌后的窗边，看到一条晒衣绳沿着墙面垂落。费罗似乎不在意史蒂芬走到他的书桌旁，没有抬头看，反而转着两根拇指玩，咬右下嘴唇，吸大拇指。

史蒂芬望着他的后背，觉得不该玩弄这个天真的人。任何调查都始于怀疑：我们查访贝尔曼先生的过程中，被许多不喜欢问题或把问题当成答案的人蒙混过去，不论这些情报有没有帮助，仍值得慷慨报答。但这儿是一位不喜欢被贿赂的男人，或男孩。假如他能告诉我们什么，他会说。问题是：他还有多少能耐？这间仓库还保留多少记忆？甚至，他还记得刚刚写的歌吗？

“费罗先生，你的名字很有意思，是你的真名吗？”史蒂芬问。费罗嘴里含着大拇指回答，听得出来他的答案是：不。

“你知道法罗这个名字吗？”

“当然！”他把拇指从嘴巴掏出来，咯咯笑。“你以为我是谁？我就是法罗，法罗是我。”

史蒂芬望着我，从大衣里掏出那张大纸，从法罗的肩后放在桌上，“你认得这个吗？”

法罗叉着手臂沉思，下嘴唇覆住上嘴唇，“看那张画像！”他高兴得叽里咕噜地说。

“那首歌呢？”

“我不会阅读，但知道那张画像，最先是我画的，只是被印在很多张纸上，我看过。这是哪一张？为什么你不读给我听听看？为什么他不读给我听听看？”他用拇指指着我，接着又把拇指伸进嘴里。

“我来读。”我说着向前站，拿起那张印刷品读标题，“玫瑰与石南……”

“我知道！”法罗打断我。

“‘……或从猎犬口中抢救回来的弃婴’。一首有着轻快老旋律的优秀民谣，那个老旋律叫《把女儿送给磨坊主的老太太》。”

我清一清喉咙，准备开始念。法罗打断我。

“几只猎犬？”法罗用拇指掏耳朵，“我不记得那个了。去他的猎犬。但有一只狗，歌曲只说到一只狗。总是出差错。错的画像，错的名称，猎犬，猎犬，但那重要吗？问GB吧，他会跟你们说。他说，大家又在谈了。”

法罗语无伦次，我还没开始念呢。我清一清喉咙，正要开始朗诵，他突然唱了起来。让我们惊讶的是，他将整首歌从头唱到尾。他唱着，仿佛热情是最优美的曲调，没遗漏一个音符，唱得很大声，好像讽刺指挥以逗乐高音部成员。他的嗓音纯朴、清澈，如清晨的短号般嘹亮，唱了一些我认为很迫切的故事，和我眼前的文本有一点不一样。歌曲最前面多了一小节，但对整个故事没有影响，弥补了他没唱出来的最后那一小节。他哼的曲调也许是某个曲调，和歌词一样朗朗上口。不管用任何标准来看，那都是一首让人记忆深刻的作品。他唱完，又说了一遍歌名，鞠躬。史蒂芬提了一个简单问题，“费罗先生，你在哪儿，还是从别人那里听到这个故事？”

这是我最接近真实的时刻，有太多事情系于这位怪异男人的答案。

“只有一只狗。”法罗热情地说，仿佛已经给了精确的回答。“我不知道他们为什么说猎犬，那没有意义，不是吗？”我望着史蒂芬，点头。“还有一些东西我不喜欢，胆小鬼？那是什么？废物。”

“最后一节，”我看到他对原始事件的兴趣没有歌曲高，便说，“你忘了唱。”

“我唱了最后一节，那是我的结尾。”

“这里有另一节结尾。”

“怎么会呢？故事唱完了。”

我把歌单上的最后一节念给他听：

当你统治全境，请记得
你生命初起时的悲惨，
也想起荒凉垃圾堆上的那只猎犬，
也请原谅歌手的歌唱，
也请原谅歌手的歌唱。

他有点颤抖，仿佛一位看到房子起火的老人。

“那是什么？”他厌恶地问，“我没有写这个，从来没有写过这个，烂死了，废物，句子太多了，而且前两句的结尾不对，错。问GB，他会告诉你们。”

我望着他，终于明白了：我现在能站在他面前是因为他目睹了我被救。或许我之所以还能活着也是因为他。他几岁呢？看起来比我年轻，但那是因为他单纯，实在很难说出他几岁。我看起来比实际年龄老成，旅行增加了我的岁数。“为什么你在那儿？法罗。”

泪水泛上他的眼眶。我觉得我也要哭了。

“那是我第一首完整的歌曲。”这是他感动的理由，“我独自完成这首歌。我看到一切，把它写成文字，就这些文字，除了最后一小节，那是……”他轻蔑地甩一甩手，好像要把那一节甩开，之后又加重甩手，仿佛要把它从无形的黑板上擦干净。

“你记得全部吗？”我问。史蒂芬至此将所有事情丢给我处理，因为这需要温柔技巧。我和法罗说话时，他站在我后面，之后走开，看那一堆灰尘书的书脊。

“是的，我记得，因为我写了那首歌。歌曲帮助我记忆。GB说，歌曲是我呼吸的空气。正如他所说的，他们把歌曲印出来，给我钱，然后配上那张美丽的图片。这是第一首印着我名字的歌。最后一首我一点也不记得了，那可不是我的亲身经历。但那是第一首，现在，这全部……”他惊叹地环视这间简陋的纸页宫殿，哼着歌。

“故事和你在歌中所说的一样吗？”

“不。”法罗在说每一件事情的中间都哼着歌，让我觉得他没有集中注意力。

“如何不一样？”我没有表现出一丝不安与恐惧，只是淡淡地问，只有史蒂芬知道我内在的澎湃。突然，前门打开，街道的回音蹿入屋里。

“亚伯！我们的金鹅……”声音突然迸进来，穿透后室。发声者带着名字印在大门与门牌上的权威走进来，外表邋遢，露着一股事业有成的轻浮气焰。

“哎，当然，故事如同歌里所说的样子，但在歌里……”法罗继续说着，但看到贝尔曼后，声音越来越小。“GB！”他抓抓头，打招呼。

“在歌里，”GB仿佛谢幕似的一边鞠躬一边打量情况，马上继续说，“作者有权润饰，和优美的文学作品一样。他有充分的自由回应他的沉思，也就是他的特耳西科瑞女神[1]，他受她的幻想操纵。先生，这位菲利普·法罗先生是当今一位非常优秀的作曲家。无论你想要什么

1 Terpsichore，希腊神话中的歌舞女神，主掌抒情诗与舞蹈。——译者注

样的曲子，他都可以为你作出来，或许小姐想要一首欢乐时光的追忆曲吧。”贝尔曼驾轻就熟，眼皮眨都不眨一下，“费罗先生与我合作许多年，我们在歌曲上的成就无与伦比，也为许多特定事件作曲子。”他探询地望着我们，说，“里面有歌吧？”

“或许来些茶吧？”史蒂芬手臂搭着GB，很有说服力地把他带出房间。

“亚伯，茶哎！”GB高昂地叫着，倏的一下消失。他们离开时，法罗望着我。

“为什么你想知道这些？你喜欢这首歌吗？GB说得对，我可以为你另外写一首歌。”

“我喜欢这首歌，但必须知道你看到的事情是怎么回事。”

法罗先把头埋在双手里，接着又立刻抬头看，仿佛他什么事也没做过。他开始咬着嘴角的伤口。我觉得这是一个坏消息，似乎是说他很紧张。“我答应我不能……”

“你不能怎样？”

“泄露婴儿。”他紧咬着唇，退却，双唇抿入两排牙齿中间，又想要吸吮拇指。但这两个动作无法同时进行，干脆都停止。

“你知道我是谁吗？”

他摇摇头，说：“我不能告诉你，我答应过大妈。”

“你认为我是谁？”

他又抬头望着我，眼神立即迟钝下来，开始咬起指甲。我很同情。

“他们不知道父亲是谁。”他突然说。

“他们？我不是父亲。”

“你不是母亲。”

“不，我不是母亲。”

“我想她死了。”

我的母亲死了。我慢慢接受它，咽一下口水。

“你不是马车里的那个人？”他突然想起什么，笑了出来，但知道我不是后，马上皱起眉头。“哎，你不是我。”

“法罗，我是那个婴儿。命运如果没有作弄我们，我就是你看到的那个婴儿。”

“我带过去的那个婴儿？”

“你看到和狗在一起的那个婴儿。”蠢蛋仰头望着我，听到“狗”字非常兴奋，希望能再听到“走”或“吃”。法罗沉默不语。“我被马车里的一名男人救了起来，那人是洛欧山庄的伯爵。他们的徽章是玫瑰与石南。”

“呀，马车上的徽章就是这个，和他们画在那张画上的一样。他的随从下车，抱你上车。我刚刚唱的就是这样，他们把它写下来，给我钱。”

“为什么你会在那儿？”

法罗又咬着嘴唇，想要阻止自己说出一切，但我知道他忍不住的。他会把它变成歌曲，以押韵的对句大声唱出来。

“别担心，法罗。我们必须知道这些事情，这是许多年前的事了。没人会因此而遭殃。”

“妈妈死了。”

“是的。”

“不，我是说我的妈妈，梅纳德大妈。他们欺骗她，抓了她，她中了圈套。”他振作起来，“我为她作了一首《遗言与忏悔》。”说到这儿，他的脸上泛起微笑，开始哼着旋律，唱：

我生在基尔肯尼镇

第一次到伦敦四处游荡……

这回，他的歌声渐渐沉寂至无声。

“你穿着礼服，很好看。”

“你必须告诉我，没人会再受到任何伤害。你能帮助我，我需要知道一些亲人，即使他们已经死了。我不知道我是谁。”

“我也不知道我是谁。我曾经很恨，但现在很喜欢。我是我自己的人，这是GB说的。或许你也会喜欢这样。”我敢说他仍然想着他的梅纳德大妈之歌。

“我需要知道一些能帮助我找到家人的事情，任何事情都行。我需要知道我是谁。告诉我一切，拜托。”

法罗笑了起来，起初是婴儿般呵呵笑，后来开始喘气，笑得很大声。我无法制止他。

“怎么啦？”

他指着蠢蛋，说：“有一个！”

我低眼望着那只狗。

“她是你的亲人，那个就是，它是！”

蠢蛋仰躺地上，四只腿张开投降，引诱我再度搔它的肚子。“那是救你的那只狗，我隔天回去找它，它跟我回来，生了一窝小狗，我们只留下蠢蛋的爸爸。蠢蛋爸爸生的小狗我们只留下了蠢蛋。我想它是你的阿姨或侄女，或别的。”

我也忍不住笑了出来。我唯一可以召集的亲人竟然是流散英国各处的狗。我想，是吧。

“我认为它喜欢你！”法罗又一阵爆笑，蠢蛋也加入。它坐起来，对着我们狂吠。法罗抬头，望着我身后的GB与史蒂芬。他们刚回到这儿，表情杀了我们的欢笑。

“法罗，你现在必须跟他们说。”GB说，“大妈没有了，他们都死了。”

“除了她的侄女。”法罗说。蠢蛋发现某个角落有个小红球，遂跳过去。那是它丢向我脚下、我没有立即接住而掉在那儿的球。它用鼻子轻轻把球推向我，期待地喘着气。我爱狗。

我们从贝尔曼身上找到一些讯息，但他不清楚细节；从法罗那儿找到更多讯息，但他没有能力整理这些讯息。他们说，我必须把自己与法罗所携带的包裹划清界限，因为那不是我，我不可能活得下来。但我无法做到。我想着自己先受一个年轻无知男孩的支配，接着让垃圾堆上的一只狗支配。我苟延残喘的每一口气都是痛苦？或我的生命是蠢蛋祖母的口水舔回来的？我望着法罗，望着蠢蛋这个幸运女孩。

接下来一小时，他们在叮叮当当的茶水声中谈了一些自己的事。大妈让警察很为难，虽然她在每人身上都有王牌，但赌技不够高明，守不住牌桌。贝尔曼说，法罗曾经差点发狂，是他把法罗吸收进来，鼓励法罗写下心中的情感。第一首成功的曲子建立在亚伯的准确听写、GB的精准印刷术与作曲家的作曲效率上。于此，他们建立了兴盛的小王国，自那之后，三人合作局面维持至今。法罗开始懂得改善他的人生，也是写歌的成果。

“他始终很快乐。”GB说，“但他很不会掌控工作，因为他让他的音乐思路四处乱跑，交代他的任务很难圆满达成。”法罗认命地点点头。事实上，他已经拥有他所要的一切，除了一个好英文名字。GB建议了一个：菲利普·费罗。在伦敦某些地方，有人仍想叫他法罗，新名字也适用，因为这两个字的发音只有丝微差异。当然，所有的解释全来自能言善道的GB，法罗在一旁只是吸着大拇指，抓右鼻孔的长鼻毛，咬嘴唇，搔蠢蛋的肚子，哼歌，翻阅书桌上的纸页，舔一舔指尖再放入耳朵里。

我们认为访查已近尾声，准备打道回府，讲述我和男孩和狗和马车和那首歌和男孩和狗和我的故事，让他们听得目瞪口呆。这时，贝尔曼榨干记忆又想起了一件事情。

“安妮，那只老公鸡呢？安妮不是还在吗？我看过她，她是唯一还在这附近的人。”

“哦，是的。”法罗回答，似乎那个为我“接生”、知道梅纳德大妈、见过我母亲脸孔甚至可能认识她的女人在哪里是一件无关紧要的事，“我一点儿也不想见到她。”

“哎，她在哪里？我的小亲亲！”GB为了我们假装生气地说，“很抱歉，朋友，真的很抱歉。”

“她照顾那些比她不幸的堕落女人。”法罗说完，一副厄运临头的样子又说，“在‘玛丽们’。我知道那儿。”

“‘玛丽们’！呀，知道了，你能带他们去吗？法罗。我的天啊！他会带你们。你能带他们去？她是大妈那儿的一个女人，是唯一仍留在这地区或有空或还活着的女人。”

贝尔曼的意思是登门造访，法罗的脸上浮现一种未曾有过的神情。他作了一个重要决定。

“我想写一首新歌。”他说。

“亚伯！”贝尔曼猛然转向左边，盯着他的被保护人大吼。不过，法罗只是哼一下鼻子。

“不是现在。”

“茶，亚伯！”贝尔曼即席改口。

“我想写另一首歌，关于‘从猎犬口中抢救回来的弃婴’的其他故事。”

“你当然可以写另一首歌，爱写几首就写几首。”

“我应该说真实的故事。”

“我想费罗先生是说……”史蒂芬微笑说，“他很想带我们去看安妮，这正是他要写的另一首关于玫瑰的歌曲，或者说，也许是一首正式歌曲吧。”

贝尔曼起初有点搞不清楚状况，然后惊慌失措。

“为什么，狡猾的小坏蛋，这有点……哎，这是标准的……敲诈！”

法罗的协商敲定，想要丢一些纸让狗接住。但蠢蛋躲在我的裙摆下看不见。

“我们接受。”我立刻说。

法罗斜嘴微笑。

2

二十四号的所有人聚集到前厅听我们报告。史蒂芬与我以接力方式交换指挥棒，加了许多夸大的趣味。有时候，故事的雪球滚出了我们的控制之外，似乎说明它要自行接管主权，自行润饰了。窗帘真的是用纸做的吗？哎，不管是不是，应该是吧。一个好故事值得好好叙述，万一实情不够，一点点夸张不但不会减弱它的真实性，反而加强它的可信度。（现在，最后一棒非我莫属。）

然后，我们在众人欢呼声中冲破终点的彩带，差点喘不过气来。母亲鼓掌，维多利亚坐着摇头赞许，一副难以置信的样子，她的坐姿叛逆，一点也不像个女人。汉密尔顿忙着在他的账簿上记下重点，此举提醒了我写信给法兰妮告知状况。我会为她记录下这一连串事件。我欠她一本日记，那是报答她为我记录的日记。我站起来，迅速转身。

“今天，一只狗！”我唱歌向法罗致敬，“明天，一群狗。”

“书要继续写。”汉密尔顿心满意足地在最后一章的结尾画下句号，“这些用我们看得懂的密码写。”他问了某些我们因高兴过头而忘了说的枯燥细节。

“我们有许多贝尔曼民谣。”母亲说，“至少五十首。这些民谣可以勾勒出费罗的成长，或许这是一笔好交易，比贝尔曼提供的条件更好。”

史蒂芬会进一步与GB协商，拜访安妮成为我的下一个冒险。每个人都提出意见：汉密尔顿赞同召唤安妮至二十四号，维多利亚建议我们在“玛丽们”与她会面。近在眼前的答案对我们而言是一种修炼。

二十四号一天中最宁静的时刻即将展开——那是介于午后阅读与晚餐锣响之前的傍晚时分。此时，阳光慵懒地穿透大后窗，照得餐桌亮成橘色。会面似乎要延期，因为汉密尔顿问我现在适合对我们的状况作分析报告吗。他之前曾经暗示：除非我做好心理准备，否则他不会这么做。我望着母亲，期待她点头或摇头。但她只是回我一个我尚未习惯的眼神。我对汉密尔顿点点头。他坐在餐桌前，面前摆着一本书，眼镜挂上鼻头，两支铅笔平行地摆在书的右侧，好像要演讲的样子清一清喉咙。这是一个可怕的预兆。我喜欢罗曼史，无法忍受乏味的历史。

“玫瑰，目前这房子里同时进行两项调查。一项是搜寻你的出身背景。”

“这是所有调查中最重要的一项。”母亲打岔道，说完吹掉手上一本书的灰尘。

“的确如此，夫人。”他点头说，“另一项是我的。我谨代表这个家庭与自己，尽力解释这个复杂性。我随便用一些工具发现了一些东西，现在我可以向你们报告。那是一个很小的东西，但可能很重要。”

我的心思跑到那个新朋友身上去了：它朝天躺在地上，我一搔它，它的四条腿便对着空中拼命踩踏，突然一阵刺耳的声音传过来，它竖起耳朵，冲出去后便没有再回来。想起这些让我心情很愉快，但应该把注意力拉回汉密尔顿身上，尽管他的开场白与内容十分单调冗长。我知道我若想起蠢蛋便会忽略汉密尔顿。

“我用史蒂芬与莎拉的密码发现了一些事情，我现在要告诉你，这事只有你母亲与我知道。”

我们得在这儿待上一阵子了。我懒懒地玩弄着自己的胡须，看到史蒂芬不知不觉想起法罗。我试着不去捕捉史蒂芬的眼神，却忍不住时不时瞟他一眼，直到我失望地发现他完全专注在听他父亲说话。

“玫瑰，我们很久以前就知道，你的曾祖父邪恶洛欧伯爵通过收养进入洛欧家门，他和第一任妻子凯瑟琳·艾斯顿没有生出合法继承人。他们有两个小孩，就是乔吉娜与乔治·洛欧。乔吉娜十九岁时和布鲁塞尔的菲利浦私奔结婚，没有回来过，虽然她有子女，但她签字放弃继承家族的任何资产。乔治·洛欧生于一七二四年，三岁时就死亡。后来，邪恶洛欧伯爵确定凯瑟琳不能再生育，终于在一七三七年被说服与挚爱离婚。一七四一年，他和伊莎贝尔·安东尼结婚，生了两个小孩，第一个小孩是高尚洛欧伯爵，他后来娶了你的祖母依莲娜·瑞克雷……”

“有族谱吗？”母亲打岔。

“是的，夫人，我这儿有一份，我需要稍微调整一下，等一下你会听到。”

“这最有帮助了。”

“第二个小孩是伊丽莎白·洛欧，生于一七四四年，现在已经过世。她嫁给亚瑟斯登·欧斯本先生。我们得知，欧斯本先生临终前把家人安插在洛欧山庄。洛欧山庄现在改名为运动场山庄。”

这些我全都知道。我努力专心听，但对于这些名字与年代，实在耐心有限。这些故事我早就听说过了，我开始扭动身子。汉密尔顿全神贯注在书本上，没有注意到我的不安。他飞快抬头，多半是对着我。我记得他的说明主要是为了我，不是吗？似乎，我的调查比较深刻与迫切。我脑海中浮现亚伯带来一壶新茶，法罗在纸茧中唱着我的歌的情景。

“邪恶伯爵一直爱着凯瑟琳·艾斯顿，对于伊莎贝尔·安东尼，他只是利用她繁衍后代。带大孩子的人是凯瑟琳。嗳，说到哪儿？呃……

这儿……”他调整一下鼻梁上的眼镜，一边放慢说话速度，一边焦急翻页寻找他要的地方。“不……这儿！”他用食指指着某处，循着族谱追索。但在他面前我只看到象形文字。

“这就是大家所知的族谱。”他又说，“是由我敬爱的祖父阿奇·汉密尔顿指导完成的，他比邪恶洛欧伯爵早去世几年。我要告诉你们的是，我使用只有史蒂芬与莎拉了解的密码看懂了他的记录。”

汉密尔顿骄傲地抬起头，对着安琪丽卡与他儿子微笑。笑容中闪耀着汉密尔顿家族史的光彩，就像洛欧史对于洛欧家族的重要性一样。

“我的第一个发现，我越读兴趣越浓厚，是通过当代一些迷人的辩论文件得到的，那和我们的调查不相关，这些书很容易就把话题扯远，有很多死角与缝隙，就好像大宅本身……现在说重点：我的第一个发现是邪恶伯爵在和凯瑟琳·艾斯顿离婚后，与孩子们的母亲伊莎贝尔·安东尼结婚前，又结了两次婚。”

他望一望每个人，看大家如何看待这个秘密的重要性。

“两次？”史蒂芬说。

“他总共结过四次婚，我们知道两次：第一次，凯瑟琳；最后一次，伊莎贝尔。”

“实际上两次。”我希望有点贡献，尽管心思已经跑到莎拉与她持续缺席的事情上。

“比较重要的是，我们现在知道邪恶伯爵结过四次婚，而只离过两次婚。”他停了一下，更明确地说，“他少离了一次婚。”

“老恶魔。”傅德说。他心不在焉地盯着海门屋，安静不说话，教人几乎忘了他的存在。“他不得好死。”他说完打了个哈欠。

“另外两个老婆，死了一个？”我问。丑闻吸引了我，让我抛开自己。

“不。”汉密尔顿说，“这些不为人所知的婚姻单纯只是为了让凯瑟琳成为一个有男继承人的母亲。在洛欧家，继承人必须绝对合法。有一种假设情况是，凯瑟琳与邪恶伯爵为此精挑细选了两个女人。这两桩秘密婚姻在大教堂举行，由当地助理牧师主持隆重的宗教仪式庆祝。那位助理牧师以史东牧师之名协助洛欧家搜寻合适的女人。这两位女人是……"

"这两位可怜的女人。"维多利亚突然插嘴说。

"两位可怜的女人有着贪婪的父母，随后第三位可怜的女人伊莎贝尔·安东尼的表现完美（不像两位前辈），马上就有了小孩，后来在洛欧家族史上占有一席之位。另两位无声无息而终。这一连串事件发生在四年之内。"

太阳西沉，我们渐渐看不清。维多利亚不召唤仆人，自己上前拉开窗帘。

"她们是谁？"她问。

"第一位是玛丽恩·欧海尔。她的父亲是个声名狼藉的爱尔兰人，洛斯有一些把柄在他身上，详细情况前一本书上有记载。她被交给洛欧家。"

"然后退货……像奴隶。"维多利亚说。

"确实如此。不合则退，离婚。玛丽恩聪明反被聪明误。她很快就受孕了——害喜，身材也变了。但太快了，令人有点怀疑她在到达洛欧山庄之前就已怀孕，但这问题只能存疑。然而，她在怀孕期间经常躲躲藏藏。众人渐渐明白她根本没有怀孕。于是，闪电离婚。第二个不为人知的婚姻让我们特别有兴趣。那位女人来自更远的地方，是法荷后裔，父亲是席凡宁根一位富裕的羊毛商，曾经和洛欧山庄有大笔的生意来往。她叫玛格丽特·尤斯戴奇，父亲是康奈利·尤斯戴奇。这些书特别记录了她。她的头发黝黑，臀部宽阔，说得一口漂亮英语。一七三九年的耶稣受难日，史东牧师福证婚礼，她成为玛格丽特·洛欧夫人。在婚礼上，牧师向四位出席者讲道‘上帝，人类的猎人’。这些都记载在书中。‘在凯瑟琳夫人的指导下，’书中对于这三位夫人不止一次使用了这个奇怪措辞，玛格丽特几乎立即怀孕，但也立即产生疑心。我们知道，她的猜疑有充分根据。她猜疑她只沦为小孩的奶妈而且小孩会被带离身边。这个可怕的想法让她夜夜抓狂，难以入眠。”

我想起自己的不幸夜晚，想象着那个女人也在同一座宅子里，甚至同一个房间，同一张我饱受折磨的床上。

“她的健康每况愈下，代表她十分担忧婴儿的生命，那是她的宝贝。过了几个月，玛格丽特的不安逐渐加剧，终于不顾危险大胆指控自己被监禁与虐待。她控告他们禁止她与家人联络。事实上，不管她知不知道，她的家人可能与洛欧家同谋反叛她。

“阿奇与凯瑟琳都听不懂她在说些什么，她的丈夫不靠近她。他们想让她用镇静剂，但她怀疑那是毒药而拒绝。她把针藏在被单里，整整一个星期用针刺身体的两侧以保持清醒。下一个星期，她写了一大堆未寄出的信，每一封信都控诉一些让人不敢相信的恐怖事实，其中一封保藏在这本日记里。这个可怜女人必须被终身监视与警戒，因为洛欧家担心最坏的结果。

“但最后一个月，天生的母性开始发挥作用，他们大大松了一口气。凯瑟琳认为母亲的本能会持续发威并且巩固不退。在阿奇·汉密尔顿看来，玛格丽特了解小孩在洛欧山庄的屋檐下有好处，似乎顺从了小孩的命运。小孩出生了……是男孩，洛欧资产的合法继承人，健康状况良好……我有日期，在某个地方。那个密码数字非常难搞，二月四日，一七四〇年。婴儿取名为查尔斯。”

“结局和美狄亚[1]一样吗？”维多利亚问。我望着母亲，她的神情愉悦，一副胸有成竹的样子。原来，她早就知道了。

---

1 Medea，希腊神话中的女巫。被爱人所弃而杀死自己的孩子。——译者注

“一点也不，这可是关键所在。她的听天由命是深谋远虑的成功骗局。玛格丽特宁可让大家吃惊，也不愿就此屈服而放弃她的小孩。三天后，二月七日的夜半时分，她带着婴儿，也就是他们的继承人，潜逃了。”

汉密尔顿停下来。我抬头看，仿佛听到婴儿在寂静的黑夜中号哭。

“然后呢？”我忍不住问。她在我的床上哭泣，在同样的黑夜里逃出同样的大门，和我一样绝望地逃向未知的世界。我觉得自己是她逃亡的伙伴，一起带着那个小得可以穿过栏杆的婴儿逃亡。

“之后……”他停了一下说，“没有了，消失，结束。这本书上所提到的事情，玛格丽特永远不会听见。阿奇想要废除这桩婚姻，后来发现这不可能，遂与邪恶伯爵决定：最好的政策是不理会这桩婚姻，因为知道的人少之又少。席凡宁根的尤斯戴奇家虽然失去女儿，却得到了补偿，当然不会制造什么麻烦。洛欧山庄继续先前的计划，没多久便和伊莎贝尔·安东尼一拍即合。他们决定寻找玛格丽特，要她……”

“要她闭嘴。”维多利亚打岔说。

“我的祖父没有这么说。”

“没有才怪！”

“这无关紧要，因为他们什么也做不了。她离开时，神不知鬼不觉，没有和她父亲或任何熟人联络。不论她去哪里，都保持沉默。我猜想她不会走得太远，刚生产完，在寒冷的冬天怀中抱着一个新生儿。我们所知就这些了，书上写到这里就变了密码，后来的发展以不同密码写成。我有其他的书，但无法继续读，因为我们看不懂那些密码。”

“多说一点。”维多利亚说。

“嗯。”汉密尔顿微笑，“我们没那时间翻译那些密码。密码分为四部分，每一部分传给我家不同的世代。当洛欧家刚被授予皇室特许证时，格里高利·汉密尔顿把这些密码设计得非常神秘难懂，以取悦那位最可怕的伯爵与我们家最拘小节的祖宗。要解开一个案例必须解开所有密码，因此，这几乎是不可能的任务。那些密码一旦被记住，或正确的代码没有在我们家发生作用，便会藏在洛欧山庄的秘密保险库。我的代码是B，现在我取得我孩子的代码C。这代表百分之五十的洛欧史是二十四号里的我们这些人无法理解的。我一直在努力解读，我们需要其他的译码。”

“或许为了玛格丽特，不应该放弃希望。”我对这个女人的兴趣高于那些密码。

“是的，玫瑰，但对那位夫人的尊重与我们的重点无涉。重点是：她和洛欧伯爵没有机会正式离婚，这桩婚姻就没被废除。因此，就法律的观点，洛欧永远不能娶伊莎贝尔·安东尼。”

“因此……”我开始说。

“什么？”他哄着我。

“因此，我祖父对于洛欧遗产没有合法继承权。”

“然后呢？”母亲问。

“我父亲不能成为青春洛欧伯爵。”

“哦！”傅德突然发怒说，“那在我之前！和我无关！”

“现在，我们全然失去对洛欧山庄的权利。”母亲说。

“没错。”汉密尔顿说着摘下眼镜，揉一揉被压出来的粉红凹痕。“但假如他们没有比我们更显而易见的权利，就无权夺走我们的洛欧资产。很可能谁都没有合法的权利。那么，你，我们，都没有理由被替换掉。这条线索可能会耗去我往后的岁月，但它值得追索。这是我们对大宅的感恩。”

“听！听！”傅德大叫，不知道自己应该站着或坐着，“早在我之前。”

“但这里没有人是洛欧。”我说。

“你的母亲嫁给青春伯爵，这是无可辩驳的事实，她是现任的洛欧。”

“我可以说话吗？”他的妻子安琪丽卡说。这非常少见，但惊奇已经不再惊奇了。“我知道我不应该说话，但我宁可看到大宅属于国王也不愿是目前的状况。”

“我想，我们都同意这样。”母亲说。

“我们刚得到的这一点线索可以帮助我们达成希望。”汉密尔顿说，“我相信我们可以善加利用，我会建议梅里恩先生着手处理这个情况。因此从保险库取出那些代码势在必行。我本不应把它们公之于世，但我认为恰当的事现在证明是一种错误。过去我拿走那些书隐藏那些代码，以为可以保护洛欧不受任何侵犯。或许反倒在无意中保护了欧斯本家。现在，我们必须重新聚集那些书与代码。那些我们看不懂的书可能比这些书掌握更多明显的事实，而那些事实可以帮助我们了解状况，而且，也许有玛格丽特的进一步消息，以及洛欧（我想，我的家人也参与了）追踪那个可怜女人的过程。”

“但你要如何从狮子窝里拿出那些东西？”维多利亚问。她让我希望自己多提问一些问题。

“山姆有个建议。”母亲说。

“是的，是这样，我提议维多利亚小姐再度进入洛欧山庄。自从她上次成功造访……”

“成功？”维多利亚想起她的悲惨，不禁大吼。

“我提议她去，但得先知道保险库的位置，如今只有傅德与我知道，把里面的东西带回来，总共两本小书。”

“我要如何达成任务？祷告吗？”

汉密尔顿突然变得腼腆起来，好像说谎被抓个正着。母亲帮他解围。

“用偷的。”她消遣地说。维多利亚笑了起来。

“我没办法偷。”

“我来偷。”我在旅行中练就了偷窃本事，或许现在可以派上用场。

“不，这是维多利亚的差事。”母亲说。

“技术上可能不是偷。”汉密尔顿又说。

“他们不会让我在山庄里跳来跳去寻找秘密保险库。”维多利亚说。

“当然不，但你的父母无可指责，或许这是他们和表兄弟恢复友好关系的机会。当然，他们得带你一起出席。”

“我可以帮忙，但得花点口舌说服我的父母。目前我不能放下工作，事情太紧迫了……”

“我们的女儿莎拉快回来了。”安琪丽卡插嘴道，“她可以偶尔代替你去收容所。”

“或许只是一天。”她的丈夫补充说。

“你们已经考虑过一切。”维多利亚说。

“我们尽力了。”

“你们赢了。”维多利亚说完，深呼吸，站起来，“我马上写信给我爸妈。”

“他们明天就到这儿。”汉密尔顿沾沾自喜于自己的足智多谋。

“我们得有个周详计划，模拟所有紧急状况。”维多利亚说。我努力记住所有事情，想要写给法兰妮，但重要的是，我只听到一件事：莎拉要回来了。

我永远也不知道那夜我是怎么睡着的。重要日子前的夜晚，通常睡眠与我无缘。但我睡着了。这是我一年中第一次梦到和史蒂芬与莎拉一起游泳。但是，梦和萨尔玛西斯混在一块儿，画面与画面相互交叠。清晨，我在一阵喧嚣中清醒，是嗒嗒的马蹄踩在鹅卵石上的声音，仿佛陶器被捣碎了，这种声音已经成为我熟悉的闹钟。我想起最后一次见到莎拉的情景。这段回忆似酸奶的气味，依然挑起我的生理反应。

她突然出现，出乎意料地早，看到我抱着法兰妮的日记本坐在前厅。我出其不意地让她撞见，没有时间大惊小怪自己的容貌或紧张激动，这样比较好。我听到背后的脚步声时，以为是母亲或安琪丽卡，后来听到声音……

“玫瑰？”她惊奇地呼唤我，仿佛名字可以把我从石人变成活人，把我从百年的睡眠中唤醒。日记掉落。是莎拉回来了。

她走向我，脸庞跌入前窗的阴影中，跪下身拾起日记，裙子堆在地上。她的脸依偎着我的大腿，下巴靠在我的膝盖上。我把手放在她的头发上，停在那儿。前厅静默无声，只有老时钟嘀嗒嘀嗒打扰我们。外面的世界也异常地和我们所需要的静默联盟，没多久，时钟的节奏和我的心跳同步。我望着壁炉上的金边圆镜。它在壁炉台上，仿佛鱼眼石般呈现一切。前厅吞没我们，我们是左下角一幅小得不能再小的活生生画面，但我的手好像是世界的中轴。

“莎拉，”我的手指掠过她的发丝，说，“我很抱歉。”

“不，玫瑰。”她回答，“我很抱歉，我们都很抱歉。”

我们无言地立在那儿好久。最后，她抬头看我，眼中没有泪水。

“我以为你永远消失了。”她说着又低下头。

“我离开之前的我永远消失了。我以全新面孔归来，不过依然是玫瑰，现在的我比较快乐，像现在这样。”

“我完全不懂。”

“我也不懂。”

她吻着我的裙子，双臂抱着我的腰，仿佛我冲向她似的。

从镜中的扭曲反射来看，我们的衣服紊乱不堪，她的大腿延伸自我的身体，头消失在我的腹部。我只能看到她的头发，似乎，我又在萨尔玛西斯了，但这回是在别人的紧握之中，莎拉是水中仙女，我是无辜者。她不放开我，我也不希望她放开。现在，我不希望出现神灵了，除非她放开我，否则我将如过去，而她将如一直以来的，完美！

她向上移动身子，我的一部分衣服被她的身体钳住，也被撩了起来。她全身重量压在我身上，我在她下面。她的脸颊在我的胡子上摩擦。我第一次拥着她，拉她靠近。

“欧塞！”她立刻坠入洛欧山庄的记忆宫殿，“玫瑰，兄弟？或姐妹？”她说。

“是兄弟也是姐妹。”我说着喉咙一阵痉挛。她希望这样吗？我希望这样吗？我紧紧拥着她，尽量把我们之间想成是兄弟姐妹，但她的身体依着我越紧，我就越想起以前我们在瞎编故事时玩的换装游戏。我不知道还能做何种打算，只能做我觉得对的事。

我只能从莎拉辫子上掉落的发丝之间瞄见镜子。镜中，我们的身体现在完全不一样。她坐在我的腿上，我从酒吧熟悉了这种姿势，这是一个让我好操纵与玩弄的姿势。突然，有个迅速移动的影子映入我的眼帘，就在我们背后某处。我无法辨认那是什么，但心生惶恐，用力推一下莎拉让她知道。“不。”她不明白我的意思。当她说这话时，我的心融化了。她的头靠向我的脖子，偎在我的肩膀上，因此我看不到镜中的影像，再也没有什么东西需要让我们顾及颜面。

“哦。”维多利亚出现，“好一幅美丽画面，莎拉在这儿！”她开玩笑但同情地说，“我不喜欢打断悲喜交集的重逢。但是，莎拉，有一件事需要处理。玫瑰，我的父母即将抵达了。”

莎拉立刻从我腿上起身，行屈膝礼，“瑞克雷小姐，很抱歉。”

“叫我维多利亚，拜托，或维可。”维多利亚很高兴中途打岔，让莎拉不会因此而耽误工作。我把礼服拉下来遮住脚踝。刚刚往上提了一点。莎拉尴尬地一直盯着地上。她还不知道二十四号不拘礼仪。

“哦，小姐，我不能这么称呼您。”

“你可以。在这屋子里，在所有屋子里，我们这个大家庭里的所有人，一律平等。我要带你去的地方，阶级差别待遇早就无关紧要了。我们健健康康，能够帮助别人；而他们生病，需要我们的所有帮助。那是唯一的差别。你是莎拉，我是维多利亚。”

“是的，小姐。”莎拉没有改口。

一阵风吹过来，是史蒂芬。他穿着长袜从亮晶晶的地板上滑过来，很像以前的史蒂芬——粗鲁、顽皮、笨手笨脚。希望看到姐姐，让他显露出可爱的愚蠢，但知道我非常渴望见到莎拉后（虽然他和我都未曾提及此事），他便表现出陌生的尊重。我想拍一拍他的头，就像你拍一拍小狗的头。

“喂，维多利亚。”他说。

“莎拉，该走了，我们回来时还会见到玫瑰。”

“我可以先见见我的父母吗？维多利亚小姐。”莎拉问。

“没时间了，莎拉。”

“去吧。”史蒂芬说，“维多利亚的父母也快抵达了，你今晚就可以见到爸爸妈妈。”

“假如我们今晚能回来的话！跟我走吧，莎拉。”维多利亚抓起莎拉的手说。莎拉恳求地望着我们，但没有用。她挡不住这股扫她出门将她轰上街头的强大力量。

我进入卧室，关上身后的房门。房间非常中性，毫无特点，似乎他们把所有会刺激我的东西都清得一干二净。我不需要这种溺爱，也非常憎恶墙上画像留下的清晰痕迹，或许有一张是我们旧家的相片吧？床边，桌灯旁，有一本扑克游戏规则的书，也许有人认为那儿应该摆一本《圣经》。除此之外，空无一物。我依然感觉到莎拉的重量偎在我身上，发丝贴着我的皮肤。我们为未来建立了一个基础，这是我最大的期待。我躺在床上，耳边响起莎拉的细语。

我必须相信明天，这是我第一次能够相信明天，长久以来我对未知怀有一种恐惧。在我离开家前与整个旅行期间，我不敢想象未来，因为我只会想起那个揭露以及自己和家人的痛苦。譬如，拿莎拉与维多利亚当时搭乘的马车来说吧，仅仅几个月前，走一趟伦敦街头这个想法，马上会在我脑海里出现一连串的假想事件。有个画面毫不客气地朝我袭来：她们两人在圆卵石上，全身青一块紫一块，维多利亚的短发沾染了血与灰尘，马儿在马夫上前解救前，在寒冷的清晨喷着热鼻息，嘶鸣不停。我必须防止未来可能的状况，以避免自己与别人的痛苦。

仅仅看一眼尖锐的东西，我便会想起可能的皮肉之伤，也以无数的排列组合将此发展成说不完的大灾难与惨痛故事。我不敢想起剪刀，也不想看到它们引起我无限的惊慌。光是那些字眼就够我受了：剪刀，刀子，刀片。

我测试一下自己。史蒂芬送给我一个马夫工具包，工具包托架旁的大衣橱上放着一把珍珠母手柄的上好剪刀，看起来很阳刚又很有女人味。我凝视着两片刀刃的尖锐处，想在脑海里勾勒出它插入肌肤，肉绽血流，我哭泣，另一手拔起刀刃的画面。但是无法勾勒出这幅完整画面。为了进一步测试，我拿起剪刀，撑开两片刀刃，看到刀锋闪闪发光，准备要剪下去、切下去、刺进去。之后，我把剪刀放下来。

我没什么感觉，除了“那是一把剪刀”。我会因为害怕刀刃刺伤而不快乐吗？当然不会。我合上剪刀，它似乎比我初看到时钝了点。现在，只有某些人伤害得了我。

我转而想起母亲，她越来越被自己的事务缠住。虽然我的访查结果让她非常兴奋（毕竟，应该归功于她），但她似乎全神贯注于那些事务上。当史蒂芬与我的调查向前推进，汉密尔顿与维多利亚进行行动计划时，母亲把越来越多的精力投掷在研究她的玛丽·戴上。

我们尚未坐下来长谈，但都明白需要一番长谈。猜忌已经造成，但我们两人都不愿面对问题。汉密尔顿说那是“误会”，母亲暗指那是“谬误的微妙”。我忖度，她真的认为这是误会或不幸？或恰恰相反，她与科学家的实验仍在进行中，正等候着成功的结论？玛丽·戴的哲学影响她对行动计划的接受与参与，但她并没有拒绝这些理论以弥补已察觉的错误，反而比以前更投入，我认为她想愉快地否定“人有表现失常的时候”。我可以想象她在书房的情景：原文摆在面前的辞典桌上，右边一本密密麻麻异常小字的薄笔记本，周围三四册书籍打开，一本压着一本。假如移动一本书，全部位置可能都得移动。当我们所有人忙着手上的调查时，她哼着歌，独自进行她的工作。

或许，这种坚定不移的精神只为了追求学识。这是她的工作，她要完成，其他学者可能无法接近这些材料。未来的文学研究会感激她，那是她的报酬。在这一点上，她的坚决胜过狂热。她列了一张清单给维多利亚，坚持从洛欧山庄带出这些书籍。她认为这次难得的机会不应浪费，汉密尔顿遂在他的行动计划中加入了探查八角楼图书室。母亲也想趁此机会归还现有书本，或许从此与这些书本说再见了。假如她……他们又恰好漏掉这些书。唉，休想！她宁可用各种手段逼迫欧斯本全家搬出山庄，也不愿从图书室偷出一本书，尤其是从她自己的图书室……那完全是另一个问题。

我趴着，想着她，听到她的脚步声与一个顽皮声音。我的表妹到了，或许应该下楼去。

我还没有作好见他们的准备，一想起莎拉，身体不由得沉重了些。她靠近我时，我尚未反应过来，没有仔细看她的脸。既然她离开了，我可以清楚地看着她。我看到她微笑，两眼之间的皱纹轻轻拢起，头皮上的小伤疤依然没有长出头发。我的嘴角一阵痉挛，嘴唇轻轻嗫起，也跟着微笑。接着，我的肚子也一阵痉挛，就在空腹的中心部位，好似疲倦或饥饿引起的痉挛，最起码是某种饥渴造成的。我知道那是什么。这阵痉挛拨弦似的震动每一神经的末梢，脚指头、手指头，都有点刺痛。我笑了。我的眼睛，我可以感觉到自己的眼睛。我的舌头伸出门牙外，眨一眨眼睛，耳朵内一阵发痒。我吞一下口水，一声响亮的咔嗒，血液在体内奔腾，庆祝……什么？庆祝我当时的感觉吧，以前从未有这种感觉。我想起莎拉，但试着不要想她的肌肤、她的柔软肌肤、她的秀发、她的身体，因为这一切令我心跳加速，血液直冲身体其他部位作为补偿。

生殖器在别的男人身上有其他目的，我帮助他们达成目的。在听天由命的状态下，我像爱情故事里筋疲力尽的男主角，没有什么事物可以引起我欢乐，反倒以此技巧为荣。当我和其他男人在一起时，我发觉他们很少问自己是否该报以感谢，而只不断要求自己的欢乐，全不顾虑他人立场。我很高兴自己成为那些懂得关怀别人的细心人群之一。我不怕被触摸，这令我成为一名“慷慨女士”，可以无惧地从事交易。我学会否定它的存在，除了小便以外。我征服了这种欲望，解放了自己。我已经不太想起它了，它也不再引起我的注意。

现在，遗忘已久的记忆又返回脑海泛滥，仿佛血液在体内奔腾。我记得，在过去的正常时光，我非常期待这种秘密的欢乐。我回想起板球比赛的那个清晨。那年，我十三岁，第一次有紧张与颤抖之外的感觉，并且不断卷土重来，让我笨手笨脚地摩擦自己。难怪那天下午我如此专注于球上，因为牵动一下子，腹部便会疼痛，更不用说跑步了，因此我最大的期望是：把球用力打出去，免了跑步。第一次打板球时，裙子夹在大腿内侧干扰跑步，这回是爱开玩笑的公鸡干扰我跑步，但结局都一样：我击出了一记令人难忘的闪击。当我在边界上被封杀退场时，我带着解脱之感离开，弯着腿走回大宅子，锁起房门躺在床上，用乳膏轻抹自己。

我完全忘了这事，现在却像鼻子浮现脸上公鸡突出肚子上一般清晰。我弯起屁股，身体拱得像帐篷，手从下面探入裙子里往上伸，希望如同第一次般疼痛，但事实不然，我自豪身体相当健康。而我也记得：一旦它不请自来，便成为不会离去的客人。瑞克雷家在楼下。我在这种状态下，当然不能接见任何人，尤其是表兄弟姐妹们。

我试着专注在那些我感兴趣或觉得无聊的事物上，譬如：《变形记》，那几乎已经引不起我的兴趣了。但比布利斯与卡乌诺斯跃上我的脑海。兄弟与姐妹。莎拉与我。“我们不知道自己在做什么，而我们依然年轻，难道不能像神仙一样相爱活着吗？”而那些神仙，天后赫拉不是和天神宙斯结婚了吗？

当精神处于某种状态时，很少有人能熄灭得了那把火。不论最初的想法有多简单，精神无论怎么游走都会挑起这种情绪。我正处于那种情绪当中。

我设法让自己冷静下来。我想起艾威，想起他的沉重呼吸、他的爆炸心跳。但那不管用，因此我又回到《变形记》上。我想起丽达被宙斯强暴[1]。宙斯扮成天鹅，长颈子，弯着两翼……宙斯是强暴欧罗巴[2]的结实公牛，是露着诡异笑容掳掠安提俄珀的好色之徒，是污染埃伊纳岛的热情火焰——热情火焰！——是迷住摩涅莫辛涅[3]的牧童。这些都无法让我冷静下来。我试着拟一些名单：首先，是洛欧山庄花园里的树木，但这联想微不足道，于是又转回强暴名单上，特别是罗马海神的一连串罪恶上：他变成一只公牛强暴了卡娜丝；变成一匹马强暴刻瑞斯；

1 丽达在湖边沐浴，宙斯假扮天鹅飞落湖边，丽达把天鹅抱在怀中而受孕。——译者注

2 Europa，是希腊神话中美丽的腓尼基公主，被宙斯变成的白色公牛强行掳走。——译者注

3 Mnemosyne，希腊神话中的记忆女神。——译者注

变成一只海豚强暴墨兰托……公牛，莎拉，天鹅。欲望之火在我身上蔓延，一股炽热升起，变成一种不由自主的抽动，仿佛我的性别和我一起微笑，对着我微笑，无视我的愿望。哦，主啊，请带领我，无论以何种化身出现，请带领我。

史蒂芬站在门口。“玫瑰！你要来吗？”

“呀，我不知道，我一会儿就过去。”我一口气急速说完。

“有什么问题吗？玫瑰。”

“没有。”我的声音勒得很紧，因为我躲在棉被内回答。

“你的声音很奇怪，还好吧？”

“我睡着了！我会尽快下楼……”

“我帮得上忙吗？”

我告诉他走开。

十分钟不到，我穿着新裙子出现在楼下，得到许多恭维。我一口气说了许多话，几乎没有喘气。每个人都说我看起来非常健康，几乎容光焕发。我是觉得好极了，虽然有一点点累，但我的身体回来了。

维多利亚带莎拉去公谊会收容所里工作。当晚，她们没有回来。隔天中午前，维多利亚兴高采烈领先上楼来，莎拉慢吞吞跟在后面，看起来好像分娩了一整夜但未见宝宝踪影的样子。史蒂芬与我望着她经过我们身边时翻了个白眼。她累得无法见父母，维多利亚只给她五个小时睡觉，之后就得返回工作岗位。第二天晚上，维多利亚回来，没有莎拉人影。她想法子在收容所里睡觉。

我待在家里，和朱利叶斯、爱丽丝以及……名义上的母亲在一起。事实上，我们几乎没看到母亲的人影。这是我第一次被唤来扮演主人角色，现在我在二十四号比较自在，对自己的外表也比较自在。我喜欢这个角色。我把旅行期间与最近拜访贝尔曼的经过增增减减地编成故事娱乐他们，对于明天的任务只字未提。汉密尔顿说明他们的任务。他们毫无怨言地承下任务，听到主要职责是转移注意力，不禁松了一口气。

结果，这趟拜访只花了一天的工夫。瑞克雷一家人清晨出发，当晚就回来了，让我们吓了一跳。朱利叶斯与爱丽丝不顾夜已深，兴致勃勃地大谈经过。很讽刺地，他们的扮演非常出色，欧斯本家暂时接受了这个不情愿的和解。（欧斯本家认为让大家看到他们与穷亲戚朋友建立友好关系，对他们有利。）

他们正要说到重点时，母亲打岔问维多利亚是否从八角楼顺利“取回”了她的书。取回，是她的老字眼。维多利亚交出四本书给她，她打开其中一本，当场就读了起来，让大家有点错愕。他们说故事时，她匆匆一瞥，似乎对诗的兴趣比较浓厚。维多利亚的间谍故事说到紧张处时，母亲突然说她累了需要告退。我知道她的蜡烛其实还会燃好几个小时。

朱利叶斯与爱丽丝证实挥霍无度的传说确实是夸大其词。诺拉掌管全局，大宅实际上是她的，她一个人的。在她眼里，只有奥古斯图·瑞克雷与她平等。尽管她知道如何持家，却不太能获得仆人的忠诚，显然非常不受欢迎。女仆因为害怕被斥责而蹑手蹑脚走路。她们必须同时应付诺拉与自吹自擂的管家安丝黛丝。有位仆人因为顶嘴说她已经说了“抱歉”，下午还没过完便被解雇。

但是，“猴子头”里关于盖伊与普鲁登丝的传说确有其事。这桩婚姻除了争吵外所剩无几，两人倒退至被宠坏的童年。他们对山庄事务不闻不问，允许诺拉坐掌大权，只纵情于享乐与任性争执。

瑞克雷家抵达时，被带入娱乐厅。诺拉与奥古斯图分坐在前面与中央，彼此是唯一互相欣赏的人。诺拉的丈夫，艾格牧师，站在一旁，完全被忽视。他一脸挫败，在这个不快乐的情景中，他的位子已经说明了所有决策没他的份。壁炉上放着一幅艾斯蒙画像，一身军装，带着惯有的嘲讽表情望着每一个人。他的下方有个无耻谎言：战役失踪。两家瑞克雷的彼此厌恶在那一天表露无遗。奥古斯图几乎不看他兄长一眼，爱丽丝想与卡洛琳闲聊，但卡洛琳的蹩脚英语与淡漠教她打了退堂鼓。现场没太多交谈。维多利亚展开任务，她问是否可以归还手上的书籍以交换图书室里的其他书，诺拉对着手帕虚假地咳嗽。

“我们很荣幸告诉各位，盖伊让普鲁登丝有了洛欧山庄的下一位继承人。你们知道这意义重大。”道贺之声响起，欧斯本家为这听过许多次的消息鼓掌。维多利亚忍不住猜想普鲁登丝的情况是否会比以前的那些奴隶夫人好。那些奴隶夫人都成了洛欧山庄的种马。

“好男人！”普鲁登丝扬起眉毛带着嘲讽的语气说。那位准父亲有点超重，看起来仍受宿醉影响，眼神有点迟缓。普鲁登丝突然变得更像怀孕的样子，靠回椅背突出小腹，说：“我想我变重了。”

“你当然变重了，普鲁。”盖伊反驳，“我只是做别人要求我做的事，不多也不少，而且……”他为访客着想，又说，“以正常方式。我有一个超棒的想法……”

“是什么？盖伊。”普鲁登丝充满怀恨的期待问。

“假如生出来是一个女孩，我们应该把她当作女孩教养……”

“假如是男孩呢？”

“那么，我们应该……”他尚未说完，便被健忘的表叔打断。

“侄子，我很难想象……”艾格站在椅子后面说话，万一没有获得盖伊的认同，可以利用诺拉作为保护伞。但那保护伞让他住了口。艾格向朱利叶斯点点头，投以虔诚的一瞥。

“你要怎么做？盖伊。”诺拉问侄子，等候他的机智回答。普鲁登丝拼命在肚子的礼服上摸来摸去，虽然肚子一点也没隆起。

“哎，我们不会让他穿上恶心的礼服！”

盖伊笑了起来，普鲁登丝也跟着笑。他们经常互别苗头，但嘲弄第三者时却难得夫唱妇随。奥古斯图与诺拉也笑了出来。艾格带着希望置身别处的痛苦表情。他老婆叫他不要动来动去。

“艾蒂丝！”维多利亚惊叫。所有眼睛转向她。艾蒂丝停下来，不说话。

“艾蒂丝，”诺拉说，“很高兴看到你。”好像很久没见过艾蒂丝似的。

“哦，难得大驾光临！”盖伊说。

艾格从诺拉身边站出来，伸出手臂迎接他的大嫂。她跟他悄悄说了几句话，然后对访客怯怯弱弱地说声你好，再度转身离去。这是这位消沉人物在众人面前的表现。艾格严肃地对大家说：“艾蒂丝很抱歉无法久待，卡蜜拉的状况又恶化了，自从她回来后一直非常虚弱，艾蒂丝必须回到她床边。”

这个消息发布得有点笨拙，却等候别人的同情。

“卡蜜拉不舒服吗？”爱丽丝女士勇敢地打破沉默问。

“非常不舒服。”艾格说，“我们担心……”

“她一直病恹恹。”诺拉仿佛在写卡蜜拉的讣闻似的，说，“她跟她母亲一个样，是这个家最显著的压力。和前一个主人是一丘之貉。为什么卡蜜拉去非洲？我真搞不懂哎。我不认为她是《圣经》的活广告。”

“我们很惭愧不能和她们做伴。”朱利叶斯说。

“你不准参加所有的交谈。”盖伊爆出狂笑。

“你只要应付我们就行了，盖伊，停止你的捧腹大笑，想想肚子里的宝宝。”普鲁登丝说。

“宝宝！”盖伊轻蔑地耸一耸肩膀。

艾格和这群在洛欧山庄亏待别人的人竟然是同一家人，他带着《旧约全书》的愤怒几乎发狂，一只脚用力跺地，做出最大的抗议，转身离去。

“哎，哎……”奥古斯图说，“或许，喝些东西吧？”似乎，折磨牧师激起他的愤怒没什么大不了。

“安诺妮玛要归还一些书，希望能借其他四本书，如果你们愿意，请让我去图书室帮她找，感谢你们。”维多利亚说。

“图书室管理员需要书。”诺拉冷笑地说，“图书室管理员永远需要书。”

“那些东西值钱吗？我们要不要跟她去？”盖伊提出疑问。

“那些是书本，你这个笨蛋。”普鲁登丝说，“当然不值钱。”

“那么，你为什么要留住那些书，我……”盖伊说到这，不知如何接口。

“盖伊！”诺拉怒斥。她呵斥了许多次，最后所有的斥责浓缩成一个简单、用力的“盖”字。盖伊仿佛被子弹扫到，突然住口，但没有道歉。

“图书室管理员当然可以借我们的书。”她屈尊地说，“我们知道你是这个家族的一员，收容这些不幸的人只是基于基督徒的仁慈，帮助他们在世间找到出路。”

“维多利亚帮助所有不幸的人。”她父亲谨慎地说，“我们赞赏他们兄妹的善良本质，艾格会认同我们的作为。”

“艾格！”盖伊说，“艾格！哦——”

“诺拉的丈夫通过行善布施取得大家的好感，兄弟。”奥古斯图说，“但我们同意这件事。为了亲戚成为被人嘲笑的对象是很不礼貌的行为，有损家族的名声……”

“因此，我们感谢你把他们留在你家中，远离公众的眼神。”诺拉一股脑儿说出他的想法。

“他们来去自如，完全自由自主。”维多利亚说，“那不是监狱，我们没有禁止他们外出。”

“的确。”诺拉颁发圣旨似的结束这个话题，“如果你想帮图书室管理员带书，请便。”

奥古斯图补充说：“万一她的巨著获得出版，我们很高兴因提供材料而成为她在书中的献辞。”

“我要走了。”维多利亚对此番羞辱激动地说。

“小心那些银器。”盖伊在她身后大吼，之后又爆出一阵如雷笑声，“崔普斯，送她出门。”

“俏皮话！这只是盖伊控制不了的幽默感。”盖伊的父亲安慰朱利叶斯。留在娱乐厅里的人不知要说些什么。

维多利亚先走入图书室，里面的情景和她上次离开时一样。欧斯本家贪婪，但脑子里从来没有想过要鉴定图书室里的这些东西，显然，没人冒昧闯入。那些原文书很容易就找到了，编目如安诺妮玛所说那样。维多利亚取了相邻两本她认为可能有用的书。母亲精准的指示为她的图书室之旅争取了许多时间。

保险库是另一个难题。它在牧师的藏身处，只有通过爵士厅外一个衣柜的暗门才能找到。维多利亚从走廊尽头往前望，骇然发现有个门卫站在卡蜜拉的房门对面看守，根本不可能一探保险库。维多利亚没有权力支使他离开，也不敢想象她能走近那个藏身处，进入，打开，依照指示摸索，神不知鬼不觉地带走那两本书。尽管如此，这是她的一个机会。她明白这次尝试若失误或被逮个正着，恐怕没有其他机会了。

她在浪费时间。她沿着走廊往前走一步，门仆便带着对峙的眼神朝她走近一步。

“艾格·欧斯本与侄女在吗？”她大声问。门仆没有回应，大眼不眨一下地望着她。“艾格·欧斯本在里面吗？”她再问一遍。

“我认为没有，小姐，我看一看。”他走入房内，即刻出来。

“他在礼拜堂里为侄女祷告。谢绝打扰。”

“谢谢。”维多利亚的心脏怦怦跳，迅速下楼，走回礼拜堂。她快速穿过娱乐厅的窗外。沉重的蛇形插销发出嘶嘶响，自动打开。

里面黑沉沉的，霉味十足，散发英国国教的气息。没有见到艾格的人影。维多利亚走向祭坛，仰头望一望脏窗户，再低头看一排一排的长木椅，教士袍像一排烧锅似的慵懒地垂在椅背后。可怕的婚礼场景仿佛又回到眼前。

她以为里面只有她一人，但在她的两个脚步回音之间，好像有畏缩的狗发出啜泣与呜咽。她先看一看祭坛，再看看门口，没有看到什么东西。渐渐地，她发现声音来自左方的忏悔室，于是悄悄走近。

忏悔室的一边帘子打开，另一边拉上。她坐在空隔间里，心里想着要如何介绍自己。

“我很抱歉。”艾格从另一边惊恐地咽苦水说，“这不是我的本意……”

“不用道歉。”维多利亚尽量冷静地说，“你能施予援手。”

“是诺拉吗？”艾格问，声音有点恐慌。

“不，我不是诺拉。”

“谁？”

“我不知道你是谁，你不知道我是谁。我们在这儿完全是无名氏，不是吗？”

“是的。”艾格说，“就是这样。”

“为了那个你欣赏的女人与她可怜的孩子，为了你自己的灵魂，为了那些曾经被虐待与遗弃的人，你必须帮助我。”

“这是陷阱吗？你是谁？”

“我们需要你。”

“你不知道自己在干吗。”艾格从齿缝间轻轻地说，“我不能帮你。”

“你必须帮助我。当着上帝的面再说一遍你不能帮助我。假如我们不能找你帮忙，要找谁呢？”

“他们知道一切。需要帮助的人是我，我不能待在这儿，艾蒂丝也不能待在这儿，卡蜜拉快死了。”

“我们也能帮助你，时间很紧迫，我们必须快点。”那是她唯一的希望。从他的声音中，她知道这也是他的唯一希望。

“他们不会怀疑……”

“嘘！这是你必须做的事。”维多利亚跟他说了保险库的位置、门卫以及她想要的那两本书。她从格子窗塞入那张指示。她看不到他的脸，但看到他的阴影点头。

“我可以吗？”他问自己，也可能是问上帝，但隐隐约约露出愿意一试的语气。

“你可以，也必须，而且是现在。”

“我回这儿来找你。”

“动作要快，谢谢。”

“愿上帝宽恕我们每一个灵魂。”艾格说完离开忏悔室，大理石地上响起他的鞋跟回音。她待在原处，直到听见门关上才站在礼拜堂等候。她离开手上那几本可怜的书太久了，几乎难以辨认是不是那些书。过了几分钟，仿佛过了几小时，艾格尚未返回。礼拜堂的气味与回音越来越压迫，教她想逃走，渴望聚会所那种简单风貌。他依然未出现。她害怕自己被瞧见，从蛇形门缝里偷窥，但看不见任何人影。他失败了，被发现了。她不能再等候，不能再“逗留图书室”。

维多利亚抱紧书本，横冲直撞跑过侧厅，到了后门，返回娱乐厅。她担心会看见艾格带着殉教眼神，旁边站着门卫。待她恢复平静，发现一切和她离去时没有两样。盖伊与普鲁登丝依然吵个没完没了。她父亲与人闲聊，威廉伯爵的冗长故事正说到半途，奥古斯图没有兴趣听。显然，艾格发现这任务超出他的能力范围。她早该料到如此。

“你消失不见了。”奥古斯图看到她回来，说。

“是的。”维多利亚说，“我耗了许多时间找这些书，之后又想起一本她要的书，看，全都在这儿，完全无误。”她轻轻敲一下那些书脊。

“哦。”盖伊回应。

“你找到你要的东西啦？”诺拉说。

“是的，谢谢。”她撒谎，“你想看一看吗？”

“不用。或许你们该告辞了。卡蜜拉病得相当严重，这些噪音与混乱对她不太好。”

朱利叶斯与爱丽丝听到这建议非常高兴。朱利叶斯以为一切都在掌握中，高兴得无法停止他的冗长故事。

“不！”维多利亚唐突地说，“或许我们应该再喝杯茶？这趟旅程那么遥远。”

她的父母立即了解她的意思。

“嗯，的确，这趟旅程很遥远，或许需要补充一点体力……”她父亲想要扳回场面，但既然诺拉心意已定，他们就非走不可了。维多利亚不知道怎么办。他们要离开了，双方意味深长地互道再见。普鲁登丝没有站起来，盖伊开始把撕碎的纸扔向她的肚子。

“站起来，你这个懒猪！”他说。

“不要叫我懒猪！我肚子里面是你的小猪仔。”

“哈！”盖伊没什么热情。

“我希望他不会遗传你的头发。”

“孩子，孩子！”诺拉溺爱地说。

“如果可以的话，我们想和艾格说一声再见。”维多利亚说，“也许他和卡蜜拉在一起。”

“不，不。”奥古斯图说，“不可能。不可能吧？”

“并非不可能。”诺拉说，“但不必要。”

想再停留一会儿真的不可能了。任务失败。他们要跨出大门时，艾格忽然下楼，似乎是有意的但不慌不忙。

“朱利叶斯！维多利亚！”他的声音温和坚毅，透着轻轻的颤抖，因为他卷入了一场骗局。

“啊！艾格，正好。”诺拉叹道，“永远赶得那么巧。我们的表亲正要离开，想要说声再见。”

艾格晃着个报纸小包裹，外面仔仔细细打了一个蝴蝶结。那一家人呆望着。

“我很高兴赶上你，因为我说过要给你这两本神圣书籍。这是已逝洛欧伯爵的祈祷书与他妻子的《新约全书》。他妻子现在和你住在一起。这些书放在这儿没有用。把真理与它的主人分开是一种罪恶。”

“哦，真的，艾格！”奥古斯图嘲弄地说。

“是的，”诺拉说，“你真仁慈，艾格，做得好，好一位基督徒。”

“好一位基督徒，当然。”奥古斯图心有未甘地说。他加重语气，让大家明白这些字眼意味着非常愚蠢、非常情绪化、非常乏味以及等同基督教这些意思。

“至上的仁慈。伍德小姐肯定非常高兴。至上的仁慈。”维多利亚说着把握紧的包裹立即转交给父亲，不敢多看艾格一眼以免节外生枝。她镇定地再说一次：“我们不喝茶再离开吗？”

“再见已经说了够多回了。”诺拉鞠躬说。艾格已经转身，迅速离开他们。仆人送维多利亚与其父母出门。身后的门立即像闸门似的关上。没人挥手道再见。

“所以，”维多利亚从椅子后面拿出那个包裹，说，“这算不上是偷窃。”

“我是否可以……”汉密尔顿颤抖地问。他拿出书本，紧张地放在面前的桌上，打开。

“希望这正是那些书。”史蒂芬微笑地说。每个人都瞪着他。他说了不能说的话。时间凝滞，直到汉密尔顿抬起头来。

“是的。”

我亲了维多利亚一下，“谢谢，谢谢，你们三位。”

一阵叹息解脱之声。就在此时，莎拉走入大门，看起来被工作累得十分疲倦。她对所有人微笑，尤其是她的父母，她回来至今才见到父母，但是累得无法言语。维多利亚的注意力迅速转回她的优先事务。我们曾经觉得她这样很好玩，但现在不好玩。

“贝蒂怎么样？”

“贝蒂？好些了。”莎拉止不住地打哈欠，头发脏乱成一团，“你找到要找的书了吗？”

“是的。”维多利亚答。

“太好了，我要去睡觉了。”莎拉像个疲倦的鬼魂经过我们身边，一步一步地小心走，仿佛是刚学会的。

“我要去工作了。”维多利亚说。

我们想要再说声谢谢，她已经消失了。

“我也是。”汉密尔顿坐在餐桌边，不理会我们。史蒂芬也是。我觉得很快乐，但无所事事，不知道自己应该干吗。母亲、史蒂芬、汉密尔顿家，全都努力工作中。莎拉筋疲力尽。瑞克雷老夫妇上床去了。而我却兴高采烈地睡不着觉，因此跑到莎拉的房间。

或许我不应该这样。

门没有完全关上，我进入时故意弄出点声音。莎拉躺在床上，没有更衣，穿着脏兮兮的白围裙与灰衣服趴着睡。她脱下了一只靴子，我知道她睡得不省人事，遂帮她解开另一只靴子。她几乎没有感觉，只在脱掉靴子时稍微沉吟了一下。我不喜欢看到她穿着衣服睡觉。人不应该穿着衣服睡觉，不是吗？我伸手至她的腰后，拉开裙带，解下她的围裙，把那件脏东西丢到门口，四周的黑暗吞噬了它。我松开她的衣服，脱下她的长袜，一边轻轻卷起袜管，一边感觉她腿的长度。她的身体像洋娃娃般啪的一声落在我下面。不管抓住哪一个部位，其余地方都顽固地顺从地心引力跌在床上。我脱下她的衣服。

她裸体，面朝下睡着，打雷也吵不醒。我想摸一摸她，房内一片寂静，我听到了自己的心跳。我坐在她的臀上，开始在她肩膀上摩挲，她的屁股在我下面缓缓移动。她呻吟，仿佛我的动作慢慢潜入她的梦中，但她没有移动也没有清醒。我的手顺着她的后背而下，推开她的两侧肌肉按摩她的脊椎。那是我当天第二次感觉到身体顺着脑子行动，似乎，之前被切断的那根脑子至腹股沟的神经终于被时间与莎拉愈合了。现在，我想要测试整个系统。或许这会唤醒沉睡的伤口。我的手在她身上往下移，到了后腰，我低头望着自己的影子。

莎拉睡昏了，对于我的所作所为，完全无知无觉。我可以为所欲为。

兄弟姐妹。我很爱她。我们的日子会一如往常，如果不会，就那样吧。我不能再跌入愚昧与谎言的黑暗中摸索。

我遗憾地缓缓起身，把被单拉至一边盖上她，抚平。离开前，我轻轻地抚摸她的脸颊，动作非常轻柔以免吵醒她，然后在她额头上轻吻。“晚安，莎拉。”我轻柔地说。

离去时，我听到她呢喃：“谢谢你，玫瑰。”

我睡得很沉。

3

自从汉密尔顿与母亲得到朝思暮想之物后，便很少见到他们。莎拉也不见人影。她继续履行她和维多利亚的约定，以表达我们全体的感激。因此，没有什么事情会干扰史蒂芬与我接下来的调查。我们不断骚扰亚伯，迅速交换一点讯息。两天后，史蒂芬与法罗和GB在“玛丽们”收容所安排了一个会面。安妮·柴尔终于勉强答应见面。

我决定穿着简单的棕色罩衫与围裙，不希望引起不必要的注意。我仔细刮一刮胡子，剃刀刮在赤裸裸的肌肤上，脸有点刺痛。面纱已成过去。

“玛丽们”在脏河的另一边，我尚未去过伦敦那一区。我们沿着河边蜿蜒而行，往下走去。收容所比我想象中糟糕。维多利亚已经尽力跟我说明了，但我依然无法习惯那些死命哭喊、凹陷眼眶、酸腐恶臭、肺痨咳与绝望的呻吟，这些一一侵袭我的感官。病人躺在轻便小床或垂地的毯子上。史蒂芬牵着我的手经过这些垂死的病人。一两个病人扯着嘶哑嗓门求助，看我们没反应便咒骂起来。多半的人并不理会我们，工作人员也不太看他们。工作人员太少了，看起来都不太健康。

史蒂芬把一排干毛巾推到一旁，我们通过毛巾，遵照指示前往办公室。办公室门关着，上面挂着一个手写牌子：请勿打扰！祷告中。我们敲门，开门。法罗坐在GB旁边，扬起眉毛微笑，似乎是说：马戏团到了。亚伯与蠢蛋都不在那儿。

“这就是他们，安妮。”法罗站起来说。我从未见过他如此正经八百地说话。音乐响起欢迎我们。GB也起身愉快地打招呼，安妮依然坐在椅子上。我们站在门口等候她的欢迎，结果落空。她骄傲美丽，约莫五十岁，两个奇大的乳房歇在桌边，仿佛放在窗台上冷却的派。她非常健康，全身上下都健康无比。她的职务不明，但现在她坐的地方是豪华的后堂，专供她使用。有一锅汤正沸腾着，香味似乎没有溢出她这道门。

我们对她的了解超乎她的猜测。史蒂芬轻而易举地获得了那些资料。根据这些资料，要我们对她心存好感实在很困难。继“大妈”那儿之后，她在盖尔斯街的巧克力店工作，然后又受雇于“婴儿所”，后来因出租童妓给当地鸨母而被捕。她说她是在帮助那些孩子。之后，在GB所谓的“撒旦时光”里，李查·迪克·皮尔斯和上帝同时出现在她的生命里，仿佛他们是三位一体似的。她在“玛丽们”的权力以及对耶稣基督的澎湃热情，使这位安妮与我想象中相去甚远。

她匆匆看我们一眼，继续在一张图表上写，或许应该说是涂。法罗开始哼起歌来。

“喂，朋友，费罗先生正在为你们写歌。”GB睁着期待与喜悦的眼睛说。安妮瞪着手上的工作，听见提到费罗先生，大声地“嘘”了一下。“你知道，他还在作曲呢。”GB走向我们，指着一张长椅要我们也坐下来。史蒂芬摇摇头。

“或许，”他露出一个莽撞的诡笑，似乎暗指刚刚发生在我们面前的不当言行，然后又说，“他今天会做出更多。”他向安妮做了一个手势，用力点了个头。安妮对我们依然不理不睬。他扬起眉毛，表示站在我们这一边。

“我们看着吧，贝尔曼先生。”史蒂芬谨慎地说，手上的棍子在地上扎扎实实敲了一下，仿佛是说：我们开始吧。安妮抬眼，先望了棍子一眼，再带着厌烦眼神回到她的书上，仿佛一名监视留校察看学生的女老师，表情漠不关心。

我从围裙口袋掏出一本小书，《名不见经传歌曲集》，那是一本“老祖母时代”的老歌。我很少一个人进城，有一次进城，我向一名风趣的小贩买了这本歌集。那名小贩热情地对我解说摊子上的每一本书以及那些书对他的影响。我一时兴起买了那本歌集，为的就是让那名小贩高兴一下。但看到卷首插图是迷失森林中的婴儿时，我不禁想起法罗。

“礼物，费罗先生。”我说着把这本绿色小书放在他手上，试着翻到有插图那一页。歌曲集立刻落入他手中，他笨手笨脚地，像魔术师练成魔术之前试图把扑克牌放在掌心。书正面朝上落在他的手上，但合了起来。他先看一看那本书，再看一看我，茫然的神情和书中的婴儿一模一样。

“你认为呢？法罗。”贝尔曼先生的语气和所有鼓励小孩的父母一样。

“我认为：我无法阅读。”法罗说。GB宠溺地摇摇头。安妮咳嗽，要我们注意她。

我翻开他手掌上的书，让他看那些版画。那些版画和宽幅印张上的木刻画不同，看起来比较像用叉子雕刻马铃薯印成的版画。这幅是骄傲的贝特曼伯爵，夸张华丽的穿着，身边佩着一把剑，拿着枴杖优雅地向前走，背景是一艘船。那幅是一名在“白兰地酒岸边”醉在男人臂弯里的女人。在“伦敦学徒”上方，站着一位穿着剑道服的年轻男子，手向外伸出，一手在老虎口中，另一手在斗鸡眼狮子的口中。为什么动物都是斗鸡眼？这是人类与野兽的区别。

“啊呀，这是好东西，GB！”法罗说，“谢谢，先生。”他合上书本，又立即打开，担心万一我会因此而离去。他希望我待在他身边。

安妮停笔，又咳了一下，合掌祷告，闭上眼睛。她咕咕哝哝几句，在胸前卖弄地画了个十字，然后带着祝福的微笑望着我们，之前的冷漠抛得老远。

“真是慈善！信，望，爱，其中最伟大的是博爱，希望最难。我可没多少时间。”她习于发号施令，“假如我能帮得上什么忙，请告诉我。他没变，那个人。”

她的声音出奇甜美，像未加工的蜂蜜，但隐约流露着一种不愉悦。她不喜欢自己那一口浓厚的本地口音，正努力纠正中。她忽然想起法罗，多半是为了她自己，不是为了我们。

“上帝可能以无所不能的力量帮助他强化了一点心灵，但是……最起码他的服装改进许多。”她望着天花板说。我也跟着望向天花板。她看到了神的眼神，而我只看到了天花板上那排地板像破梳子的梳齿倒影一样晃着。

“过来，亲爱的。”她对法罗说。法罗抓着歌曲集摇晃到她身边。“为什么你不来看看你的老安妮呢？上帝的安排自有其深意，他认为我的婚姻不适合有小孩，因此，迪克与我在这儿工作，但是，是上帝供养我们所有人。他的家有许多寓所，只愿忍受小孩来到他身边，特别是那些像你一样，尽管已经不是小孩，却依然保有孩子般纯净心灵的人。你永远可以来拜访我们，亲爱的。”

法罗完全听不懂。他望一望周围的环境，与GB的纸宫殿作个不适当的比较。

“为什么我要来这儿？”

“来看安妮，法罗，来为我唱首歌，和我一起唱这本歌曲集，你会发现那本歌曲集比那本更具启发性。”她用该死的指头把《名不见经传歌曲集》推到地上。

“哦，不，哦，不，我怀疑。”法罗抓住她的意思说，“假如那里面有《赞扬尔等》与《直到走向你》与《城墙外的绿野山坡》，我们就不考虑。你那本书的用途在哪里？”他摆脱安妮，把那本犯错的书握在手里保护。

“好书只有一本，”安妮说，“至于其他的书，读了一本就等于读了全部。”

“安妮。”GB说，这真是让人喜爱的结论，“他们是我们跟你提过的人。”

“很高兴认识你，夫人……”史蒂芬说。

“安妮·皮尔斯议员。”安妮·柴尔说。她看着我们两个，抽一下鼻子，“我的时间不是我的，这个地方不会自己运转，上帝给了我一双手与些微能力。假如你想知道的是过去，我的记忆很短暂，我的道德感很薄弱。我需要一点提醒才懂羞耻，羔羊的血液救赎了我。”

“我们来这儿要讨论的正是羔羊的血液，这只羊。”史蒂芬指着我。安妮又抽一下鼻子。

“当然。”我说，“我们很高兴捐献给‘玛丽们’收容所。”

“我就是一个，先生，我是其中一个玛丽。”她又在胸前画了一个十字，避免之前画的那个十字的效力减弱、消失。“捐献最能帮助我们抵抗‘不道德’。”

“或许，直接捐献给你，而不是给教会。”史蒂芬又说，“我相信你的薪资很少。”

“谢谢您的慷慨。”她的大胸晃了两下表示感谢。

“一份给财务会计，一份给你。”我咬住这个交易不放，作确认。

“这可能有助于你的记忆，安妮。”法罗突然说。他一直没有注意听我们讲话，自己用食指顺着书上的文字阅读，好像渴望认同而假装阅读的小孩。安妮冷冷地看他一眼。

“我爱那个男孩，像母亲一样爱他。其实，很奇怪看到这个大……”她不知如何往下说，但也许没什么好说的，干脆就此省略。之后她又说，“我像他的母亲。事实上，我是一个从良的妓女……但对他而言，是一个‘玛丽’。”

“你是安妮，不是‘玛丽’。‘玛丽’是‘玛丽’。”法罗因“阅读”被打断而不高兴地说，之后又换了语气说，“大妈才是母亲，不是你，我是大妈的男孩，我想念大妈。”

“是的，她也想念你，不管在哪里。”安妮说大妈在无底的深渊里唱《名不见经传歌曲集》。“但我要告诉你，我照顾你，上帝原谅我。大妈只在乎她自己，她为自私付出了代价。大妈虚有其名，其他人才是天生的大妈。但愿上帝宽恕她，如同宽恕所有迷途的羔羊与罪人，但愿她的旧账一笔勾销。”

这些话出自一个即将告诉我有关我母亲一切的人之口。之后她闭上眼睛，再度合掌祈愿。基督徒都是这样。这是一个让人讨厌的疾病，那些晚年感染此病的人更是病入膏肓。她无法使法罗感同身受。

法罗咽一下口水，涌上眼泪，仰头望着我，打开手上的书本。

“那个字是什么意思？”我指着他阅读的那首民谣的第一行最后一个字问，“一个明亮的清晨，在愉快的‘五月’。”

“我知道那在说什么。”法罗还沉浸在大妈的哀伤中，使性子别过头去。

“那就说吧。”

“春天。”他心不甘情不愿地说。

“春天？”

“春天！”

“你知道那些是什么字母吗？”

他摇摇头。

“M. A. Y.”我描绘这些字母，并且分别指出。

“春天？”他问。

“不，是五月。”

“月份的五月？”法罗机灵地问。

“是的。”

“那是春天，不是吗？”

“是的，但那个词是五月。”

“我说出我所知道的。这张画像是威廉·瑞利向美丽的库伦·邦恩求婚，而库伦·邦恩躲入他深情的怀抱里。第一行是‘那是一个愉快的早晨，万物争奇斗艳迎春天’，假如你数一数这些字，那是‘春天’，因此我估计你错了。”

我弄皱他的头发，他不太高兴，舔一舔脏手心抚顺头发，费大把劲儿把头发弄成原来的样子，仿佛要把头发粘在头皮上。

“画像也许是这样，但那首歌是‘白兰地酒岸边’，那个词是五月。”我为他读出那一行。

“可怜的人毫无胜算……不是吗？……当那些字看起来很类似而且意义相同时。”

这个困难的抉择转移了他的注意力，他的心情快活了起来，不再闷闷地想着大妈。或许，我学到了一个教训。

“你自称是那只可怜的小羔羊，是不是？”安妮毫不同情地说，“也许有人认为你原来是个怪胎。”

“夫人，她的彻底改变是个奇迹。”史蒂芬说。

“先生，假如她果真就是，那应该感谢我啰。我们要如何相信？那叫人难以相信。”

“和水变成酒一样荒唐可笑。”我说。

“的确。”安妮得意地说完停顿下来。法罗继续假装阅读。GB在他身旁坐下来，对于即将发生的对质很恐惧。

“我们知道那是真的，夫人。”史蒂芬说，“不管你相不相信都不重要，你是那一整桩羞耻事件的目击者或参与者。关于那个死在大妈那儿的女人，请把你所知的一切告诉我们吧。”

“目击者，是的，我是，但不是参与者。哦，不，之后我把大妈的事情完全告诉警察了。”她淡然地说出她的出卖。我希望法罗听不懂这些，如果他在听的话。“上帝要我这么做。”

“好一个基督徒。”史蒂芬说。安妮和他谈起所有被拯救的婴儿。

“现在告诉你无妨，背离上帝的善行是唯一的伤害。我记得非常清楚，呀，因为那是最后一个。我们……大妈，我是说……她的生意很好，但那个是尾声。”

我是“那个”，是生意很好的尾声。

不，最后的尾声是我母亲，因为安妮说的是她的死亡，不是我的出生。

“愿上帝原谅我们的所作所为。”她说，“那个男孩带走了你，我不知道带到哪里去，但没带到他原本要去的地方，否则你今天不会坐在这儿，但愿上帝宽恕。但你是证据，我没有时间跟他解释，警察来了，带着那个男人一起出现，一切突然变得很可怕。那是很不愉快的一天。”她讲的是她自己与大妈，也讲到母亲与我。

“我是谁？”我问。法罗走过来，右手塞入我的手中。

“不要省略任何细节，皮尔斯夫人。”史蒂芬说。

“你的母亲叫布莱妮·麦瑞，我只记得那么多，这名字我永远不会忘记，我为她的灵魂祷告。”

麦瑞。

我用舌尖念出这个名字。法罗看了，开始模仿我，麦瑞。我不觉得那是苏格兰名字，但脑海浮上苏格兰格子呢。

“布莱妮·麦瑞。”她重复一遍，“那是她的名字。她来到我们面前时，几乎精神错乱，连欺骗的力气都没有。那个可怜的女人几乎要完蛋了，语无伦次，孕吐，憔悴得非常厉害。‘救我的宝宝！救我的宝宝！’她不断重复这句话。我们以为她说的是自己或小孩，但要拯救已经有点迟了。原来她说的是她们两个，是恐惧让她言语不清。但愿上帝宽恕我们。”她又补充了一句“阿门”为绝望的回响。安妮似乎忘记了我是“她们两个”的其中一个。

“她还说了些什么？”史蒂芬问。

“她讲话含糊不清，只对我们尖叫着‘快点’；我们听不懂，也没有仔细听。她似乎知道守卫要来了，叫着：‘小心他！’她以为可以带着婴儿一起逃跑，那是她的错觉。她不知道。然后她看到有人站在那儿：是她死去的丈夫。”

“或许，是他的鬼魂？”法罗延伸故事，说完哼起歌来。GB望着他的受监护人，眼睛亮了起来。

“她结婚了吗？”史蒂芬知道要问什么，我也是。假如她未婚，麦瑞便是我的姓；假如她结婚了，她丈夫是谁？姓什么？似乎越来越步入事件的核心，法罗不再烦躁不安。

“她已婚，是的，我记得她已婚，因为后来我们卖了她的戒指，那是大妈的习惯，经由我的忏悔，上帝原谅了我们。这个男孩现在是我唯一认识的人，他没有如我所望经常来这儿，一切都消失了，那些日子，那些不愉快的日子都消失了。没有人了，只有我……与他。”

“没有其他线索了吗？”史蒂芬问。

“关于她，就这样了。但是那个和警察一起上门的男人是个怪物，名叫乔尔斯，最起码他是这么说的，但我有点不相信。他是个恶棍，非常狡猾，法律长在他身上，嗓门奇大，脾气暴躁。法罗跑去后屋时，他们突然闯入。我们以为他是那个女人未死的丈夫或兄弟，但他说他在找另一个女人，找他的妹妹，不是找这个女人。他的脾气非常火爆，警官让他在屋外等，但最后他溜掉了，这一点也不令人意外。”

“为什么？”史蒂芬问。

“他在那儿看到她断气，理由很简单，他要找的正是她。他发现她断气后，立即逃跑，一秒也不多留。他使个花招，确认之后就像纸牌魔术师那样尽快消失。”

“为什么他带着守卫来？”史蒂芬问。

“假如你赢不了他们……”GB说，“或许他没有选择，或许是他们带着他来。”

“他演得实在太差。我们熟于此道，所以知道怎么回事。那个女人……”她说，“你误会我的话了，那个女人是吓死的。我们想要拯救她，但可能用错方法，为此我相当后悔。她恳求我们帮助，她很害怕。是恐惧把她绑架到我们这儿，是恐惧杀死了她。她孤孤单单，丈夫死了。她觉得自己快死了，不管婴儿有没有生下来。呀，她说得没错，她死了，令人惊讶的是婴儿活着。”她望着我，“上帝派遣我们散播他的永恒慈爱，你是其中一个成果，我们应该叫你拉撒路。”

“拉撒路。”我叹了口气。我们到了另一条线索的尽头。这条线索死了。和布莱妮一样，死了。

“我们可以再碰面吗？皮尔斯议员，我们的问题可能勾起你的记忆。”史蒂芬说。

“我所知就这么多，全都告诉你们了。我们救不了她，我无法告诉你那位丈夫是谁，我不知道他是何方神圣。假如你是那名婴儿，你的母亲叫布莱妮·麦瑞。”

我们起身离开，GB与法罗异常安静。我思考着麦瑞这个名字与如何打听这名女人，她是我的另一个母亲，我的生母。我还期待什么？人若陷入这种绝望的思虑时，故事便一团乱。我很幸运，布莱妮死得适得其所。假如她的恐惧真有其事，那么我们任何一人能幸存下来都算是幸运。一命换一命，她的生命换了我的生命。

我没有跟安妮多说一句话，法罗也没有再跟她说些什么，他紧握着我的手，再抓住我的衣服后面。安妮问法罗要不要亲一下老安妮，法罗假装没听到，对着那一堆高高的书籍吹口哨。结果，只有GB与安妮说了几句话，史蒂芬塞给她一点好处。

我们离去时，其他玛丽们的呻吟拉我们回到现实。刚刚听到的故事，这个屋子里俯拾皆是。我的围裙口袋里有些钱，出发时，我随意抓了些钱塞入法罗的手中。

“买本其他的书，我们可以一起读。”

“你能阅读，”他说，“我不能，不过我可以坐下来听你阅读。”

我和一个几乎是我双倍年纪的“小孩”有共鸣。

我们会经过维多利亚工作的地方，史蒂芬与我想进去问候一下莎拉，让她成为第一个知道我新名字的人。我们进入马车，沿着灰色的泰晤士河蜿蜒而行。

为穷人而设的“公谊会收容所”与“玛丽们收容所”大大不同。在“玛丽们”，我深深感受到一筹莫展的绝望。尽管安妮不断抱怨别人对她的需求，但收容所少有改善，似乎一切治疗只为了让病人安静下来，束手等待死亡的宿命。那儿没有熙来攘往的护士，病人无所期待，无处可去，好像一块越转越慢的钟表。

而这儿，公谊会收容所，有着活下去的决心与意志。一切都在滴滴答答运转：工作人员穿着整洁利落（虽然非常旧）的制服；通道与大厅上川流不息的推车，有的载人，有的载装备，操作者匆匆忙忙，没时间看我们一眼。这儿，没有人放弃，健康的人和病菌奋战。空气中同样充满着恶心的体味，但这儿还混合着消毒药水的刺鼻气味。

这栋建筑专为无法进入合适医院与无力照顾自己的病人而设，目的是让他们康复，尽早离开收容所。我们一眼就看到维多利亚与莎拉，她们分工合作安排病人。维多利亚正在陈述要求，莎拉搀着一位老病人回到床上。

维多利亚看到我们，招手要我们过去，但又觉得我们在办公室等候比较妥当，于是大声告诉我们。办公室是她晚上累得无法回家时的休息所。我们在那儿等了几分钟，维多利亚匆忙进来说她有新工作上身，抱歉现在不是时候。我们经过莎拉时，她眯起眼睛微笑，仿佛是说：我代表你们做这些事情。我微笑，这变成她的工作了。她的头发用白色发带随便扎在脑后，脸上泛着神采。我想上前亲她一下。维多利亚保证她们今晚肯定回家，因为她们招募了新工作人员。

当晚，她们并没有回家。我觉得，假如我想帮上忙，想常见到莎拉，应该加入她们的行列。我也应该在那儿。维多利亚永远需要帮手，我很乐意做任何事情，乐意成为她们的帮手，和她们在一起。现在，二十四号的社交厅总是空荡荡的，各人忙着手上的工作。汉密尔顿忙着他父亲的密码，母亲沉浸于学问当中，我坐着无所事事。

隔天，史蒂芬出门咨询教区记事，二十四号更是空荡荡。不管那位垂死的女人在精神错乱时说了什么，她的丈夫可能仍活在世上。我的父亲。史蒂芬如我们所预料地徒劳而返。没有布莱妮·麦瑞的资料，更甭提她丈夫了。警察不准史蒂芬调阅梅纳德大妈的私人档案与其死刑资料。史蒂芬说，也许法罗写过关于她的其他歌曲，里面可能谈到了一些被遗忘的重要细节。显然，我们又来到一个死胡同。我们发现了我母亲的名字，我的姓，如此而已。

这一路线人迹罕至，必须等候其他机缘。除非警察大发慈悲或安妮忆起其他事情或有其他证人出现（我们相信没有其他证人了），否则，调查至此为止。

我尚未把我的姓告诉母亲与汉密尔顿，因为他们太忙了，也因为我觉得这个发现微不足道。某些时候，他们匆匆忙忙经过我身边，连打招呼的时间都没有。或许他们的研究正待开花结果，而我们的调查行将枯萎。我一个人吃饭，或和史蒂芬一起吃饭。现在，史蒂芬在家时也经常帮他父亲研究密码减少了陪我的时间。我们的牌玩得无精打采，没兴趣搞清谁赢谁输。现在少了他，我玩着过五关，有一种难以形容的沮丧，尤其是作弊时。我试着阅读，但连载小说也很乏味。少了莎拉，少了母亲，少了汉密尔顿，现在也少了史蒂芬。这在二十四号是前所未有的现象。我觉得自己像废物。

在短暂的人生中，我们能对世界有何贡献？上次看到莎拉工作，她坐在一个老头的床上为他按摩后背，让他咳出东西。我觉得这需要很大的功夫，因为这也可能置他于死地。我看到一名小孩坐在她病危母亲的床尾，玩弄着她母亲垂落被单外的手指头，不禁想起洛欧山庄的家。

我翻开下一张牌：第四张K。又输了。我还有什么用处？

我的调查结束，结果只是个潮湿的小火焰。我的主要发现是法罗，我的奇迹不止一个，是一双。现在另有当务之急。我告诉自己，抛开调查的决心吧，我有家人陪伴。我知道了生母的名字，还需要什么？这已经超乎了我的期待。或许应该让他们叫我玫瑰·麦瑞。不，玫瑰·欧很好，是过去与现在的交错。

我转而想起莎拉与我们的未来。渐渐地，我觉得以前的才华回来了，再度觉得自己可以和过去一样天马行空即席创作。我望着地面上的太阳，新故事蹦进我的脑海。那些新故事需要被众人争相传诵。我要走出去奉献自己，应该把心思放在未来，不要再与过去的神秘纠缠。

那晚，母亲非常优雅地下楼来，看起来轻松愉快，仿佛卸下了一块大石头。我独自玩着自欺欺人的无聊纸牌，我想你不会这么玩。她带着顽皮的神情望着我。自从我回来后，从未见过她如此这般。

“赢或输？”她问。

“哪一手？”

“任一手。”

“两者都有。”

“我找了山姆一家人过来，有些话需要说一下。”

“你讲完之后，我也要跟你说一点小事情。”我失去耐性。

几分钟之后，她坐在桌边，手上拿着一些纸，压在一大本笔记中。她把那些纸移来移去，比我洗牌的兴致更高昂。热情会传染，汉密尔顿尚未出现，我期待她会跟我们说什么。

山姆·汉密尔顿与他儿子一起进来，看起来有点心烦意乱。

“夫人。”他鞠躬，“安诺妮玛，夫人您好。我在想是否……”

母亲突然变成严厉的女家庭教师，举起手来“嘘”了一声，不容许啰唆。

“坐下，山姆、安琪丽卡、史蒂芬。莎拉在吗？”

“她和维多利亚在一块儿。”我说。莎拉没有告知她会缺席吗？我不相信。

“很遗憾维多利亚不在这儿，她的贡献无法言喻。”

安琪丽卡快步走过来，握起史蒂芬的手。他们坐下来，母亲把那一大叠纸在桌上猛然敲了一下。“现在这篇讲稿是给未来的读者与听众……这是我第一次发表，叫作《未来玛丽·戴传备忘录》，安诺妮玛·伍德撰写。”她抬头望一望众人。汉密尔顿非常失望他的工作被一个小小的文学讲稿打断。

“上次维多利亚从洛欧山庄带回给我的那些书，证实了一个我常在想的问题。我的讲稿没有证据支持，但学界会采纳，因为我所根据的是不容置疑的文学材料。山姆，我应该把它移交给你，你将来也许用得着。我只希望它有帮助。

“玛丽·戴是一位在许多方面影响我们生活的作家，我对她的研究本身就是一种快乐，所衍生的利益可能有助于我们全体，是我们做梦也想不到的。而且，藏在玛丽·戴作品中的希望，是我永远相信的承诺。”

我完全不知道她要跟我们说什么，但这场讲演似乎转移了我玩一场打败无形对手纸牌赛的兴趣。汉密尔顿的耐心却到了发作边缘。

“安诺妮玛，”他说。这是我第一次听到他儿子在他体内说话，“我目前正在处理一些工作，我想可能……”

“山姆，”母亲果决地说，“我不会干扰你工作。不过，你那个工作完成时，我希望有几分钟的时间从从容容地听你的成果报告，不用如此急着离开。”

“我非常抱歉，”他说，“假如给了你这种印象。但事情不是这样的，而是我……”

“《未来玛丽·戴传备忘录》的重点是……”母亲不按牌理出牌地唤起大家的注意。史蒂芬对于他们的反常表现莞尔而笑，轻轻拍一拍他父亲的手。汉密尔顿坐了下来。面前是我的家人，个个都有一点点不太对劲。

“我首先为这个传记拟了一个摘要，这不细说了。玛丽·戴的生平鲜为人知，包括她的出生与死亡。伦敦有位印刷商发现了她的手稿，用来佐证他的印刷版面。那些诗也是第一次享有这种当代的美学样式。她非常多的作品、笔记、与出版商的信件以及她个人的些许藏书，都在运动场山庄的图书室里。那些藏书是她的参考书籍，里面有其旁注，有时她也从藏书里抄录某些文句在自己的作品中。这些是不争的事实，我所有的发现都绕着这些事实打转。噢，运动场山庄，在自己人面前应该叫洛欧山庄。

“这些书正是我应征洛欧山庄工作的原始动机，当时洛欧山庄尚未被列入文学重要资产。起初，我没有得到洛欧小姐的同意，花时间从图书室一本一本地拿出这些书。后来，先夫的慷慨让我可以随时守着那些书。我当图书室管理员时，图书室是荒废失修的状态。我试着拯救这些书，虽然是不是能延迟这些书的死亡尚是未定之数。问题在这儿：为什么它们全都在那儿？这问题对玛丽·戴传记有何意义？嗯，我现在知道答案了。事实上，很简单，我……”

“夫人……”汉密尔顿说，他儿子嘘了他一下。母亲觉得他的插嘴只是在她的长篇大论中增加了一个简短的字。

“我很早就怀疑玛丽·戴熟悉洛欧山庄，虽然这听起来有点荒谬。但那些诗集与山庄太相符了。那是一种不可思议的感觉，你觉得那些诗篇是专为洛欧山庄而作，为在那儿阅读而作。有一件事我相当确定…她的作品中提到了洛欧山庄。怎么说呢？山姆报告了他的新发现之后，我才有了灵感。我知道我必须以一个新观点重新阅读某些诗集，尤其是一本薄薄的叫《所有的爱，上帝，献出所有》[1]的书，里面有二十四首诗，是玛丽·戴最艰涩难懂的诗作之一，这些都在她的成熟期前发表。

“过去，书名似乎唤起我的联想，但内容很少涉及洛欧山庄，虽然我记得在《幻想的幻想》里提到了‘绿色陵墓’与‘牧师的洞穴’。这些似乎只是巧合，但当我重新阅读最近从洛欧山庄拿出来的原始版本时，它们以不同的声音与全新的方式对我说话。我的结论是……我相当肯定玛丽·戴是邪恶伯爵的第三任妻子，也就是他的最后一位合法妻子。”

她抬头，停顿下来，“玛格丽特·尤斯戴奇。”

我透不过气来。史蒂芬望一望我，再望一望他父亲。

“逃跑的那一个？”我急忙问。

“正是。”

1 英文原文为*All loving, Lord, Giving all*，隐含洛欧姓氏。——译者注

“洛欧山庄真正继承人的母亲？”

“就是她。山姆？”

汉密尔顿盯着桌子，双手抱着头。他儿子戳他一下肩膀，提醒他回话。

“山姆？”母亲问。

“是的，夫人，她是玛格丽特·尤斯戴奇。玛格丽特·尤斯戴奇变成玛丽·戴。”

“你知道？”

“安诺妮玛，”他尊重地回答，“家族史里谈到了这事，我也处在大发现的边缘。但你怎么会发现这个？是这些诗给你的献礼。”

“这就是这些书被藏在洛欧山庄的原因？因为他们知道作者是谁以及内容？”我问。

“我还不确定。”汉密尔顿回答了我问母亲的问题。

“那使事情变得完全不同。”她失望地说，垂落手上的纸。

“继续说。”史蒂芬说，“拜托，求你。”

“我必须要求你结束，”汉密尔顿说，“现在应该把两个研究相互对照，或许有些光芒可以照亮书中某些我们无法参透的角落。”

“戴的光芒。”[1]母亲说。汉密尔顿摇摇头，一脸茫然。

《所有的爱，上帝，献出所有》是玛丽·戴因其他作品成为声名远播的神秘女诗人之后才发表的旧作。对于*Aim I Am*这首诗，除了了解其中对精神满足的渴求外，母亲一直读不太懂。记忆里，她只读懂六分之一，有十足把握的只有第一行。现在，感谢维多利亚，她可以重新阅读这首诗。

1 此乃双关语。戴的原文与英文的“白天”同字。——译者注

Aim my arrow's raging greed　　瞄准我弓所引逗的贪婪
I am unEarthly recklessness　　我是如此怪异的鲁莽者
Aim inside their evil deed　　瞄准他们的恶行之中
I am ecstatically undressed　　我狂喜地毫无遮掩
Aim so tame and cowardly　　瞄准如此驯顺与懦弱
I am halfway eternally　　我是部分的永恒

现在，这简短的六行诗完全改变了母亲对玛丽·戴的理解。她的结论让传记作家可以开始摇笔杆了。

母亲一步一步引导我们。在*Aim I Am*这首诗中，作者的生命目标是一件不可能的事——我是部分的永恒。母亲参照诗中的其他地方，想起《基提翁的芝诺》[1]中的矛盾，觉得那是不可能的目标。"狂喜地毫无遮掩"的告白，是毫无遮掩的女作家射出的箭。这是一种非常广泛的肉体象征主义，使读者偏离了原意，仿佛诗人设了陷阱。

母亲多年前首次读到这首诗时的理解相当有限，现在对玛丽·戴的认识有了突破。在另一本书中，有一个很特别的儿童谜语："我看见以扫坐在跷跷板上。那里面有多少个S？（I saw Esau sitting on a seesaw，how many s's in that？）"答案显而易见：五个。但是，真正的答案是里面没有S。玛丽·戴安置了两个答案：五个S与零个S。这教安诺妮玛学会使用双焦式阅读法，也就是，读者要注意的不仅是字面意义，也要顾及书面的文字形式、字的形态、字母格式等实质状态。就某种意义而言，她父亲欣赏书中的部分，正是印在书页上的书面文字。她记得许多年前她和朵儿丽第一次阅读动物寓言集时，她要求朵儿丽注意书面文字。

用双焦法阅读是玛丽·戴的远见。在这押韵句中，"that"没有S或整句话有五个S，两者皆对。这个思索为安诺妮玛开了一扇惊恐的学识

1　Zeno of Citium，古希腊哲学家，斯多噶学派创始人。——译者注

之门，因为这可能推翻她多年来的研究成果，但也教她喜悦半天。

现在，她读着*Aim I Am*，看到标题里面不仅包含了“I Am”的告白，也包含了诗人在陈述“Aim”的定义时的特定目的。在“Aim”这个词里面，“I”是诗人“我”，包藏在“Am”的字面内。因此，诗中的“aim”，是诗人想要坦露“我”的本体。

既然“Aim”与“I Am”在六行诗句中交替出现在每一行的开头，有如轮唱一般，所以真正具有意义的句子始于其下的诗句。第一行的“arrows”可能才是诗句之始。母亲以有“Aim”、“I Am”和没有“Aim”、“I Am”的双焦法重探诗义，发现没有这两组发语词的诗句不成篇章：

My arrow's raging greed
UnEarthly recklessness

“UnEarthly”中，大写的“E”让母亲顿了一顿。特殊的大写在戴的诗作中并不寻常，尽管母亲确定她在笔记本中记下了一两个其他例子（她现在不记得是哪一个词）。她马上做了个记号查对资料，才敢继续往下读*Aim I Am*第三行以后的诗句。于是，她读出了：

Inside their evil deed	在他们的恶行之中
Ecstatically undressed	狂喜地毫无遮掩
So tame and cowardly	如此驯顺与懦弱
Halfway eternally	部分的永恒

六行诗句中每个词的第一个字母拼成的东西，是母亲在汉密尔顿揭发邪恶伯爵的秘密婚姻之前无法体会的：

M A R G

U E R

I T E D

E U

S T A C

H E[1]

摆在她面前的，是这个。

这首诗叫作*Aim I Am*（《我隐藏其中》），而“aim”（藏在其中的我）是“玛格丽特·尤斯戴奇”，她想如墓碑上那样指明自己。玛丽·戴真的就是玛格丽特吗？或，那是诗人听说的故事而引用在诗中？母亲直觉判断答案是前者。她几乎迫不及待地想在楼下宣布她的发现，但觉得有责任提供佐证。这就是她长期缺席的原因，她彻底搜寻了每一个必须呈出与熟背的读本以求得更多的线索。

母亲突然看到精疲力竭的玛格丽特几近疯狂地从洛欧山庄奔出来，腋下挟着婴儿包裹。那时的玛格丽特尚未成为玛丽·戴。也许，受了惊吓的玛格丽特在伦敦外的小客栈前停下来，要求笔和纸，拼命地胡乱写。她必须将困境书写出来，和怀孕时的作为一样。但她想成功的逃亡、消失、挽救孩子，就不能泄露出任何讯息。

母亲引用了一大堆其他佐证，大部分取自《所有的爱，上帝，献出所有》。那是她第一个且唯一一个自始至终徐徐翻每一页，边浏览边说明的文本。她的论点很简单：玛格丽特·尤斯戴奇带着婴儿一起逃跑，为了永远挣脱洛欧山庄而化身为玛丽·戴。这个论点解释了洛欧山庄里面为什么有一些罕见的书籍，尽管那些书在图书室里的结局如何依

1 合起来就是玛格丽特·尤斯戴奇的名字：Marguerite d'Eustache。——译者注

然未卜。母亲更进一步假设，玛格丽特的创作欲望来自担心婴儿被夺走的恐惧，因而产生了玛丽·戴。母亲觉得默认玛丽·戴遭受洛欧山庄的虐待，多多少少有点尴尬。“艺术可以化至痛为美丽。”她微笑地说。

母亲最后更大胆断言，玛丽·戴将她的男婴穿上女装抚养长大以贯彻她的计谋。关于她的“费米尼西亚”思想，除了后期的诗作中涉及两性一体外，没有其他的实证。那只是一个想象力的飞跃，是玛格丽特念念不忘她的困境与创作才华的发挥。母亲不愿推测这个小孩以这种面貌隐藏了多久。

玛丽是玛格丽特的简称，戴是尤斯戴奇的缩语。母亲的研究结束，脸上绽放出大功告成的得意光彩。屋子里没人足以辩驳，她以如此局限的资料建立了惊人的报告。我们望向汉密尔顿，冀望获得他的确认，想不到他也一脸惊愕。他想，她只不过彻底读了几首诗，竟能得出如此推论，而那些诗和法罗的歌一样，自始至终一直在洛欧山庄的图书室里。汉密尔顿在回去工作之前，也透露了一些讯息。

“我相信你的理论基础完全正确，夫人。至于其他的，我认为也确有其事，因为那和我的家族书上所记载的事实完全吻合，那些书你没读过。譬如，有首诗叫《他们的》，在我提到的一封信件中，那封信在书里面，是玛格丽特亲笔信函，玛丽·戴的亲笔信函，字迹非常潦草，歇斯底里地重复一些话。我们必须比对一下玛丽与玛格丽特的手稿。”

“新的手稿！”母亲屏息静气地说，“我们应该存档，我要看看！”

“当然，我无法再跟你多说些什么，因为我还没读完，但我可以说：洛欧山庄搜寻失踪的玛格丽特没有结果。就我们所知，他们决定放弃搜寻，完全不理她的死活，并且付给她父亲一大笔钱。她父亲也打算忘了有这么一个女儿。这是所有的记载。

“就这样，玛格丽特‘死亡’，从此消失在笔记本里达四十年之久，直到一七八二年，健忘的高尚伯爵收到一个寄至洛欧山庄的包裹，里面是……我认为就是《所有的爱，上帝，献出所有》的原稿。他不知道也不想知道那是什么，便交给了我父亲雅各。我父亲了解它的重要性，便循规处置，这一点我们相当确定。但，是不是有更多的书寄来，或其他书籍是不是由我父亲发现并安置在图书室里，目前这一点我们不敢确定。我尽量加快速度阅读，但过程相当艰辛。我想，在我儿子的帮助下，应该很快会有进一步的报告。每一页都透露一些讯息。

“我读得既兴奋又紧张。汉密尔顿家一直效忠洛欧家族，我恐怕这桩新发现会把我们两家的关系推向痛苦深渊。我现在知道了，这些书不仅保护你的家族，可能也同样保护或更加保护我的家族。”

母亲严肃地点点头，把书推向汉密尔顿。“带着这本书，我已经把它榨得一干二净，现在拿这本书交换新的手稿。玫瑰也有些事情要跟我们说。”

两人都看着我。我不介意成为大发现后的焦点。我的侦察不再是最重要的事，即使对我也不是。

“只发现一小部分，”我说，“史蒂芬与我见过安妮·戴尔，她给了我们我母亲的名字。她姓麦瑞，我们不知道那是她自己的姓或夫家的姓。布莱妮·麦瑞。”

“亲爱的！”母亲说，“麦瑞！”

“麦瑞？”汉密尔顿说完又重复一遍。

“你喜欢吗？”母亲问，“它适合你吗？”

“呀，我想是吧，麦瑞。”我说，“我也许是苏格兰人。”

“也许，”汉密尔顿说，“我处理完这个最紧迫的事务后，应该查一查麦瑞。”

“她还跟你说了些什么？”母亲问，“她认识你母亲本人吗？”

“她知道她是谁，觉得她可能结婚了，因为她精神错乱时提到了死去的丈夫。她受了很大的惊吓。还有，”史蒂芬说，“有一名带着警察一起来的神秘男子，在她们工作时闯了进来，然后消失，从此音讯全无。叫乔尔斯吧。”

“残忍的名字。”母亲说。

“不是本名。我担心这可能是一条黑漆漆的死胡同，但我们应该继续盯着。”史蒂芬说。

“嗯，接下来，我应该……”汉密尔顿说。我打断他的话。

“没有接下来。”我说，“我知道我母亲的名字。史蒂芬找过教区记事也找过警察，完全没有什么发现。我们不用为我找父亲了。”

“但可能……”汉密尔顿越说声音越小。他会秘密进行调查一直到有进一步结果。这不仅是他的职责，也是他的乐趣。

“这由玫瑰决定。”母亲说，“亲爱的，你应该告诉我们。”

“我不想打扰你的工作。山姆，我也不愿意干扰你的研究。”

“谢谢。”山姆说着站起来。母亲抬手压住他。

“山姆，亲爱的朋友，你的发现是出于一番好意。我们家始终也会永远照顾你家，并且受你家的照顾。在这屋子里，我们发现最好的相处方式是平等，这是我们从今往后的互动模式，不管情况如何。没有你们家的照顾，我们家恐怕不存在了。”

汉密尔顿鞠躬说：“夫人，您过奖了。”他太太也站起来，两人挽着手离开，走至门口时，汉密尔顿转身。他有一种会发现什么的不祥预感，但不敢说出来，或许希望它不会发生吧。

“我非常高兴史蒂芬一起参与调查至最后阶段。或许我们会白忙一场，或许全都水落石出。但不管怎么样，我觉得父亲应该和儿子分享：所有的知识应该一代传一代。我担心我们必须为过去的错误赎罪。”

“史蒂芬。”母亲说。而史蒂芬和他父亲一起离开，这很稀奇。母亲看起来很疲倦也突然觉得很无聊，因为她的长征结束了吧。“未来传记备忘录”尚未完成，但现在只剩下从山顶慢慢下山。而我的“前传备忘录”已经完成。这条路径很冷，最后以一具尸体横躺在城东湿冷街道的桌上收场。我们坐在一起，沉默不语，她伸手握住我的手。

“或许应该去看看莎拉。”母亲说，“她全心投入工作，你必定很想念她。”

一如往常，她又说对了。我需要独处，需要离开房间，可以的话，离开这个屋子。我应该为维多利亚效劳，应该抛开自己做点有意义的事，或如一句陈腔滥调所言：一石二鸟。我紧张得双手紧握。她拍一拍我的手，手指头挤入我的拳头，费了很大的劲才把它扳开。我两手汗涔涔。

“去找她吧，带她回来，她需要睡眠。”

“或许我应该和史蒂芬一起去。”

“史蒂芬现在不可能离开他父亲，你听到山姆的话了，他的工作接近尾声。你应该去，这不是什么大不了的工作。”

“你想去吗？”我问。她不说出来的话通常透过双手表达。她从我手中抽出手，挥一挥要我离开。“哦，我有太多事情要做，非常多。我的备忘录必须依序整理一番，我没有时间，玫瑰。”她的注意力转移至她的书上，虽然只是阅读而已。似乎这样会把我送入黄昏的薄雾中。

我告诉母亲假如今晚莎拉没有回来，隔天早上我会过去找她。我躺在床上，四周静悄悄，偶尔汉密尔顿房里传来几声地板吱嘎响。我想象他们两人在山姆的指挥下阅读与做笔记的情景，安琪丽卡肯定不断供应点心。母亲，毫无疑问地，睡着了。我能听见莎拉回来的声音，听见大门“砰”的回响，听见地板的光滑摩擦声，听见她上楼梯的疲倦脚步声。但什么声音也没有，只有楼下传来的寂静。我写着日记，让法兰妮有一天可以看到一切。

明天早上，我会穿上最实用的衣服，为城市效微薄之力。

4

沉缓的马车催人昏昏欲睡，我禁不住向后靠，一路上几乎沉浸在幻想中。莎拉与我围在一道光晕内，一起为教区的穷人服务。她流了一身汗，肌肤在炭火光下闪耀。我仰头望着她，微笑。她用手帕擦擦眉毛，再低头擦我的眉毛，吹凉我的额头。背景是一群康复的病人自远方渐渐出现，脸上露着感激的微笑。我或许别有意图，但沉醉在和蔼慈善的梦想中。

我突然惊醒过来，嘴角淌着口水，赶紧整理一下仪容。清晨的光线刺眼，我用手遮着眼睛，轻敲一下马车告诉车夫稍待一会儿，让我下定决心。

我从马车下来，一位清道夫吹起口哨。我好奇他为什么发出抖颤的哨音，于是转头看，想不到他吹口哨的对象竟是我。他看到我的脸，立即看向地上，将口中的美妙热情转成童稚旋律，重新打起精神清扫街道。以前，我会为这种大逆转沮丧半天；现在，这只让我觉得很特别。或许我不是他的完美典型，但我是某人的完美典型。人人皆是某人。我自信满满，无惊无惧，反倒觉得自己是危险人物。我超越人们的梦想，展现了他们的真实面。假如他们害怕我，那是因为他们不清楚自己有多么需要我。或许这听起来有点愚蠢，却是我实实在在的感觉。

为了强调豪迈的步伐，我把裙子撩至鞋子以上，故意大步跨过眼前的最大水洼。看！我想。但清道夫只管盯着他的扫把。

我没有想到要事先通报，便怀着满腹的善心穿过“公谊会”的破旧门廊。收容所看起来破旧不堪，需要重新粉刷，之前我觉得这儿是慈善机构的完美代表，现在我觉得有待改善的空间仍有许多。我想象着我能为收容所效劳什么：我是这儿的义工，是那儿的关怀大使，是一个额外的舒适枕头。我不禁想起了法兰妮。我可以做她为我做过的事。

大家几乎无视我的存在，没人需要我做些什么。时间尚早，我看不见维多利亚或莎拉，所以穿过匆忙人群，走向上回拜访时被带进的后堂办公室。她们都不在这儿，但一会儿肯定会出现，于是我在桌旁坐了下来，浏览一下办公室。在真实的光线下，这儿与其说是办公室，毋宁说是城市公寓。角落里陈列了一座书架，书架上摆满了实用的医疗书籍与小说。这给了我一个想法：这个场所需要一座完善的图书室，或许是流动各慈善机构间的图书室，一种以慈悲为怀的巡回图书馆。在那儿我可以帮得上忙，我的脑子里充满了各式各样的实用想法。

公寓里还有一个功能齐全的厨房，炉子、脏水壶、炒锅、流理台上的剩余食物。我决定为自己泡一杯茶等候，于是站起来烧开水，我想像亚伯那样紧握壶把提起水壶。没想到，水壶看起来黯淡无奇却其热无比，害我的皮肤差点熔在金属壶上，我赶紧把水壶丢得越远越好。水壶啪嗒一声掉在地板上，里面的水全倾倒出来。

布帘后传来厌烦的抗议声。有人在这个临时屏风后面睡觉，我吵醒了他们。我不知道该怎么办，遂尽力用脚抑制地上的水，免得溢满屋内，此时我应该把手放在冷水龙头下面冲才对。最后，我徒劳无功放弃，走至水槽边扭开冷水龙头至最大流量，结果，转而看到倾斜的地上形成一道宽阔水流，朝布帘方向漫去。布帘突然打开。

“维多利亚！”看到是她不是陌生人，我松了一口气。她穿着睡衣，水漫至她的裸足。“很抱歉，我……”

“玫瑰，嘘！”维多利亚说。我光听到她的语调，还未看到她的眼神，便忘了刺痛的手，忘了地上的水，甚至忘了去看看她后面。但不用去看了，莎拉从黑暗中突然蹿出来，站在维多利亚背后。她刚刚清醒，尚未搞清怎么回事，下巴伏在维多利亚的肩膀上，给我一个慵懒的惺忪微笑，脸上留着床单的折痕，眼睛尚未完全睁开。她非常高兴见到我。假如让我精确描述，现在的她是最美丽的样子。

“玫瑰，”她困意犹存地对我笑了一下。我看到她们后面的白色床单，没有其他房间了，就是一张床。我无言。

“玫瑰。”莎拉必定看到了我脸上飞过的阴影，语气转而谨慎。现实打了我一巴掌，我的脸因羞愧而通红。手痛结合了心痛，难分难解。维多利亚跟莎拉说了什么？那恐怕是我无法知道的秘密、不能分享的奇遇与无法听见的细语。那是另一个我永远不能获许进入的世界。我唯一能想到的是逃跑，准备离开。

“我是来帮忙的。”我说着匆忙离开，不觉又制造了一堆混乱。“不过，我想我帮不上什么忙。”我砰地关上门，裙子撩至最高拼命跑。这回，大家注意到我了，甚至有人尖叫，但我还在乎什么呢？外头，清道夫看到我奔跑，大声对同伴说：“嘿，看！他又来了！快看！”看到我让他觉得特别走运。他倚着扫把惊讶地望着我，这次毫不隐藏他的好色。我爬上马车，潜入后座，抖个不停。

“二十四号！”我大叫，用烫伤的手在马车顶上重重敲两下。

回到卧室这个安全窝，我打开窗帘瞪着窗外。这儿视野开阔，公园尽收眼底。天气很好，正是双双对对挽着手臂清晨散步的时刻。男人掀帽打招呼，客气地让推着手推车的护士先行。若两名女人肩并肩行走，前面总少不了一部缓缓而行的婴儿车。我试着想象莎拉与我在公园内漫步的情景，但无法勾勒出我们属于哪一种。或许想象她和维多利亚推着别人的宝宝散步的情景比较容易一些。

过去，在这种单纯场景中无法勾勒出自己的角色会令我困扰。我会将在收容所中所见那一幕看成是我在人际关系上的无能，认为是自己太过畸形。现在，我凝视着窗外，看到公园中悠闲漫步的双双对对，好像画在饼干罐上的男人与女人，只觉得很可惜自己没在恋爱。

这与我的衣服或脸庞无关，也和我的教育或玛丽·戴无关，虽然有百万罪条可以归咎于此。这只关乎一个事实，那就是爱情太复杂了，我过于沉默又无经验，不知如何让莎拉或曾经的任何人知道我的感觉。我不敢奢望假如我表白了，她会立即拥我入怀，但我知道我看到她和维多利亚时的感觉以及回家一路上的感觉，只是一种没有根据的想象而已。莎拉没有义务对我忠诚，除了友谊与家族情谊外。我接受与她成为兄弟姐妹，不曾要求过其他。维多利亚并不明白我爱莎拉胜过一切。我也未曾告诉过任何人。他们除了不能凭直觉感知我的秘密爱情外，并没做错什么。情况一直如此。我可以责备她们其他的事情，但这件事情，所有的错都在我。

在我下面，世人成双成对供我欣赏。从这儿鸟瞰过去，很难辨别小男孩与小女孩。目前的时尚是蓝白水手服，长头发。我打开笔记本，继续写给法兰妮，叙述了一切，写给那位我唯一无须模棱两可说话的人。我写着写着，觉得心情比较正常。心痛，不足为奇。烫伤的手，非常世俗。被富有善人收养的孤儿，哎，算一算你的福气吧，玫瑰。想想其他的弃婴，想想其他的失踪儿童。那一整天，我都在写作。

我不想和家人共进晚餐。母亲轻敲我的门，提醒我晚餐锣声已经响了十分钟了，我说我不舒服。维多利亚与莎拉还未回来，我不想在她们回来时撞见她们。我没有生任何人的气，只有气自己。我觉得很尴尬，最好离大家远远的。我像婴儿似的睡着，吸着无形的奶嘴。

门上的扣链吵醒了我。母亲从我还是婴儿时便养成了半夜至我房里探视的习惯，如今来到了二十四号，这个习惯依然未变。我非常熟悉她走在地板上的拖鞋声，也熟悉她的热气呼在我脸上，用手梳理我打结的头发，再弯下身在我额头上亲一下。即使眼睛闭着，我仍可以看见摇曳的烛光在眼睑内跳舞。为了尊敬她，我经常假装入眠，就好像有人吵醒你时你假装已经清醒一样。我们的醒与睡往往与所表现出来的正好相反。

但第一声脚步告诉我那不是母亲，是女人踮着脚尖走路。我不敢乱动。没有摇曳的烛光在黑暗中飞舞。是莎拉？安琪丽卡？或维多利亚？不是母亲。应该是莎拉，来道歉的吧？

黑暗中，她跪在床边，头与我齐高。我听到她的呼吸，闭着眼睛，不敢睁开。至少在我的梦里，是莎拉，一直是莎拉。假如睁开眼睛看到的不是莎拉，我的心脏可能永远停止跳动。现在，眼睛闭着，梦完整无缺。我的心跳越来越快。

她靠向前，在我唇上轻轻一吻。现在，我确定了。世上没有任何东西比某人的气味更教我难忘。莎拉工作了一整天。“过去一点，大个儿。”她说。我遵命。

她在我身边躺下来，用屁股把我推开一点，手臂环着我。我在床上喜欢一丝不挂，和小时候一样，除非觉得有必要隐藏自己的身体。我想到要警告莎拉，但她似乎不在乎。

她的头发在我脸上搔得我鼻子好痒，我可以感觉出她的心里有事。她有话要跟我说，正要说出口又止住，起了床。我看到她在窗户上的剪影，窗外圣史威逊节灯光照满夜空。她一副理所当然地脱下了工作服，乐得从那一身脏兮兮的工作服中解放，又回到床上。屋里很黑，很静。我们赤裸裸在一起。

“喂。”她说。

“喂。”我担心接下来将发生的任何事情都少不了挫折与困窘。基于手足关系，最好的处理方式是睡觉，但我怎能睡得着？假如我不睡觉，可能会让自己失望，但我宁可失望尽早来到。我小心翼翼，有点害羞，希望尽量不要碰到彼此。她试着拉近我，让两人的身体更加紧密碰触。我仿照过去的方式，弯起身子避免碰到她，以免羞辱随之而来。

“友善一点，玫瑰。”她说话总是切入要害。她牵起我的左手，放在她的肚子上。她的肚子温暖、柔软、有点丰满。

“维多利亚的事，很抱歉。”她在一阵沉默之后说。

“你是来道歉的吗？没有必要，是我不好。”我的心情觉得好多了。

“嗯，或许……”她的声音似乎溶解在黑暗中。

“我的手烫伤了。”

“烫到手指头了吗？”她握起我的右手至唇边，亲吻我的手指头。没注意到我的右臂因此在中段不舒服地扭折着。

“整个手。”我轻轻抱怨，“不要碰它。”她吸吮我的食指，轻轻咬它，说话变成有点呢呢喃喃，“玫瑰，事情不是你所想的那样。只有一张床，很晚或很累的时候……我们一起睡……和以前你跟我在一起的情况不同……我都允许你……你可以想怎样就怎样，我也可以想怎样就怎样……”

她不知自己在说些什么，兄妹在一起能干吗？能做的事不多，甚至不能这样。当然，我们逾越了分寸，但她说什么？我可以想怎样就怎样。她是这么说的吗？我才是那个谨守分寸的人，正如我至今仍坚守着。我稍微弓起背不碰到她的身体，脸毅然决然地离她远一点。我的背只能弓这么久。哦，我可以轻易说服自己相信冲突的底线何在并且陷入真正的麻烦。或许我一直是诱惑的目标，却自以为我应该而且可以自制。但，我办不到，一直都办不到。我甚至不知道两个身体如何配合或我的身体要安置何处，但现在不一样了。

“我知道你不爱我，除了兄妹之情，玫瑰……你表现得很清楚……但我和维多利亚在一起时……我希望……今天我看到你眼中的神情……”

她把我的手指移开她的嘴巴。刚刚她一直用我的手指沿着她的上唇摩挲。

现在，我只能阻止自己。此刻不论我想干什么，都不会遇到阻挠。我可以屈服于欲望之下，让自己压在她身上，但我有点犹豫不决，因为我突然明白我可以先克制自己，而且也想要克制自己。这对我而言是个全新的经验。

“我可以吗？”她问。事情会如何发展？我想太多太久了，随它去吧，和过去一样，随它去吧。她不待我回答，便弯向我，有点压在我上面，吻我。手未经我同意，便故意顺着我的肚子往下摸，穿过那一丛毛，握住我的公鸡。

“玫瑰。”她轻唤。这是热情，我喜欢。被握着的感觉真好，虽然有点被压迫与被估量的感觉，虽然有点忸怩不安。我还没有硬起来，我应该要硬起来的。

她压在我身上的重量是一种负担，直到我变成一个无生命的物体，配合移动，遵照行事。我相信，我的动弹不得导致体内无反应。我被动地等候她灌注生命给我，又突然觉得这样子很羞耻。我想起那次不让它勃起的挣扎，想起自己徒劳的勃起，想起隔天早上醒来时它又勃起。现在，随便哪一种都让我觉得骄傲。公鸡啼之前我能拒绝她几回？我不知道要怎么做，但知道要忠于本能，相信本能。我推开她，爬上她的后背。她吓一跳，但立即屈服。我的嘴巴压在她的嘴巴上。

这是我第一次俯下来吻别人，这是一种完全不同的感觉。她迎上我，我们的唇全然吻合。我的行为并不粗野，但我推开她的手。我的公鸡，完全自动自发，在她的腿侧磨来磨去。

“玫瑰，爱我……”

“是的。”我的手放在她的两腿中间，进入她的宇宙中心。我挺起背，甩开被子，跪下来，俯视着她。她凝视着我。我们完全赤裸，在微光中轮廓模糊。她伸出双臂，揽我贴近她的胸部，深入，再深入……

“我爱你。”我轻声说。

“嗯。”

我瘫在她身上，全身精力耗竭，不禁哭了出来，哭得歇斯底里，然后清醒过来，疲累至极。她拥抱着我，我们知道逾越了该有的尺度，但也知道那夜最美的时刻莫过于此。她还做了些什么吗？我想可能有吧。我倒在她旁边，手歇在她的阴道口，我们躺在一起，她偶尔举起身子迎接我的手，我压下她，提醒她我在那儿与我们能做什么。然后轮到她把手放在我身上，我觉得自己像一只四脚朝天投降的狗。我觉得被爱。她的手包覆着我的球，在掌中玩弄。我的脑子里充满狗、蠢蛋、咕哝、咕咕哝哝、两个母亲，头歇在她的胸前，这样过了几分钟或几小时。最后，我们必定睡着了。

我们一定没睡几分钟。

有人敲门。敲门声变成撞击声。我的第一个念头是维多利亚。莎拉与我坐起来。门忽地被推开。史蒂芬睁大眼睛惊讶地望着我们，然后微笑。莎拉抓起床单遮住胸前，但我也抓着床单，不小心地掀开了她。她没有躲藏。史蒂芬憋住笑声，大声说：“哎呀！对不起！”然后走出房间。

“你不会敲门吗？笨蛋！”莎拉对着门大吼。哦，我多么渴望和她在私密时间里一起清醒，多么渴望和她亲密地忽睡忽醒。我在床上躺下来，脸上带着微笑，咒骂他。

“为什么我要敲门？我是传呼员，我是。肃静！肃静！肃静！现在到客厅集合。夫人小姐们，不要求一定出席，但拜托拜托出席！肃静！”他说完，消失。

我还没来得及握莎拉的手，大厅的锣声便响起，不是傅德在晚餐前敲的那种有威严、和谐的正式锣声，而是随意乱敲的锣声，仿佛有人敲得过猛，锣尚在摇晃便又敲了下去。接着，我们听到锣摔落桌上、掉至地上滚来滚去，倒下。这是全然的史蒂芬·汉密尔顿年轻时的风格。然后，我们听到两声短促尖锐的叫声。莎拉与我坐起来，望着彼此。

“到底怎么回事？”莎拉说着依偎过来，亲我一下。

“不会是……”我咬着嘴唇内侧。

“维多利亚？别傻了，不会。”她肯定地说，“没事，怎么可能？”

“但她……”

“她没放在心上。”

“但我不是女生。”

“你不是女生，你是男生。”

“但我……”

“你是男生，玫瑰。”她带着宣判的语气说，微笑。

我下床，再度赤裸着站在她面前。她移开目光，又马上转回来。她，就在这儿。我们站着，凝视着彼此。我仿佛看见我们两人一丝不挂地手牵手下楼。

“我想我们应该穿衣服了。”我说。她点点头，寻找衣服。

“玫瑰！”母亲在楼梯口叫。我望着莎拉，扮了个鬼脸。

“听到了。”我大吼，“马上下去。”然后嘘着她说，“快去！”

她穿上昨天的脏衣服，又在我的唇间吻了一下。门在她身后一关上，我立即栽到床上，四肢摊开趴着，像个白痴似的傻笑个不停。我应该下楼去，但舍不得离开我们依偎过的床。我深呼吸然后缓缓吐气，强迫自己起床。肯定是洛欧山庄的消息，肯定是。

眼前大厅的景象非常怪异：当然还是那帮人，但场面有点唐突好笑。每个人各怀心事，我趁他们尚未注意到我之前看了每人一眼。汉密尔顿父子显然通宵达旦工作，两眼疲倦无神，双手紧张得发抖。山姆戴着一顶好笑的白色睡帽，上面有一颗羊毛球。史蒂芬匆匆穿上背心，里面没有衬衫。莎拉和维多利亚坐在窗口，她是第一个看到我的人，对我微笑，点头致意。我觉得那是一种微妙的道歉方式，其实该道歉的是我，不是她。我和她分手才十分钟，却有一种初见面的感觉。

莎拉的母亲穿着睡袍捧一壶茶进来；我母亲坐在壁炉前，忙活着一块无法点燃的木头。傅德照例坐在海门屋旁，身上裹着一件非常大的毛巾，我想，里面应该有睡衣吧。这是近来我第一次看到这位穿着宽袍的老人没有穿着正式服装。这些人看起来像一群潦倒的演员等着第一次的排练。我站在门口，犹豫着要不要进去。

汉密尔顿看到我，除了眼睛拼命眨外，愣着不动。他摘下帽子，又戴上。每个人先看看他，再看着我。傅德想要站起来，但毛巾结松了，为了怕穿帮只好坐在原位。

“坐这儿，亲爱的。”母亲说。呀，这回还是一样，大家因为某人的调查结果又聚集在一起，但气氛显然大大不同。过去的集会是组织性动员，是董事会议；这次是临时动议，一种临时起意的野餐而非正式的官府晚宴。我在一堆纸与一张地图间穿梭，经过他们。

“梅林律师一会儿就过来，夫人。玫瑰……你的……”汉密尔顿异常兴奋地说，“所以我觉得我们可能……假如我们可以的话……我觉得我们应该……”他笑得合不拢嘴，照亮了眉宇之间的云朵。显然，他们找到了所需要的证据。我瞄了莎拉一眼。

“是的，一定。”母亲说，“嘘！安静！听汉密尔顿说话！”

“安静，听汉密尔顿的！”山姆说。接着，他又慎重地说，“啊，这很难解释，我内心充满矛盾，心情相当沉重，因为我无法再相信我的父亲与祖父了。但我很高兴说明这件事，因为我们的调查结果是一个快乐结局，简单地说就是这样。”

汉密尔顿开始颤抖，声音也随之颤抖，但忍着泪水继续说：

“虽然这里面有些情节可能让你心烦意乱，有些地方让你无法忍受，但请明白，结局是快乐的。有些事情让我痛苦得无法言语，所以现在我把棒子交给我儿子。我的格言信仰已经动摇得无可挽回，我想，大家会很高兴看到未来的希望系于我儿子，他会比他的祖父与曾祖父优秀，比他父亲精明能干。我们一代比一代优秀，为的是，未来更真诚更有道德地服务你的家族。”

一滴泪珠从他脸颊滚落下来。他儿子站起来，拥抱他，搀着他的手臂回座。我从未见过史蒂芬如此温柔。莎拉皱着眉头旁观，她想着我们吗？不，史蒂芬的行为也许好笑，但她父亲正在忧伤中。她起身走向她父亲，亲他一下，不发一语地坐在他脚边，头靠着他的膝盖。史蒂芬站在他父亲原来站的地方。现在，他是新汉密尔顿。

“概要地说，”史蒂芬开始说，“或许除了我姐姐与维多利亚小姐外，这儿每个人都知道玛格丽特·尤斯戴奇秘密嫁给了邪恶洛欧伯爵，时间大概在凯瑟琳·艾斯顿与伊莎贝尔·安东尼之间。她生了一个小孩，是洛欧家的真正继承人，之后带着小孩逃走，躲躲藏藏之后化名为玛丽·戴，以诗人身份现身。”

“什么？”莎拉笑了出来，抬头望她父亲。她父亲把食指放在嘴巴前，依然含着泪水，但露出顽皮笑容。似乎，他和他儿子互换了角色。他摸一摸莎拉的头发，点点头。

史蒂芬摆出他父亲经常摆出的威严，尽量不理会莎拉的打岔。我母亲又拨动一下火堆。史蒂芬继续说：“诗人玛丽·戴的……”

“同一个玛丽·戴？”莎拉惊奇地打岔问。史蒂芬失去了武装的风度。

“莎拉，拜托！你先跳过那一段。”他父亲简单地举起手势劝告他。

“可以吗？”史蒂芬·汉密尔顿问。不管情势如何，他必须确定妥善处理。他聚精会神。“玛丽·戴。她的作品藏在洛欧山庄图书室里，是同一个人。我们现在知道为什么那些作品会在那儿，以及更多的事。”

母亲手中的火钳当啷一声掉到炉床，溅起一堆火灰散落地毯上。我望向莎拉，她一脸迷惘。我希望能够拥她入怀解释一切，关于我，关于我们——你知道，那些事情和目前正在进行的这个调查完全没有关系。或许，结果会把我们带回心爱的洛欧山庄，又或许会让我们继续留在二十四号，一起工作，一起欢乐。我很高兴其他人如此兴奋，但对我而言没什么差别。母亲捡起火钳，摆在一旁。

“你能多说一点玛丽·戴的生平吗？”母亲问，不敢抬头。

“哦，好的，夫人，可以。书里面说了一切。”

母亲没有说话。

“玛格丽特是否真以玛丽·戴之名现身于世，我们不太敢确定，但根据书上记载，我们如此揣测。玛丽·戴秘密进行写作，从未想引起任何人的注意。她没有再婚，全心奉献于作品，没多久即在伦敦建立了小小的知名度。

“布鲁克斯路的印刷商凯索先生，发现了这位无名氏作者，遂与她联络，出版了书，但最初没有成功，玛丽·戴也没有获利。她仍然和孩子藏身于伦敦，作品更倾向神秘主义。她觉得靠诗集赚钱有损尊严，而且对于自己的身份非常谨慎小心，始终保持低调。那些作品应该被出版，但她更希望不要将她与作品牵扯一起。因此，她不以作者自居，那些在她活着时出版的书籍皆化名为……”

“化名为伦敦贵妇。”母亲说。

“那些书在伦敦文艺圈非常抢手，起初因为设计，后来因为里面的诗文。她还在世时，那些作品已经奇货可居。有人大声呐喊要知道‘伦敦贵妇’是何人，但凯索依照她的要求，直到她死后才满足大家的渴望。那时，她的书才以‘玛丽·戴’之名出版。

“她的儿子，洛欧山庄继承人，不知道自己的父亲是谁。以前叫查尔斯，后来玛丽将他改名为亚当。”

“亚当……人类始祖！唯一的男性产妇！”母亲颂道，“亚当，你能在愤怒中留神你的新世界吗？”

傅德哼着说他的脚很冷，是否可以来一杯茶。

“那时，洛欧山庄无人知晓这些事情。但我们现在可以推想亚当·戴在一七六四年和一名叫爱丽森·温瑞的女孩结婚。那女孩的母亲在伦敦和玛丽一起工作。”

“工作？我们可以知道她在哪里工作吗？”母亲急忙问。

“是的，可以。但是……很抱歉，我们要循着主线索探索，不想被一些细枝末节岔开。”

“当然。”母亲说。

“嗯，不错。”汉密尔顿满意地搓着莎拉的头发。

“亚当·戴与妻子在伦敦自力更生。他们生了三个孩子，两个女孩，名字未知，死于同一年，而儿子罗伯·戴生于一七六七年。伦敦是一个严酷的城市，他们一家子过得相当艰辛。亚当与妻子在两个女儿死后，也皆死于肺结核。剩下年老残疾的玛丽抚养孙子罗伯，也就是鲍伯·戴。玛丽临终时……”

“她怎么死的？哪一年死的？”母亲问。

“一七八一年。书中有她的讣闻，上面记载着……”

“那是一张非常草率的东西。”他父亲说。

“她在工作时昏迷不醒，最后死于脑出血。这一点我们不太敢断定。临死前，她告诉孙子有关她的过去、她的真实姓名与他的祖父是谁。

“他们没有钱，鲍伯是个软弱的男人，无法自力更生。玛丽的书有稳定销量，但没有为她赚什么钱。她担心鲍伯的未来，决定用唯一的武器保障孙子，那是唯一可能帮助他生存的武器。

“玛丽死后，鲍伯·戴犯了一个大错，如我父亲之前所说的：他把玛丽·戴的其中一本书，也就是这本书，送进洛欧山庄。虽然书署名给高尚洛欧伯爵，却直接传至我祖父雅各的手中。我祖父吓坏了，立即采取行动。这就是我父亲到目前为止的调查成果，虽然我们填补了许多细节，也依年代重新调整了顺序。问题是：为什么鲍伯·戴要寄那本书？”

“勒索？”母亲说，“那是他唯一的希望。”

“或许吧。”汉密尔顿忍不住插嘴，抢在他儿子之前解释，“他是个笨蛋，不应该泄漏自己。他不了解洛欧山庄主事者会立即找出他的家人，甚至找出他最后的藏身处。他不知道自己在跟怎样的人打交道，或许玛丽没有跟他说过以前的险境，又或许玛丽不清楚洛欧山庄究竟还存有多大的决心要根除尤斯戴奇家的追讨权。”

“或许鲍伯是铤而走险。”莎拉说。

全室静寂，只有火炉烧得噼啪作响。我看到我最后一件衣服在洛欧山庄外的火焰中化为灰烬。我望着莎拉失了神，有些言语从耳边滑过。我不想耽搁其他人的进度。所有人都听得忘我，唯独我，想着前一晚的情景，想着当晚的可能状况与那晚之后的可能发展。我并不焦虑。史蒂芬与他父亲说个不停。那些重要细节一直在我的门上刮来刮去，想要赢得我的注意。

“洛欧山庄的反应非常快。”史蒂芬说，“雅各雇用一个密探寻找鲍伯·戴，那个密探一下子就找出了他。两个月之内，鲍伯失去了他祖母的书，所有的书。当时，已出版的书籍对洛欧山庄都是无害的，他们寻找的是另外的东西——笔记本与信件。他们必须确定所有东西都在他们掌控之中，确保万一玛丽的书越来越畅销，那些东西不会被出版。他们不能辨别哪些东西有没有价值或有没有伤害，遂以强势力量除去所有书籍。最后，他们用威胁利诱的方式，给了鲍伯一小笔钱了事。”

“然后他们把那些书丢在英国最烂最乱的图书室。”母亲说，“还有更好的藏书处吗？”

“恐怕他们也销毁了许多书。”汉密尔顿说，“你所看到的，可能是漏网之鱼。”

史蒂芬扬一下眉毛，确定所有的插话都已完毕。

“从那一天起，鲍伯·戴变成被监视的人。雅各与密探记录下他的一言一行。很不幸地，担下这个吃力不讨好的迫害任务的，正是我祖父与外面的这位密探。很可能，高尚洛欧伯爵完全不知此事。雅各为了确保鲍伯·戴无法工作赚钱以便用钱控制他，甚至曾让他被误判为偷窃犯而失去了一份到手的像样工作。戴为自己的愚蠢付出了代价，但从未想到有一天会终身受洛欧山庄操纵。

“不管怎么样，他终究结婚了，和一个叫瑞贝卡·莱希的女人。洛欧山庄再怎么狠毒也挡不了这事。这桩婚姻冥冥之中受报应与命运的牵制，以悲剧收场。洛欧山庄非常了解如何压制他，他们给钱延长他的悲惨命运，断绝他自给自足的渠道。在这一场全面镇压中，唯一的失误是阻止不了戴爱上他的妻子，结果，他的妻子怀孕了。此时，渐增的经济压力让鲍伯又为钱狮子大开口。接下来我们在书上读到关于他的消息是：他死了，洛欧山庄失去他妻子与小孩的消息。雅各马上联络一位最可靠的唯利是图者，也是洛欧家族的一员：艾瑞·欧斯本。书中并没有陈述艾瑞是在我们家的指示下谋杀了鲍伯·戴，但洛欧山庄为了一七九三年九月二十九日的某事件，确确实实给了欧斯本一笔大报酬，我们只能就事情的本质做此推测。也有可能是艾瑞从鲍伯手中抢走那些书并且摧毁。艾瑞是洛欧山庄花钱雇来的刺客。”

“艾瑞·欧斯本。”史蒂芬的父亲说着摇摇头。

“是个下流坯子。”傅德突然说，“乔佛理与我都很讨厌他。他死的时候，我们干了一大杯波尔多红酒。”

“或许这起谋杀就是洛欧山庄暂时放松监控戴家的原因，因为他们担心继续监视会招来嫌疑。当洛欧家觉得……或许我应该说是汉密尔顿家觉得反正想找戴家就能找到时，寡妇瑞贝卡与小孩，也就是洛欧山庄的新继承人，再度失踪，这是戴氏家族的习性与幸运的技巧。或许这位惊恐失措的母亲知道换新身份是唯一的求生之道。”

史蒂芬撑起腿，站在我们面前。打从大家开始讨论，他就显得比较轻松，仿佛讲了第一堂课但尚未完全卸下教授的角色。他变成他父亲了，这很奇怪，我们都认为应该是比较实际的莎拉才对。我依然注意着莎拉，眼神在屋里飘来飘去，偶尔栖息在她身上，就好像偶尔栖息在别人身上一样。我渴望她也回我一个眼神，但她被耳边的故事深深吸引，听得目瞪口呆。我喜欢她蹙眉的样子。

“这令洛欧山庄陷入一个难题。假设戴家人不会有进一步举动，就让他们流落在外，这样安全吗？雅各认为：不安全，该是采取果决行动的时候了。根据这本书，我们认为雅各继承了他父亲强硬的粗暴工作，最后却死于贪污腐败。事实上，是他内心残留的人性火花把他推上坟场。书里的记载越来越倾向个人，报告上说雅各死于意外，但根据书中的内容，我们假设他死于自杀。他的遗言写着：‘我不想让儿子山姆卷入其中，受这些事件的干扰，最好让这些事件随我而逝吧，阿门！’”

汉密尔顿低头啜泣，轻轻地说：“我怀疑……”

安琪丽卡站在他后面，抚着他的肩膀。

他儿子明白荣耀父亲的最佳方式是继续往下说。

“雅各想要重拾失踪的戴家线索以结束任务。他认为最好尽快处理而且隐秘进行，无须关照主人。主人在这些来来回回的事件发展中，从未表现丝毫的关怀与兴趣。我们很惭愧地作此结论，汉密尔顿家这次完全擅自做主。高尚伯爵死后，一切情况必须向洛欧夫人报告。她听完后非常恐惧，担心自己的全部计划可能被这些不甘于被遗漏的流浪穷人搞砸。因此她要求'永远了结此事'，雅各对此话只作一种解释。虽然他想洗手不干，但接受了她的话，便一手策划将戴氏后裔斩草除根。根据书上所说，艾瑞·欧斯本已经被收买，担任继续搜寻戴家下落的任务，但还未来得及完成任务便死了，在我祖父自杀之前。"

"我父亲……"史蒂芬指着山姆说，"完全不知情，也没有能力解读在我们面前的这些书，就接管了雅各在洛欧山庄的职务。虽然他是目前唯一的总管，对于这些诡计却一无所知。在侦查世界中，有许多隐秘之事可能随着意外死亡而深埋地下，这就是雅各的案例。只有洛欧夫人知道戴氏家族的迫害计划仍在进行中，现在她只能找那位新密探了。艾瑞死之前把任务交给了那位新密探，而洛欧夫人与雅各皆不清楚那位新密探是谁。事实上，艾瑞与他的新搭档找到了戴家。他想要维持这份常态收益以及伴随而来的家族地位，遂找儿子帮忙执行这个秘密工作，并在死之前让儿子成为代理人。他儿子，我们都认识……"

"艾斯蒙！"我大叫。所有人望着我。至今为止，我是唯一知道艾斯蒙失踪真相的人。

"艾斯蒙·欧斯本。艾瑞把手上的任务交给儿子，就好像我父亲把他的任务交给我一样。这是一个唯利是图的工作，艾瑞知道最好隐藏这工作的原因与目的，以蒙蔽儿子的判断力。艾斯蒙只收到行动的指示，以丰富的财力把父亲未完成的任务作个收拾。

"艾斯蒙找到了戴氏后裔。戴家自从瑞贝卡死后，仅剩下她女儿与其丈夫，以丈夫的姓为名住在贝斯纳区。他们面对惨境，表现相当良好，虽然没有大财富，但齐心协力经营一份小小的裁缝事业，迎接第一个小孩的诞生。"

母亲的手放在嘴巴前，专注地盯着火焰，陷入沉思。我知道为什么：玛丽的亲戚也许还住在伦敦，她可能有机会和玛丽·戴的后裔说说话。她望一望我，再望向汉密尔顿。

“笔记本只写到这里，事实至此终结……”史蒂芬说，“这叙述随着我祖父的逝世戛然终止。我父亲继续记录洛欧家族的故事，和这一整桩事件完全无关。”

“谢谢你，史蒂芬，你做得很好。我可以肯定的是……”汉密尔顿说，“是这个。玫瑰，你到洛欧山庄，及洛欧夫人逝世的两天之后，我收到一条给洛欧夫人的消息。”

汉密尔顿回到他的笔记本上，取出一张如同干花般脆弱、褶痕已经完全消失的纸。信写在纸的中央，周边折起，以蜡密封。汉密尔顿读道：“‘请雅各·汉密尔顿的儿子转交给洛欧夫人。非本人请勿过目。’”他将纸张翻面，读出这条简单的消息：“‘婚姻美满，三个人自此快乐生活。’”

“我收到这个信息的时候，”汉密尔顿说，“洛欧山庄面临着一个大变化。洛欧夫人已经过世两天，我无法将这封信转交任何人。我看不懂里面的含义，似乎交给青春伯爵也毫无意义。写信人不知道他的内容可能无人理解，收到信的只是一个搞不清状况的人，就是我。这封信就这么搁着。现在，信件内容水落石出，这涉及那女人的谋杀案、她丈夫与她小孩。”

一阵寂静。

“但那信息不正确。”史蒂芬说。

母亲瞪着我，表情忧烦。我寻求莎拉的帮助，不过，她的眼神只凝注在她父亲身上。

“玫瑰，我想，接下来的部分是关于你。”母亲说着哭了，“还有我。”汉密尔顿用一种非常特别的神情望着我。

空气刹那间变得稀薄，仿佛我猛然登上一座非常峻峭的高山，耳朵不能完全适应气压。我想把许多细节拼凑起来，但满脑子混沌，得不出任何结论。最好把拼图片散在地板上，等哪天我再依照自己的速度把它拼凑出来。时间缓缓爬过，所有声音听起来好像被掩盖了。莎拉不看我一眼。史蒂芬也不看我一眼。没有人注视我。只有傅德带着警犬的怜悯神情望着我。史蒂芬继续说："玫瑰，这个我们可以确定。艾斯蒙·欧斯本杀了那位叫作劳伦斯的父亲，然后恐吓那位母亲说要杀了她的小孩或让她的婴儿早产，因此她才莫名其妙地逃亡。她走投无路，只好转向附近的一个商家求助。那座屋子是……玫瑰，我们可以从你和我一起发现的调查报告中建构出来。那座屋子离他们的裁缝店不到四分之一英里远，由一位叫梅纳德大妈的女人掌管。那天死去的那个女人婚前叫布莱妮·戴。那位丈夫姓麦瑞。"

母亲下意识地从椅子上起身，倚着火焰上的壁炉台。现在，所有眼神都投向我。

"他们的婴儿，"史蒂芬继续说，"艾斯蒙认为已经死亡，也作如此报告。所有人都死了，除了那个奇迹般幸存下来的婴儿。那个婴儿被一位信使携去丢弃，没多久被一只狗照顾。那个小孩名叫玫瑰。"

我的心脏又开始怦怦跳。我没有完全注意听，望着莎拉时漏听了片段。他们在开我的玩笑，因为他们认为我应该专心听却不肯。

不。

不，他们很认真。这一切是关于洛欧山庄的，却莫名其妙地都关于我。我遗漏了事件的关键。我希望史蒂芬重讲一遍，也想要求他这么做，希望他慢慢、慢慢地从头说一遍。或许他父亲可以在不让人打岔的情况下重新说一遍。但没有机会从头了，一切发生得太快速。母亲甚至不看我，只望着炉火，迷失在火光中。我意识到自己正心烦意乱地四下看着，仿佛被人发现我站在一具尸体前，手上握着一把血淋淋的刀。我不敢迎接任何人的眼神。

我开始流汗，一阵寒冷，虚弱。

吸气，吸气。“母亲！”我噼里啪啦乱叫着。

母亲在我后面，用拳头敲我的后背，好像我噎住似的。我想叫她住手，但呛到咳得无法言语。突然，四周一团混乱：笑声、喝彩、哭泣、打破陶瓷、没有狗却有狗吠声。我听到傅德大声说：“这是好消息。有茶吗？我应该当老妈子吗？”

史蒂芬明确地告诉我我是谁。我知道我是谁。

我从来不敢奢想其他。只要有母亲的名字就够了，若还不够，这又太多太多了。母亲与父亲。刹那间，我突然明白：母亲的、汉密尔顿的、我的探索通通汇流于此。

我的出生。还有更多……我父亲被谋杀，被一名叫……“那矮子！”我大叫。

“是的，艾斯蒙，”史蒂芬说，“那矮子。”

“那孩子。”汉密尔顿慎重地说。

我又哭又笑，咽下一大口空气。母亲慌慌张张想要帮助我，却越帮越忙。

“住手！”我大吼，“住手！”

每个人都想住手，但没人住手，仿佛一群醉鬼把椅子摇得吱嘎响。我搞不懂每个人在干吗。我们像指针忽前忽后疯狂乱转的时钟。渐渐地，我们越转越慢。我偶尔仍咳两声。

“那是什么意思？告诉我！”

母亲望着我，眼眶满溢着泪水。汉密尔顿站起来，鞠躬。

“你的父母是布莱妮·戴与劳伦斯·麦瑞。”他说。

“他们死于艾斯蒙的手中，是洛欧夫人与我祖父的指使。”史蒂芬说。

“你是玛丽的玄孙，唯一活着的后裔。”母亲又哭又笑，不知该喜或该悲地说。

“还有，你是洛欧山庄的继承人。”汉密尔顿说。

“是的。”这是我最容易明白的部分。其余的，我无法理解。我觉得我是我母亲的孩子，这种感觉从未如此浓厚。谁能否认我的母亲依然活着，在这个屋子里？

“你是亚当·戴的最后一代后裔，邪恶洛欧伯爵的唯一正统继承人。”汉密尔顿手上舞着一张证据，却上下颠倒。

“但，欧斯本家呢？”我试着把母亲拉近身边。似乎，她吓得有点不敢靠近我。

“我们还管得了这些吗？”母亲问。

“是的，但那大宅子不是他们的。”汉密尔顿说，“他们没有选择的余地，梅林先生一会儿就过来，他非常有把握。他们毫无权利。”

“我不懂。”我说。

“我们全都要回家了。”史蒂芬说。

“一起？”我说。

“是的。”莎拉说。

我望一望身边的家人。这个大发现似乎与我无关。

帅气的维多利亚表妹倒了杯喝的给傅德。傅德是我们的年迈侍从，还没有要到他的茶，双手握着白兰地，仿佛从溪流掬水喝的样子。母亲拥抱着我们家永远的朋友——山姆与安琪丽卡，当我们需要他们的帮助时，他们就在我们身边。壁炉上有一幅画像，是我亲爱的父亲，正对着我微笑。旁边是他妹妹，她是我未见过面的姑姑，过早离开人世使我父亲没有朋友，直到我们走入他的世界为止。我的兄弟史蒂芬曾经救过我一命。他走向我，一副刚考完期末考的样子，率性地把那些报告往空中一抛，微笑，朝我伸出手来，后来又想一想也许应该拥抱我，遂靠过来，莎拉也过来加入我们。我无法看清她的脸，她的身体钻入我们的怀抱里。我们三个人不小心翻在地上，挥舞着双臂滚来滚去。

“玫瑰，小心！”史蒂芬笑着说。我听到母亲看着我们跌倒，快乐地尖叫。我先摔在地上，他们落在我身上，接着，只听到哼哼唷唷的呻吟与嘻嘻哈哈的笑声。

5

一八三九年九月十九日，我十九岁生日的前一天，我们大清早衣衫褴褛地朝洛欧山庄出发。这是一个愉快的团体。虽然人海战术是安全的要素，但我提出一个好主意，把这次的任务之旅变成所有人的欢乐之旅，结合了贝尔曼与费罗的工作之旅与我的神秘之旅。召开家庭理事会的日期是我选定的。

莎拉、安琪丽卡、母亲与我坐在第一辆马车里。你当然和我们在一起。上面的普通座位坐着贝尔曼、法罗、亚伯，没有蠢蛋。法罗从未出过城，在途中克制不了唱歌的欲望，忍不住哼起《大自然的森林华服》。他的嗓音在微风中飘荡，只有当有人不耐烦地要求歌者重唱一遍，让抄写跟得上时才有间断。贝尔曼正享受一天的休假："这家伙又充满情绪，很快就会文思泉涌，记住我这句话！"

第二辆马车坐着一群男人——史蒂芬与他父亲（已经答应延后退休）、傅德与梅林律师。梅林是我们的顾问，一整天陪着我们。最后一辆马车是瑞克雷兄妹。

自从大发现之后，已经过了一年半。这十八个月里，我们小心翼翼地计划、研究、进一步追查，包括罗伯·瑞克雷的一位顾问给了我们数小时的法律咨询，以及在葛瑞酒馆换掉一位著名的律师，因为足智多谋的梅林先生发现他不能胜任。

我们要求与篡位者会面的通信往返奇慢无比。崔普斯不知道我们的目的，代表他们极尽推诿搪塞之能事。汉密尔顿为了能够会面，不得不借助模糊的家族规章。今天终于可以看到努力的成果。

依据传统，任何活着的洛欧伯爵与夫人，不管是现任或上一任的，都可以召集家庭理事会。我母亲，虽然惨遭放逐与失权失势，却是符合资格的人。汉密尔顿面对崔普斯的捍卫，没有其他援助，遂爽快地利用我母亲的特权，引用这个差点被遗忘且从未使用过的规章。我提了三个可能日期供他们选择，结果他们选了最遥远的日期。我们不需要给予任何理由伸张权力，欧斯本家肯定认为我们是上门恳求财力支援。

崔普斯回给二十四号的信中断然指出，虽然规章规定运动场山庄必须招待与参加理事会，但现住民对这些事务了无兴趣，完全是迁就那些穷困潦倒的老遗民。他把洛欧山庄称为运动场山庄，仿佛我们说的是两个不同地方，字里行间充满了屈尊俯就。当他被通知所有的家庭成员都必须参加家庭理事会时，他询问是否排除了“从前的玫瑰伯爵”出席？

不过，崔普斯的最大嘲讽保留给了集会讨论。他直接挑明，奥古斯图与诺拉不欢迎在屋子内集会；汉密尔顿说家族规章指定要在“洛欧山庄内”集会。关于这句话到底应该定义成“洛欧山庄的疆域内”还是“在大宅里面”，经过了一番简单的书信辩论，之后，崔普斯回以一个难以攻破的理由，让汉密尔顿非常头大。他写了一封非常滑稽的信，里面运用《末日审判书》无懈可击的权威，陈述他测量了洛欧山庄或说运动场山庄的古疆域，最前面的边界正巧落在现今的大宅子与大院前门的正中间，因此，洛欧山庄尊重我们获许进入漆成白线的“末日”边界的权利。但是，我们不准越过另一条漆成金色的线，靠近大宅子一步。根据对古疆域的测量，这条线正好是洛欧山庄内十英尺的地方。

“他们想在哪里就在哪里吧。”傅德脚泡在壁炉边的一盆热盐水里，说，“反正将来他们得待在该待的地方。”我们这位年迈的侍从因为手脚不灵活而无法再担当任何职务，如今最大的贡献是以他的坦率为我们打气。对他与法罗而言，下午茶仿佛一场食物大战。

我们五颜六色的旅行队伍抵达洛欧山庄的大门时，发现大门架着两个豪华大遮篷，上面的花彩旗子与标语在阳光下金光闪闪，阻挡了大门与大宅子之间的视野。一只贪婪的喜鹊栖在一根支柱顶端，防卫朋友与家人靠近周边的耀眼宝物。

“啊！一五二〇年的金帐营，亨利和法国人盛大会面的地方。”我们下车时，母亲惊呼，“我好爱这个场景！”

最靠近大遮篷的角落有一条白线（似乎把整个洛欧山庄像板球场一样圈起来），画出运动场山庄的边界。此外，有一条金线通过大遮篷的中央，是我们不能超过的界线。

“非常像多尔山谷，亨利会见费朗索瓦的地方。”母亲又说，“真的太像了！我不禁要怀疑水池里是否架设了葡萄酒管？”

在加莱，她提醒我（不，我认为，我可不知道这个），法国人挺立着，根据桂冠诗人所言：“都饰以金箔，全身金光闪闪，仿佛异教诸神。”他们的闪亮使英国人显得灰沉沉。欧斯本家的金光照亮了他们的地方、他们的金遮篷。我们只称呼他们欧斯本家，不愿顺他们的意称呼他们洛欧，也不愿涉及瑞克雷家，以免波及朱利叶斯一家人。

我们一群人进入大遮篷时尚未想到要站在哪里，但欧斯本家早像西洋棋似的在我们之前就位。奥古斯图的脸庞装饰得和大遮篷一样华丽，和诺拉两人俨然是国王与王后。他们两旁分别站着布莱斯卡主教与他的魔鬼兄弟瑞莱恩斯。瑞莱恩斯取代了他父亲（假如诺拉是皇后，他最起码也应该是王后的主教）的位子。盖伊与普鲁登丝虽然是山庄的伯爵与夫人，所处的位子相对上只是个马前卒。安丝黛丝站在他们身旁，脸上带着干瘪的骄傲笑容。毫无疑问，她的角色既是观众也是他们胜利的指标与源泉。呈现我眼前的这些欧斯本，代表了世间所有的罪恶——七大原罪、最后四事与违反十诫。

艾格与艾蒂丝站在外围，是唯一穿着黑服的两个人，悼念失去的女儿。理事会桌上的位子没人屑于一顾。遮篷的每一正门分别站着侍从看守，只有微风可以从我们身边吹过，进入全部有人把守的入口。

“现在，记住，玫瑰，”面对他们的阵仗，母亲在我耳边轻轻说，“在加莱，亨利向费朗索瓦挑战进行摔跤比赛，马上被摔得一塌糊涂。外交随之停滞。所以，不要摔跤。”

“我的摔跤服没穿来。”我微笑地说。事实上，万一打架，我们这一方占尽了人头与力气上的优势。但现在不是出拳的时刻。

我看了汉密尔顿一眼。他和他的新盟友梅林相当有把握。莎拉与我站在中间，面对着国王与王后。她的右手边是她哥哥与双亲；我的左边站着母亲与瑞克雷家人。我们可没刻意安排如此站序，我们是随意的。梅林先生和三位穿着制服的男子站在一起。那三位男子分别代表法律、当地警卫队（特别紧急添加）与第十四利汉普敦掷弹兵团。后面站着贝尔曼与费罗。这三人非常高兴亲眼见证歌曲的诞生。

两方人马面对面，沉默不语，静止不动，仿佛等候破晓时分的攻击令。不知怎么，我几乎认不出普鲁登丝。她看起来心不在焉而且有点朴素，我想，生产让她失去了某些东西。汉密尔顿咳了两声，打开一本书，朗读其中的某些拉丁文。史蒂芬为大家翻译成英文。

“安诺妮玛·伍德，洛欧夫人，依照家族规章，召集家族理事会。”

“我不太清楚那些细节。”奥古斯图隔着分水岭叫喊，当下开战，“但图书室管理员有资格召开家族理事会吗？”这话一说出来，盖伊哧哧窃笑，我左手边的朱利叶斯哼了一声。史蒂芬想要继续说，崔普斯立即打断。

“我们了解这个法规本身是个落伍模糊的东西，被你拿来当作摇旗呐喊的标准。当今的洛欧山庄伯爵与夫人不想再被老祖宗制订出来的老旧规则捆绑。你说的不管是哪一条法规都已经被废除了，现在开始废除。”崔普斯说。

“我赞成废除这些东西。”盖伊举起手说。

“哦，太棒了，盖伊。”普鲁登丝没有抬头看盖伊，一个字一个字说，“我要去看艾薇，她比这个可笑玩意儿重要多了。”

“嗯，值得赞赏。”奥古斯图说着举起一根关切的指头，讽刺地问，“评议员是否认可？”但普鲁登丝已经转身要离开。

“艾薇会在大宅子里四处爬来爬去。”盖伊喊，“安丝黛丝可以去照顾她。”

“谢谢你，先生。我要把她抱过来给你吗？夫人。”安丝黛丝立即回答。她很高兴在我们面前表现一种前所未见的顺从。

“不，不要你抱。”普鲁登丝在她背后迅速地说，“我是她妈妈，应该我去。”

“孩子。”诺拉勉强挤出一丝微笑。很难分辨出她是在说艾薇或说艾薇的父母。盖伊打了个哈欠。奥古斯图无聊地看一看四周，转而注意我们。

“我们在这儿，”他说，“只是为了迁就你心爱的理事会。我们遵照你的要求，尽可能集合了所有人，你看，他们的头像苍蝇一样垂下来打瞌睡。请快说出内容，然后离开。”

“至今为止，我们只说了一句话。”汉密尔顿以一种罕见的恼怒说，“你还没闭上嘴巴！我们再三想和你沟通，但你不注意听，老以一个不正式的小角色身份蒙骗我们，你把我们逼到这个地步。”

“假如你的要求合理，你会发现我们很宽宏大量。”奥古斯图完全不理会他的存在，径自说，“把它摊在我们面前吧，你会从书面上获知我们的想法。”

他们的藐视让我不敢相信，我受不了了。我望着笨重的奥古斯图与他坑坑疤疤的肌肤，他的胖老婆比以前更讨厌，他儿子是个满口秽言，未老先衰的酒鬼。他们逼走了普鲁登丝，她为这一家人感到羞愧而逃离大遮篷。我同情她。我望向诺拉与她的两个儿子，还有留不住一名儿女的可怜艾蒂丝。

“各位先生女士，献给各位朋友，洛欧山庄的法令不容更改。”我想继续说。

“哦！”盖伊厌恶地说，“我们非得忍受这些演讲吗？”他父亲说他说得好。瑞莱恩斯也附和说：“是的，真受不了，我觉得好像在和巡回剧团说话。”

这一大家子人只有诺拉深谋远虑，她好像已经注意到我们多尔山谷这一队人马有备而来。我们肩负的任务使我们不敢轻易落入他们的圈套。她举手示意瑞莱恩斯闭嘴。

“这种猜字谜游戏很快就会失去吸引力。”她说，“这是个烂主意，我们为什么在这儿？你说啊。”

“夫人，你可以相信我们说的话，”我屈膝鞠躬说，无意侵犯。

“你真荒谬，先生。”奥古斯图咆哮，“你说的太荒谬了，你真荒谬。显然，那一趟教育之旅并没有让你学到什么东西。你说的话，我听来全是废话。”

诺拉以刚刚对瑞莱恩斯的方式要他也闭上嘴巴。她认为在家族理事会完结之前，可以先忍受几分钟的侮辱，之后再也不必听到这些。

“那么，我长话短说。”我说着跨出我们这一群人被约束的白线范围，至两方人马之间的无人地带。“我们不是怀着恶意而来，也不会伤害你们，难道我们之间没有互惠的地带吗？我们不是都臣服于洛欧的伟大吗？我们一开始就错了，这个家族理事会需要的是祝福。不管是不是这个家族的一员，让我们一起为大家祷告。谁要带领大家祷告？布莱斯卡？”

当我一步一步迈向金线边界时，布莱斯卡的无情眼神一直瞪着我。听我提到他的名字，他振一振身子。结果，他父亲先开了口。“假如可以的话，我愿意为大家祷告。”他说。

“是的，艾格，请。”艾蒂丝真诚地说。盖伊抱怨，发出打鼾声。我回到家人的行列中。

“请低头。我要用《马太福音》第五章的登山宝训作为我的祈祷文。让我们一起祷告吧。”

我睁着眼睛，仿佛在晨间礼拜巡视不守规矩小孩的校长。有人低头闭眼，有人双手合十。安丝黛丝的两掌合得特别紧，指关节都发白了。

艾格开始祷告：“虚心的人有福了，因为天国是他们的。哀恸的人有福了，因为他们必得安慰。”

艾格礼貌地握着艾蒂丝的手，安慰她近来的哀恸。

“温柔的人有福了，因为他们必承受地土。饥渴慕义的人有福了，因为他们必得饱足。”

在祈福当中，艾格将艾蒂丝的手越握越紧，最后拉她靠近。艾蒂丝似乎不知如何回应。我和维多利亚四目交接，对她朝他们的方向点点头。

艾格一边祷告，一边引着艾蒂丝从多尔山谷的欧斯本家人马一方走向我们这一方。艾蒂丝焦虑不安，但艾格十分笃定。我注意到奥古斯图也在窥望，他不知道该怎么办。我紧握一下莎拉的手，要她注意看，她要我安静。我想，她肯定认为我要逗她发笑。她喜欢祷告。

在颂赞“阿门”前，艾格和艾蒂丝抵达我们这一方。现场响起心不甘情不愿的喃喃怨声。那些为了表面功夫闭上眼睛的人睁开了眼，发现两方人马已重新配置，艾格与艾蒂丝站在我们这一方。假如欧斯本家惊讶万分，洛欧家的惊讶更是超越万分。自从艾格帮助维多利亚取得那些书后，我们和他的沟通几乎等于零。显然在这一段时间，他体验了美好未来的幻想。

“艾格！”诺拉首先打破沉寂。

“我亲爱、亲爱的女人。”艾格的额头泛出小汗珠，转身对艾蒂丝说，“我会保护你。”艾蒂丝左右看了一下，挺起头。这是她唯一表示愿意的方式。

“叛徒！”布莱斯卡骂。

“加入我的行列吧，布莱斯卡，我的儿子。”艾格说。

“加入你？我不认你这个父亲。”

“没错。”盖伊说，“让他加入那些贫民吧，他在我们这里是多余的。”

“没有教会会雇用你。”布莱斯卡说，“我等着看。”

“就这样吧，”他父亲回答，“真这样，那也是上帝的意旨。”

“我是你的老婆，艾格。”诺拉气得快爆炸了，两条毛毛虫眉毛因气愤而抽搐不停。

“帮助我，上帝！”艾格说，“你曾经是。”

我听到流言蜚语满场飞蹿，不禁大声呼喊：“阿门！”看到这么一场突如其来的戏剧场面如此有力，真是愉快。但我还有许多煤炭要往火上加。“家族理事会！各位先生女士！洛欧歌手费罗先生为大家带来一首《玫瑰·洛欧之歌》。”

现在是法罗的表演时间。我们退至一旁，让这个笨拙的男人通过。他身后跑出个傅德，推着一部婴儿车（几乎全身倚在婴儿车上）。婴儿车里蹦出咯咯咯的笑声，圆滚滚的小脚丫摆动着五根脚指头。

“小婴儿，哦，太精彩了！”诺拉冷笑一番，似乎不太在意失去丈夫。

“哦，我的天啊！”盖伊不相信地说，“他们要叫这个笨蛋唱歌？”

“你想为这婴儿筹钱吗？朱利叶斯，我的兄弟，我求求你，为什么你在这儿？”奥古斯图说。

“法罗！”我下令，“唱歌。”

“我有两首歌，”法罗大声说，“一首是新作品，花了我一些时间才作出来，它叫作《不要害怕黑暗，或贝斯纳格林区的女裁缝》！”

“不！”奥古斯图怒吼，“我们不要听歌！崔普斯，可以叫他停止吗？”

崔普斯想回答，但法罗一辈子全为唱出新出炉的歌曲而活，当然不会就此住口。奥古斯图就算倾出所有的力量与金钱，也改变不了法罗唱歌的决心。

“《贝斯纳格林区的女裁缝》！”法罗大吼，人人肃静下来。但他立即又中断了思路。

“唱啊！现在！”我低声说。他唱了起来，不知不觉地摇晃着婴儿车。

故事起自一个尤斯塔斯之夜，靠近贝斯纳格林区
有位美丽的女裁缝住在一座简陋屋子里
她的丈夫叫麦瑞，她叫布莱妮
她的工作裙不合身，但她的家庭很幸福

一个平静夜，她做了一个痛苦的梦
住在贝斯纳格林区的那位美丽女裁缝
死神会找上她与她的小孩
她在黑漆漆与阴沉沉中吓得惊醒

在贝斯纳的尤斯塔斯早晨，邪恶四处乱窜，
太阳升起时，有人敲了门
亲爱的，别让他进来，应该先问问他的名字
他是一名高贵的军人，名叫欧斯本

地上躺着麦瑞的尸体，全身血淋淋
欧斯本转向布莱妮，手上握着一把剑
我的手上有把剑，他说，现在起不让你再做裁缝
我只要轻轻一挥，你和你的小孩就此不见

他一步一步走近，女裁缝转身逃走
在贝斯纳街上飞奔，逃到了卢克瑞
奔入一间流血的屋子里躲藏
死神如梦中所言，在那儿等着她

哦，死神，哦，死神，我的孩子还未出世，不要带她离开我
我不带她离开你，但你必须跟我走
哦，死神，哦，死神，大发慈悲，求求你，我一定跟你走
求你让我心爱的宝贝不要死

上帝慈爱，我们在他的恩赐中成长茁壮
虽然婴儿的父母都已死去，婴儿活了下来
无助的婴儿与孩子们，不要害怕黑暗
尽管雷声轰轰，上帝会引你进入方舟
亲爱的婴儿与孩子们，不要害怕黑暗

白天[1]虽然结束，阳光不会太远

法罗的歌声带我们回到大妈那儿，如同早上我们往洛欧山庄途中他带我们去那儿时一样。他依惯例，唱完歌后鞠躬复述一遍歌名："《不要害怕黑暗，或贝斯纳格林区的女裁缝》。"

我们这一队人马爆起一阵掌声，我非常清楚地听到贝尔曼小声对亚伯说："哎呀，这趟旅行肯定值回票价！"

盖伊完全冷漠以对。"那是什么？"他问。

"是一首歌，盖伊。"诺拉说，"一首愚蠢的歌。"

奥古斯图似乎非常高兴情势转变。"假如你们在这儿，是为了找个笨蛋唱一首奇怪的大杂烩歌曲，讽刺名叫欧斯本的人，那么，唱另外一首吧，这家伙的声音只是过得去而已。"

"听到他们的话了。"法罗转一圈眼珠，恨不得吞进下嘴唇，转身对我们："应贵宾要求，《玫瑰·洛欧之歌》。"

下一首歌是《从猎犬口中抢救回来的弃婴》，情感完全不同，并插入新获得的真相。这首歌带我们回到他的垃圾堆之旅。他唱出安妮、紧追不舍的男人、两名警察以及脸上有疤拿剑权充手杖的男人。他也唱出如何行经城市废墟到达垃圾堆，以及垃圾堆上的保卫犬。在他的歌声中，我想着那天早上的神秘之旅。

法罗带我回城郊的边陲地带，我们亦步亦趋地跟随他的脚步。另两部马车在垃圾堆与我们会合，组成一队朝家族理事会迈进的旅行队，借此回溯我父亲的旅行。

我们到达大妈那儿，经历了一种奇异景象。法罗与我走在前头，马儿慢慢拉着后面的马车行走。法罗时不时自语着："是，是，这儿，

1　戴氏、白天，两者在原文中同字。——译者注

是的！”，然后转入一条小巷中。马车进不去，但我进得去。几分钟之后，我们又回到主要马路上，与马车的距离不变。我可以热情地带着你跟我走，但不需要带你走过每一条蜿蜒的小径。你和你妈妈可以快乐地坐在马车里。

“这就是你当时在的地方！”法罗在某个地点提高分贝对贝尔曼大声说。贝尔曼在马车顶上的岗哨兴味盎然地瞭望我们，再把我们的进展报告给马车里面的人。

“不，不，亲爱的，我没有在那儿站过。”贝尔曼大吼回答，“这不是我的路线。”

“你在这儿，你和玛丽·安诺就在这儿跳快步舞。”法罗望着地上，仿佛找到了脚印似的。

“哎呀！我想他说对了。”贝尔曼说。他的命运扶摇直上，几乎忘了过去的贫困细节，虽然亚伯常常提醒他。

法罗的歌声带我们通过十二个时钟，速度像慢慢蠕动的虫，而不像飞掠而过的乌鸦。他记得一切，仿佛那是昨日的事。最后，我们迂回穿过后街，抵达垃圾堆。另两部马车等在那儿。这一趟路线，是我生命中第二回走过……

“……《从猎犬口中抢救回来的弃婴》！”

法罗复述一遍歌名，响亮的掌声紧接而来，把我从幻想中拉回现实。

“那是平头百姓的声音吗？我不喜欢那个嗓音。”盖伊说。他和我一样，并没有专心听法罗唱的故事。欧斯本的其他人马推测歌中传递了重要讯息，但不知道是什么。

“先生，我们非常清楚……”奥古斯图说，“……你的肮脏出身，我们非得一听再听吗？”

我向前，伸手进摇篮，抱起我的婴儿。我可以看到大宅子巍峨立在欧斯本人马后方，郑重向你介绍大宅，也将你介绍给洛欧山庄。你真乖，从来不哭（因为你出世后就把法罗的歌声当作摇篮曲），你母亲一路喂饱你，知道如何让你安静下来。你是马车里唯一的男孩，一堆女人为你小题大做。

“各位女士先生！”我高高抱起你，说，“这是一个男孩。”

盖伊说：“这是个安慰，有其母必有其子。”他说的是老掉牙的笑话，那一帮人没人笑。

“你和女仆生下这个可怜的小畜生？”诺拉说。

“非常贴切。”奥古斯图问，“你口口声声要尊重家声，却让家族蒙羞？”

“我郑重向各位介绍洛欧山庄下一任接班人，亚当·洛欧。”

奥古斯图爆笑如雷，盖伊也跟进。

“神经病！”崔普斯说着走向汉密尔顿，想要逼他走投无路，“你的可怜企图，我们领教了。”

“离我父亲远一点，先生！”史蒂芬说，“从现在起，有什么事情，找我。”

“这改变不了什么。”崔普斯耸肩咬牙说完，溜回奥古斯图身边。

“先生，恰恰相反，”我屈膝鞠躬说，“一切都改变了。图书馆管理员、女仆、男仆、笨蛋……”我一一点出每个人，“现在随你怎么称呼，但将来你必须正式称呼他们每一个人。”我把你交给你母亲，并且亲吻了她一下，“汉密尔顿与梅林先生这儿有一些必要文件，上面有合法的签字认可。”

“滚！”诺拉暴怒，“滚出我的山庄！”

“我们不是在你的山庄里面。”我轻蔑地说。

“你们这些大混蛋。”奥古斯图说。

现场一片沉寂。我向前，转身，望着我的家人，脸上带着微笑。你的表现够好了，我看你快哭出来了……谁能责备你呢？大遮篷里那么热，你母亲甚至偷偷解开了胸前的衬衣。

我慢慢走近多尔山谷，所有眼睛都停留在我身上。我有点犹豫，走到那儿，掀起裙子，展现了长袜，露出一点儿吊袜带，然后表现得非常芭蕾，踮起脚尖旋转，盘旋在那一条线的上空。

“先生！你敢！”诺拉说。

崔普斯猛烈地吸了一口气。我想象所有男仆绷紧小腿的样子。

裙子开至膝盖上，每一块肌肉、每一根肌腱，都在长袜下流露无遗。我摸一下脚尖，落在金线内的洛欧山庄土地上，吐气，仰头。没人鼓掌。

“看！”

“马上从这儿滚出去！”诺拉说。

我两脚稳稳站定。

“这不是你的领土。”我说，“我们会自行离开，但会丢给你一些洛欧山庄的继承文件，就在梅林先生的手上。我也不再多说什么废话，不过还有一本黑色对开本，上面写着：‘洛欧内幕摘记’，就在史蒂芬的手上。请特别注意艾斯蒙·欧斯本签字的那份口供，如果对第十四利汉普敦掷弹兵团的皮克斯杰尔士官有什么疑问，请不吝赐教。他负责监管那个人的所有道德犯罪问题。布莱斯卡，不要待在基督徒中鱼目混珠。我们一会儿就离开，但还会回来。那时会不会见到你，你该明白。我们走之前要探望陵墓，向每一位已故的洛欧伯爵郑重介绍洛欧山庄的下一任继承人。”

我朝家人做了个手势，他们立即毫不迟疑地越过多尔山谷，朝我走近。欧斯本家看着我们勇往直前，他们的随从让我们通过，遂像红海似的分成两半。汉密尔顿用小指头推开挡道的崔普斯，领着队伍往前走。他身后跟着安琪丽卡、梅林、史蒂芬、法罗、亚伯、贝尔曼、傅德、瑞克雷伯爵与夫人。史蒂芬得寸进尺，拿他的账簿当书架，将沉重的文件包往上头一搁。贝尔曼对每一位欧斯本毕恭毕敬地鞠躬，似乎遗憾自己没有被郑重介绍。傅德把亚伯的手臂与婴儿车当作枴杖使用。瑞克雷夫妇不与任何人打招呼。维多利亚与罗伯代表受压迫的群众，跟在他们后面，脸上露着胜利的微笑。最后跟着我母亲、艾格与艾蒂丝（她紧紧跟着队伍）。

五颜六色队伍的压轴，是我们三个。莎拉在我右手边，我牵着她的左手；而你，贪心地吸着她的右乳头。

我们通过大遮篷，走进洛欧山庄。史蒂芬不期然地跑了起来，欢呼，帽子丢向空中。他直接冲向陵寝与“橡皮肠”，其余人也忍不住跟着他的脚步疯狂地跑过大宅子前方的草坪。

“我去拿球棒跟球。”史蒂芬大声说，“男生队对女生队！”

我没有看，但汉密尔顿看到欧斯本一帮人马散漫地形成一路纵队离开大遮篷，他的仇人抱着沉重的文件，由我们的官员领着进入屋子。就我所知，他们可能消失在苍穹中或当场就走出大门。我们手牵手围成一圈绕着走，在“橡皮肠”附近的野樱花丛中跳来跳去，等候史蒂芬回来。

他带了一席毯子给你与你母亲，你们俩是唯一不玩游戏的人。然后，他用脚步测出投球距离，定下三柱门的位置。接着，好像变魔术一般，一个管弦乐团出现了。规模比我们以前的管弦乐团还要大。乐团指挥用一口蹩脚英语说：“献给普鲁登丝女士与小艾薇小姐。”母亲谢谢他们，与乐团指挥讨论表演内容。我们全都围在毯子边。

“史蒂芬或我当队长。”我放了一枚两便士硬币在手背上。

“正面或背面？”我使出全力抛出硬币。太阳高高挂在运动场山谷之上，硬币在阳光下闪闪发亮。

“你决定吧。”史蒂芬说。

剧终

Full Stop

我准备好了。

我想起放逐后第一次返回洛欧山庄的情景，那已经是数年前的事了。大宅并没有被遗弃许久，但感觉阴森森的。

不，不，那已经说过了，今天如何?

今天?

现在。

我既无法离开我的床一步，也不能舒舒服服地躺下来。但不管怎么样，假如我的头以这样的角度偎在枕头上，或窗帘如现在这样敞着，我便可以看见洛欧山庄。缕缕浓烟从中央烟囱汹涌腾空，旗帜在旗杆的半空中飘扬。这代表，我快死了。

没多久，在宅子里阴魂不散的人，是我。至少，我期待它尽快发生。这样，你可以把我的鬼魂写入导游中，我可以吓一吓落单的游客。

其他的，留给你啰。可以吗?

你知道你可以的。别太累了。只要说出你想说的。你快到终点了。

我的人生终点。

故事的终点。大家不想听过多的解释。

他们都过世了。我母亲，你八成不记得她了，但她把我们抱在膝盖上蹦上蹦下。亲爱的老史蒂芬与法兰妮，他们的小孩散居世界各地，两名孙儿死于战争。维多利亚，还在工作，没有谈过恋爱。法罗伯伯唱完他的最后一首歌曲，再见了。你的母亲，我的爱人……什么？三十年？你和你妹妹与你的家人全都围绕着我，不是吗？还有小艾薇。

玫瑰，艾薇七十岁了。

她永远是那个小艾薇。她一会儿要带团参观，不是吗？我以前喜欢坐在柜台前，收取每个人两先令，撕下他们的票根。我非常不喜欢摸钱，因此总是戴着手套，但我喜爱群众通过入口时的表情，好像要走入梦境似的。在那一刻，他们又回到孩童时期，个个天真无邪。“童话故事飨宴”，是母亲在书中的题字。

我现在听见艾薇的声音了。不管谁负责导游，我曾经一天听三回：“请小心走在紫色绳索之间。左手边的玻璃橱里面，是相当有名的《约翰逊字典》首版，那是第一本英语字典，一七五五年多滋力出版，标价是四英镑十五先令。当然，你现在无法用这价格买到这本字典。”（现场响起一阵文雅笑声，我曾经在笑声的行列中。嗳，这是我开个小玩笑。）“这是往长廊美术馆……”然后他们小跑步走开，喝杯茶，成群结队往有抽水马桶的厕所去了。

我记得大宅里只有两个洗手间，都没有抽水马桶。如今，四处都有那些隐秘房间，每一间都装置着吵人的抽水马桶，门口挂着“男士”或“女士”的标志以避免误闯。但，若每个人都坐下来了，那有什么差别呢？我年轻时，在布里斯托的厕所，男人与女人共享，现在都很假道学又互相猜忌。无论如何，那两个标志对我一点影响也没有。我上哪一间厕所，全凭我喜爱。

我离题了。我说到哪儿？说说艾斯蒙吧，还有艾格。也不要忘了谈谈小艾薇。她名副其实，是个可爱的小东西。

为什么你不说？

说什么？

艾薇是普鲁登丝表姑的女儿。

普鲁登丝嫁给盖伊。

还有呢？

她生了一个宝宝，那可怜的小家伙没有一头红头发，因此，盖伊到处跟人家说普鲁登丝红杏出墙，我们听了都……嘘！……我们都没有过问。就那样子吧。

有一天，艾格看到她和宝宝缩在教堂里打战，便把她们带回他的小屋，至死都担当着她父亲的角色。他在离婚之后离开教会，那时……我……

小艾薇。

天啊，好棒的一个女孩！光是听她噼里啪啦讲述所有东西就值回票价了。她很快就能让人了解所有的东西。我总看到她在行伍之中。那场战争不会太久的，记住我说的话。她现在正在带他们参观。

那是艾薇的女儿，爱丝米，你知道的。

哦，那个艾薇，继承了她妈妈所有的优点。现在还有王后吗？

没有了。

我忘了。我记得放逐后第一次返回洛欧山庄，那已经是许多年前的事了。大宅并没有废弃很久，但感觉阴森森的……我似乎看到了我们的未来，那实在是一场梦魇。我看到我们整日呆坐着，挥霍掉金钱与时间，避开所有挑战，被寄生虫榨得精光，被税务员吸得枯槁。我不希望最后我们只能缩在偏僻的侧楼围着一簇小火焰，而任整座山庄的其他地方荒废、坍毁，好像我们是过气大旅馆的唯一住客。

你母亲与我曾经和维多利亚一起参加“公谊会”的聚会。在那一阵毛骨悚然的静默中，常常会有一名疯子站起来宣称我们可怕的报应时刻到了（他每周必定如此），然后径自走出去……之后，在静默与摘要的读取中，我看到了一种不错的选择：甩开一切。

“我们的人生，某种程度上依我们所选的角色而扮演。”鲍斯威尔[1]这么说。《约翰逊字典》提醒了我这句话。此外，人可以随时重新选择新的人生，譬如说今天，绝非明天。不能等到生命要结束了才去改变，现在就必须改变。哎，我在说些什么啊？

你写：“譬如说，我可以阻止为遗产而结合的悲惨婚姻。有太多的财富掌握在不成比例的少数人手里，而我们就是那少数人。而这些不成比例的少数人住在非常大的屋子里，像我们的屋子那么大。他们只容许非常少数的熟人进入。”我们要改变这种情形，不是吗？玫瑰？

（沉默无言。）

“他们不断地通婚，只为了改善财务状况。这导致他们的视野狭隘，脑子里只灌满了越来越荒谬的幻觉。我的结论很简单：这种生活方式不可能有一丝一毫进步的机会。

“从这一刻起，发生在我们家人身上的情节可能不同。我曾经挑战这种习俗，至少，要看到挑战完成。我们不能一而再再而三地重蹈覆辙。旧世界等候扫除悲惨，即将灭亡。我们要这么做。”

是安乐死。安乐死。

让我读出你写的东西。你休息吧。“在你叔父与他父亲的帮助之下，我拟了一个简单计划。在这段期间，维多利亚看管大宅，作为‘公谊会收容所’，让那些人可以享受运动场山谷的健康空气。未来，我们将把洛欧山庄捐赠给国家。我们搬至那栋我一直非常喜欢的小木屋。小时候，我一直很羡慕你母亲在那儿的家，很温暖、舒适。我们永远称之为‘山坡小宅’。你母亲与我，你与伊芙，我们快快乐乐在那儿生活。”

非常快乐。

“现在，是你要看管这个转变了，亚当，你是最后一任的洛欧伯

1　18世纪苏格兰传记作家。——译者注

爵，同时也是汉密尔顿的代表人。你的一切表现都非常优秀，你母亲与我永远以你为荣。

“维多利亚与一些伦敦来的阿姨即将搬到这儿，洛欧山庄展开了它的变形记。你的祖母看管图书馆，在过世之前完成伟大著作，上帝安息了她的灵魂。她为洛欧山庄买下贝尔曼的老印刷机，让贝尔曼在伦敦开一间新店铺。她和法罗伯父一起在图书馆创作歌曲，也教他识字。‘每一栋伟大房子都应该有一名歌手。’她说。

“她起初只是随意邀请几个村民参观图书馆，最后却发展成有导游的山庄之旅，任何不阻碍维多利亚工作的角落都开放参观。消息传开后，母亲决定用她的印刷机印制观光指南，省去汲汲碌碌的工夫。内文已经过几次修正与扩展，本质上不脱离爱丝米现在的导游词与收银台上贩卖的文本。

“许多人从很远的地方来参观，我们才想到要收费两先令。我们是第一个看出这种潜在市场的山庄，但我们不需要这笔钱，因此所有的收益全都捐助给收容所与后来维多利亚领导建造的医院。”玫瑰？玫瑰？

见面的时间到了吗？

不是今天。

我不能去。

嘘——放轻松一点，我要继续读吗？

我曾经读书给别人听，现在别人读给我听。我曾经写作，现在我口述。父亲啊，莎拉！

剧终。

爱征服一切

玫瑰·洛欧

✠

附录

摘自：运动场村洛欧山庄旅游手册

（©2000　洛欧山庄信托基金会与英国遗产委员会）

伟大的运动场山庄坐落于宁静的运动场山谷，它有一个人们挚爱的别名：洛欧山庄，是英国乡间王冠上的一颗宝石。

你可探索这座伟大山庄的神秘历史。你可漫步壮观的大花园中，遗忘自己，回到观景楼、装饰性建筑与四处令人惊艳的被遗忘世界中。你可观赏长廊上著名的画像收藏品，包括斯塔布斯、巴托尼、尤金尼斯、罗塞蒂、荷而拜因与布莱克等人的艺术作品，鲜明一如它们在十八九世纪被画下的样子。你可浏览八角楼图书室的优美文学，包括女诗人玛丽·戴的最具权威性收藏全集（免费欣赏）。如果你运气好的话，也许会遇见传说中的洛欧山庄女鬼……别紧张，她很友善！

请记住：洛欧山庄曾是一座人声鼎沸的住宅，每天有熙来攘往的仆人忙进忙出。卡通制作公司在厨房与洗衣房以二十一世纪的一系列声光表演再现当时的仆人生活。适合阖家观赏！

逛累了，雷瑟马房设有茶坊，请坐下来享受一份当代风味的私房点心。（午餐供应至下午两点半。如果您想席地野餐，非常欢迎。垃圾请自理。）

离开之前，别忘了逛一逛礼品屋。（设有轮椅通道。）

·花园·

请沿着洛欧山庄的周边散步，享受哥特式装饰性建筑的怪异风格与惊奇的景观视野。

请注意矮墙！许多乡村宅邸皆建有矮墙以保有屋子的隐秘，正如同洛欧山庄的壮阔矮墙。某些乡间大宅的矮墙可能是为了掩盖不雅观的通道，或把牲畜（水獭、獾）围在墙内、把迷途的羊挡在墙外。洛欧山庄设置矮墙的目的未明。

目前，计划设置一座花坛花园。（此计划将依环境保护状况而作适度调整。）

·玫瑰·洛欧之墓·

玫瑰·欧或财富小姐

一八二〇—— 一九一八

不敢自居为“世纪小姐”

受众人所爱

“你就是你，无从扮演。”

看！

山庄历史起自黑暗时代至今，其间，最具象征性的人物是玫瑰·欧。有关她“麻雀变凤凰”的人生，众说纷纭，却没有几个说法确证属实。我们所知她的人生系推论自洛欧山庄的图书室、画廊与走廊，待她的回忆录出版后，当有更多的内幕揭晓。她的回忆录也许在她逝世一百周年或乔佛理·洛欧传位百年后才会出版，要看哪一个先到。现在，只能从洛欧山庄观赏路线中的各个粉红色资料匾（以编号的玫瑰作区别）中认识玫瑰。

欢迎儿童至墓园左方的独特跷跷椅玩耍。传说，玫瑰亲自坐镇跷跷椅。

·长廊·

五二〇：**法罗与愚者，**作者不明（一八四二）。法罗与山庄歌手菲利普·费罗先生系同一人（请参照八角图书室的说明）。从他的衣领上标签可知那只狗名叫蠢蛋，但画作如所见那样题名为“法罗与愚者”，是作者不明就里的错误。

五二一：**保卫洛欧与其家人的圣母，**文森特·薛佛尼斯绘（一八六〇）。此乃一幅寓言画作：圣母以其羽翼保护洛欧家人。画中人物当然不是圣母玛利亚，但似乎试图说明圣母有子嗣。

五二三：**土耳其女孩**（法兰希丝·汉密尔顿，本姓库伯，史蒂芬·汉密尔顿之妻），A. B. 泰森绘（一八四一）。此乃一幅杰出画作—— 一名穿着时髦土耳其服装的年轻女人。她后面的洛欧陵墓比较具有地中海异国情调。

五三三：**玫瑰·欧，**作者不明。画中人物一半穿着男性服装，一半穿着女性服装。此乃模仿艾鸿骑士的肖像画而作。玫瑰·欧的画像旁陈列着一幅艾鸿骑士的小版画。

五三四：**伊莎贝尔·安东尼，**杰罗姆·蒙迪迪耶二世绘。**暂缺，清洁中。**

五三五：**青春洛欧伯爵，**此乃死后的肖像，罗温·布莱尔斯绘（一八四八）。围绕青春伯爵四周的异想天开童话故事系画家的创意：环绕着玫瑰与石南的房子、草地上的独角兽、有毒的苹果、神奇的变形池、女巫与其投射在树干上的阴影。布莱尔斯虽然是第一位画作被陈列在不列颠新画廊的女画家，却被埋没许久。洛欧山庄信托基金会计划举办罗温·布莱尔斯的第一次个展，包括声名狼藉的性爱象征画作，这是第一次在英国展出。英国遗产委员会协办。

五四四：**青春伯爵与朵儿丽·洛欧小姐，**尤金尼斯的寓言式双肖像（一七九九）。

五五〇：**瑞克雷一家，**史特·凯托绘（一八二〇）。很奇怪，这幅画像一直存放在无角牲畜的画像堆中。画像中小孩是盖伊·瑞克雷。C. P. 冯特瓦特在他的《昔日坏男人》一文中说盖伊“几乎没有结过婚”。左下角的画框贴着一个动物口罩，原因不明。

五五七：**邪恶洛欧伯爵，**科内柳斯·克兰克绘（一七四二）。通常，这幅著名的画作被叫作“胁迫画家”。正式名称是“好色之徒，洛欧伯爵，穿着吊袜带长袍，在范哈伦之后”。

·八角图书室·

进入之前，请注意门上损毁的图书馆馆长名录。一九九八年基金会接管洛欧山庄的许多年前，一位不知名的破坏者在砖石上凿了一个“BOY”字样，前任主人要求保留原状。（请见后来的洛欧山庄字母组合研究。）为了保护遗产，图书室的灯光微弱。请小心行走。

三二〇：**法罗歌集（菲利普·费罗），**山庄歌手。由运动场村的无名氏出版公司印行。有关《不要害怕黑暗，或贝斯纳格林区的女裁缝》以及布莱妮与劳伦斯·麦瑞的谋杀案的进一步资料，请阅读邻近的粉红色十七号牌匾。

三二六：**无名氏出版公司，**近百年来，洛欧基金会提供资金与出版公司供那些有兴趣探索并延伸传统印刷技术的诗人运用。某些作品印制在隔壁的玻璃上，包括皮帕·格雷的第一首诗作，《在文字与书页之间》。

三二七：**《白日之光：玛丽·戴传》第一版，**安诺妮玛·伍德著。初版由无名氏出版公司印行，现今已第十二次印刷。虽然这本创新性作品不再是最具权威的传记作品，却仍是大家评估其他传记的标准。旁边，是《未来玛丽·戴传备忘录》手抄本，安诺妮玛·伍德著。

三三〇：**玛丽·戴的原始笔记本，**敞开在《第二》这首诗，摘自她的诗集《所有的爱，上帝，献出所有》。

Married, almost ruined	结婚，几同毁灭
God' s union excepted	除非是神与神
Rest in this evil danger endlessly	此外尽是无穷的邪恶
Unless I sever the alliance	除非我终止盟约
Currently happily estranged	通行无阻而快乐地远离

·礼拜堂与陵墓·

洛欧家族不信教，兴建礼拜堂仅仅是为了建筑的平衡美感。后来的洛欧子孙在运动场村公谊会聚会所兴建了亚顿贵格会教堂，资金来自洛欧基金会。

·其他古迹·

六〇〇：**海门屋，**海门屋不再只是一个娃娃屋而已，许多人把洛欧山庄的模型屋视为当今世上最完美的比例模型作品之一。

八二一：**独角兽之角，**镶在牌匾上。一件原因不明的珍品（可能是人工制品）。

Miss Fortune: A Song

I was born with a coat hanger in my mouth
And I was dumped down south
I was found by the richest man in the world
Who brought me up as a girl
My sheets are satin but my mind's a mess
But there are worse things I confess
Than drinking tea in a pretty dress
And I'm here to tell you that it's not all bad
Count your blessings and maybe you'll be glad

When he died, I inherited his wealth
And I revealed myself
I was snubbed by the friends that he'd never had
Who sided with my dad
All my riches are beyond control
But it's the same old rigmarole
They say I've lost my very soul
Maybe I have

But I'm here to tell you that it's not all bad

Count your blessings and maybe you'll be glad

And as I grew so did my fame

So I gave it up and changed my name

It's catch as catch can and

You'll never know who I am

When I died, I hoped to hear the angel's song

But was I wrong

They threw me back there in that lane

They said, "Start again"

So when you're turning out the bedside light

Consider me and my wretched plight

Looks like I'm gonna have to get it right this time

But I'm here to tell you that it's not all bad

Count your blessings and maybe

You'll be glad

※本书故事即从这首歌演绎而来。

版贸核渝字（2012）第098号
图书在版编目（CIP）数据

玫瑰的性别 /（英）史戴西 著；马渔 译. —重庆：重庆出版社，2013.12
书名原文: Misfortune

ISBN 978-7-229-07109-7

Ⅰ.①玫… Ⅱ.①史… ②马… Ⅲ.①长篇小说—英国—现代 Ⅳ.①I561.45

中国版本图书馆CIP数据核字（2013）第252340号

玫瑰的性别
MEIGUIDEXINGBIE
［英］韦斯利·史戴西 著
马渔 译

出 版 人：罗小卫
策 划：华章同人
出版监制：陈建军
策划编辑：张慧哲
责任编辑：杨 宁
责任印制：刘亚娜
营销编辑：高 帆 刘 菲 许珍珍
封面设计：主语设计

重庆出版集团 重庆出版社 出版
（重庆长江二路205号）
投稿邮箱：bjhztr@vip.163.com
三河九洲财鑫印刷有限公司 印刷
重庆出版集团图书发行有限公司 发行
邮购电话：010-85869375/76/77转810
重庆出版社天猫旗舰店
cqcbs.tmall.com
全国新华书店经销

开本：880mm×1230mm 1/32 印张：14.5 字数：271千
2013年12月第1版 2013年12月第1次印刷
定价：38.00元

如有印装质量问题，请致电023-68706683